精装典藏版
COLLECTIVE EDITION

~~~ SOULLAND ~~~

唐家三少创作十周年纪念

斗罗大陆 5

精装典藏版
COLLECTIVE EDITION

唐家三少 著

AUTHOR

湖南少年儿童出版社
HUNAN JUVENILE & CHILDREN'S PUBLISHING HOUSE

图书在版编目（CIP）数据

斗罗大陆：精装典藏版. 5 / 唐家三少著. — 长沙：湖南少年儿童出版社，2015.4（2020.5重印）

ISBN 978-7-5358-4351-7

Ⅰ. ①斗… Ⅱ. ①唐… Ⅲ. ①长篇小说－中国－当代

Ⅳ. ①I247.5

中国版本图书馆CIP数据核字(2015)第028565号

斗罗大陆（精装典藏版）5

策划编辑：李　芳　　　　　　责任编辑：唐　龙　向艳艳

质量总监：郑　瑾　　　　　　特约编辑：梁　洁

统筹编辑：路　培　凌马颜　　装帧设计：杨　洁

出版人：胡　坚

出版发行：湖南少年儿童出版社

社址：湖南省长沙市晚报大道89号　　　邮编：410016

电话：0731-82196340（销售部）　　　82196313（总编室）

传真：0731-82199308（销售部）　　　82196330（综合管理部）

常年法律顾问：湖南崇民律师事务所　　　柳成柱律师

经销：新华书店　印刷：北京盛通印刷股份有限公司

印张：19　　　　字数：380千字

开本：710 mm×1000 mm　1/16

版次：2015年4月第1版

印次：2015年4月第1次印刷　2020年5月第5次印刷

定价：34.80元

目录

CONTENTS

目录
CONTENTS

番外五
奥斯卡的坚韧

SOULLAND

天气渐渐寒冷，奥斯卡也不知道自己走了多久，只知道距离自己的目的地已经越来越近了。

他摸了摸自己手上的一枚戒指，再摸摸后背上的背包，眼神渐渐变得火热。

今年他只有十七岁，但是这一路行来，他的眼神渐渐变得坚毅而深邃。内心的煎熬让他的心在不断地发生变化。

他还清楚地记得，当他决定走向北方的那一天，曾在心中暗暗发誓：荣荣，我一定会活着回去，带着足够强大的实力和能够保护你的力量回到你身边。

如果做不到，你就忘了我吧。这句话，他很想对宁荣荣说，但终究没有说出口。

他花光积蓄，买了手上这枚戒指。戒指里存放着大量弩箭，诸葛神弩的弩箭。而他背上背着的正是两架唐三亲手制作的诸葛神弩。

魂导器戒指能够储物，可惜储物空间太小。他只能将最不好携带又十分重要的弩箭放入其中，诸葛神弩、紧背花装弩都只能自己背着。

　　络腮胡子已经长了满脸，完全看不到他的面庞了。这对他来说很重要。他故意不刮胡子，就是为了让自己变得沧桑一些。因为他的目的地并不是一处试炼之所，而是一处杀戮之所。那里一切都以利益为先，一切都是残酷与血腥的。一名食物系器魂师想要在那种地方生存下去会何等艰难！

　　但是他依旧无所畏惧地来了，因为他要变得强大。

　　大师曾经说过，只有在最艰苦的环境中磨炼自己，才能充分激发自身潜能，让自己变得强大。

　　这句话他记得很清楚。而就在前方不远，他的目的地即将到达。

　　冰封森林，是接近极北之地的一片凶险之地，也是魂兽猎杀者们的乐园。

　　猎杀者们会将那些有可能产出强大魂环的魂兽打成重伤，再从冰封森林中带出来，卖个好价钱。如果能够撞大运碰到魂骨，自然就更好了。

　　这里没有星斗大森林那么大，也没有那么多魂兽。严寒是这里最令人难以承受的因素，想要在这种地方生存，难度之大，可想而知。

　　奥斯卡从来没有到过这么寒冷的地方，身上厚厚的棉衣似乎完全不能阻挡那宛如魂技攻击一般的阴冷。寒冷是向骨头缝隙中钻入的。

　　摸了一把脸上的冰碴，他的眼神在这份严寒中更加坚定了，继续向前！

　　终于，前方一座小镇映入他的眼帘。他看了看地图。

　　冰森小镇？好大的一片村镇啊！终于要到了。

　　奥斯卡大喜过望。从这里再向前走，就是他此行的目的地——冰封森林。他的目标很明确，就是冰封森林中的万年镜影兽。那是一种强大而稀有的魂兽。传说镜影兽有可能出产一种魂环，可以让人具备和它一样的能力。

　　镜影兽有种特殊的天赋魂技——只要它划破你的身体，获得了你的一丁点血液，它就有可能复制你的力量来对付你，虽然只有很短暂的复制效果，却异常强大。

　　奥斯卡的武魂是香肠，作为一名食物系魂师，他最缺乏的就是战斗力。诸葛神弩再强，也只是外力，在真正的实战中根本起不到太大的作用。他想要变得更强，就要有更加强大的战斗力才行。所以他来了。

　　对于大多数魂师来说，复制别人的魂技，威力只有原本魂技的百分之七十，却要占据一个魂环，是得不偿失的。可对于奥斯卡这样的食物系魂师来说，这简直就是神技。

因此，只有辅助系、食物系魂师想要提升战斗能力的时候，才会对这种魂环有兴趣。

奥斯卡给自己定下的目标就是如此。不获得一个镜影术的魂环，他就绝对不离开。五环不行就六环，六环不行就七环。

当他提出十年之约的时候，他就已经当自己死了。他心中只有一个念头，那就是要拥有战斗力。

冰森小镇很热闹。很难想象在这极北苦寒之地会有这样热闹的一个村镇。

村镇里的人们都穿着厚厚的裘皮大衣，街上到处都是人。一些建筑居然格外高大，甚至可以跟奥斯卡在大城市看到的一些建筑相比。

很快奥斯卡就知道这里为什么这么热闹了。

猎杀者之所以存在，就是因为有买方市场。冰森小镇就是猎杀者们的一个后勤补给站。在这里，他们会获得补给，也能够将自己带出来的魂兽卖出去。虽然这里的价钱未必是最高的，却是最快、最直接的。

很多猎杀者都是自觉修为很难再进步了，才来到这里。赚上足够多的钱，他们就能安享晚年，过上幸福的生活。

找对地方了！但是奥斯卡很快就失望了。因为没有一个猎杀者小队愿接纳他。

没有！

在军队中，一名优秀的食物系器魂师或许很受欢迎，因为他提供的食物能够补充军队物资，可是在这里完全没有意义。

多带一个人，就意味着多一分风险，也意味着要将收益多分出一份。更何况，奥斯卡提出的要求是镜影兽的魂环。

虽然在收购者之中，需要镜影兽的不多，但是也并非没有。镜影兽这种稀有魂兽，一旦有人求购，必然是天价，因为需要它的人会特别需要。而且奥斯卡提出的，还是要一只万年级别的镜影兽！以一名食物系魂师在团队中的能力，换取一只万年镜影兽，谁会答应他？

所以他注定是要失望的。整整三天，他走遍了所有酒馆，见过了所有在冰森小镇之中的猎杀小队队长，却没有任何一个小队愿意收下他。

奥斯卡坐在一家酒馆门外，目光有些呆滞。他身上已经没有钱了，所以连住的地方都找不到。在这冰天雪地之中，他能做什么？一名食物系魂师在这里根本就什么都不是。幸好他自己制作的香肠还可以用来果腹。

难道真的要重操旧业，在这里卖香肠吗？一抹无奈的笑容出现在他的络腮胡下面。

奥斯卡的脑海中不由得浮现出了那张绝美的俏脸，荣荣。他的眼神变得柔和了，但很快又恢复了坚毅。无论如何，他都要先在这里生存下去。如果他连这一点都做不到，如何保护荣荣呢？又怎么能让七宝琉璃宗将荣荣交给自己呢？

他站起身，决定重回酒馆，先不提条件，无论如何都要加入一个猎杀小队之中，在战斗中发挥自己的作用，然后再逐渐提条件，一边提升自身实力，一边寻求获得镜影术的机会。

"吼！"突然，一声巨大的兽吼声响起，震动了整个小镇。

奥斯卡朝着声音传来的方向看去。那边隐隐有蓝光闪动。

这声音是魂兽的？

有魂兽的地方，或许就有机会。想到这里，他猛地冲了出去，飞速地朝着那个方向跑去，左手摘下背上背着的诸葛神弩，迅速上好机簧，同时口中念动咒语。

"奥斯卡有根蘑菇肠！"两黄、两紫四个魂环从他的脚下升起，尽管他已经接近五十级修为了，但距离五环还有差距。

急速飞行蘑菇肠落入他的手中。在即将抵达村口时，他立刻将这根香肠吃了下去，然后飞身而起，从更高处看向前方。

他最先看到的是一片蓝光，然后看到上百只魂兽正朝着冰森小镇冲来。

冲在最前面的赫然是一只巨大的冰熊，雄壮的身体高达七米。刚才那声咆哮就是它发出的。

在它后面还跟着各种各样毛发以白色为主的魂兽。每一只魂兽身上都散发着相当强横的气息，竟然都是千年级别的魂兽。

这是？

奥斯卡在心念电转之间突然明白了。冰森小镇中居住的都是猎杀者，而高阶魂兽也有智慧，它们一定是感受到了这些猎杀者的威胁，凑齐了一批魂兽，主动攻击。这是要来反杀啊！

村口处还有一只巨熊。相比那只高达七米的冰熊，这只熊只有三米高，但一双熊掌特别大，身上闪烁着七个魂环。它每一掌拍出，都和对面的冰熊硬撞一下，硬生生地压制着那冰熊不能上前。

武魂真身？这是一位拥有兽武魂的战魂圣。

那只七米高的冰熊明显是一只万年魂兽。凭借着它的正面硬冲，其他魂兽已经向村里冲了过来。

惨叫声已经开始在村中各处响起。魂兽的屠杀开始了。

奥斯卡犹豫片刻后，就有了打算。

"奥斯卡有根粉红肠！"低喝出咒语的同时，他迅速朝着两只巨熊交手的地方飞了过去。

"嗖嗖嗖！"刺耳的破空声中，诸葛神弩喷射出十六支弩箭，全都笼罩向了那只冰熊的头部。

一连串"噗噗"声响起，冰熊仰天发出一声怒吼。

巨大的音波震得奥斯卡险些掉下来。那只人类所化的巨熊顺势冲击，猛地将冰熊撞退几步。

"大哥，接着！"奥斯卡一抖手，刚刚通过魂咒释放出的粉红肠就朝着那名魂圣飞了过去。

魂圣抬手接过，看到是一根香肠，不禁愣了一下。

"我是食物系魂师！快吃。"说着，奥斯卡的第二轮诸葛神弩已经放出。

七米冰熊怒了，猛然跨出一步，高高跃起，右边熊掌上的锋锐利爪朝着奥斯卡的方向悍然拍去。

三道锋利无匹的冰刃仿佛将整个天空都割裂了一般，直奔奥斯卡劈来。

奥斯卡的战斗经验十分丰富，一看冰熊跳起来，立刻就意识到了不妙。他直接停止了飞行蘑菇肠的效果，任由自己的身体向下落去。

脸上微微一凉，他落地后猛然一个前滚翻，总算避开了七米冰熊的一击，但是脸上洒落的鲜血已经染红了地面。

他的意识开始有些模糊了。剧烈的刺痛与落地后的强烈震荡让他眼前只剩下白与红两种颜色。

"吼！"低沉的怒吼声、气劲碰撞的炸裂声不断在空中回荡。

不知道过了多长时间，一股大力传来，他被从地上拉了起来。

奥斯卡抹了一把脸上的鲜血，看向对方。

那是一位身材壮硕的大汉。他向奥斯卡道："我叫浩特，你刚才那香肠是什么魂技？"

奥斯卡咳嗽两声，回答道："亢奋粉红肠，能激发人体潜能，瞬间提升实力。"

浩特哈哈一笑，道："好，很棒的香肠。昨天我在酒馆看到你想加入猎杀者小队，以后跟我混吧。"

奥斯卡眼睛一亮，赶忙道："好。"

浩特拍拍他的肩膀，道："以后我们就是兄弟了。冰封森林是个大宝藏，我们一起去挖掘。不就是一只镜影兽吗？找到就归你。"

"谢谢队长。"

"叫大哥！"

"是，浩特大哥！"奥斯卡突然觉得脸上的伤口已经不疼了，他的内心一片火热。最重要的一步终于迈出了。

荣荣，等我回来！我一定会回来的！我要做那个能保护你的奥斯卡！

第一百章
火兔，蓝银草

SOULLAND

　　萨拉斯的眼神变得十分沉郁，没有人知道他在想什么。最镇定的反而是雪夜大帝。他的脸上浮现出一丝淡淡的微笑，看着擂台上的唐三，眼中似乎只有赞许的光芒。

　　又一次被抗拒火环破坏了攻击，而且这次连唐三都被弹了出去，双方的战斗暂时停了下来。

　　化险为夷的火无双四人毫不犹豫地与其他三名队友会合在一起，重新组成了三角战阵。另一边，史莱克学院七人也聚集在一起。

　　绛珠的治疗权杖已经插在了地上，释放出一圈圈恢复光环，驱除着众人身上受到的火属性魂力。她的治疗是多方面的，其中一个魂技就是帮队友驱除各种异常状态。

　　阵阵清凉传入史莱克学院队员们的体内，令他们的精神迅速恢复。

　　双方对视，但谁也没有急于出手。从表面看来，双方似乎是平分秋色的，但实际上还是史莱克学院占据了上风。

炽火学院的所有队员几乎都施展过了第三魂技，而史莱克学院这边，只有戴沐白使用了白虎金刚变。黄远和泰隆的第三魂技都没有完全释放出来。

从魂力消耗上看，史莱克学院明显占据了上风。更何况，从战斗开始到现在，作为绝对主力、团队灵魂的唐三，还没有使用过一个魂技，只不过简单地使用了蓝银草而已。

火无双回过头，与火舞对视了一眼。两个人在眼神相对的一瞬间，向对方微微点了一下头。

火舞缓缓抬起自己的双手。两团橘红色的火焰从她的掌心升腾而起，冒起一米多高。

这似乎是一个信号，炽火学院的其他六个人同时动了起来。

两名辅助系魂师身上火光大放，毫不吝惜地再次释放出了自己的第三魂技。而他们的第三魂技这次针对的对象只有一个人，正是手上火光大放的火舞。

一个个凝实的火团注入火舞体内，令她双掌之上的橘红色火焰变得越发明亮起来，并渐渐转变着颜色，从橘红色变成幽蓝色，再从幽蓝色变成白色。

之前的灼热感在火光变成白色的一瞬间竟然完全收敛了，似乎那已经不再是火焰。

四名攻击者，以火无双为首站成一排，挡在火舞面前，保持着一个防御阵形。他们身上同时腾起第三魂环的光芒，显然是准备随时阻止唐三这边的突击行动。

紫色光芒绽放，那是魂环的颜色，不过不再是第三魂环，而是第四魂环。那是火舞身上的第四个魂环。

紫光与她掌中的白光凝聚在一起，将她照耀得如同虚幻一般。

唐三的脸色变得凝重了几分。他当然看得出，在两名辅助系魂师的全力支持下，火舞的这个第四魂技绝对不像普通的第四魂技那么简单，其威力甚至超过了一般火属性魂师的第五魂技。

她的武魂甚至比火无双的火龙还要强横几分。

"火——舞——耀——阳——"清亮的声音从火舞口中吐出。每出现一个字，她手中的白光都会变得强烈几分。当最后一个"阳"字出现的时候，一个庞大的白色火团已经在她的头顶上方凝结而成，真的像一颗太阳般绽放着光彩。此时此刻，就连阳光都已经被它的光芒掩盖。

贵宾席上，宁风致颇为动容，道："火力内敛，没有丝毫外放。这个火炽学院的小姑娘在武魂控制上已经达到了相当恐怖的程度。那并不是她一个人的魂力，而是三个人的。这下史莱克学院恐怕有麻烦了。"

唐三看得出，火舞在第四魂技的选择上和他恰恰相反。他选择的是团体控制能力，但她选择的是一个极其霸道的攻击能力，而且是与伙伴们结合在一起才能施展出全部威力的攻击能力。

他能够清晰地感觉到，火舞的目光隐藏在那白光之下，正牢牢地盯着他。而那充满了白炽之光的"太阳"锁定的也正是他。她是要以三人之力先击败他吗？肯定是这样的。

一丝淡淡的微笑出现在唐三唇边。他脸上的凝重之色在对手七人的注视下消失了。因为他知道，在这个时候火舞的魂技已经不可能停止，他也不再需要掩饰什么。

戴沐白等人此时心中都充满了焦急。因为直到此刻，唐三还没有给出任何指示。

唐三作为团队的灵魂，史莱克战队的攻击一向是由他决定的。他给众人的手势却是按兵不动，就那么看着对手蓄力。

原本的优势在这种情况下还会存在吗？作为队长，戴沐白充满了担忧。

而就在这个时候，唐三在背后又重复了一次按兵不动的手势，而他自己迎着对方七人走了上去。

一步步前进，唐三的步伐十分轻盈，脸上依旧带着微笑。面对对方七人，他似乎在说："你们不是要对付我吗？那好，我就把自己一个人放在最外面，让你们来攻击。"

火无双的脸色变了。虽然唐三在微笑，可是他的笑容看在火无双眼里是赤裸裸的挑衅。如果不是因为早有战术安排，火无双恨不得立刻冲上去发动攻击。

唐三的蓝银草此时已经连接在每一名史莱克战队的队员身上，但他并没有扯动蓝银草。此时，他已经离开队友超过五米的距离了。

"你很强，比我想象中的还要强。"火舞突然开口了。她的声音有些颤抖，却不失悦耳的清脆。那份颤抖显然是她头顶上那颗"太阳"导致的。她的目光正像唐三感觉中那样，牢牢地盯在他身上。

"但胜利依旧是属于我们的。"火舞终于坚持不住了。三个人的魂力由她一个人控制在这第四魂技之中，她能够蓄力这么久，已经接近极限了。

"太阳"向前飘出半米。当唐三真切地看到火舞注视着自己的双眼时，那恐怖的"太阳"已经化为一道流光，骤然向他轰击而来。

这是完全无法闪避的。与之前的七星弹不一样，这颗耀眼的"太阳"在发动的瞬间就已经锁定了唐三的身体，而且它的速度非常快，就算是最快的敏攻系魂师也绝对无法逃脱。

唐三没逃，甚至没有动，更没有招呼自己的队友前来救助。他只是做了一个简单的动作，发动了一个最简单的魂技而已。

蓝银草第一魂技——缠绕！

细密的蓝银草悄然将唐三的身体围拢在内，由于这是他的第一魂技，所以使用起来的速度绝对是最快的。

只是一瞬间，原本缠绕在其他伙伴身上的蓝银草就已经将唐三完全缠绕在内，没有露出一丝肌肤。

所有人都只看到唐三身上第一魂环闪动和蓝银草缠绕而上的瞬间，下一刻他的身体就已经被那白光吞噬了。

小舞尖叫一声，就要冲过去，却被戴沐白一把拉住了。

"你干什么？"小舞吼道。

戴沐白脸上虽然有犹疑之色，但他还是死死地抓住小舞的手臂，道："相信他！难道你认为他是一个会做没有把握之事的人吗？"

正所谓关心则乱，听了戴沐白的话，小舞不禁愣了一下。眉头微皱之间，她略微冷静了几分，但脸上依旧充满了焦急之色。

看到唐三的身体已经被那白光完全吞噬，炽火学院一方的七名队员明显松了一口气，都露出如释重负的神情。

火舞看上去有些虚弱。她既要控制如此庞大的能量，又先后释放了两次第三魂技和一次第四魂技，体内的魂力已经接近枯竭了。她身边的两名辅助系火属性魂师也已经消耗了五成以上的魂力。

但他们都相信，只要击溃了唐三，史莱克学院剩余的队员将不足为惧。

对方战队中能够跟唐三使用武魂融合技的另外一人都没有上场，难道他们还赢不了这场战斗吗？

火舞已经在考虑要不要减弱自己魂技的威力。万一唐三在那炽热的火焰中丧生，炽火学院岂不是要被判失败吗？

就在这时候，谁也没有想到的事情发生了。一个清朗而平静的声音从那炽热的白色火焰中传出。

"你们太天真了。这是我之前就想说的话。你们已经走入了一个误区。"

火舞的瞳孔瞬间收缩，火无双则瞪大了眼睛，双眸中充满了难以置信之色。

炽热的火焰渐渐消失了。擂台的地面上出现了一个大洞，可是就在那渐渐弱下去的火焰之内，一个大茧静静地悬浮在那里。不，准确地说，它应该是在蓝银草的支持下，悬浮在破洞上方。数根蓝银草连接在破洞的边缘支撑着它。

那个大茧完全是由蓝银草组成的，只不过此时的蓝银草已经完全变成了火红色，绽放着绚丽的光彩。随着白色火焰消失，它们开始缓缓散开，自行在破洞上方编织成一张大网，支撑着唐三的身体。

唐三静静地站在那里，抚了抚自己身上有些皱的队服，平静地看着面前不远处已经完全陷入呆滞的七名炽火学院队员。

"你们真的以为我不使用魂技是怕了你们的火焰吗？并不是所有植物都怕火，凡事总有例外。从开始的时候，你们就在我的引导之下走进了这个误区。你们以为凭借自己的火属性武魂大大地限制了我的能力，所以才如此肆无忌惮地攻击，对吧？可惜你们的判断是错误的。我没有使用魂技，就是为了引导你们继续错下去。现在你们的魂力已经消耗太多了。我可以告诉你们一个事实——我的蓝银草，火兔。"

轰——

观众台上仿佛炸开了锅，各种议论声此起彼伏，支持史莱克学院的人在欢呼，支持炽火学院的人在愤怒地大叫，可这些都改变不了这场比赛的结果。

黑色的光芒在唐三身上涌动，他的目光再次落在了火舞身上，与她那失神的目光相对。从始至终，两人都在不停地斗。而此时此刻，这场拼斗已经没有任何悬念地结束了。

七束黑光悄然涌动，蓝银牢笼瞬间形成，将炽火学院的七个人完全笼罩在内。别说他们已经消耗了大量魂力，就算没有，想要冲破这万年魂技的限制也绝对不容易。至少他们不可能凭借火来攻破这个牢笼。

八角玄冰草、烈火杏娇蔬，这两大仙品的作用第一次在实战中得以展现。凭借着它们与冰火两仪眼的改造，不只是唐三的身体，就连他的武魂也拥有了水火双免疫的能力。

如果不是顾及身上这身衣服，之前在面对那恐怖的火焰攻击时，唐三都不需要使用蓝银草来为自己防御。

在火舞凝聚第四魂技的时候，唐三就已经看出，她这个魂技完全是凭借炽热的温度来获取攻击效果，而不是凭借冲击力。所以，别说她只是凝聚了三个人的火属性魂力，就算凝聚了三十个人的又如何？就算是封号斗罗，现在想要烧死唐三，也绝对不是件容易的事。

七个蓝银囚笼的出现给这场比赛画上了句号。或许炽火学院的学员们此时还有能力没有施展出来，可是当唐三破掉火舞的第四魂技时，这场比赛就已经结束了。因为炽火学院的七个人已经完全丧失了斗志，连他们的队长火无双也不例外。

"我们认输！""认输"这两个字几乎是从火舞的牙缝中挤出来的。她银牙紧咬，始终盯着唐三。同样是四十几级的魂师，但眼前这个看上去比她年纪还要小的青年带给她的是一种深不可测的感觉。他就像一个永远挖掘不完的宝藏，不断将自己的能力一点一滴地展现出来。

每一次他的对手都会在这样的展现中落败。

正像戴沐白所说的那样，唐三从来不会做没把握的事，今天也不例外。他既然敢以目前的队伍来面对炽火学院，自然是有把握的。而这把握就建立在他自身对火免疫的基础上。

如果是正面交手，或许史莱克学院一方还要耗费不小的力气，毕竟双方的实力差距并不大，但唐三凭借着自己巧妙的算计，与火舞斗智，在没有消耗自己和队友多少魂力的情况下，就获得了最终的胜利，击败了五元素学院中的第二个学院。

如果说与象甲学院的战斗令史莱克学院成名的话，那么眼前这一战就将史莱克学院的名声推到了预选赛的巅峰。这一刻，再也没有人怀疑他们会是预选赛头名最有利的竞争者。

观众们不是傻子，他们还清楚地记得，史莱克学院在面对象甲学院时出场的是四名四十级以上的魂宗，而这次出场的只有两名魂宗。这证明了什么？证明他们还有余力。

唐三收回蓝银囚笼。裁判上台，双方队员重新列队。这场比赛结果已定，甚至没有一个人受伤。可此时双方队员的神色已经发生了翻天覆地的变化。

炽火学院的七个人脸上已经完全没有了自信，更多的是不甘，尤其是火舞。她那双漂亮的大眼睛死死地盯着唐三，似乎要将他吃了。她不甘心，真的不甘心。

一直以来，她都是学院培养的天之骄子，在五大元素学院内，论实力绝对能够排在前五之列，甚至是前三。可她就这么输给了一个名不见经传的对手，而且在智慧与实力两方面都输了，那种感觉真不好受。

对她来说，这一战的打击相当大，面对唐三时那种有力没处使的感觉更是令她痛苦万分。

她怎么都觉得己方实力应该在对手之上，但最后依旧输了，而且输得有些莫名其妙，就因为那简单的"火兔"二字。

"我们还会再碰到的，下一次你们绝对不会这么好运。"火舞目光灼灼地瞪着唐三。

唐三淡然一笑，道："随时恭候。"

史莱克学院，十一战十一胜。炽火学院，十一战十胜一负。虽然只有一负，但他们已经脱离了真正的第一集团。

在观众们的欢呼声中，双方退出场地。唐三一下台，奥斯卡、马红俊等人就冲了过来。

奥斯卡哈哈一笑，道："小三，真有你的。"唐三的蓝银草水火双免疫，他们都是知道的，但还是惊讶于唐三对蓝银草的控制水平。原本应是一场苦斗的比赛就这么从容地结束了。

这无疑令史莱克学院众人的信心提升到了顶点。

当史莱克七怪走入选手休息区的时候，不论是还没有进行比赛的选手，还是已经结束比赛的选手，看向他们的目光中都多了几分敬畏，尤其是看着唐三的时候。在这一届全大陆高级魂师学院精英大赛的预选赛中，唐三可以说出尽了风头。

在与象甲学院和炽火学院的比赛中，唐三更是以一己之力扭转了乾坤。

回到休息区的自然也有炽火学院的队员们。他们心中自然是不甘的，可不甘心又有什么办法？随着比赛结束，他们渐渐冷静下来。

不论是火无双还是火舞，都明白，就算他们在斗智上没有输给唐三，也很难战胜史莱克学院。

唐三作为团队灵魂，拥有火免能力，对他们的制约太大了。

有这样一个控制系魂师在，他们就不会有任何机会。

"火无双，过几天我们给你们报仇。"正在炽火学院一行人极度郁闷的时候，一个有些低沉的声音响起。众人顺着声音发出的方向看去，只见一群身穿青色队服的参赛队员正走到他们身边。

那青色队服上有银色刺绣，与炽火学院的队服交映生辉。这帮人正是五元素学院中的神风学院的学员。

之前说话的是神风学院战队的队长，也是他们团队的灵魂——神风学院战队控制系魂师风笑天。

他虽然是在向火无双说话，但目光始终停留在火舞身上，眼中的炽热根本无法掩饰。

火无双冷哼一声："我们不行，你们就一定行吗？"

风笑天嘿嘿一笑，道："无双，你知道我不是那个意思。你们并不是输在实力上，而是输在属性相克上。那个唐三正好拥有火免的能力，否则火舞妹妹的第四魂技早就将他毁灭了。不过，他能免疫火，却不一定能够免疫风吧。虽然雷霆学院那些家伙能够克制我们，但这史莱克学院可不行。魂师之间的战斗很多时候都是用彼此属性克制来决定胜负的，你们也不用太郁闷。"

听了风笑天的解释，炽火学院众人的脸色才变得好看了几分。正在这时，火舞突然开口："风笑天，你是不是想和我交往？"

"啊？"风笑天瞪大了眼睛。虽然他一直都有这样的想法，但此时当着众多队友的面被火舞一下子点出来，还是感到一阵尴尬。

"究竟是不是？"火舞似乎并没有注意到此时周围不少人都看着她。

风笑天愣了一下，看了一眼旁边的火无双，可此时火无双也是一脸茫然，不明白火舞为什么会在这个时候说出这样的话。他和火舞是亲兄妹，对这个妹妹一向宠爱得不得了。

"你是不是个男人？是就是，不是就不是，难道你连话都不会说了吗？"火舞的声音有些冷，和她的武魂属性正好相反。

"是，我一直都很喜欢你。"风笑天可不想成为笑柄，在这个时候他要是没有什么表示的话，恐怕永远都不会有追求火舞的机会了。

火舞向他点了点头，道："那好，只要你们能够击败史莱克战队，击败那个唐三，我就答应和你交往。哥哥，我们走。"说完，她率先朝着外面走出去，留下愕然的神风学院一行人。

火舞从小生活在众星捧月的环境之中，不论是在家中还是在学院里，她都是所有人呵护的对象。再加上本身天赋异禀，她从小就处于同龄人中的顶端，今年才十九岁，就已经达到了四十级以上的实力，在炽火学院中可以说是史无前例。她的骄傲是有道理的。在相貌、实力、家世方面，她都有骄傲的本钱。可是她现在怎么也无法忘记唐三的眼神，更无法忘记唐三说她天真的那句话。

对于火舞来说，这次输掉的不只是一场比赛，也是她的骄傲和尊严。这场比赛对她的打击实在太大了。最令她无法接受的是，唐三在属性上对她的克制令她根本没有翻盘的机会。

哪怕是火无双，此时也无法完全明白妹妹的心理，只能赶快跟上去。

风笑天呆呆地看着火舞离去的方向，直到她的身影完全消失后，才清醒过来。

她说什么？她说给我一个交往的机会！只要我能够战胜那个史莱克学院的唐三，她就肯做我的女朋友！天啊，这简直是天上掉馅饼。想到这里，风笑天心中暗喜。

随着神志渐渐清醒，无法抑制的兴奋开始在他体内点燃。他喜欢火舞已经不是一天两天的事情了。神风学院和炽火学院距离很近，经常进行交流，他在六年前第一次见到火舞的时候，就深深地喜欢上了这个绝美的天才少女。为了追求火舞，他甚至放下自己的尊严去和火无双做朋友，并且在与这两兄妹的切磋中，从来都没有赢过。可就算这样，火舞也一直对他不冷不热的。机会终于来临，此时风笑天心中燃烧的完全是爱的力量。他突然觉得，史莱克学院的队员是那么可爱，今天他们的胜利又是那么及时。这真的是太好了，机会终于来临！风笑天心中暗喜：火舞，你等着吧，我会用实力向你证明，我就是最适合你的男人。

史莱克学院众人自然不知道神风学院与炽火学院这边达成的协议，几乎没有休息，就直接回了学院。

一进门，唐三就被大师叫走了。其他人早已经习惯了这样的情况，毕竟唐三是大师的嫡传弟子。

跟着老师来到办公室，唐三将门关上。

虽然大师脸色平静，但眉头略微皱起，挥了挥手，示意唐三先坐下。

"小三，你做得有些过了。"

大师这一句没头没脑的话令唐三愣了一下，但他没有吭声，静静地等待着老师的训斥。

大师沉声道："我的意思是，你现在展露出的实力已经太多，在所有参加预选赛的各学院队员中，表现得也太过明显了。现在，你不但已经被各学院注意到，而且就连贵宾席上的那些家伙都已经对你非常关注了。这并不是一件好事。"

唐三苦笑道："老师，您也看到了，我们的对手过于强大。并不是我想这样，可如果不这样，我们就很难战胜对手。"

大师轻叹一声，道："我明白。如果你背后有强大的势力支持，这并不是什么问题，但你不要忘记上次苍晖学院那个时年对你的追杀。他为什么敢暗杀你？

就是因为你背后没有足够的力量。木秀于林风必摧之。我现在在考虑，是不是从下一场比赛开始，就不派你上场了，到总决赛再说。"

唐三摇了摇头，坚定地道："不，老师，我要出场，而且要带领着大家继续赢下去。我一个人被注意总比整个团队都被注意要好。对手将注意力都集中在我身上，无疑会放松对其他人的警惕。我们史莱克七怪是一个整体，我想，只有这样才能让我们在总决赛中走得更远，在与对手比赛时更能令对手难以应付。"

大师微微一笑，走到唐三身边，在他的肩头上拍了拍，道："你看得很远，你的做法也并没有错。但是，你要记住，就算队友们的实力隐藏得再好，一旦你出了问题，还是会造成整个团队的崩溃。我不反对你的做法，但从现在开始，你每天前往比赛场地以及回来的时候，我都会让二龙跟在你身边。还有，不论什么时候，你都要和伙伴们在一起。我不想你有意外。"

"是，老师。"唐三应道。

大师继续道："今天你暴露的是自己的火兔能力以及近战能力。坦白说，连我都不知道你的近战实力能够达到什么程度。在后面的比赛中，你不妨多使用一些近战的本事。以你现在的魂力和魂环对身体的增幅，除非出现有魂骨的对手，否则很难有人在不使用魂技的情况下能够和你抗衡。你要好好把握住这一点。只要能够做好这一点，你就不但是控制系魂师，同时也是一名强攻系魂师。但在比赛中你要注意，你的对手们会根据你的实力来对你进行限制。虽然你控制方面的能力已经不错了，但还是没能真正将队友们的实力发挥出来，否则你将轻松许多。这也是你要注意的地方。你们之后的对手还有神风、天水和雷霆三大学院。天水学院，我不太担心，对你们威胁较大的是另外两个学院。不论是神风学院的速度还是雷霆学院的爆发力，都相当难对付。我希望你们能够放弃这两场比赛。这样一来，你们不但不会以第一名的成绩进入下一轮，同时能够避免过多暴露实力。"

从战术上来说，大师的建议无疑是非常完美的。预选赛中，只要进入前五名就肯定能够出线，可是他们真的要避战吗？

唐三犹豫了一下，还是坚定地摇了摇头，道："老师，这届比赛结束之后，我们就要毕业了。就让我们给学院多留下一些东西吧。"

大师微微一笑，道："我就知道你会这样说。表面看去，你似乎是个很平和的人，可实际上，你的内心是十分刚硬的。这种不屈服的精神固然很好，但你要记住，过刚则易折。当年，你父亲似乎就是吃了这方面的亏。"

"我心中刚硬的一面或许是受了您的影响吧。"

听大师提到自己的父亲，唐三的表情不禁一黯。最近得到了不少父亲的消息，甚至还有他自己的身世，可是父亲究竟在什么地方呢？这么多年了，父亲都没有回来看过他。如果真的像老师所说的那样，父亲一直关心着他，那为什么不回来呢？哪怕只是见一面也好啊！

"你还小，我希望你能够心无旁骛地修炼。如果你们最后真的获得了冠军，我会安排你进行一段长时间的潜修，让外面的世界将你忘记。因为你现在的实力还不足以保护自己，更无法让自己走出各方面争斗的旋涡。"

大师的话令唐三心中一凛。师徒二人目光相对，唐三默默地点了点头。

一天后，史莱克学院迎来了自己的第十二个对手。

这个对手令唐三有些兴奋，对胜利的渴望甚至比面对炽火学院时还要强烈。他们这第十二个对手并不是五大元素学院之一，而是苍晖学院——那险些令唐三万劫不复的时年带领的学院。

距离比赛开始还有不到半个时辰的时间，各学院战队都已经在休息区等待了。这一次，史莱克学院并不是在第一轮出场，第三轮才轮到他们。

第一百零一章
隐藏的奥秘，七宝石武魂

史莱克学院的队员们习惯性地在一个角落中休息。十一连胜的成绩令他们在这些参赛队员中早已经成为鹤立鸡群一般的存在，再也不会出现像预选赛刚开始时被人嘲笑的景象了。

虽然很多人在四周看着他们，却很少有人会上前接近他们。

在魂师界，实力就是一切的象征，在魂师学院中同样如此。史莱克学院战队给人的感觉是没有任何特点的一个参赛队伍。但就是这样一支参赛队伍令每一个对手都为之头疼。

拥有万年魂环的唐三，在这一届预选赛中已经是最有价值魂师最有力的竞争者。到目前为止，评选榜单上的得票，他就占据了一半之多。

只要没有人击败他，他获得这个奖项就将毫无疑问。

想要击败一个拥有万年魂环的魂宗，对于这些参赛学员来说谈何容易。

史莱克学院众人轻松地聚集在一起。马红俊有些心痒难耐地向唐三道："三哥，今天让我上场吧。我不用第四魂技，行不行？"

　　唐三瞪了他一眼，道："不行。竹清，今天你接替绛珠登场。没问题吧？"随着大家在一起的时间越来越长，他们一起参与的战斗也越来越多。

　　唐三在史莱克七怪中的权威已经潜移默化地存在于每个人心中。比他年纪小的那四个人，对他除了友情之外，还多出了几分尊敬。

　　现在他在战队中的地位丝毫不亚于戴沐白，甚至有过之而无不及。

　　朱竹清愣了一下，道："没问题。"

　　奥斯卡疑惑地道："小三，不需要这样吧？我们在面对炽火学院的时候都没有派出竹清，对付苍晖学院的那些垃圾需要吗？"

　　唐三沉声道："苍晖学院未必真的是垃圾。你们有没有注意到他们的战绩？苍晖学院从比赛到现在只输了三场，而这三场分别是面对象甲学院、雷霆学院和神风学院。面对其他对手的时候，他们都获得了胜利，在整体排名中甚至还在象甲学院之上。更何况，你们不要忘记，弗兰德院长曾经提醒过我们，他们那个带队老师很不一般。苍晖学院输给象甲学院后，他们在后面的比赛中要面对的几个强大对手分别是我们、炽火学院和天水学院。在这三场比赛中，他们至少要获得两场胜利，才能将晋级下一轮的主动权掌握在自己手中。再加上我们两队之间的宿怨，我敢肯定，他们在今天的比赛中必然会全力以赴。我让竹清上场，就是为了确保我们获得胜利。"

　　戴沐白颔首道："好，就按照小三的意思做。苍晖学院的那些小子不是很嚣张吗？今天我们就让他们知道知道厉害。他们还想进入晋级赛，真是痴人说梦。"

　　"喂，你们是史莱克学院的队员吧？"正在唐三布置战术的时候，一个突如其来的声音打断了他。

　　众人扭头看去，只见一名身穿青色队服、相貌英俊的青年凑了过来，一脸笑容地看着他们。

　　戴沐白皱了皱眉，道："不错，我们就是史莱克学院，你是谁？"

　　青年嘿嘿一笑，道："我叫风笑天。或许你们没听过我的名字，不过不要紧，以后我们会在比赛中遇到的。我是来给你们鼓劲的，一定要加油，灭了那个苍晖学院。"

嗯？戴沐白和唐三对视一眼，两人都有些惊讶。

虽然他们没怎么看过这个人参加比赛，但从他身上的衣服也能依稀认出，这个人应该是属于神风学院的。

二十八支队伍参加预选赛，谁都想赢，都想进入下一轮，彼此之间很少来往。这还是比赛开始以来，第一个主动向他们示好的人。

唐三点了点头，道："我们会的。"

风笑天笑道："你就是唐三吧。我相信你们的实力。不过，你们也要小心一些。我们学院曾经和苍晖学院打过。他们的实力虽然很一般，但他们和我们打的时候，我总感觉他们似乎没用全力，似乎在刻意掩饰着什么。我看好你们。至少在遇到我们学院之前，你们一定不要败。好了，你们休息，我先走了。"

这家伙来得快，走得也快，丢下一堆令众人有些莫名其妙的话，飞快地离开了。哪怕史莱克学院众人都是聪明之辈，一时间也没弄明白风笑天究竟是什么意思，更不明白他为什么要来给自己鼓劲。

这个问题的答案只有风笑天自己才知道。说完那些话，他很快回到了自己的队友们身边。

"队长，你干什么去了？"

"我去给史莱克学院加油啊！"风笑天笑着说道。

"给他们加油？队长，你代表的可是我们神风学院，这么多人看着呢……"

风笑天堂而皇之地道："怕什么？只要能抱得美人归，其他的一切都是浮云啊。"

一名神风学院的队员奇怪地问道："给史莱克学院加油和你抱得美人归有什么关系？"

风笑天道："当然有关系。你们忘了吗？火舞说，只要我击败唐三，她就做我的女朋友。万一在我之前别人击败了唐三，她会不会也答应别人的追求呢？所以，在遇到我们之前，史莱克学院还不能输。这叫防患于未然。"

"呃……"看着风笑天有些白痴的得意样子，神风学院的学员们不禁无语凝噎……

虽然比赛还没有开始，但等在休息区的各战队的队员还是能够清晰地听到外面观众们此起彼伏的欢呼声。观众们最在意的当然是出线的热门人选。

为了让比赛变得更加精彩，这些热门队伍都是交叉出现的。除非像前一天那样史莱克学院对上炽火学院，才会有两支强队在同一轮出场的情况。

唐三静静地站在那里，看着聚集在休息区远处的角落中一起商量着什么的苍晖学院，调整自己的呼吸节奏，让玄天功内力在巅峰状态运转。

各种战术不断地在他的脑海中浮现。他们都已经做好了战斗的准备。

没有等待太长时间，随着前两轮比赛的结束，第三轮参赛的队员们该出场了。

史莱克学院的队员是和苍晖学院的队员一起走出休息区的。双方队员都在注视着对方。和史莱克学院队员的阳光相比，苍晖学院的七名队员身上流露着森冷的气息，眼中闪烁着阴狠目光，似乎要将史莱克学院众人吃掉。

苍晖学院的七名队员都是男性，穿着统一的月白色队服，气息内敛。就像唐三预判的那样，这些队员并不是那么容易对付的。

在他们入场的同时，刚刚结束了一轮比赛的炽火学院队员们正好从比赛场地走回来。唐三没有注意到他们，可炽火学院的众人都将目光落在了他们身上，尤其是火舞。她第一时间就从史莱克学院战队中捕捉到了唐三的身影。

咦？火舞心中一动，顿时脸上怒意大盛，恶狠狠地看着唐三，心中一阵郁闷。

难怪火舞会生气。他们对史莱克学院的研究已经很透彻了，看到史莱克学院今天出战的阵容和昨天相比有所变化，她立刻回忆起史莱克学院队员们的组成。这个替换了辅助系魂师的队员赫然是一名四十级以上的魂宗啊！她不禁心中大怒，暗想：唐三，你这个混蛋！面对我们炽火学院的时候你们只派出了两名魂宗，眼下却变成了三个，难道我们还不如这个苍晖学院吗？

火舞越想就越生气，眼中带着恶狠狠之意，脚下故意一个踉跄，肩头就直奔唐三撞去。

双方队员交错而过，唐三突然感觉有一股劲风撞向自己的肩膀。他的身体立刻下意识地做出了反应。

他沉肩错步，肩膀先是后收，让过了火舞的一撞，然后在火舞的肩膀去势已尽、新力未生的瞬间，他的肩膀贴着火舞的肩膀顶了出去。他的力量在外送的最后关头骤然爆发，火舞顿时惊呼一声，直接跌了出去。

幸好这只是唐三下意识的反应动作，用的是类似沾衣十八跌的功夫。如果她这一下碰到的是唐三身上的淬毒暗器，恐怕就没这么好受了。

眼看着妹妹的身体被撞飞，火无双赶忙横身将火舞接了下来。炽火学院一行人顿时停下脚步，拦住了史莱克学院七名即将参赛的队员，怒目而视。

苍晖学院的队员们自然看到了这一幕，也停下了脚步，不但是一副幸灾乐祸的样子，而且还随时有可能拉偏架。

唐三此时已经反应过来，看到跌出去的火舞，眉头微皱，手腕在二十四桥明月夜上抹过，诸葛神弩已经被他翻了出来。他的动作非常快，只是一瞬间，伴随着机括的铿锵声，诸葛神弩就已经准备完毕。

唐三做出这样的反应也是迫不得已。

此时，史莱克学院七人正好被炽火学院和苍晖学院夹在中间。万一他们和炽火学院动起手来的时候，被后面的苍晖学院偷袭，很容易造成伤亡。

而有诸葛神弩就不一样了，有它做保证，只要炽火学院敢破坏大会的规矩，在休息区范围内动手，唐三就可以带领众人瞬间将他们击杀，再返身对付苍晖学院。

唐三有把握，在如此近的距离内，炽火学院的队员们又没有事先释放出武魂，绝对不可能挡住诸葛神弩的冲击。更何况，他们才刚刚参加完一场比赛，魂力必定消耗了一部分。

唐三的动作就是整个战队的指向。在他翻出诸葛神弩的同时，与他最默契的小舞完成了同样的动作。戴沐白、朱竹清也紧接着取出了自己的诸葛神弩。四支诸葛神弩同时指向了炽火学院。

虽然不知道那是什么，但当诸葛神弩指向自身的时候，炽火学院众人同时感受到一股冰冷的杀机从史莱克学院七人身上弥漫而出。

唐三淡淡地道："如果你们想找麻烦的话，我们奉陪到底。"

火无双冷冷地瞪着唐三，虽然心中感觉到不妙，但作为炽火学院的队长，他这时候如果退缩了，那以后还怎么在炽火学院混？就在他即将发作的时候，却被火舞一把拉住了。

火舞瞥了一眼唐三手中一尺长的黝黑匣子，道："我们走。"说完，她强行扯着自己的哥哥向休息区走去。

史莱克学院七人倒没什么，苍晖学院的队员们却流露出了失望之色。要是史莱克学院和炽火学院动起手来，先不说触犯了比赛规则，单是魂力上的消耗就在接下来的比赛中对他们有很大的好处。

淡淡的光芒闪烁，唐三眼中流露出一丝冰冷的神光。火舞临走时盯着他的眼神令他有些不舒服的感觉。

戴沐白向前走去，一边走，还一边向身边的苍晖学院队长道："我们没打起来，你们很失望吧？"

苍晖学院的队长看上去有三十岁，如果不是这全大陆高级魂师学院大赛相对公平，戴沐白真要怀疑他已经超龄了。

苍晖学院战队的队长冷哼一声，看也不看戴沐白，昂首阔步地向前走去。

戴沐白眼中冷光闪烁，心想：待会儿在擂台上，再让你们知道厉害。

双方走进场地，欢呼声顿时响彻云霄。而这些欢呼自然不是属于苍晖学院的。作为这一轮的重头戏，史莱克学院战队与苍晖学院战队的比赛地点无疑又被安排在了中心主擂台上。史莱克学院早已经成为这里的常客。

"干掉他们。秒杀了那些家伙，史莱克万岁……"

"十二连胜，十二连胜……"

各种欢呼声不断从观众席上传入场内，而此时位于贵宾席的专业解说员也将目标放在了这两支战队上。

"第十二天的第三轮比赛即将开始，相信大家都已经看到了，史莱克学院战队正是在这一轮中出战。他们的对手是已经获得了十一战八胜三负好成绩的苍晖学院。从目前的战绩来看，苍晖学院依旧有出线的可能。当然，他们和史莱克学院战队相比，实力明显要逊色一些。毕竟在之前面对几大强者的时候，他们都落了下风。今天苍晖学院对战史莱克学院，根据我个人的判断，这场比赛的胜负是毫无悬念的，关键是苍晖学院战队能够在史莱克学院战队的攻击下抵挡多久。"

解说员的话无疑是尖酸刻薄的。作为一名专业解说员，他不应该有个人的倾向性，他的倾向只会根据观众们的意愿发生变化。此时观众们的支持无疑都落在史莱克学院身上。他这样一说，无疑是将场上的气氛提升到顶点。

"啊，快让我们看看。今天史莱克学院出场的阵容中换了一个人，不再是辅助系魂师绛珠，而是在与象甲学院一战中出过场的敏攻系魂师。让我查一下资料。哦，她的名字叫朱竹清。如果我记得不错，她应该是一名四十级以上的魂宗。而且，在与象甲学院一战之中，她还与史莱克学院战队的队长戴沐白联手用出了这一届大赛开赛以来的第一个武魂融合技。正是那个武魂融合技扭转乾坤，令史莱克学院战队反败为胜。今天史莱克学院派她出战，难道苍晖学院在他们心中甚至比炽火学院还要强大吗？昨天可并没有看到她出战啊！

"哦，我明白了。或许是因为已经获得了十一连胜的好成绩，史莱克学院为了稳妥起见，这才让己方出场的队员实力更强大一些，以免出现阴沟里翻船的情况。安排如此稳妥，不愧是一支王者之师。真期待他们在总决赛上的表现。我有预感，史莱克学院战队一定会给几大传统强队带来很大的麻烦，不是吗？"

解说员的这番话无疑令观众们的热情更加高涨。要知道，由于预选赛受到了观众们极大的喜爱，门票的价格已经比第一天开幕式的时候高了一倍。

可是解说员的话无疑令两个战队的队员心中充满了怒火。一个自然是被他说成必败之师的苍晖学院。另一个则是强忍怒气，刚刚走进休息区的炽火学院。

休息区内，火舞一脚将面前的一张椅子踢飞，道："他们太嚣张了。"

她的肩头此时还在隐隐作痛。从小到大，还没有人打过她，哪怕平时与其他魂师切磋时，作为控制系魂师，她也没被人这样撞击过。她对唐三的憎恨无疑已经达到了顶点。

有的时候，察言观色是很重要的，但有些人并不会。譬如神风学院战队的某人。

风笑天看到炽火学院一行人走回休息区，顿时一脸笑容地迎了上来。火舞昨天的话令他心中的希望之火熊熊燃烧。此时他虽然看到火舞一脸怒气，但还是忍不住凑上来示好。

"火舞妹妹，你这是怎么了？谁惹你了？哥哥替你出气。"

火舞狠狠地瞪了风笑天一眼，道："就是你。"

"我？火舞妹妹，你是在开玩笑吧？"

火舞怒道："怎么不是你？要是你们早点遇到史莱克战队，将他们击溃，我们怎会受他们如此羞辱？外面解说员说的话你没听到吗？"

风笑天无奈地道："好，好，怪我，怪我还不行吗？我确实听到了，不过那个解说员只是哗众取宠，信不得的。"

一旁的火无双沉声道："他虽然是在哗众取宠，但他说得并没有错。史莱克学院今天出战的队员中，换了一名四十级以上的魂宗。这不是蔑视我们是什么？我们身为五大元素学院之一，还不如一个苍晖学院？刚才唐三那小子还故意撞了我妹妹。"

"什么？"风笑天险些跳起来，"火舞妹妹，他撞你哪里了？快，让哥哥看看。"

"走开——"

比赛台上，双方队员已经入场完毕。五个比赛台上的比赛在裁判的宣布下同时开始。

观众们最喜欢看的是什么？正所谓外行看热闹，他们最喜欢看比赛开始时所有魂师一起释放武魂的过程。那无疑是最绚丽的。

那一个个魂环出现后，不同武魂产生不同效果，绚丽的光彩每次都会将观众的情绪充分调动起来。

三个四十级以上的魂宗，加上四名三十级以上的魂尊，史莱克学院战队从比赛一开始，就在魂力等级上完全压制了他们的对手。苍晖学院的七个人中，只有他们的队长是一名拥有四十级以上实力的魂宗。其他人不过都是三十多级而已。而且有一个人的魂环不是最佳配比，三个魂环都是黄色的。

苍晖学院的七个人看上去很谨慎，在裁判宣布释放武魂的时候，就飞快地聚集在一起。他们的队长站在最前面，七人摆出了一个怪异的阵形。

除了队长以外，另外六个人围成了一个六角形，警惕地注视着史莱克学院的七个人。

泰隆哈哈一笑，忍不住道："苍晖学院真的没人了吗？还有一个不是最佳魂环配比的。"

此时，就连戴沐白都觉得唐三让朱竹清出场过于谨慎了。眼前这苍晖学院战队的实力，甚至还不如之前他们遇到的几个相对较弱的高级魂师学院。这场战斗的胜负似乎根本没什么悬念。

唯一没有放松警惕的恐怕就只有唐三了。

在双方队员走出休息区的时候，他心中就已经完全警惕起来。因为他发现，苍晖学院今天出场的队员之中，有四个人都是在以前的比赛中没有出过场的。这和大师给他的出场名单差距很大。那四个人中就包括了那名并不是最佳魂环配比的队员。

一下子换了四个人，这意味着什么？只有两种可能。一种是苍晖学院准备放弃这场比赛，另一种就是他们在之前的比赛中大幅度地隐藏了自身的实力。从双方出场时苍晖学院七名队员身上流露出的气息判断，唐三就将第一种可能否定了。那么就只有第二种可能了。

此时，虽然对方七人看上去十分谨慎，而且似乎有些畏惧史莱克学院，可唐三从他们的眼神中并没有捕捉到真正的恐惧之光。凭借紫极魔瞳，他的观察力远超常人，不会放过任何一个细节。

"集中。"唐三低喝一声。

虽然史莱克学院战队的队员们不明白唐三为什么发出这样的命令，但还是飞快地在他的身体周围集中过来。六人腰间一紧，熟悉的蓝银草已经缠绕上了他们的身体。

"三少，让我们过去冲杀一阵不久结束了吗？"泰隆脾气最直，忍不住问了出来。

唐三没有开口，已经将体内的魂力提升到了巅峰状态。而他们的对手此时并没有动。

五场比赛同时开始，其他四场此时都已经展开了拼斗，唯有这中心主擂台上的比赛还处于僵持状态。双方大眼瞪小眼，谁也没有抢先出手。

看到史莱克战队并没有直接发动进攻，苍晖学院战队的队长明显愣了一下。唐三从他的眼底深处捕捉到了一丝失望。

　　泰隆不明白唐三为什么不让他们直接出击，但小舞、戴沐白和朱竹清都对此没有置疑。大家在一起配合这么久了，对于唐三的指挥，他们是完全相信的。至少到目前为止，唐三在团队的指挥上从未有过大的失误。

　　此时，史莱克学院这边，戴沐白站在唐三面前，身体两边是泰隆和黄远。唐三身边分别是小舞和朱竹清，京灵押后。

　　"双方队员请开始比赛。"裁判的声音响起。

　　贵宾席上的解说员忍不住道："发生了什么事？为什么史莱克学院战队还不出击呢？难道他们在惧怕眼前这个对手吗？苍晖学院的实力明显和他们的实力相差甚远，他们随便释放几个魂技应该也赢了。"

　　端坐在贵宾席前排的雪夜大帝向身边的宁风致低声问道："宁宗主，依你看，他们现在为什么还不交手？双方似乎过于谨慎了。他们的实力相差太远了。"

　　宁风致微微一笑，道："表象并不能代表一切。我想，一定是唐三发现了什么不对，才没有贸然让自己的队友动手。这孩子这么沉稳，真的不像只有……"说到这里，他下意识地停顿下来，脸上依旧带着微笑，却没有再说下去。

　　一旁的白金主教萨拉斯正聚精会神地听着，看宁风致说到关键时刻突然停了下来，恼怒之色从他的眼底一闪而过，但他并没有任何表示。

　　在裁判的警告和数万观众的嘘声之中，中心比赛台上的双方队员终于动了。

　　首先发动的并不是史莱克学院战队，而是苍晖学院战队。

　　苍晖学院的队长此时已经放弃了掩饰，腰背骤然舒展开来，脚下步伐微微一动，已经后退一米，正好进入其他六人组成的六角阵形之中。

　　在他后退的时候，其他六人同时踏出一步，原本密集的六角阵形顿时扩张了一圈。奇异的是，他们的阵形虽然扩大了，但组成的六角形没有半分散乱。六个人踏出的距离竟然一模一样。而苍晖学院那名队长退后的位置正好是这阵形的中心。

　　显然，这是一个早已经演练多年的阵形。紧接着，史莱克学院众人就清晰地看到，苍晖学院的七名队员同时抬起了右手。

　　之前，他们在释放出武魂的时候，身体并没有出现什么变化，甚至让人无法辨别他们的武魂是什么。这也是令唐三越发谨慎的重要原因。曾经出过场的三人的武魂可以查到，可今天新上场的四个人的武魂是什么，谁也不知道。

此时，苍晖学院这七名队员的武魂终于展现在所有人面前。

当他们的武魂真正展现在所有人面前的那一刻，只要对武魂有些了解的人都不禁一惊。

出现在苍晖学院战队这七名队员右手掌心的，是一颗颗宝石。

他们掌心中的这些宝石，颜色和外观都不相同，有圆形的，有菱形的，有三角形的，还有水滴形的，颜色就是彩虹中的那七色。这七颗宝石同时出现的刹那，他们身上顿时冒起一层氤氲彩光，将身体完全笼罩在内。

宝石武魂绝对是一种极其稀有的武魂。它们并没有多么强大，但就像唐三的蓝银草一样，这种品质相当不错的武魂拥有极大的可延展性。

它们会随着魂师获得的魂环的种类，向任何方向发展，可以是力量系的，也可以是控制系、敏攻系甚至是辅助系的，一切都以魂环为主。

可以说这是最依赖魂环的一种武魂。

在魂师界，武魂自然是越强大越好，但一般来说，大多数武魂在觉醒的时候就已经定型，有最适合自己发展的方向。

而这宝石武魂刚好相反，它在所有武魂之中的不确定性是最大的。

突然在擂台上出现七个拥有宝石武魂的魂师，又怎能不让人惊讶呢？更何况这七个人还是出自同一个战队。

史莱克学院战队的队员们终于明白了唐三谨慎的原因。此时他们也看出来苍晖学院绝对不像想象中的那么好对付。

氤氲宝光闪烁，苍晖学院战队的队长冷冷地看着唐三，道："你很沉稳，不过这并没有用。在绝对的实力面前，一切战术和技巧都是徒劳的。"

戴沐白不屑地哼了一声："你以为你们的绝对实力能够强过我们吗？"

苍晖学院战队的队长突然笑了。他的笑容看上去很怪异，仿佛憋了两个时辰后突然释放了体内毒素的样子。确实，他们已经隐忍了很久很久，等待的就是眼前这一刻的来临。

他们要用击溃史莱克学院来证明自身的实力，告诉所有人，他们才是这一届大赛最有力的冠军竞争者。

"你们很快就知道了。"在那怪异的笑容中，苍晖学院战队的队长缓缓抬起右手，将掌心中的宝石托高。他的武魂是一颗圆形的银色宝石，自然成了他们一方的核心。

在他将宝石托高的同时，他身上的第四魂环亮了起来。这是苍晖学院战队之中唯一的一个第四魂环。

苍晖学院另外六名队员跟他一样，同时托起了自己手中的宝石，亮起的则是他们的第三魂环。

"小三，让我上吧。"戴沐白的战斗经验极其丰富，立刻看出对手明显在蓄力。虽然对方的整体实力不如己方，但看他们的样子，一定是有什么凭借，不趁现在将他们击溃，等他们蓄力完毕就不好办了。万一阴沟里翻船，岂不是得不偿失？

唐三沉声道："不，等他们蓄力。他们既然敢这样明目张胆地在我们面前蓄力，又怎会没有凭借。不要轻举妄动，一切听我指挥。"

说着，唐三眼中多了一层异样的神采。如果此时苍晖学院的七个人能够看清他的目光，一定会从中捕捉到一丝淡淡的不屑和几分憎恶。

七道彩光几乎在同一时间冲天而起，以苍晖学院战队队长的武魂为中心，瞬间凝聚成了一道庞大的七彩光柱。光柱向外释放的光芒将那阵内的七个人完全笼罩在内。

第一百零二章
七位一体融合技

顿时，场上只剩下那绚丽的光芒，苍晖学院战队的七名队员同时失去了踪影。

"怎么回事？"贵宾席上，雪夜大帝大吃一惊，喃喃地道，"这难道是七位一体武魂融合技？"

一旁的宁风致一脸凝重之色，但他还是摇了摇头，道："不，应该不是。在我的记忆中，大陆上还没有人能够完成七位一体武魂融合技。不过，虽然这并不是真正的武魂融合技，但威力也必定比他们自身实力相加要强大得多。这一届全大陆高级魂师学院大赛真是让我大开眼界啊，现在的年轻人比我们当初确实强多了。"

作为大陆第一辅助魂师，他对武魂的认知很清楚，还专门研究过这种宝石类武魂。其实，七宝琉璃塔就是宝石类武魂的一种升华，只是方向变成了辅助而已。

宁风致现在虽然无法判断为什么会出现跟七位一体武魂融合技如此相似的能

力，但他隐约猜到，这应该是苍晖学院那七名队员在自身的武魂达到一定的契合度后，通过特定魂技勉强结合在一起发动的一种团体战力。

而在这时候，明眼人都看出了苍晖学院这七个人修炼的路线。这个情况令不少人大惊失色。因为苍晖学院的七名队员竟然全部是控制系魂师。

一战队七控制，这在历届全大陆高级魂师学院精英大赛中还是第一次出现。

七彩光芒凝聚而成的光柱瞬间扩散，眨眼间已经弥漫全场。各种宝光从中迸发而出，那绚丽的光芒看上去没有任何攻击力，但观众台上的观众们已经被其完全吸引。这种目眩神迷的感觉令不少普通人为之迷惘。

史莱克学院战队的七个人依旧没有动，因为唐三不让他们动。

但他们发生了一些变化。除了唐三以外，其他六个人此时全都闭上了双眼，阵形也已经改变，竟然像在模仿对手。除了唐三以外的六个人围成一圈，而唐三就在阵形的中央。

眼看着那七彩光芒向史莱克学院战队蔓延，苍晖学院的队长喊道："史莱克学院的傻瓜们，你们应该感到荣幸。因为你们是第一个品尝我们七修罗幻境的对手。你们将在自身的痛苦中消亡，再见吧。"

七彩光芒瞬间放大，刹那间将整个擂台完全笼罩。擂台是圆形的，那七彩光柱也是圆形的，此时此刻，那冲天彩光照亮了整个比赛场。

迷离的光芒充满了奇异的感觉。

史莱克学院战队的七人已经被完全笼罩在内，或者说被吞噬了。

全场观众鸦雀无声，贵宾席上的解说员更是一个字也说不出来。在比赛开始之前，谁能想到会出现这种情况呢？就连旁边的四场比赛，此时也都停了下来。

那庞大的七彩光柱实在过于绚丽，不只是这些参赛的学员，就连观战的各学院老师此时也吃惊得合不拢嘴。

这真的是学院之间的比赛吗？武魂殿的全大陆魂师排位赛似乎也不过如此吧？

七位一体武魂融合技这个名称不只是雪夜大帝一个人能想到，而那些其他想到这个词的人身边可没有七宝琉璃宗宗主给他们进行解释。

形势逆转，七彩光柱似乎成了一个标志——苍晖学院崛起的标志。

虽然比赛结果还没出现，但那庞大的魂力波动令所有魂师对这场比赛的看法发生了转变。

观众们的看法则更直接。如此庞大而绚丽的光芒是预选赛开始以来最壮观的。虽然不少人心中依然支持着史莱克学院，可观众毕竟是观众，他们心中永远都只有强者的身影。

此时，不但已经没有人再为史莱克学院欢呼，甚至还有不少人已经在心中默念苍晖学院的名字。

什么是七位一体武魂融合技？就是由七个武魂完全契合的人发动的强大技能。这是在传说中才会存在的强大魂技。这也是宁风致从未见过的重要原因。

试问，戴沐白与朱竹清两人用出的武魂融合技已经在一场势均力敌的比赛中扭转了乾坤，大师、弗兰德和柳二龙的三位一体武魂融合技令他们名扬天下，那么由七个人施展的武魂融合技呢？

哪怕七宝琉璃宗宗主宁风致全力发动七宝琉璃塔的效果也将远远不如它。它足以成为任何封号斗罗的杀手锏。

如果那真的是七位一体武魂融合技，那么这全大陆高级魂师学院精英大赛就没有再进行下去的必要了。别说是各个学院的参赛队伍，就算出战的是一队老牌魂师，也没有胜利的可能。

除非是由三名以上封号斗罗组成的队伍，否则谁敢说能够战胜那传说中才存在的神技呢？

没错，这就是神技。七位一体武魂融合技是魂师界公认的神技。

参赛学院观战台上，弗兰德和柳二龙都已经站了起来。柳二龙还好一些，弗兰德却焦急到想要冲出去，甚至想要冲上比赛台。

"弗兰德，冷静点。"大师用力地抓着弗兰德的手臂。

弗兰德怒道："冷静不下来！你没看到那七位一体武魂融合技吗？这东西可不是好控制的。难道你想让小三他们死吗？大不了放弃比赛，我们先上台把他们救下来再说。"

大师撇了撇嘴，道："弗兰德，你当七位一体武魂融合技是什么？要是随便七个人就能施展出来，那还能叫神技吗？苍晖学院那七个学员虽然不错，但还远远不能施展这种魂技。他们所用的只不过是七位一体融合技而已。亏得苍晖学院能够找到七个武魂契合度这么高的学员。"

弗兰德愣了一下，问道："七位一体融合技？那不是一样的吗？"

大师微微一笑，拉着他坐回位子，道："弗兰德啊，无知并不可怕，可怕的是无知而不自知。七位一体融合技与七位一体武魂融合技天差地远，一个是借助各自的魂技发动的融合技能，一个是武魂完全融合在一起，升华的神技。那能一样吗？"

弗兰德此时已经顾不上大师取笑自己了，追问道："那小三他们能不能挡住啊？"

大师摇了摇头，道："虽然七位一体融合技远远无法和七位一体武魂融合技相比，但也能够将七个人的力量结合在一起，发动全方位攻击。虽然现在看上去是七对七，但只要他们控制得当，甚至会令我们这边的每个人都产生一对七的感觉。在正常情况下，以现在他们出场这几个人的实力和配合度，小三他们很难挡住。"

弗兰德怒骂一声："结果还不是一样！你又不是不知道，小三他们和苍晖学院本来就有矛盾。如果那些苍晖学院的小子占到便宜，会轻易放过小三和沐白他们吗？"

没等大师开口，一旁的柳二龙已经坐回了自己的位子，伸手搂住大师的手臂，笑道："弗老大，你还看不出来吗？要是有危险，小刚只会比你更着急。他可是把小三当成儿子看待的。可你看他现在的表情，分明就是在耍你。"

所谓关心则乱，弗兰德这么精明的人此时竟然在柳二龙的提醒下才醒悟过来。他一把掐住大师的脖子，恶狠狠地道："快给我说实话！小三他们究竟会不会有事？"

柳二龙一巴掌拍掉弗兰德的手，道："你掐着他的脖子让他怎么说啊！没轻没重，要是把他掐坏了，我可跟你拼命。"说完这句话，她自己先忍不住"扑哧"一声笑了出来。

大师握住柳二龙的手，优哉游哉地道："要是其他的七位一体融合技，或许小三他们很难挡住，但苍晖学院的这七个人还不行。弗兰德，你没看出他们的修炼方向吗？"

"当然看出来了，他们都是控制系魂师。这和他们行不行有什么关系？"

大师淡淡地道："关系大了。正因为他们是控制系魂师，我才说他们不行。你既然看出他们走的是控制路线，就没看出他们是拿什么来控制的吗？"

弗兰德终于醒悟过来，道："你是说……可小三他们真的顶得住吗？"

大师横了他一眼，道："你要相信专业。"

弗兰德翻了个白眼，道："行，知道你是魂师界专业的象征。要是小怪物们出事了，我就找你要人。"

中心擂台上的情况此时谁也看不见。观众们能够看到的就只有那绚丽的七彩光柱而已。

唐三静静地站在原地，对方的声音不断从四面八方传来："你们太天真了，以为闭着眼睛就能阻挡我们的七修罗幻境吗？为了这一天，我们已经等得太久太久。承受你们内心最黑暗的世界吧。虐心的感觉会让你们格外痛苦，直到发疯为止。这就是你们侮辱我们的代价。放心，我们会手下留情，留你们一条命的。"

除了唐三以外，史莱克学院战队的其他人此时依旧闭着双眼。唐三轻叹一声，道："天真的应该是你们才对。你们以为这简单的幻境就能够困住我们吗？和时年的第七魂技——梦魇相比，你们这七位一体融合技还差得很远。"

没错，这七位一体融合技虽然看上去绚丽，产生的各种幻境也已经在众人心底起作用，但和时年的魂技相比，他们这幻境魂技在本质上就差了很多。

七彩光芒剧烈地颤抖了一下，就连史莱克学院众人心底的幻境都模糊了几分。显然，唐三的话给予了对方充分的打击。

"你……时年老师在什么地方？"这是苍晖学院战队队长焦急的声音。

唐三淡淡地道："你们是他的学生，想要找他吗？我不会给你们机会的。放心，我们会手下留情，留你们一条命的。所以你们还见不到他。"

时间差不多了，唐三的身体突然动了起来。他的身形在彩光中腾起，一连六脚同时踢出。他这六脚并不是攻击敌人的，而是分别点在了伙伴们的背部。

六个人的身体同时朝着六个方向飞出，同时喷出了一口鲜血。而身在空中的唐三，双眼已经变成了一片紫金色。长达尺余的紫金色光芒喷吐而出，分别从七个方向闪过。

惨叫声顿时响起。唐三从空中落下时，一掌轻拍在自己的胸口。顿时，一缕血丝顺着他的嘴角处流淌而下。

彩光收敛，周围的一切重新变得清晰起来。那庞大的七彩光柱就那么凭空消失了。而擂台上的十四个人此时竟然只有一个是站立的。那就是唐三。

史莱克学院战队的其他六个人口吐鲜血的样子正好在彩光消失的一瞬间被观众们捕捉到。他们一个个委顿在地，显然是失去了战斗的能力。

而他们的对手，苍晖学院战队的七个人此时早已离开了之前的位置，分别处于擂台上的七个方向。此时这七个人都已经摔倒在地。和史莱克学院众人不同的是，他们七人的身体倒在地上剧烈痉挛着，口吐白沫，眼珠上翻，就像发了疯一般。

唐三的脸色看上去很苍白，站着的身体也并不稳定，不时晃动一下，但他的目光依旧坚毅，似乎在告诉所有人，他才是最后的胜利者。

不论是观众台上还是贵宾席上，此时都一片哗然。

那些以为苍晖学院七人施展的是七位一体武魂融合技的魂师，此时更是吃惊得合不拢嘴。当那彩光将史莱克学院众人的身体围拢在内的时候，他们都以为这场比赛结束了。

可谁知道，史莱克学院战队再次给所有人带来了惊喜，苍晖学院纵然有那样的神技，依旧还是败了。

裁判宣布最后结果的时候，身体有些颤抖。苍晖学院的参赛队员在经过几名魂师界资深专家评定之后，给出的结论是魂技反噬。

虽然这全大陆高级魂师学院精英大赛明文规定不得令对手残废，不得杀害对手，但魂技反噬怪得了谁呢？

苍晖学院的参赛队员自有他们的人抬下擂台，而史莱克学院这边，奥斯卡、宁荣荣、马红俊三人飞速地跑了上来。就在宁荣荣不顾暴露的危险，想要释放武魂给众人进行增幅的时候，被唐三用眼神制止了。

四人一起勉强搀扶着倒地的六人走下擂台。

迎接他们的是观众们如同迎接英雄一般的欢呼。史莱克学院战队又一次用自己的实力捍卫了他们的地位，十二连胜的战绩足以令他们傲视群伦。

刚下擂台，被搀扶着的戴沐白就忍不住道："小三，你太狠了。"

此时戴沐白在马红俊的搀扶下勉强行走，当然，这勉强的样子是他自己弄出来的。他低着头，谁也看不到他脸上的表情。

在戴沐白身边，被宁荣荣搀扶着的小舞同样低着头，忍不住道："戴老大，你在说什么啊？小三并没有用力啊，那血不是我们自己逼出来的吗？难道他对你格外照顾？"

戴沐白微微侧头，看了面无表情的唐三一眼，道："我不是说他对我们狠，而是对苍晖学院的那七个人狠。那七个人恐怕废了。"

不论是除唐三外的史莱克七怪，还是以泰隆为首的四名替补队员，心中不禁同时一凛。

唐三用只有他们才能听到的声音淡淡地道："他们注定永远不可能和我们成为朋友。既然如此，我怎能让这样的威胁存在于我们身边？如果哪天我不在，你们遇到了他们，该怎么办？"

当然，唐三这么做还有一个原因。唐三何等聪明，在这些苍晖学院的队员出手时他就明白，这七个人很可能就是那个死在自己手上的残梦魂师时年的嫡传弟子。时年给他的记忆实在太深刻了。虽然他成功地击杀了时年，可他永远也忘不了时年在幻象中给小舞施加的惨剧。他决不允许这种情况真的发生。

看上去，苍晖学院这些队员的七位一体融合技被唐三轻松破除，可如果不是他正好有一个克制他们的能力，结局将会变得完全不同。

双方的矛盾可以说已经不可调和。万一这些人知道时年当初去杀他，却一直没有回去，他们肯定会替自己的老师报仇。

在权衡之下，唐三才下了狠手，一个是为了以绝后患，另一个是因为，他相信，如果他手下留情的话，苍晖学院的七名队员必然能够猜到时年的失踪与他有密切的关系。

而现在，他们永远也不可能再知道那个秘密。在那七彩光芒之内到底发生了什么，就算是参与其中的史莱克学院的其他六人都不完全清楚。

这个秘密自然也就不会暴露。

唐三在刚看到对手的七位一体融合技时，也极为震惊。作为大师的弟子，他第一时间就判断出那并不是七位一体武魂融合技，但对方七人同时发动的七位一体融合技依旧会给他们造成巨大的麻烦。

但是他的心很快就安定下来了。

七修罗幻境终究也只是幻境而已。紫极魔瞳可以破除一切幻境的能力令他完全有获胜的把握，所以他才没有急着让伙伴们动手。

和时年的梦魇比起来，苍晖学院七名队员施展的七修罗幻境差了许多。由于这个技能对魂力的消耗过于巨大，他们根本就无法像时年那样让幻境达到连当事人也感觉不出的精妙层次。

看上去绚丽的七彩光芒反而成了掩饰唐三那紫极魔瞳最好的屏障。

唐三让伙伴们闭上双眼的时候，就已经悄然将自己的战术安排告诉了众人。他的安排很简单，他告诉每个伙伴："当我用脚将你们踢出去的时候，你们就自己逼出一口逆血，装出重伤难以支撑的样子。"

那毕竟是七位一体融合技，要是让外人看出他们轻易获胜，他们隐藏的实力岂不是都要暴露了吗？示敌以弱，让对手轻视自己，才是最正确的选择。

后面的一切就变得顺理成章了。七十二级的魂帝时年在紫极魔瞳下都会出现短暂的失神，更不用说苍晖学院战队这些最高只有四十一级的队员了。

唐三在发动的一瞬间，将紫极魔瞳的冲击力提升到了一个特殊的程度。那一刻，他清楚地把握到了每个苍晖学院学员的精神状态。

由于施展七修罗幻境，苍晖学院的七个人全力将自己的魂力转化成了精神力。这是他们的特殊能力。在这种情况下，他们的精神防御力可以说是零，比平时不使用武魂的时候还要脆弱。毕竟，他们又怎么可能想到在这强大的七位一体融合技之下，对手还能向他们发动精神层面的攻击呢？

紫极魔瞳的精神冲击直接刺入他们的大脑，产生魂力反噬。没错，苍晖学院的七名队员不会死，可某些神经的损伤令他们永远也不可能恢复过来。哪怕最好的治疗系魂师对大脑这个无比精密的组织也是束手无策。

唐三根本不像他表面看上去那样普通、平和。唐门本身就是亦正亦邪的。当面对有可能威胁到自己生命的敌人时，手下留情只会让自己陷入危机。

从看到对手的七位一体融合技到对手发动攻击，唐三在彩光中通知队友们应变的方法以及击溃对手，这些都是瞬间完成的。雷霆万钧，一击即中。其中的果断充分展现出了唐三那普通外表下隐藏的修罗之心。

也正是因为如此，戴沐白才会说出唐三狠的话来。在众人之中，戴沐白的实力最强，当时除了唐三之外，他受到的影响最小，所以他隐约中猜到了唐三的做法。对于唐三，此时就连这位邪眸白虎心中也不禁多了几分敬畏。

第一个表示支持唐三的竟是马红俊。他双手搀扶着黄远和京灵，道："三哥，我支持你。对敌人仁慈，就是对自己残忍。"

史莱克七怪的目光交汇于一点，没有人再发出质疑之声。虽然唐三的解释很简单，但那份兄弟之情彰显无疑。他们都想到了同样的问题——如果获胜的是苍晖学院那些人，他们会手下留情吗？

走回休息区，数百道目光几乎同时落在了史莱克学院战队的队员们身上。当外面有人喊出"七位一体武魂融合技"这几个字的时候，这些休息区中的参赛队员都跑了出去，也自然看到了最后的结局。

炽火学院的火无双和火舞看到了，神风学院的风笑天自然也看到了。

比赛的过程并不长，也没有人看到史莱克学院是如何获胜的，但他们都看到了结果。

并不是每个人都有大师和宁风致那样的眼光。"七位一体武魂融合技"带给参赛学员的震撼难以用语言来形容，可是苍晖学院依旧败了。在使用了"七位一体武魂融合技"之后，他们依旧败了。而且这些参赛学员还清晰地看到，在苍晖学院发动融合技的过程中，史莱克学院战队在擂台上动都没动，任由对方蓄力。

尽管最后站在擂台上的只剩下唐三一个人，但史莱克学院战胜苍晖学院"七位一体武魂融合技"的结果还是令这些参赛队员很难接受，尤其是火舞。

风笑天看着脚步跟跄的唐三，心中不禁一阵打鼓：天啊，那可是"七位一体武魂融合技"，居然都不能击败他们！这个唐三太变态了。他真的是二十五岁以下的队员吗？

原本他还对自己信心十足，认为这次火舞必然要成为自己的女朋友了，可看过刚才外面这一战，现在的他可以说是信心全无，看着唐三不禁有些失神。

　　唐三示意马红俊三人将重伤的伙伴们放到一旁，并让绛珠开启了治疗权杖。他自己转过身，面对那数百道目光，只是平静地说了一句话："你们不用这样看着我，那并不是七位一体武魂融合技。"

　　说完，唐三不再理那些愕然的目光，在伙伴们身边坐下来闭目养神。

　　虽然这只是一句简单的解释，却将唐三从神位上拉回到正常人的范畴。不少人都长出一口气。

　　这时，大师、柳二龙和弗兰德三人已经赶了过来。唐三和大师低语几句之后，在大师的搀扶之下，快速地离开了休息区。

　　看着他们离去的背影，众多参赛队员顿时议论纷纷。他们都很愿意相信唐三的解释，毕竟在等级相差不大的情况下战胜七位一体武魂融合技根本就不可能。更何况，那七位一体武魂融合技只是传说中才有的强大神技。观众们得到的是一场视觉盛宴，但今日的比赛令有心人产生了各种不同的想法。各方势力都在思考今日史莱克学院战队究竟是如何获得胜利的。

　　很快，苍晖学院那边传来消息——他们参赛的七名队员的大脑全部受到了不可修复的损伤。他们向大赛组委会提出了抗议，要求严惩史莱克学院。

　　为此，天斗帝国与武魂殿共同成立了一个专门调查小组，分别对双方展开调查。同时，位于天斗城的武魂圣殿派出了两名魂圣级别的治疗系魂师专门为苍晖学院的七名队员进行治疗。

　　但正像唐三预判的那样，大脑是人体构造最精密的地方，简单的治疗魂技并不能使其恢复。精神世界的奥秘至今还从未有人真正看破，武魂殿的治疗自然是徒劳的。

　　回到史莱克学院后，黄金铁三角直接带着史莱克学院战队的十一名队员来到会议室中。

　　此时，众人不需要再掩饰什么，原本重伤状态中的六人都恢复了常态。

　　弗兰德的脸色有些凝重，先看向唐三，然后目光从今天参加比赛的其他六人身上扫过。

　　"如果我猜得没错，用不了一个时辰，大赛组委会方面就会派出调查组来我们学院对今天比赛的事情进行调查。我不知道你们是怎么搞定的，但大师刚才对我说，对方全变成了白痴。"

众人面面相觑，谁也没有吭声。大家的目光最后都集中到了唐三身上。

弗兰德瞪了唐三一眼，道："你这个小怪物，就会给我找麻烦。参加了比赛的七个人，待会儿立刻去给我静修。我会以你们在进行自我疗伤的理由向对方解释。哦，不，小三，你留下。总要有个人接受调查。表面上你伤得最轻，是最合适的人选。"

"是。"唐三答应了。

"你们六个现在就去吧。二龙，给他们找个隐秘点的地方，让赵无极和卢奇斌亲自去那里守着，不要让任何人见到他们。对了，把邵鑫也叫过去。他那糖豆武魂用来掩饰这些小怪物的伤势正合适。绛珠，你也去吧，怎么也要摆个样子，多几个治疗系魂师也好。"

此时弗兰德才真正展现出他院长的威严。柳二龙站起身，向唐三笑了笑，眼中尽是赞许之色，然后带着戴沐白等人离开了。她本来就是黄金铁三角中的杀戮之角，自然很喜欢唐三这种果决的作风。

柳二龙一行人走了，房间内只剩下弗兰德、大师、唐三、奥斯卡、马红俊和宁荣荣。弗兰德拉了张椅子坐下，也不吭声，抬手在桌子上有节奏地敲击着，似乎在思考着什么。大师从一开始就坐在一旁，一副老神在在的样子。

时间不长，弗兰德抬起头，道："小三，如果待会儿来调查的人问你，你是如何破除对方那七位一体武魂融合技的，你怎么回答？"

唐三老老实实地道："我不知道。"在战斗中，他的灵感无穷无尽，可这种钩心斗角的事儿，他拍马也追不上弗兰德。

弗兰德眼睛一亮，道："好，就这么回答。记住了。"

"啊？"唐三愣了一下，但很快就反应过来，"我就回答不知道？"

弗兰德嘿嘿一笑，道："没错，不论他们问你什么，你就咬定自己不知道。你就告诉那些来调查的人，因为当时你看不清外面的情况，就不断释放自己的魂技。等周围变清晰了，一切都已经结束了。你根本不知道发生了什么。"

唐三眨了眨眼睛，问道："这样也行？"

弗兰德冷哼一声，道："为什么不行？那些来调查的家伙不过是走走形式而已。毕竟没有人看到当时发生了什么。你只要咬定'不知道'这三个字，有我在旁边，他们总不能刑讯逼供吧。在没有任何证据的情况下，我们就说苍晖学院那些学员是自己控制不住魂技，被反噬才变成了白痴。他们能把我们怎么样？凡事都要讲证据的。"

马红俊在唐三背后自言自语道："这不是耍无赖吗？"

大师在旁边"扑哧"一声笑了出来，道："你现在才知道啊，论耍无赖的本事，谁能比得上无赖大师弗兰德？"

弗兰德没好气地瞪了大师一眼，道："别拆我台好不好？小三，你记住了没有？"

唐三赶忙点点头，表示自己记住了。不就是"不知道"这三个字吗？一问三不知，这还不简单？

第一百零三章
一唱一和

大赛组委会派下来的调查组来得比弗兰德预想的还要快。一行十余人风风火火地走进了史莱克学院。

令弗兰德大吃一惊的是，带队的两个人他都见过。他怎么也没想到大赛组委会对这件事竟然重视到了如此程度。

天斗城预选赛的组委会是由武魂殿和天斗帝国皇室组成的，带队的自然来自这两方势力。弗兰德之所以惊讶，是因为代表武魂殿前来的竟然是天斗城武魂圣殿的殿主——白金主教萨拉斯，而代表天斗帝国的居然是七宝琉璃宗宗主宁风致。

后来史莱克学院众人才知道，宁风致是以太子老师的身份前来的。凭借这个身份，他勉强算得上是天斗帝国皇室的人。

虽然苍晖学院那七名参赛队员变成白痴这件事不算小，但也绝对没到能够惊动宁风致和萨拉斯这两位大佬的程度。这两个人之所以一起来到了史莱克学院，说起来有些搞笑。

本来萨拉斯只想派遣一名手下前来，虽然史莱克学院战队的优异表现以及他们与七宝琉璃宗之间的敏感关系让他早就有暗中下手的打算，但作为武魂殿在天斗城的总负责人，他当然不会像残梦魂师年时那么莽撞，所以他一直在等待机会。苍晖学院那七个人变成白痴，无疑给了他一个最好的借口。这位手眼通天的白金主教立刻做好了利用这次事件将史莱克学院战队踢出大赛的准备。

但宁风致怎么会让他如意呢？在组委会决定派遣调查组的时候，宁风致立刻就表态，愿意带领一个调查组前往史莱克学院进行调查。

如果宁风致去，萨拉斯的算盘无疑就打不响，但他又不愿意放弃。论地位，他和宁风致终究是有差距的。武魂殿与七大宗门之间的关系一直都十分暧昧。无奈之下，这位白金主教只得亲自出马，和宁风致一同前来史莱克学院，希望能够抓到一些把柄。那样的话，就算宁风致地位再高，也不能破坏大赛的公正性。

所以，这两位大人物就带着一千随从直接来到了史莱克学院。

宁风致来这里可以说是轻车熟路了。当听说他们来到学院门外的时候，弗兰德赶忙和大师、柳二龙一起迎了出去。在出门之前，弗兰德叮嘱了宁荣荣一句，让她稍后不得和宁风致相认，最好先避一避。

"弗兰德院长，冒昧打扰了。"宁风致微笑着向弗兰德点了点头。

虽然两人的魂力等级相差不多，但在魂师界的地位天差地远。弗兰德赶忙还礼，道："宁宗主客气了，您能光临本院，真是令史莱克学院蓬荜生辉啊！"

宁风致微微一笑，让出半个身位，替弗兰德介绍道："这位是天斗城武魂圣殿殿主，萨拉斯白金主教阁下。"

弗兰德何等圆滑，脸上神色丝毫不变，赶忙再次施礼，道："原来是萨拉斯主教大人，在下弗兰德有礼了。两位快里面请。"

萨拉斯淡淡地向弗兰德点了下头，一行十余人在弗兰德三人的带领下走进了史莱克学院。

宁风致只带着骨斗罗古榕一个人，那位白金主教萨拉斯却足足带了十二个人。其中两名是身穿红色长袍的红衣主教，还有十名身穿银色劲装的圣殿武士。

在武魂殿之中，除了教职人员以外，还专门有护殿骑士这个编制。除了专属教皇的圣皇武士和专属斗罗殿的斗罗武士以外，就属两大武魂圣殿的圣殿武士地位最高。

这些圣殿武士都是武魂殿中出色的魂师，实力极其惊人。

据说，圣殿武士的准入门槛是五十一级魂力。当然，圣皇武士和斗罗武士的准入门槛更高一些，魂力要达到六十一级。

也就是说，任何一名圣殿武士都拥有魂王以上的实力。圣皇武士和斗罗武士更是达到了魂帝以上的级别。

这还只是三大武士团最基础的级别要求。

圣皇武士团和斗罗武士团的团长都拥有封号斗罗的实力，由此可见武魂殿的实力有多么雄厚了。

萨拉斯走进史莱克学院，目光略微闪烁，周围的景物已经全部印入他的脑海之中。

以前他自然不会注意到这么一所普通的高级魂师学院，但现在不一样。史莱克学院战队在这一届全大陆高级魂师学院精英大赛上的表现实在太惊人了，虽然他没将这些成绩看在眼里，但至少可以证明这所学院培养出了一些精英。

弗兰德带着众人来到了位于教学楼的第一会议室中。双方分宾主落座。弗兰德将上首位让给了萨拉斯和宁风致，自己和柳二龙、大师敬陪末座。

"弗兰德院长，你应该知道我们此行的目的吧？"萨拉斯端起面前的茶杯，喝了一口茶水，脸色顿时变得难看起来。虽然这茶水是刚端上来的，可茶叶之劣质是他怎么也想象不到的。

作为武魂圣殿的殿主，萨拉斯一向养尊处优，什么时候喝过满天星这种奇葩的茶叶呢？

所谓的满天星，就是茶叶末。撒一把茶叶末到热水里，那瞬间的感觉就像满天星一样。

这是只有最贫苦的平民才会喝的一种茶叶。

而弗兰德准备的这种满天星，又是满天星中的满天星……

宁风致看到萨拉斯的表情，端起茶碗做了做样子。弗兰德可没有区别对待，宁风致那碗里的茶也是满天星。

宁风致强忍着笑意，咳嗽了一声，道："弗兰德院长，你这茶叶可不怎么样啊！"

弗兰德要的就是这个借题发挥的机会，叹息一声，道："还请两位原谅。我们史莱克学院实在太穷了，所有的经费都用在了培养学员上，辛辛苦苦才培养出几个算得上精英的孩子。平时我哪有钱喝茶啊，这还是我接手学院的前几年买的。"

萨拉斯脸色铁青，如果不是顾及自己的身份，他早就吐出来了。放了几年的陈茶，而且还如此劣质，想到这里，阵阵恶心的感觉令他不断反胃。可看着弗兰德那一脸可怜委屈的样子，他又发作不出来。人家没钱，他总不能说什么吧……

"弗兰德院长，不要顾左右而言他。我们来这里不是看你演戏的。"萨拉斯的声音已经很冷了。换了任何人，喝了一口那种奇葩的满天星心情也绝对不会好。

弗兰德一脸茫然地看着萨拉斯，道："我还没来得及问，白金主教大人和宁宗主一起光临我们学院，究竟是什么事？"

就连宁风致都不禁暗暗赞叹，弗兰德这演戏的功夫实在太高超了。如果不是曾经和这位院长接触过，隐约猜到是唐三给那些苍晖学院的学员做了手脚，他都忍不住要相信弗兰德并不知道此事了。

萨拉斯眉头微皱，道："在之前的比赛中，你们学院的学员下狠手重创对方，导致苍晖学院参赛的七名队员变成了白痴。现在苍晖学院提出了严正抗议，因此，大赛组委会才组成了专案组进行调查。"

"什么？苍晖学院的参赛队员都变成白痴了？"弗兰德一脸震惊地看着萨拉斯。

萨拉斯冷哼一声："你教出来的好学员，年纪轻轻，下手却如此狠辣。你应该知道大赛的规则，对这种故意下狠手的行为，大赛必不轻饶。"

他说的话听上去很平常，但每句都存在着误导。只要弗兰德说错一句话，他就会立刻抓住机会。

"冤枉啊，大人。"弗兰德猛地站了起来，因为委屈，他的面庞都有些变形了。

他的双眼明显红了起来，道："萨拉斯大人，我们冤枉啊！苍晖学院居然还敢提出抗议？我们参赛的七名队员有六个受了重伤，其中有三个人生命垂危，现在正由我们学院的几位治疗系老师紧急抢救。他们还好意思抗议？我还准备向组委会提出抗议和调查申请呢。"

萨拉斯冷哼一声："是不是冤枉你应该清楚。就算你之前不知道这件事，现在也请将今天你们史莱克学院参赛的学员都叫出来。我们要进行调查，分别询问。"

弗兰德脸上的震惊之色丝毫没有减弱的意思，他断然道："不，这不行。孩子们的伤势太重了，如果不及时救治，别说是参加明天的比赛，恐怕整个魂师生涯都会受到影响。现在正是治疗的重要时间，他们怎么能回答你们的问题呢？"

萨拉斯眼中寒光一闪，道："这么说，你是要和组委会作对了？我可以将你的行为理解为拒绝接受调查。大赛组委会有权决定将史莱克学院战队从本届全大陆高级魂师学院精英大赛中除名。"

"等一下。"宁风致之前一直没有开口，只是默默地看着弗兰德和萨拉斯交谈，此时才悠然道，"萨拉斯阁下，正所谓法理不外乎人情。史莱克学院的参赛队员们受了重伤，在未经调查的情况下就贸然决断，这似乎不妥吧？"

萨拉斯冷冷地道："史莱克学院现在拒绝让参赛学员接受调查，这本身就存在重大问题。宁宗主，您认为应该怎样处理呢？连询问都无法做到，又怎么能证明他们的清白？"

宁风致转向弗兰德，道："弗兰德院长，贵院参赛的学员伤势都很重吗？我记得，当时有一名学员的情况还好，能否让他来接受我们的调查？这次事件关系到大赛的公正性，还请你配合。"

弗兰德激动得双眼通红，看上去就像要落泪一般，道："凭什么我们要接受调查？大赛既然公平公正，评委们就应该看清了当时的情况。苍晖学院的参赛队员施展七位一体武魂融合技，难道会手下留情吗？要是我们的学员没有挡住他们的攻击，恐怕现在没有一个能活着回来。所有人都看到了，我们的学员只是被动抵抗，没有做错什么。如果大赛组委会真的决定将我们除名，我们也没什么好说的。"

萨拉斯眼中精光一闪，道："这是你自己说的。"

弗兰德怒视萨拉斯，道："白金主教阁下，您如此针对我们史莱克学院是什么意思？好啊，我倒要看看你们如何将我们史莱克学院战队从本次大赛中除名！小刚，明天我们就前往圣地拜见教皇大人，请教皇大人给我们主持公道。"

宁风致有些焦急地向弗兰德使了个眼色，不知道为什么一向精明的弗兰德会突然变得如此冲动。难道那些孩子真的受到了重创，让弗兰德无法控制自己的情绪吗？

弗兰德仿佛没有看到宁风致的眼色一般，一边向萨拉斯怒吼，一边不断地拍击着桌子。

"大胆。"一名圣殿骑士骤然踏前一步。那十名圣殿骑士身上的魂力光芒同时燃烧起来。两名红衣主教也站起了身，只要萨拉斯一声令下，他们立刻就要出手拿人。

萨拉斯理都不理弗兰德，扭头看向身边的宁风致，道："宁宗主，您也看到了，史莱克学院嚣张至此，拒不接受组委会调查。如果不对他们进行处理，我们如何对其他参赛学院交代？"

"这……"宁风致虽然有心相帮，现在却无力可使。

萨拉斯这才转向弗兰德，冷笑一声，道："你们要去找教皇大人申诉是吧？那你们可以立刻启程了。我宣布，史莱克学院由于触犯大赛规则……"

他刚说到这里，突然一个声音打断了他的话："等一下。"

这一次开口的是大师。虽然他没有像弗兰德那样激动，但也是一脸铁青之色："萨拉斯，你在作决定前要想清楚了。"

"白金主教大人的名讳是你可以直呼的吗？"一名红衣主教立刻斥责道。

正在萨拉斯准备继续说下去，将史莱克学院战队踢出本次大赛的时候，大师突然手腕一抖，一物从他掌中飞出，直奔萨拉斯而去。

不用萨拉斯出手，一名圣殿骑士就飞快地挡在萨拉斯面前，抬手一掌向那块东西劈去，魂力骤然爆发。与此同时，其他圣殿骑士飞速反应过来，第一时间将弗兰德、大师和柳二龙三人围在中央。

"住手。"一只手横插而入，挡在那名圣殿骑士手前，化为一层无形屏障将其全部魂力包裹在内。奇异的是，并没有任何能量碰撞的现象出现。那名圣殿骑士输出的魂力竟然如同冰雪消融一般静悄悄地消失了。

出手的既不是宁风致，也不是史莱克学院的任何一个人，而是白金主教萨拉斯自己。

看到萨拉斯出手，黄金铁三角不禁同时一凛。虽然圣殿骑士的实力和弗兰德、柳二龙的实力相比不是很强，但那名圣殿骑士在出手的时候，身上五个魂环同时亮起，分明是一位五十级以上的魂王。萨拉斯比他后出手，却后发先至，甚至没有用出武魂，就轻描淡写地化解了他劈出的一掌。

想要化解魂王的攻击，黄金铁三角自然也做得到，但要像萨拉斯那样不着痕迹，就根本不可能了。弗兰德心中暗道：这厮就算没有封号斗罗的实力，应该也已经十分接近了。武魂殿果然深不可测啊！

萨拉斯用一只手挡住那名圣殿骑士的攻击，另一只手已经将大师扔向他的东西接了下来。他面沉似水地看着周围的圣殿骑士，道："你们干什么？都给我滚出去！我让你们动手了吗？"

圣殿骑士们显然不明白为什么这位白金主教突然发怒，但谁也不敢反驳，立刻灰溜溜地走出了房间。

萨拉斯不用眼睛去看，也知道落入手中的是什么东西，一股潮意从背后涌出。随着圣殿骑士们走出房间，他的额头上微微浮现出一层薄汗。

他脸上的神色明显收敛了几分，躬身向大师行礼，道："见过长老。"

大师淡淡地扫了他一眼，道："都坐下说话吧。"

弗兰德心中暗笑，而宁风致心中异常吃惊。以他的目力，当然看清了那块牌子是什么。那正是武魂殿颁发给非武魂殿人员的最高令牌，能够拥有六个图案。这块牌子还有一个别称，名曰教皇令。任何持有此牌的人，都拥有武魂殿长老的尊威，更如同教皇亲临。

萨拉斯虽然隐约知道大师和教廷有一些关系，但也没想到大师手中竟然会有教皇令。要知道，武魂殿一共只有三块教皇令在外，分别赠予了七大宗门中的上三门。

就连七宝琉璃宗宗主宁风致也不会随便将这块象征着教皇权威的令牌带在身上。可谁能想到大师竟然会有这件东西呢？难道这是第四块？

记忆中的一些片段浮现在脑海之中，萨拉斯的心顿时沉了下来。他知道今天无论如何也无法在这里讨到好处了。

此时他身边还有一个宁风致，要是他稍有不敬，传了出去，那这白金主教也不用做了。

看上去，白金主教在武魂殿的地位似乎仅次于教皇，可实际上，他们掌握的权力虽大，却并没有真正的决定权。

除了教皇以外，武魂殿还有一个隐藏的长老殿。那才是武魂殿真正的权力核心。一些重大事项都需要由长老殿来决定。在投票的时候，哪怕是教皇，也只不过拥有三票而已，而长老殿的长老多达七人。在必要的时候，只要这七个人全部通过决议，甚至能够废除教皇。

而拥有教皇令的人，虽然地位不能和真正的长老相比，但相当于名誉长老，有与长老殿直接沟通的资格。

虽然七大宗门中的上三门与武魂殿之间始终有隔阂，但他们的势力毕竟极为庞大，又是三位一体，因此武魂殿也不敢轻易得罪他们。

大师不但出身蓝电霸王龙宗，而且手中又有此物，萨拉斯还哪敢放肆。

他双手捧起教皇令，恭敬地递到大师身边，道："还请长老收回。"

大师接过教皇令，也不收起来，只是放在自己面前。他淡淡地扫视了萨拉斯一眼，道："我请出教皇令，并没有干涉萨拉斯主教阁下的意思，只是希望我们史莱克学院能够得到'公正'二字。史莱克学院战队的每一个成员都是我们费尽心机培养出来的天才魂师，我不希望他们因为这次询问而加重伤势，甚至影响终生。如果主教大人非要调查的话，等他们的身体恢复了再说吧。"

有教皇令在此震慑，虽然萨拉斯心中不甘，但他还能说什么？除非教皇或者长老殿的成员在此，否则根本没人有说什么的资格。

"是我莽撞了。既然如此，这调查就免了吧，我们告辞了。"萨拉斯本来也是借题发挥，苍晖学院战队那些队员的死活关他什么事？本来他还想假装没认出大师是谁，可现在人家连教皇令都拿出来了。他要是再不知趣，惹得大师真到教皇殿和教皇说几句什么，他以后就前途堪忧了。

弗兰德脸上已经堆满了笑容，道："主教大人，您别着急走啊！刚才是我们不好，太冲动了，您看这样如何？我们的学员里，唐三没什么事，伤势不重，不如您询问询问他？他毕竟是整个战队的灵魂，应该知道得比较清楚。"

萨拉斯瞥了弗兰德一眼，心中暗恼：你要是早点说，我至于看到教皇令吗？既然面子已经卖了，索性就卖到底吧。就算问出什么来，难道我能真的取消你们的比赛资格吗？

"不用了，不用了，我已经想明白了，苍晖学院战队的参赛学员应该是被魂技反噬才变成那样的。在那种情况下，贵院的学员又怎么可能做出什么过分的事情呢？告辞。"

说完，萨拉斯不顾弗兰德的挽留，甚至忘记和宁风致打声招呼，就带着两名红衣主教快步走了出去。

宁风致深深地看了大师一眼，这才和骨斗罗一起走了出去。

黄金铁三角一直将他们送到学院门口。

"三位不必再送了，今天打扰了。大师，教皇那里……"

大师看着萨拉斯闪烁的目光微微一笑，道："主教阁下放心，本届大赛还是十分公平的。"

萨拉斯脸上露出一丝满意的表情，点了点头，带着自己的人转身离去。

宁风致并没有着急离去，微笑着看向大师，道："真没想到，大师竟然还是武魂殿的名誉长老。以前风致真是失礼了。"

大师眼神内敛，道："只不过是吓吓一些庸人而已。"

宁风致想问些什么，但终究还是止住了话头，道："孩子们的身体要紧，明天的比赛，不行就放弃吧，也给大赛组委会一个台阶下。"

宁风致说完这句话，向三人告辞，和骨斗罗转身离去。

目送着两人的背影渐渐消失，弗兰德脸上虚假的笑容悄然消失，道："这位宁宗主倒不愧其名声。不过，小刚，虽然你这次唬住了武魂殿那些人，可以后恐怕要引起他们更多关注了。"

大师还没来得及开口，突然耳朵上一疼，柳二龙有些森冷的声音响起："玉小刚，你竟然和那个人还有联系！说，你是不是……"

弗兰德眼看柳二龙就要雌威大发，赶忙道："呃，我还有事，先回去了。你们聊。"说完，他很没义气地转身就跑。

"疼，二龙，快放手。你误会了。"大师一脸无奈地看着柳二龙。

此时，柳二龙眼圈发红，泪珠在眼圈内打转，道："误会？那个人连教皇令都给你了，还有什么可误会的？她对你如此深情，连脸都不要了。"

大师僵硬的面庞一板，道："别胡说，快放手。这块教皇令不是她给我的。"

虽然柳二龙实力比大师强得多，但大师真要发怒的时候，她还是有些惧怕。她放开揪住大师耳朵的手，道："那你说，这块教皇令是谁给你的？要是没有一个让我满意的解释，我不会善罢甘休的。"

大师无奈地道："你啊，都一把年纪了还是这么冲动。"

柳二龙柳眉倒竖，道："你是说我老了？"

"呃……你知道，我不是那个意思。你还要不要听这教皇令的来历？"

"你说吧。"柳二龙这才收敛了自己的情绪。

大师轻叹一声，道："这是小三的父亲给我的。"

柳二龙对唐三的底细并不怎么了解。自从大师出现以后，她一门心思都放在大师一个人身上，此时不禁惊讶地道："小三的父亲？怎么可能……难道……"

大师拉起柳二龙的手，朝着学院内走去，嘴里缓慢地说出四个字："封号昊天。"

为了证明己方学员确实都身受重伤，第二天，史莱克学院宣布放弃接下来的两场比赛，给队员们充分的休息时间。

史莱克学院的不败金身就这么被打破了。

他们之前抽到的对手分别是神风学院和雷霆学院。对于史莱克学院放弃比赛，雷霆学院觉得自己有些幸运，但神风学院的队长风笑天感到苦闷死了。

史莱克学院弃权固然令神风学院直接获得了胜利，但火舞的怒气显然不会因为他们以这样方式不战而胜而减少。风笑天没有真正地战胜唐三，抱得美人归的梦想也只能暂时搁置了。

预选赛如火如荼地进行着。当史莱克学院复出之后，实力并没有像一些观众判断的那样降低，反而继续高奏凯歌。很快，二十七轮预选赛就接近了尾声，只差最后一轮，就将结束。

目前，预选赛排名靠前的几支队伍名次如下：

雷霆学院，二十六战二十五胜，唯一击败他们的是神风学院。

神风学院，二十六战二十五胜，唯一击败他们的是炽火学院。有某关键人物的放水行为，神风学院想不输都不容易。

史莱克学院，二十六战二十四胜。

炽火学院，二十六战二十三胜。

天水学院，二十六战二十三胜。

象甲学院，二十六战二十一胜。

虽然比赛还剩最后一轮，但实际上出线的队伍已经确定，依次是雷霆学院、神风学院、史莱克学院、炽火学院和天水学院。

身为五元素学院之一的象甲学院分别输给了排名前五的队伍，此时已出线无望。

最后一轮，排名前五的队伍中，雷霆学院、神风学院和炽火学院面对的对手都不强，胜利毋庸置疑。

史莱克学院却在遭遇炽火学院后再次碰到了难缠的对手，要与天水学院争夺最后一战的胜利。

虽然这次比赛无关出线，却关系到双方在预选赛的排名。如果史莱克学院胜了，才能保住他们第三的位置。

如果天水学院胜了，将取代史莱克学院第三名的位置。

因此，在预选赛的最后一场，组委会特意将排名前五的队伍和象甲学院安排在同一轮进行比赛，将精彩的最后一战留给观众们。

史莱克学院对阵天水学院的一战，无疑是重中之重，自然被安排在了中心主播台。

每天的比赛都是十四场，分三轮进行。由于今天的比赛已经无关出线结果，又是最后一轮，已经被淘汰的学院自然无心恋战，前面两轮比赛很快就结束了。

休息区内，五大元素学院与史莱克学院都在静静地等待出场，当然，还有作为陪衬的另外四个学院。

唐三和戴沐白结伴站在己方队伍的最前面，静静地等待着比赛开始。

回想起这次预选赛，真正给他们带来麻烦的其实只有象甲学院、炽火学院和苍晖学院。而苍晖学院是被唐三一个人的紫极魔瞳搞定的。

与神风学院和雷霆学院这两大强者的比赛他们放弃了，正好避开。其余的预选赛他们都很轻松就过关了，其中虽有羁绊，但总体来说，还算顺利。

今天是预选赛的最后一场，虽然没能获得预选赛的冠军令唐三有些失落，但他早已在心中暗暗发誓：无论如何，他都要拿到这一届全大陆高级魂师学院精英大赛最后的总冠军，留给史莱克学院。

今天这场比赛的胜负无关痛痒，但唐三和戴沐白都没有任何放弃的意思。只有在与强者的较量中，才更能提升自己的实力。

史莱克学院本次出场的队员分别是，队长邪眸白虎戴沐白、副队长千手修罗唐三、近战强攻系魂师柔骨魅兔小舞、强攻系魂师泰隆和黄远、敏攻系魂师京灵、治疗系魂师绛珠。

与对战炽火学院时一样，他们的主力只出现三个。

距离最后一轮比赛开始的时间已经越来越近，正在这时，一道颀长的身影鬼鬼祟祟地钻了过来。他的目光先在小舞、宁荣荣和朱竹清三个女生身上掠过，然后才落在唐三身上。

"唐兄弟，今天是最后一轮比赛了，你们要加油啊！"

唐三等人看向来人，只见来的不是别人，正是神风学院战队的队长风笑天。

小舞看到他，忍不住皱眉，道："你怎么又来了？你能不能说点新鲜的？"

事实上，自从史莱克学院战胜炽火学院以后，每一轮比赛开始之前，风笑天都会跑过来给史莱克学院加油。

第一百零四章
武魂融合技，冰雪飘零

SOULLAND

　　史莱克学院众人自然不知道这家伙是什么意思，可他每天都重复同样的话，又怎么能不惹人怀疑呢？

　　其实风笑天的目的很简单。在预选赛中他们没能和史莱克学院战队真正交手，所以他可以说是最不希望史莱克学院输的一个。只有大家都进入总决赛，才有交手的机会。这可是他追求火舞不可多得的机会啊！只要还有希望，他就不会放弃。

　　风笑天这些天和史莱克学院这边也算混得比较熟了，道："小舞妹妹，不要这样嘛。怎么说哥哥也是来给你们加油的啊！"

　　小舞没好气地哼了一声："谁是你妹妹，别套近乎。"

　　唐三拍拍小舞的肩膀，走到风笑天面前，微笑道："我们会尽力而为的。如果风学长希望与我们在总决赛中碰到，那么在之后的比赛中，你们可不要输。我们肯定会遇到的。"

　　风笑天脸上虽然依旧充满笑容，但眼底闪过一丝精光，正好被唐三绝佳的目力捕捉到。

"这么说，你们史莱克学院的目标是冠军了？"风笑天问道。

唐三反问道："难道你们神风学院不是吗？"

出乎众人意料的是，风笑天竟然摇了摇头，道："当然不是。我们从来都没想过赢得冠军。谁赢得了武魂殿那些变态？"

戴沐白心中一动，意识到他们对武魂殿的参赛人员并没有任何了解，忍不住问道："代表武魂殿出战的那些队员很强吗？"

风笑天嘿嘿一笑，道："具体怎样我也说不准，反正我们两队想要碰到的话，就先祈祷不要碰到他们吧。比赛要开始了，我先走了。"

看着风笑天快速离去的背影，戴沐白那邪眸中流露出几分特殊的光彩，道："这个风笑天一定知道些什么，但他不肯说。"

唐三沉吟道："神风学院已经很强了。在这届比赛中，他们战胜了排名第一的雷霆学院。如果不是因为他们败给了排名第四的炽火学院，神风学院的战绩将会是全胜。虽然这不能证明他们的实力是所有参赛队伍中最强的，但他们肯定比炽火学院、象甲学院更加难对付。他们这样的队伍竟然对武魂殿那支参赛战队没有任何获胜的信念，看来我们在总决赛要面对的对手会很难对付。"

两人对视一眼，脸上都多了几分凝重。

如果是同龄人之间的战斗，史莱克七怪并不惧怕任何人的挑战，但这全大陆高级魂师学院精英大赛参赛队员的年龄上限是二十五岁。

天才虽少，但绝对不会没有。武魂殿是什么地方？那是所有魂师的圣地。能够代表整个武魂殿出战的人，实力又怎么会差呢？

当史莱克学院众人思考着他们未来要面对的对手有多么强大时，在距离他们不远的地方，有一群妙龄少女正在注视着他们。

"大姐，你看，史莱克学院那个戴沐白好有型啊！听说他的绰号叫邪眸白虎，眼生双瞳。"说话的是一个鹅蛋脸的少女，二十出头的样子，身材娇小，一头墨绿色短发看上去十分精神。

这群少女全部身穿蓝色队服，正是史莱克学院即将面对的对手——天水学院。

五大元素学院招生都有自己的特殊要求。

象甲学院招生的标准，首先要求学员体重要超过三百斤，其次才是对武魂的要求。

另外四大元素学院的要求主要以武魂的特性为主。炽火学院要求报名学员必须有火属性的武魂，而天水学院自然要求报名学员的武魂是水属性的。

在五大元素学院中，天水学院的报考要求是最苛刻的，因为除了要求学员有水属性武魂之外，还有几个额外的要求。

第一，只收女学员。第二，非美女不收。

但他们也有人性化的一面。天水学院在五大元素学院中，是唯一一个向平民开放的。这一点与史莱克学院一样。

因此，天水学院这次来参加大赛的队员不但全是女学员，而且皆是美女。

说话的墨绿色短发少女看上去是七个正式队员中年纪最小的一个，脸上还带着几分稚气。

"七丫头，你什么时候变成花痴了？这样下去，待会儿你岂不是要放水吗？"一名鹅蛋脸的红发少女取笑道。

"好了，你们别闹了。比赛马上就要开始了，史莱克学院很难对付。从预选赛到现在，实际上他们一场也没输过。炽火学院和象甲学院先后败在他们手上绝对不是巧合。想要战胜他们并不容易。虽然现在我们已经出线了，但如果今天输给他们，那么在总决赛中气势就落了下风。所以今日之战，大家务必全力以赴。"

和之前两个女孩子的声音相比，这个女孩子的声音要沉稳得多。在天水学院七名参赛队员中，她并不是年纪最大的一个，甚至有可能是最小的，因为她看上去还不到二十岁，可当她一说话的时候，其他六个女孩子的表情明显收敛许多，看着她的目光也带着几分尊敬。

此女身高一米六五左右，身材非常匀称，一头水蓝色的长发披散在背后，白皙的面庞上点缀着精致的五官，乍一看并不是特别惊艳，但仔细看时就能不断发现她的美。

她就是天水学院战队的队长，也是战队中的大姐水冰儿。天水学院战队队员的排位不是按照年龄来的，而是根据实力高低来定。

所以，虽然水冰儿年纪小，但战队里的姐妹叫她大姐是心悦诚服的。

她在天水学院战队中的地位甚至比唐三在史莱克学院战队中还要重要。

这时，终于轮到最后一轮比赛的战队入场了。

当五大元素学院和史莱克学院同时入场时，整个天斗大斗魂场完全沸腾了。今天是预选赛的最后一天，这又是最后一轮比赛。为了观看五大元素学院与史莱克学院同场竞技的盛况，今天的门票价格比以往高了数倍，尽管如此，依旧是一票难求。

史莱克学院战队与天水学院战队从中心主播台的两侧登上了擂台。

或许是因为上次史莱克学院与苍晖学院一战时，那位贵宾席的解说员出了大丑，在接下来这些天的比赛中，他比以前收敛了许多。

"本届预选赛最后一轮的比赛即将开始。首先，让我们将目光投向左侧的比赛台，由象甲学院对岳思学院……最后，让我们将目光落在中心主播台上。这将是今天最精彩的一场比赛。已经确定会从预选赛中出线的史莱克学院战队与天水学院战队将演绎本届全大陆高级魂师学院精英大赛天斗城预选赛最后的精彩。一方是今年的黑马，一方则是老牌强队，究竟谁能获得最后的胜利呢？让我们拭目以待吧。"

比赛双方登上中心主播台，当水冰儿看到史莱克学院最后的出场阵容时，眉头不禁皱了一下。和炽火学院的火舞一样，她心中同样升起一股怒气。

史莱克学院曾经出过场的另外两名四十级以上魂师并没有出现在这场战斗的出战队员之中。

他们究竟是小看天水学院，还是认为这样的阵容就足以对付我们了呢？水冰儿心中不能平静。

裁判示意双方队员相互行礼。

双方各自站成一排，水冰儿与戴沐白面对面站着。看清水冰儿的相貌后，戴沐白不禁微微一惊。他见过不少美女，但这样有特点的女孩子还是第一次见到。水冰儿身上的气息虽然不强，但眼中那睿智的光芒不禁令他联想到了唐三的眼神。

这是个很有智慧的女孩子，戴沐白立刻就做出了判断。

为了锻炼史莱克七怪的临场应变能力，大师在预选赛的每一场比赛开始之前，都不会给他们详细介绍对手的情况，一切都由唐三来主持。这种锻炼的效果更好。

"史莱克战队队长，戴沐白，四十四级强攻系战魂师。"对方毕竟全是女孩子，戴沐白明显比以往面对其他战队的时候客气了许多，主动报上自己的名号和等级，表示对对方的尊重。

水冰儿虽然心中有些怒气，但丝毫没有表现出来。看到戴沐白主动表示尊重的举动，她也立刻报出了自己的情况："天水学院战队队长，水冰儿，四十三级控制系战魂师。"

她是控制系的？听了她的话，戴沐白忍不住看了一眼身边的唐三，心中暗道：小三，这次你似乎遇到对手了。

唐三依旧一脸平静，想从他脸上看出些什么可不容易。

"水月儿，三十六级敏攻系战魂师。"那名站在水冰儿身边，相貌和她有几分相像，之前对戴沐白很有兴趣的短发少女也主动报出了自己的名号。她与水冰儿同父异母，虽然两人的发色不一样，却是嫡亲的姐妹。

啊？戴沐白愣了，水冰儿也愣了。双方队长报出自己的情况表示尊重就已经足够了，这可是比赛，不是切磋。水月儿的话顿时显得有些突兀。

水月儿说完之后也发现了不对，俏脸上顿时多了一抹红晕。不过这个女孩子显然很大方，毫不掩饰自己对戴沐白的兴趣，一双大眼睛就那么直勾勾地看着他。

要是在以前，对这种主动表示好感的美女魂师，戴沐白肯定是不会拒绝的。可现在不一样了，台下有一位幽冥灵猫看着呢。他们两个人的关系好不容易缓和了许多，要是节外生枝，戴沐白真不知道自己以后的日子应该怎么过了。

所以，面对对方的主动示好，戴沐白只能眼观鼻，鼻观口，口观心，做出一副正人君子的模样。

为了不让对方过于尴尬，唐三轻轻地碰了一下身边的小舞。小舞立刻会意，道："小舞，三十八级敏攻系战魂师。"

裁判不想再耽误下去，立刻宣布："双方准备。可以释放你们的武魂了。"

戴沐白和水冰儿几乎同时抬起头。戴沐白那邪眸四瞳精光闪烁，整个人的气势顿时变得不同了，宛如猛虎下山一般的压迫力骤然释放。他凭借在魂力上的优势，顿时令面前的七名少女感受到压力。

史莱克战队立刻进入战斗队形，依旧是三强攻魂师在前，唐三居中，小舞和京灵在他左右，绛珠在最后进行补给。

而天水学院的阵形竟然和他们这边很相似。三个女孩子顶在前面，水冰儿居中，水月儿和另外一名敏攻系少女在她左右，一名脸色有些苍白的黑发少女站在最后面。

双方的武魂几乎同时释放而出，整体实力顿时展现出来。

令戴沐白和唐三都有些吃惊的是，天水学院的实力比他们预判的还要强。因为每天都在比赛，他们根本就没有时间去观察对手，大师又故意不给他们任何消息，所以他们只知道天水学院战队是由女学员组成的，并且都是水属性魂师，其他的情况并不了解。

此时，当双方魂环同时释放的时候，天水学院的实力立刻展现了出来。

除了四十三级的水冰儿以外，她们那边还有两名四十级以上的魂师，一个是站在最前面的三名强攻系战魂师之一，另外一个就是站在队伍最后面的那名黑发少女。

虽然七人魂环的颜色不同，但她们武魂的颜色是一样的，都是水蓝色。

水冰儿全身都笼罩在一层朦胧的蓝光之中。一圈耀眼的蓝光飘浮在她背后，连唐三都没有看出她的武魂究竟是什么，只能感觉到那是一种很强大的气息。

在最前面的三名强攻系战魂师，武魂也很奇怪。她们身上都在某些部位多了一些细密的鳞片，并不是龙鳞，更像是鱼类的。

而两名敏攻系战魂师中，水月儿的武魂令她的皮肤上多了一层明亮的釉质，另一名敏攻系战魂师的皮肤则完全变成了蓝色。

史莱克学院战队的众人面面相觑。这样的对手他们还是第一次遇到，竟然看不出对方的武魂是什么。虽然还没动手，但他们已经明显落在了下风。

"比赛开始。"裁判看到双方武魂释放完毕，立刻宣布。

"攻。"唐三发出很简单的一个字。在他的指挥下，戴沐白、泰隆和黄远三人同时冲了出去。既然看不出对方的武魂是什么，就通过交手来试探。在战斗中，他们才能更清楚地判断。

小舞和京灵同时从两旁绕了出去。唐三则紧随发动攻击的三人跟踪而上，五条蓝银草同时系上了五个人的腰间。就算对方有很强的爆发力，他也能在第一时间帮助己方队友撤退。

戴沐白三人向前冲的同时，天水学院的三名强攻系战魂师也动了。但双方都没有在第一时间释放自己的魂技，而是迎着对手的压迫继续向前。

两道深邃的目光吸引了唐三。当他与那目光相对的刹那，心中立刻感觉到几分不妙。他没有展开防御，而是直接发动了自己的第一技能——缠绕。

三根蓝银草同时释放，目标是对方最前面的三名强攻系魂师。自从上次他感受到野生蓝银草的气息之后，在蓝银草的应用上比以前要强了很多。

就在唐三发动第一魂技的同时，水冰儿身上的第一个魂环亮了起来。

冰蓝色的光芒一闪，唐三只觉得全身一冷，前进的身体顿时停滞，整个人被凝固在一块坚冰之中。同时被凝结住的还有戴沐白、黄远和泰隆。虽然这只是水冰儿的第一魂技，但瞬间迸发，足以证明她在自身魂技控制上的强悍。

两方的强攻系魂师同时被对方控制。不同的是，史莱克学院这边就连控制系魂师也被控制了。

水冰儿身上的第二个魂环紧随着第一个亮了起来，五道冰环释放而出，分别笼罩在天水学院三名强攻系战魂师和两名敏攻系战魂师身上。

神奇的一幕出现了。这五名被冰环笼罩的魂师身上顿时多了一层晶莹的蓝色铠甲，伴随着三名强攻系战魂师同时发力，他们身上的蓝银草已经开始崩裂了。

轰——大蓬冰粉四散飞扬。在这种时候就能看出谁的实力更强。戴沐白在对方三名强攻系战魂师挣脱蓝银草的缠绕之前，就将困住他的坚冰化为了冰粉。他大喝一声，白虎护身障、白虎烈光波两个技能同时释放。

白虎护身障是他施加给自己的，而白虎烈光波则直接越过对方那三名强攻系战魂师，直奔水冰儿而去。

"雪舞，开始。"水冰儿面对戴沐白的攻击不慌不忙，下达了命令后，才从容地给自己身上施加了第二魂技。顿时，她身上也多了一层冰甲。

当戴沐白的白虎烈光波攻到她身前的时候，先前飘浮在她背后的蓝光突然释放，与她身上的冰甲融为一体。

"砰"的一声，水冰儿只是后退一步，并没有受到任何伤害。

蓝银草被挣脱，黄远和泰隆也先后挣脱了坚冰。唐三脱开束缚的速度比他们还要快上许多。可是，就在唐三刚刚挣脱身上坚冰的刹那，水冰儿的第一魂技已经再次降临，根本没给他缓过来的机会，就已经将他再次冰封。

泰隆是力量型魂师，此时他的对手是一名身材高大的女魂师。他大手一挥，直接向对方抓去。对方毕竟是女孩子，他也不好意思下重手，只是控制着自身力量爆发出来。他相信，同级别的魂师中还没有谁能够与他比力量。就算是唐三，也是凭借技巧才战胜他的。

他对面的女魂师同样抬起了手，也不闪躲，身上蓝光大放，第一魂环闪亮。她那原本只是出现在一侧脸颊上的鳞片瞬间蔓延到全身每一处，与此同时，第二魂环亮了起来。一团庞大的蓝光从她胸前升起，直奔泰隆的胸口撞去。

面对攻击，泰隆改抓为拍，拍向对方的肩膀。因为他的魂技是完全内蕴于自身的，发动速度比任何魂师都要快，所以当对方的攻击完成时，他的手正好拍在了对方的肩膀上。

拍是拍上了，但泰隆感觉很奇怪，就像拍到了一块光滑的坚冰一般，绝大部分力量都被卸掉了。而那团蓝光已经在他胸前爆发，强烈的冲击力顿时将他高大雄壮的身体轰击得飞了出去。

那少女也并不好受。她还是小看了泰隆的力量，虽然凭借第一魂技大幅度削弱了泰隆的攻击力度，但还是有一部分力量作用在了她身上。

她闷哼一声，跌退数步，半边身子已经陷入了麻痹之中。

双方开始交手的时候，那位于天水学院战队最后方的黑发女孩子也开始动了起来。奇异的是，她并没有攻击，而是在原地舞了起来。

她翩翩起舞，黑发飘扬，身上的四个魂环交替闪耀。一圈圈蓝色光芒随着她的舞蹈扩散开来。随着她的舞蹈，这中心主擂台上方竟然多出了一片乌云，正好把擂台完全笼罩在内。紧接着，豆大的雨滴开始从天而降，化为大片水幕倾泻下来。

这些水滴并不会落在天水学院的女孩子身上，在靠近她们身体的时候，就会悄然滑落，但落在史莱克学院战队的队员们身上时就不客气了。只是一会儿的工夫，除了被冰封的唐三以外，其他六人都已经变成了落汤鸡。

"砰！"冰块再次破碎。这一次，唐三没有任何停顿，身上的第四魂环就已经亮了起来。七团蓝银草同时从地上奔涌而出，瞬间完成蓝银囚笼，困住了对方的七个人。

他不得不这样做。虽然在冰封之中，但他依旧能够观察到场中的情况。在他破冰之前，水冰儿已经又先后三次用冰封住了己方队员。史莱克学院战队已经完全被压制了，尤其是绛珠被冰封之后。她本身并没有破冰的力量，仅凭魂力挣脱的话还需要很长时间。

所以唐三不惜耗费大量魂力，也要完成蓝银囚笼。

水冰儿显然没想到唐三能这么快就用出武魂。她根本没管自己身边的蓝银囚笼，抬手再挥，再次释放一个冰封技能，落在唐三身上。

虽然这只是水冰儿的第一魂技，却令唐三头疼不已。这个技能不但能够瞬发，而且根本没法闪躲。只要水冰儿的精神锁定了他，他就必然会被冰封。

不过这次他毕竟有了准备。在被冰封的瞬间，他立刻给自己身上施加了一个蓝银囚笼，令冰封的范围增大。当冰封完成之时，他再凭借自身的控制，立刻撤销蓝银囚笼，利用蓝银草回收的力量瞬间破冰而出。

戴沐白和唐三已经配合很久了。在被压制的情况下，他现在顾不上怜香惜玉了。对手被蓝银囚笼控制之时，他立刻发动了自己的第三魂技——白虎金刚变。

他那原本就十分雄壮的身体再次膨胀，恐怖的力量蔓延而出。和他一样将力量提升到极限的还有泰隆。在他们现在这种状态下，水冰儿的冰封已经无法阻止他们半分。

令唐三有些郁闷的是，他的蓝银囚笼不但没能阻挡水冰儿继续释放魂技，甚至没能让那黑发少女停止舞蹈。虽然蓝银囚笼限制的范围很小，但那黑发少女的舞蹈依然可以在这极小的范围内施展。乌云中降下的雨滴已经变得越来越冷了。无数蓝银草从唐三身上澎湃而出，化为一片长藤森林一般，将他的身体完全遮挡在内。为了不被水冰儿的技能限制，他不得不这样保护自己。与此同时，他的声音从蓝银草中传了出来。

此时，神风学院和炽火学院的比赛都已经结束了。两大战队的爆发力实在太强，他们的对手根本抵挡不了，已经败下阵来。

他们并没有急于退下擂台，而是在各自的擂台上关注着这边的比赛。

火舞对火无双道："哥，水冰儿的技能似乎正好限制了唐三。你看他那狼狈的样子。"

火无双点了点头，道："你的抗拒火环能勉强制约一下水冰儿。天水学院战队确实很强，尤其是水冰儿和雪舞两个。"

神风学院那一边，风笑天无奈地注视着这边的战场，道："还好天水学院都是女人。就算史莱克学院输了，她们也不会抢走我的火舞。哎，可怜可悲的史莱克学院啊，面对一群女孩子确实不好下手。当初我也是勉强用风把她们吹下去而已……"

"沐白，流星雨。蓝银囚笼，强攻左右。"唐三用最简洁的话进行了指挥。紫色魂环光芒闪耀，夺目的光芒从戴沐白头顶上方升腾而起，他那强势的第四魂技终于登场了——白虎流星雨！

夺目的流星雨从天而降。那些流星攻击的并不是戴沐白面对的那名四十级以上的强攻系战魂师，而是分别攻向泰隆和黄远的对手。

看到白虎流星雨攻击的方向，水冰儿的脸色顿时变了，更令她意外的还在后面。

流星雨攻击的目标并不是被蓝银囚笼困住、暂时还挣脱不出的两名少女，而是困住她们的蓝银囚笼。

一连串轰然巨响之中，蓝银囚笼应声破碎。那强大的冲击力将两名天水学院的强攻系战魂师带得横飞而出，直接掉下了擂台。

唐三的计算极其精确。如果白虎流星雨攻击戴沐白面前那名四十级以上的战魂师，除非直接攻击对方的本体，否则很难击败对手。他们的对手都是女孩子，下杀手自然不好。而如果攻击蓝银囚笼的话，在唐三的配合下，将两名实力逊色一些的强攻系战魂师打下擂台，削弱对方的实力还是可以做到的。

与此同时，唐三的缠绕技能已经发动，目标是那依旧跳舞的黑发少女。

"晚了。"水冰儿虽惊不乱，就在唐三发动缠绕技能的同时，一圈冰蓝色的光芒从她身上爆发而出，效果竟然与火舞的抗拒火环有异曲同工之妙。

唐三只觉得一股冰冷之气袭体，缠绕技能竟然被逼迫得收了回来。在冰环瞬间绽放的作用之下，虽然唐三的蓝银囚笼没有破碎，但史莱克学院一方的队员都被逼迫得后退。

困住水冰儿和雪舞的蓝银囚笼瞬间破碎。

水冰儿动了，不是前进，而是后退，在冰雨中回身奔向后面的雪舞。另外三人则飞快地聚集在一起，挡在两人身前。

"不好，是武魂融合技。"唐三看到水冰儿的动作立刻醒悟过来。

但正像水冰儿所说的那样，晚了。

水冰儿与雪舞瞬间融合为一，化为一道耀眼的蓝白色光柱冲入空中的乌云之中。水冰儿和雪舞的身体同时消失，属于她们的武魂融合技终于爆发。

从比赛一开始，水冰儿全力限制唐三的时候，这个武魂融合技就已经在准备了。当那蓝白色光柱冲入乌云中时，就算唐三立刻击溃水冰儿和雪舞二人，也无法阻挡这个武魂融合技的威力。

"聚集。"唐三大喝一声。既然已经无法阻挡，那就只有承受。蓝银草骤然回扯，戴沐白、黄远、泰隆、京灵、小舞五个人同时被他拉了回来。解除了冰封的绛珠也快速来到众人之中。

唐三此时已经顾不得其他了，一把将绛珠拉到众人中间，和其他五人一起将绛珠围在中央。

"治疗权杖，全力，快！"

绛珠立刻会意，将治疗权杖直接插在自己面前。

天空中的雨变了，化为雪片在空中飘舞。每一片雪花都宛如利刃般锋锐，在旋转中飘荡而下，化为冰雪旋涡，朝着史莱克学院众人席卷而来。

"如果你们坚持不住就认输，我们会停止的。"水冰儿的话从远处传来。

唐三用行动回答了她——蓝银草，缠绕技能发动！蓝银草这一次缠绕的对象是包括他自己在内的七个人，紧紧地缠绕，没有一丝缝隙。

第四魂技——蓝银囚笼发动。七层高的蓝银囚笼疯狂从地下涌起，化为七道屏障。

最后，唐三用自己仅存的魂力在蓝银囚笼的最外围施加了一个蛛网束缚。在他的四个魂技之中，蛛网束缚无疑是最坚韧的一个。

冰雪飘零是个很美妙的名字，但在这份美妙之中，蕴含的是无尽杀机。两名四十级以上魂宗施展的武魂融合技有多大的威力，早在史莱克学院对战象甲宗的时候，戴沐白和朱竹清就展示过了。但这一次，史莱克学院战队变成了承受的一方。

水冰儿和雪舞合作的这个武魂融合技在开赛以来是第一次使用，而这正是她们隐藏的技能。面对同为五元素学院的对手时她们没有使用这个技能，但她们绝对不愿意败给史莱克学院。

观众们看到的是雪舞龙卷，而史莱克学院战队的队员们听到的是令人牙酸的切割和摩擦声。

唐三的魂技能够挡住这个名叫冰雪飘零的武魂融合技吗？这预选赛的最后一场，他们还能获得胜利吗？在雪花弥漫之中，这一切都变成了谜。

观众们不知道，就连贵宾席上的诸位强者也不能断言。

第一百零五章
冰雪飘零冰凤凰

SOULLAND

　　蓝银草确实坚韧，受到蛛网束缚加持的蓝银草更是韧性奇佳。唐三将自己的魂力全部输出，将队友们防护得滴水不漏。但是蓝银草再坚韧也只是化身藤蔓的草叶。

　　两名四十级魂师联手释放的武魂融合技，其威力绝对不逊色于一名六十级魂师施展的魂技。

　　冰雪飘零并不像幽冥白虎那样拥有那么强横的冲击力，但是它胜在连绵不绝。

　　令人牙酸的刺耳摩擦声中，充满黏性和韧性的蛛网束缚开始出现断裂的迹象。

　　无数雪片就像绞肉机一般不断地切割着唐三防御罩的每一个角落。在那比利刃还要锋锐的雪片之下，最外层的防御很快就破碎了。

　　接下来，冰雪飘零要侵蚀的就是唐三的万年魂技——蓝银囚笼。

　　唐三的蓝银囚笼在刚学会的时候，一次最多只能释放七个。从强韧程度上看，蓝银囚笼是逊色于蛛网束缚的，但它胜在能够瞬发于定位之处，而且可以进行团控。

随着唐三修炼的三窍御之心逐渐成熟，他在这第四魂技的应用上增加了许多技巧。这毕竟是万年魂技，其中的可操作性比蛛网束缚大得多。

唐三之所以能够施展出十几个蓝银囚笼，并不是因为他的魂力提升了多少，而是因为他在施展这个魂技的每个单体时，都能精确控制释放的魂力。

也就是说，这些看上去一模一样的蓝银囚笼，其实效果并不相同，使用魂力多的就更加坚韧，使用少的就要脆弱一些。根据不同的对手来确定蓝银囚笼的威力，就能大大节省唐三的魂力。

因此，在发现对方施展武魂融合技的时候，唐三还能释放多重蓝银囚笼护住众人。这已经是他的全部力量。

看似柔弱的雪片与最外层的蓝银囚笼绞杀在一起，竟然没什么作用。和柔韧的蛛网束缚相比，坚固的蓝银囚笼在抵御冰雪飘零切割时的效果要好得多。

柔韧怕锋利，锋利怕坚固，或许这就是其中的原因吧。

如果此时有人能够看到蓝色光柱内水冰儿的脸色，一定会发现，她的脸色变得很难看。虽然在这场比赛之前，她对唐三的估计已经很高了，但唐三的应变和反应能力还是令她大吃一惊。

冰雪飘零这个武魂融合技的主导是水冰儿，所以她能清晰地感觉到雪花攻击时受到的阻力。

唐三施展蓝银囚笼的时候，她是看到了的，那是一个七层的蓝银囚笼。虽然此时第一层蓝银囚笼已经在她的攻击下破碎，可她发现，如果照着现在的情况发展下去，等她和雪舞的魂力消耗殆尽，也未必能够完全攻破唐三的防御阵。

万年魂技果然非同凡响，尽管是控制类的，可用于防御竟然也能强到如此地步。蓝银囚笼看上去并不绚丽，可它的实用性令人咋舌。

武魂融合技都已经用了，如果还赢不了这场比赛，那未来面对更强的史莱克学院时，天水学院还怎么有获胜的可能？

嘹亮的凤鸣声从那冲天而起的蓝色光柱中响起。唐三只觉得压力一轻，半空中原本呈龙卷风形态进行攻击的雪花高飞而起。

听到那嘹亮的凤鸣，感觉到攻击压力减轻，精神压力却更加强大，唐三突然醒悟了。

冰凤凰！那水冰儿的武魂竟然是顶级武魂中的冰凤凰。

难怪她的魂技控制力那么强，难怪她能拥有这样的武魂融合技！原来她竟然拥有如此霸道的武魂。

同样是凤凰，冰凤凰丝毫不逊色于火舞的火凤凰。这是两个极端的武魂，但无不是顶级的存在。从实力上看，水冰儿甚至比火舞略胜几分。

而她还有火舞没有的融合技伙伴雪舞。

半空中，雪花凝聚，渐渐成形，一只体长七米的巨大蓝色凤凰凭空出现。

和那天火舞使用的第四魂技不同，这只冰凤凰看上去样子极其清晰，宛如实体一般。明亮的双眼、修长的尾翎，看上去是那样动人。

绚丽的蓝色凤凰从天而降，不带一丝烟火气，化为冰蓝色的光芒，飘然落下。

它的动作并不快，但每前进一分，天空中飘落的雪花就会令它的身体更凝实一分。

一声低沉的叹息从蓝银囚笼内传出。诡异的一幕出现了。剩余的蓝银囚笼竟然一层层收入地下，连最后保护着众人的那些蓝银草也悄然收回了唐三体内。

以戴沐白为首，除了唐三以外，剩余的六个人在冰凤凰来临之前，飞速地冲下擂台。擂台上只剩下唐三一个人。

和身长超过七米的冰凤凰相比，唐三看上去是那样渺小。绚丽的蓝光将比赛台全部照亮。

此时，哪怕再支持史莱克学院、支持唐三的观众，也不认为这场比赛他们还能获得胜利。

观众们更不明白，为什么唐三要在对方攻击即将降临之前，将自己的防御体系全部撤除。稍微有点武魂常识的人都看得出，此时唐三就算还有魂力，也绝对所剩无几。

以他这样的状态，还能做什么？

唐三不想放弃这场比赛。他完全可以放弃的，毕竟这并不影响他们出线，但是他不想。没有理由，他就是不希望接受失败。

从空中滑翔而下的冰凤凰停滞了一下，水冰儿有些愤怒的声音从蓝光中传出："你找死吗？快退下去，我要控制不住了。"她已经全力以赴，此时空中冰凤凰凝聚的能量已经是她无法掌控的了。

唐三脸上露出一丝淡淡的微笑，心中暗想：这真是个善良的女孩儿。但是我不能输。

"来吧。"撕裂声从唐三背后响起，八支紫黑色长矛破背而出。每一支长矛上都有蓝红两色光芒交替闪耀，两侧都带着锋利的尖刺。

八支长矛出现后，迅速插入地面，将唐三的身体带得横飞起来，正是八蛛矛。

冰凤凰已经控制不住了，从天而降，庞大的能量倾泻而出。

寒流涌动，早已完全锁定了唐三的身体。冰雪飘零这个武魂融合技极其强悍，一经施展，立刻就会锁定对手。但就在这个时候，诡异的一幕出现了。

八蛛矛猛地弯曲，再瞬间弹起，推送着唐三的身体犹如炮弹一般冲天而起。他竟然无视寒流涌动，在那冰凤凰降临之前，冲破了锁定的能量，升入二十多米的高空之中。

擂台被全部冰封，瞬间覆盖上了一层蓝色光芒。下一刻，伴随着轰然巨响，整个擂台完全坍塌。

哪怕是本身拥有水属性能力的天水学院战队队员，也在它落入擂台的时候抢先跃下。

这可以说是预选赛开始以来最具摧毁力的一幕，也是最绚丽的一幕。可惜它并没有成功地命中自己的目标。

八蛛矛的出现令唐三重新充满了力量，来自外附魂骨的能量支撑着他的身体。当他从天而降之时，八蛛矛已经悄然收回背后。

整个天斗大斗魂场内都已经覆盖上了一层薄薄的冰霜。

阵阵寒意令观众们的表情僵硬了。

擂台的废墟中，水冰儿在雪舞的搀扶下，勉强站立在那里，看着从天而降的唐三，双眼一阵失神。

她不明白为什么会出现这样的一幕，为什么她和雪舞的武魂融合技加上她武魂本源的力量都无法战胜那徐徐落下的对手。

冰雪飘零的寒意足以让任何人行动迟滞。先前那一瞬间，擂台上的温度已经降低到了一个极其恐怖的程度，再加上寒流的控制，她绝对不相信六十级以下的魂师能够冲破锁定逃出攻击范围。

可是那个男人做到了。看上去，他的动作举重若轻，似乎并没有使用什么力量。可只有水冰儿自己才知道，想要逃离冰雪飘零的全力冲击有多么困难。

两名少女的脸色此时都一片苍白，魂力透支令她们站稳身形都十分困难。

唐三已经降落在废墟之中，正一步一步地向她们走过来。虽然他的魂力波动已经十分微弱，但只要想到他曾经展现过的近战能力，水冰儿就知道自己和雪舞绝对不可能再战胜他。

此时擂台范围内就只剩下他们三个人，胜负已分。

"能不能告诉我为什么？"水冰儿有些艰涩地问道。

唐三走到二女面前三米外停下脚步。八蛛矛惊鸿一瞥，没有让人看清就已经收回。但是他知道在这场比赛中自己也输了。被对手将应该在总决赛才出现的八蛛矛逼出，他认为自己已经输了。

获得这场比赛的胜利，并不全是八蛛矛的功劳，也不是他的功劳，依旧是他曾经服用的仙品药草产生了作用。八角玄冰草和冰火两仪眼的锻炼，令唐三对一切寒属性和火属性的能量全部免疫。如果水冰儿施展的是其他属性的武魂融合技，在那种时候，唐三已经没有魂力，就算施展出八蛛矛，也无法反败为胜。

所以他认为自己输了，并不是输在实力上，而是输在应变和对对手的估计上。

连续的胜利令史莱克学院战队的队员们难免有些骄傲，就连唐三也不例外。他毕竟也是人，普通人会出现的情绪他也会有。

今日一战开始之前，他对天水学院的估计是和炽火学院画等号的。可谁知道水冰儿的控制力竟然对他如此克制，更拥有武魂融合技这样强大的能力。面对水冰儿的询问，唐三并没有隐瞒。这不但是因为他认为自己输了，同时也是因为水冰儿的善良。冰凤凰降临前那一刻，他能够清楚地感觉到水冰儿话语中的担忧，并不是为了胜负，而是真的不希望伤害他。

"我有冰火免疫能力，所以你的能力无法限制住我。"唐三用只有三人才能听到的声音说道。

水冰儿脸上流露出一丝苦涩。

"那为什么之前你会被我限制住？"水冰儿忍不住问道。为什么她的第一魂技冰封对唐三有效果，可冰凤凰的锁定不行？

唐三苦笑一声，道："我的冰火免疫只对能量形态有作用，实体形态和能量冲击依旧会令我受到伤害。你的冰封是固体形态，并不是能量形态，我当然要受制。只不过其中的寒意不会伤到我而已。"

"我们输了。"尽管不愿意承认，但水冰儿还是艰难地说出了这句话。

唐三摇了摇头，道："不，应该是我们输了才对。是我的失误导致了这样的结局。我的冰火免疫能力并不是来源于修炼。"

此时裁判已经小心翼翼地走过来。哪怕他拥有五十几级的魂力，此时也有些忐忑。

现在的年轻人真是太厉害了。万一他们还有什么绝招没出，他恐怕也要受到牵连。

"结束了？"裁判看看双方问道。

唐三和水冰儿同时点了点头，异口同声地说道："我输了。"

裁判一头雾水地看着二人，道："你们……"

唐三主动道："这场算平手吧。我们双方都已经耗尽了魂力，不能继续比赛了。"

裁判恍然大悟，平局的场面虽然很少出现，但也并不是没有。当下他宣布，史莱克学院与天水学院此战以平局收场。

能胜而不胜，这是唐三给自己的一个警告。预选赛只是一个开始，后面还有晋级赛和强者如云的总决赛。在这个时候发现自己的不足总比在后面的比赛中发现要好得多。毕竟总决赛是淘汰赛，容不得半点失误。

观众们无疑是失望的。大多数人支持的史莱克学院没能获得最后一场比赛的胜利令不少观众颇有微词。质疑史莱克学院没有派出全部主力的声音更是蔓延到了每一个角落。

唐三回到休息区，吃下奥斯卡递过来的恢复大香肠，道："对不起，是我的错，在比赛开始前对对手不够重视，没能及时做出有针对性的战术安排，导致了后面的被动局面。"

戴沐白拍拍唐三的肩膀，道："自家兄弟，说这些干什么？更关键的是，我们要从中找到失败的根源。别忘了，我们还年轻，经得起失败。你已经做得很好了，没有人会怪你。"

马红俊凑了过来，嘿嘿笑道："三哥，别郁闷。这不是因为你兄弟我不在吗？要是我在，哪容得那些美女嚣张！下次让她们见识见识我的凤凰火焰。正所谓失败是成功之母，而且我们也并没有输啊！你并没有全力以赴，不是吗？其实不只是你，就连戴老大、小舞他们也都没有用出全力。我们还需要你带领大家拿到总冠军呢。"

戴沐白抬手在马红俊头上敲了一下，道："你很能吗？好啊，那下次你自己上，让我们看看你怎么一个烧七个。"

马红俊摸了摸头，委屈地道："我这不是在安慰三哥吗。"

"失败是成功之母，这句话说得很对。距离晋级赛还有一个月，在这段时间内，你们有充分的时间找出自己的不足。"大师不知道什么时候已经走了过来，目光落在唐三身上，微笑着看向他。

"老师。"面对大师的目光，唐三低下了头。

大师走到他身边，一只手按在他的肩膀上，道："其实今天这场比赛的结果比你们获胜更好。我一直都在说，实战是检验自身最好的方法。只有不断地进行实战，面对不同的对手，魂师才会进步得更快。谁也不知道下一次战斗会遇到什么样的对手，唯一的办法就是尽可能地与不同的魂师交手来增加自己的经验。你们无不是魂师界的天才，在全大陆高级魂师学院精英大赛遇到的对手也都是年青一代中的佼佼者。在你们的一生中，这次比赛只是一个开端，你们要走的路还很长，只要有所收获，输赢并不重要。"

"是，大师。"众学员同时应声答道。不知道为什么，一向心境平和的唐三此时心中对胜利极其渴望。

天斗城这边的预选赛已经全部结束，按照流程，马上就要举行颁奖典礼，为预选赛前五名的队伍颁发晋级赛的资格凭证。

但由于中心主擂台在之前的比赛中被毁坏了，这个流程就被简化了。未晋级的学院不再参加最后的典礼，只有前五名的队伍到贵宾席主席台接受资格凭证。

典礼的流程并不复杂，在主持人的宣布下，排名前五的五支队伍的正、副队长走上了主席台。

神风学院与雷霆学院成绩相同，一样是二十六胜一负，但神风学院曾经战胜过雷霆学院，所以通过胜负关系判定，神风学院排名第一，雷霆学院第二。史莱克学院凭借二十四胜一平两负的成绩排名第三。炽火学院比天水学院多半个胜场排名第四。天水学院依旧是第五名。

代表史莱克学院走上主席台的是戴沐白和唐三。两人走上主席台，立刻就感受到了数道不善的目光。其中目光最炽烈的就是炽火学院的火舞。

败给唐三后，她一直都很不服气。她并没有去思考自己的实力，而是将失败归咎于唐三的火免疫能力。虽然炽火学院成功晋级，但被史莱克学院压了半个胜场令她心中的那股激愤之气更加强烈。

"下面将由陛下与七宝琉璃宗宁宗主、萨拉斯白金主教亲自为进入晋级赛的五支队伍颁发晋级资格凭证和奖金。"

晋级资格凭证其实就是一本手札。这东西也不怕作假，毕竟哪个学院晋级了，武魂殿和天斗帝国都清楚得很。奖金却是之前唐三和戴沐白并不知道的。

前五名的学院获得的奖金是相同的，毕竟这只是预选赛。每一支队伍都获得了由天斗帝国奖励的一万金魂币。而到了总决赛，前三名的奖品将由武魂殿提供。

奖励发放完毕，主持人将话语权交给了在场地位最尊贵的雪夜大帝。

雪夜大帝的目光从面前的学员代表们身上扫过，格外在唐三身上多停留了几秒，这才微笑着说道："首先，孩子们，我要恭喜你们。

"你们成功地获得了这一届全大陆高级魂师学院精英大赛晋级的资格。身为天斗帝国的最高统治者，我以你们为荣。你们都是帝国未来的希望。作为各队的正、副队长，你们的实力在比赛中发挥了最重要的作用。所以，我决定册封你们十人子爵的爵位，册封你们五所学院其他参赛的学员男爵的爵位。等你们毕业以后，帝国皇室的大门将随时为你们敞开。你们的封地将在你们毕业后统一分配。"

"陛下，这不好吧？"萨拉斯在旁边突然横插一嘴。胆敢在一国帝王说话的时候插嘴，可见武魂殿的势力有多么庞大。

雪夜大帝淡淡地看了萨拉斯一眼，问道："萨拉斯主教阁下，有什么不妥吗？"

萨拉斯道："在以往的比赛中，并没有奖励爵位的先例。更何况，爵位封得是不是太高了？"

不论是天斗帝国还是星罗帝国，爵位按照高低排位分别是公、侯、伯、子、男。只是一个预选赛的晋级资格就放出十个子爵的贵族头衔，这位雪夜大帝的慷慨足以令周围任何人吃惊。

雪夜大帝只用一句话就堵住了萨拉斯的嘴："白金主教阁下，爵位的封赏是帝国内部事务，与武魂殿无关，与本届大赛也无关，只是我欣赏这些孩子，所以给予奖赏而已。他们参加这次高级魂师学院大赛，代表的是我天斗帝国。在这里我还要给你们一个许诺。如果你们中的哪支队伍能够获得最后的比赛胜利，全队爵位还将晋升一级，同时学院前缀增加'皇家'二字，受帝国财政支持。"

作为各队的正、副队长，虽然这些年轻人都算得上见过世面，但雪夜大帝这一大串奖励砸下来，还是令他们有些发懵。爵位代表着什么？子爵就已经可以拥有自己的领地和侍从了，而且还能从国家领取一定的补贴金。单是这笔钱就足够生活。

虽然不少魂师都拥有爵位，但获得王国和公国的爵位容易，获得帝国的爵位却并非那么简单，尤其是帝国直接授予的子爵爵位。一名子爵拥有的领地相当于一座小城市了。

更可贵的是，雪夜大帝已经向眼前的十个人保证，在这届比赛结束之后，就分封他们领地。

这就说明，他们绝对不只是挂一个爵位的虚名，而是真正拥有领地的贵族。

萨拉斯的脸色很难看，他没再多说什么，但眼中多了几分冰冷之色。

通过预选赛的这五支队伍的队长和副队长，无不是青年魂师中的精英，一个赛一个聪明。从雪夜大帝的许诺和萨拉斯的阻止中，他们隐约能感受到其中包含的火药味儿。

宁风致则只是站在一旁微笑不语，似乎这一切都与他无关。

雪夜大帝似乎根本没有看到白金主教萨拉斯难看的脸色，微笑道："接下来的晋级赛依旧是在帝国举行，但举行的地点将由天斗大斗魂场变成皇家围场。届时，五公国和王国通过预选赛的十支队伍将前来与你们一起进行晋级赛的比拼。我希望，你们五个学院在晋级赛中都能名列前茅，这样你们参加总决赛时就能占据先机。

"晋级赛是体现你们个人实力最好的舞台。届时，在晋级赛中获胜场次最多的前三名学员，帝国将为你们提供下一次魂力等级提升时所需的魂兽。你们可以自行挑选魂兽的种类。三万年以下修为的魂兽，帝国全部可以保证。"

不论是史莱克学院的人还是四个元素学院的人，此时都感到十分兴奋。雪夜大帝许诺的魂兽甚至比先前的爵位更令他们心动。哪怕是唐三，也不禁有种心跳加快的感觉。

要知道，眼前这十个代表各学院的正、副队长，魂力都是四十级左右。下次提升魂力等级，也就是五十级的时候。五十级的魂环虽然不像三十级的魂环那么重要，但它是能够获得万年魂环的第一个级别。

第一个万年魂环的实力如何，对他们未来的影响都很大。如果他们能够按照自己的需要来挑选魂兽，无疑有天大的好处，不但不需要冒险和耽误时间，而且能够将自己的武魂最大程度地发挥出来。

从五十级开始，魂师的修炼速度会大幅度降低，先有一个万年魂环做保证，无疑能够让他们在五十到六十级的过程中保持强势，对未来的发展有无限好处。

看到面前这十名精英眼中渐渐升腾的灼热，雪夜大帝微微一笑，道："晋级赛一个月后举行，希望你们能在这一个月内再做突破。好了，别的我也不多说了。你们这些孩子都很聪明，应该能做出聪明的选择。"

说完这句话，雪夜大帝的目光偏转了一下，从白金主教萨拉斯脸上扫过，然后他在一众帝国高官的陪护下转身离去。

萨拉斯眼神微动，脸色已经完全平复下来，从他脸上的神情很难再看出什么。

虽然雪夜大帝并没有明说，但各学院战队的正、副队长都明白了他的意思——帝国和武魂殿，二选一。

唐三心中微动：雪夜大帝今天的话并不像一个帝王应该说的。武魂殿势力庞大，难道雪夜大帝是在向他们示威？还是说，天斗帝国与武魂殿之间的矛盾已经到了不可调和的地步呢？这些政治的事还是不要参与比较好。

别人怎么想，他不知道，但他给自己选的路很明确，用简单的两个字就能够概括——自由。

唐三给自己的目标也很明确——武魂的极限，唐门的极限。

唐三和戴沐白一起走出天斗大斗魂场，其他人都在外面等着他们。正在这时，一个突如其来的声音叫住了唐三。

"唐三。"

唐三扭头看去，只见一片红色光芒在眼前放大，叫住他的正是火舞。

"有什么事吗？"唐三疑惑地问道。

火舞迅速来到他面前，一直走到距离他不足一米的地方才站定。

不得不说，和火舞面对面很有压迫感，因为她的身高在女孩子中相当出众，比现在的唐三还要高少许。要知道，随着吸收第四魂环和吞噬那只千年级别的人面魔蛛，唐三的身体发育比同龄人快得多，此时身高已经接近一米八了，而火舞的身高就是一米八。

火舞凝视着面前这相貌并不怎么出众、身上始终有股淡然气质的唐三，问道："有没有胆量不用武魂和我打一场？"

唐三愣了一下，旁边的史莱克学院众人却都笑了。唐三的肉搏能力他们都清楚得很，这种要求泰隆也曾经提过，结果就是灰头土脸地败下阵来。

唐三摇摇头，道："我没空。"

"你……"火舞的瞳孔骤然收缩了一下，"你的近战能力不是很强吗？"

唐三皱了皱眉头，看了火舞一眼。看着这宛如火焰一般的女子，他再次重复道："对不起，我没空。"

说完，他转身朝着史莱克学院众人走去，并不想和火舞再纠缠。

"你去死吧。"怒火膨胀至极限，火舞压抑多日的情绪终于爆发了，右腿猛地飞起，直奔唐三的后脑踢去。她本就身高腿长，这一下更是如同闪电一般。

听声辨位是唐门最基础的能力，唐三怎么会让她轻易得逞呢？他略微踏前一步，身体半回旋，左手甩出，直接扣住了火舞的脚腕。

火舞只觉得自己腿上踢出的力道宛如泥牛入海一般，在唐三手臂的略微震颤之下顷刻间化为乌有。唐三那只握住她脚腕的手如同铜浇铁铸一般，不论她如何用力，也无法收回。

唐三那只左手已经变成了羊脂白玉般的色泽。

他抬高左手，推起火舞的长腿，朝着火舞的方向踏前一步，右脚很自然地跨到火舞支撑腿后方，同时上身前贴，直接撞击在火舞被推高的大腿上。

他施展行云流水一般的动作，顺利寻找到破绽，令火舞根本来不及反应，身体就已经在他的推动下飞了出去，落入刚刚赶来的火无双怀中。唐三用的力气并不大，他这一下充分发挥出了控鹤擒龙的借力打力之法。

"我们走吧。"唐三扫了一眼幸灾乐祸的史莱克学院众人，大步离去。

"我要杀了他。"火舞被哥哥接下来后还想再冲出去，却被火无双强行拉住了。

"别白费力气了，你不是他的对手。"火无双叹息一声，死死地拉住妹妹。作为旁观者，他当然看得出唐三已经手下留情了。

"哥。"火舞眼圈一红。她那争强好胜的性格又一次受到了同一个人的打击，实在令她无法承受。

第一百零六章
真是普通的蓝银草吗？

SOULLAND

　　火无双轻叹一声，道："傻妹妹，如果你真的想要战胜他，就要不断地修炼，凭借自己的实力获胜。这样无理取闹有什么用呢？努力吧，晋级赛上我们还有机会。面对一个完全克制我们属性的对手，我们必须想些新的办法才行。他虽然能够免疫火，却不能免疫能量冲击，你忘记水冰儿是怎么做的了吗？"

　　"没错，没错，还有我呢。火舞妹妹，预选赛我没碰上他，等到了晋级赛，我一定帮你战胜他。"风笑天不知道从什么地方钻了出来，义愤填膺地说道。

　　从天斗大斗魂场走回学院的路上，唐三脑海中还不断回放着今日比赛面对天水学院的全过程。

　　对于他来说，这绝对不是一个平局那么简单。这是他们在本次预选赛中最艰难的一战，固然是因为对手的武魂融合技格外强大，也是因为他们从开始阶段就被压制。

　　唐三清楚地认识到，正是因为自己的失误，才导致整个队伍处于下风。水冰儿的先手限制破坏了他原本的计划，也让他见识到了其他控制系魂师的强大。接下来将是晋级赛了，那是个人表演的舞台，但是晋级赛之后的总决赛依旧是团队作战。

任何一名魂师都有缺陷，唐三也不例外。只有通过团队的配合相互弥补，才能将魂师的实力最大程度地发挥出来，这一直是魂师界的定律，也是全大陆高级魂师学院精英大赛以团战为主的重要原因。

对于雪夜大帝抛出的橄榄枝，他并没有多想，那不是他现在要思考的问题。他现在更需要的是想清楚如何才能更好地帮助自己的团队，如何能让自己的实力变得更加强大。

唐三一直是一个执着的人，前一世在唐门如此，这一世依旧如此。

因此，回到学院之后，他立刻向大师提出，他要再次闭关修炼一段时间，要想清楚一些问题。

大师对唐三是相当了解的，也明白对于唐三来说，现在正是一个重要时期。只要能够跨越这层内心中的屏障，他将变得更加成熟，也更加可怕。在这种时候，没有人帮得了他，能够帮他的就只有他自己。只有他自己想通了、明悟了，才能更好地认识到自己的问题。哪怕是大师这样的智者，在这种时候多说也不会有什么好的结果。

每个人内心的屏障都不相同，谁也不知道旁人的问题出在什么地方。唐三的问题只有唐三自己才能解决。

看着唐三的背影渐渐远去，史莱克七怪的其他六人都不禁有些落寞。他们都明白唐三此刻的感受。自从他们组团以来，今日一战虽然并不是最艰难的，但对于唐三来说，是真正被压制的一战。他们完全能够明白唐三此时的心情。

小舞想要追上去安慰唐三，却被柳二龙一把抓住了："傻丫头，这个时候不要去打扰他，让他自己想清楚比较好。相信他，给他一点空间。"

小舞看向柳二龙，柳二龙将她轻轻地搂入怀中，抚摸着她长长的发辫。

大师咳嗽了一声，将众人的注意力吸引到自己身上，道："好了，唐三去闭关了。接下来的一个月是你们休整的时间。之前这一个月高密度的比赛，对你们每个人都有不同程度的好处，但是这还远远不够。我想，你们也都看到了，在这个世界上并不只有你们是天才。唐三遇到了克制他的对手，你们同样会遇到。你们是一个整体，想要战胜其他队，获得最后的胜利，就要付出更多。所以我决定，在接下来的一个月休整期中，再次对你们进行一段时间的强化训练。你们这是什么表情？都给我站好了。谁要是有抵触心理，我不介意将他的训练量增加一倍。"

惨叫声在史莱克六怪的内心深处同时响起。此时他们才突然羡慕起唐三来。至少闭关的唐三不用再接受魔鬼训练……

唐三选择的闭关地点依旧是当初那个树林中的木屋。清幽的环境、安静的世界最适合他修炼。

已经过去两天时间，唐三却依旧茫然地坐着，始终没有修炼。他的脑海之中始终被一团迷雾所笼罩。他想不出自己的问题出在什么地方，也不明白自己应该朝着怎样的方向去发展。他甚至在怀疑自己一直以来走的控制路线是否是错误的。

两天的时间内，唐三想了许多，可想得越多，心就越乱。

两天两夜过去了，他一直都没有休息，也没吃过什么东西，整个人都处于这种混沌的状态之中。痛苦的感觉不断在他心中肆虐，他甚至不知道自己为何会痛苦。

自从成为一名魂师的那天起，他就一直站在同龄人的巅峰。蓝银草并不是什么强大的武魂，甚至是废武魂，但在大师的指导下修炼，他的实力始终不比那些拥有强大武魂的同龄魂师差，甚至要强过他们。随着时间的推移，唐三渐渐忘记了蓝银草本身的问题，一直将自己与那些拥有强大武魂的魂师摆在同样的位置，甚至还有些优越感。可是这次他静下来仔细思考，却发现，如果不是他多了一块外附魂骨八蛛矛，如果不是一直以来身边的伙伴们支持他，如果没有幸运获得的那些魂环，或许他自己什么都不是。

他的每一个魂环在品质上都要好过其他人的，但在之前与水冰儿的对抗之中，他的魂技并没有任何优势可言。这种情况或许早就出现了，只不过在之前的比赛和战斗中，他一直凭借计谋将这份差距掩盖了。当蓝银草自身的缺陷暴露出来之后，唐三立刻认识到了自己的问题。

一名真正强大的控制系魂师，不但要能够控制，而且需要魂技赋予自己一定的攻击能力。像水冰儿那样拥有武魂融合技的更是极品。可是他的蓝银草可以吗？不行。哪怕他在四十级的时候就已经拥有了万年魂环，在不使用外附魂骨的情况下面对水冰儿也没有任何优势可言。

与其说之前的对手输给他是输在实力上，倒不如说他们是输在他的算计之下。一旦遇到一个计谋不逊色于自己的对手，他在控制上的缺陷就会立刻暴露出来。这还是在他服用过八角玄冰草和烈火杏娇蔬的情况下。如果没有这两种仙品药草，他的缺陷恐怕暴露得更早。为什么？为什么会这样？难道这些年的努力白费了吗？唐三很清楚，武魂先天上的不足将随着魂力的提升逐渐显现出来。

不，绝对不能这样！蓝银草根本就不是一个好武魂，趁着现在自己还年轻，放弃它还来得及。

唐三不可抑制地想到了自己的另一个武魂——昊天锤。那可是大陆魂师界七大宗门中排名首位的昊天宗的传承武魂啊！如果他当初修炼时选择的是昊天锤，那么现在的实力绝对不只是这样，只会变得更加强大。

唐三越想，对蓝银草的信心就越低。他的内心之中宛如翻江倒海一般，各种纷乱的念头令他有些疯狂。

两天了，一直没有修炼，这对唐三来说根本是一件无法想象的事。以前他是那样勤奋，可是现在他没有丝毫想要修炼的感觉。

"小怪物。"绿色的身影出现在外面的院子里，这个突如其来的声音将唐三从痛苦的旋涡中惊醒。

或许是因为这两天消耗的精神力实在太大了，虽然那声音听起来熟悉，可唐三并没能一下子辨别出来人的身份。

他站起身，走出了木屋。坐的时间太久了，当刺目的阳光洒遍全身之时，他的身体不禁一阵摇晃。

"小怪物，你这是怎么了？"那道绿色的身影瞬间来到唐三面前。一只有力的大手直接扣上了唐三的肩膀。醇厚的魂力带着几分霸道和几分狂野透体而入，令唐三的精神振奋了几分，这才看清了来人。

这突然出现的不是别人，正是史莱克学院的名誉院长、强大的封号斗罗独孤博。

独孤博疑惑地看着唐三。此时唐三的样子有些吓人，头发乱糟糟的，脸上胡子拉碴，双眼中更是布满了血丝，尽是一副颓废的样子。

"老怪物，你回来啦。"唐三勉强挤出一丝笑容，控制体内的魂力自行运转，让自己僵化的血脉畅通起来，站稳了身体。

独孤博疑惑地道："小怪物，你这是怎么了？我走的时候你不是还好好的吗？这才几天的时间，你怎么就变成了这个样子？走，先进去。"

独孤博拉着唐三进了木屋，脸色有些凝重。他当然看得出此时唐三的精神状态有多差。作为一名强大的封号斗罗，他对魂师的修炼情况再清楚不过。唐三此时的状况极其危险，一旦精神崩溃，要么是发疯，要么是一蹶不振。

"小怪物，跟我说说究竟发生了什么，竟然能把你打击成这个样子。在我的印象之中，你这个小怪物一直都是怪物中的怪物，难道你遇到了比你还要像怪物的人？"

唐三看着独孤博，眼圈突然有些发红。他此时的状况，就算大师也绝对想不到。毕竟没有人知道唐三是两世为人，他的心思要比同龄人多很多。也正是因为这样，他才更容易钻牛角尖。

独孤博的出现令唐三的情绪恢复了几分，精神上更是多了几分安定。

"老怪物，你能不能告诉我，如果我的魂力修炼到七十级以上，还会像现在这样领先同龄人吗？"

独孤博皱起眉头，道："你怎么会这样问？小怪物，你原来的信心呢？究竟是什么事把你打击成这样？你应该明白对于一名魂师来说信心有多么重要。如果你连最基本的信心都没有，变得不相信自己，你以后就别想再有寸进。"

唐三苦笑道："可是我不知道自己该怎么办。我现在修炼的武魂只是蓝银草而已。虽然我已经达到了四十级，可是随着等级的提升，蓝银草的弱势将越来越清晰地表露出来。今后我真的能够凭借这个武魂和其他魂师抗衡吗？"

独孤博双目中碧光闪烁，盯着唐三，道："继续说。"

唐三道："我现在在同龄人中之所以算得上强大，并不是因为我的武魂有多强，而是因为我拥有比平常魂师更好的魂环，甚至还拥有外附魂骨八蛛矛。你应该早就看到了我的第二武魂，我也不用瞒你什么。我的第二武魂就是昊天宗的昊天锤。我现在一直在想，如果我修炼的是昊天锤，情况会不会有所不同。现在我已经拥有了四十级魂力，只需要四个合适的魂环，就能把昊天锤武魂的实力提升上来，远比现在的蓝银草要强大。虽然我现在还不到十五岁，但我在修炼上付出的努力已经太多太多。我不希望以后自己的努力浪费在蓝银草这样的废武魂上。那样有什么意义呢？"

独孤博是什么人？能够成为封号斗罗的强者，哪一个不是聪明绝顶？从唐三简单而激动的话语中，他已经渐渐明白了唐三此时面对的问题。

独孤博挥挥手，不让唐三再说下去。他凝视着唐三的双眸，正色道："小怪物，你知道为什么我一直都把你看成怪物中的怪物吗？"

唐三愣了一下，问道："是因为我在用毒上的知识吗？"

独孤博摇了摇头，道："那只是一个小的方面，更重要的是你的蓝银草。"

唐三的瞳孔剧烈地收缩了一下，看着独孤博，眼中流露出深深的疑问。

独孤博淡淡地道："没错，蓝银草是废武魂，而且是最有名的废武魂。其他拥有蓝银草武魂的人都根本不可能有修炼的机会。可是你呢？你告诉我，你在武魂觉醒的时候是什么情况？我听大师说过，你是先天满魂力，没错吧？"

唐三点了点头。

"先天满魂力意味着什么？意味着武魂的基础。哪怕继承了我那碧磷蛇武魂的孙女，先天魂力也不过七级而已。但你的先天魂力是十级，而且武魂是可以修炼的蓝银草。这意味着什么？意味着你的蓝银草是与众不同的。那并不是普通的蓝银草。我也能猜出你的父亲是谁。你想想，以你父亲的出身和实力，他会和一个只拥有普通蓝银草的女人结合吗？如果你母亲拥有的是普通的蓝银草，会生下你这种拥有双生武魂的小怪物吗？"

对于独孤博先天满魂力的说法，唐三自然是听不进去的。因为他一直认为那是自己苦练玄天功的结果，并不是蓝银草武魂赋予自己的。更何况，当时他觉醒的武魂还有一个昊天锤。就算武魂真的赋予了他一定的魂力，那也应该是昊天锤的作用。

可是独孤博后面的话令他有些吃惊。是啊，他的蓝银草确实有些与众不同，尤其是在不久前，他与自然界中的野生蓝银草接触时出现的那种感觉。那份悸动就是从他的武魂本身而来的。只是在他之前从未有人将蓝银草武魂修炼到这种程度，所以他也不知道，这是否是蓝银草应该出现的情况。独孤博最后的那句话对他的触动最大，也是他心中一直以来的一个重要疑问。

他父亲作为昊天宗的直系子弟，又是最出色的强者之一，会和一个只拥有废武魂蓝银草的女人结合吗？

"老怪物，父母武魂的强弱和双生武魂有什么关系？"唐三的呼吸明显变得急促起来。

独孤博嘿嘿一笑，道："在这方面，恐怕你那老师都不知道。虽然他对武魂研究得很透彻，可你毕竟是他遇到的第一个拥有双生武魂的人。以前我曾经在武魂殿中看到过一份绝密资料，对双生武魂有记载。武魂的传承一般来自于父母，你告诉我，武魂传承和父母武魂的关系是什么？"

唐三跟了大师那么多年，回答这种问题自然轻而易举。他毫不犹豫地回答道："一般来说，武魂传承都是选择父母中相对强大一些的能力。"

独孤博接着问道："那当父母双方的武魂实力相差无几，甚至是相同的时候，会出现什么情况呢？"

唐三道："在这种情况下，一般是随机选择一方的武魂继承下来，而且产生武魂变异的可能性要大一些。"

独孤博点了点头，道："不愧是大师的弟子，你解释得很对。但你不知道的是，在这种情况下，也有产生双生武魂的可能。拥有双生武魂者之所以那么少，就是因为前提条件十分苛刻。在武魂殿的资料中是这样记载的：双生武魂的产生主要有两个前提，第一，父母双方的武魂绝对不能相同，相差得越远，产生双生武魂的几率就越大；第二，双方武魂的品质越接近，产生双生武魂的几率就越大。也就是说，父母双方武魂的品质如果有较大的差距，根本就不可能生下双生武魂的孩子。即使符合这两个条件，生下双生武魂后代的可能性也只有千分之一，甚至是万分之一。你明白了吗？"

唐三何等聪明，虽然此时精神状态不佳，但很快就明白了独孤博的意思。独孤博就是在告诉他，他的蓝银草武魂绝对不简单。能够拥有和昊天锤接近的品质，那会是什么蓝银草呢？

根据大师的研究，双生武魂本就是武魂变异的一种，只是产生的几率实在太小了，所以大陆上才很少出现。独孤博的分析并没有错，唐三立刻想到了大师曾经讲述过的另外两个双生武魂的例子。果然双生武魂者的两个武魂品质是极其接近的。

唐三那原本茫然的心变得灼热起来，瞳孔终于开始重新聚焦。

独孤博没好气地瞪着他，道："就算你的蓝银草品质并不好，你认为这真的重要吗？你今年才多大？你还不到十五岁，就已经四十级了。你现在担心的是以后的事。既然你之前能够获得强大的魂环和魂骨拉开与同级别魂师的差距，难道你以后就做不到了吗？没有努力会白费的。要是连这点信心都没有，那么你就不是怪物，而是废物。

"不错，你现在如果选择修炼昊天锤，确实能够让你的实力在短时间内再上一层台阶，只要有合适的魂环，立刻就会变得更加强大，甚至比五六十级的魂师还要强。但是你想过没有？如果你在九十级的时候再开始修炼昊天锤，拿到九个魂环，那将是什么品质？那时候，就算你拿到九个十万年魂环，同时将它们施加在自己身上也不是不可能的。就算蓝银草不好，它也足以将你推到那样的等级，到那时候再厚积薄发，也不晚吧。以你现在的修炼速度，恐怕会破了你爸爸那最年轻封号斗罗的记录。你着什么急？"

独孤博显然不知道双生武魂那个致命之处，但他说的是显而易见的道理。

唐三心想：是啊，以前我能够获得外在的力量，以后为什么我就不能呢？别人拥有万年魂环，我就拥有两万年魂环，别人拥有五万年魂环，我就拿个十万年的。凭借魂环的优势就能拉近我与其他人武魂品质上的差距。更何况，现在我还有一块没有使用的魂骨。这些不都是我的优势吗？

内心的纷乱渐渐化去，唐三心中的迷雾正在悄然消散。现在对他来说，问题就只剩下一个——如何让自己变得更强。

独孤博看着唐三眼神的变化，就知道这小怪物在自己的点醒下已经想通了。他坐在椅子上，笑道："小怪物，你知道这次我离开干什么去了吗？"

唐三没好气地道："你这个老怪物的事，我怎么可能知道？"随着情绪转好，他明显变得轻松了许多。

独孤博嘿嘿一笑，道："我是去和一个老对头切磋了一下。"

"哦？赢了还是输了？"唐三问道。

独孤博明显变得兴奋起来，道："我也没赢，他也没输，算是个平手吧。哈哈。"

唐三讥讽道："不过是平手，有什么好得意的？"

独孤博撇了撇嘴，道："你知道什么！以前我和这家伙打，每次都被打得灰头土脸、狼狈不堪，要不是凭借着一身剧毒，早就被他搞死了。但这次灰头土脸的是他。要不是老夫心慈手软了一些，说不定就把他弄死了。"

唐三心中一惊，听独孤博这么一说，那他的对手也肯定是封号斗罗了，否则凭什么将独孤博弄得灰头土脸？

"你的实力进步了？"唐三问道。

独孤博得意地道："那倒不是。这家伙的魂力高达九十六级，在封号斗罗里也算一把好手了，背后的势力更是惊人。他这次却差点栽了，你说我能不兴奋吗？当然，这还要感谢你啊！""我？这和我有什么关系？那人可是九十六级的封号斗罗，我才四十几级而已。"

独孤博嘿嘿笑道："还记得你给我的那两个子母追魂夺命胆吗？真是不用不知道，一用吓一跳。这次本来输的应该是我，当时我都已经被他逼迫得准备跑了。可我突然想起来你给我的这个好东西，于是就拿出来用了用。没想到那东西的威力还真是恐怖。那个傻瓜中了七八枚毒针，一下子就让我把局面扳了回来。最后他不得不落荒而逃。哈哈哈。"说到开心处，独孤博不禁开怀大笑。

子母追魂夺命胆？自从制作了这件暗器之后，唐三自己都一直没用过。突然间他脑海中灵光大放，大脑突然变得通透起来。暗器！我出身唐门，我有暗器！

没错，蓝银草或许不是一种强大的武魂，但正像老师所说的那样，它的可塑性是非常强的。如果他能够将蓝银草与自己传承自唐门的暗器结合在一起，效果会怎么样呢？

唐三的心脏不争气地急剧跳动起来。他大大地吞了一口唾液，已经迫不及待地思考应该如何将蓝银草与自己的暗器绝学结合了。

独孤博看到唐三在听自己说使用了子母追魂夺命胆之后，整个人突然颤抖了一下，立刻就变得呆滞了，不禁吓了一跳。

"小怪物，你怎么了？"他赶忙问道。

"啊？我没事。老怪物，谢谢你的开导。我已经想通了。"

独孤博摆出一副高人的模样，道："老夫救你总不能白救吧？那个子母追魂夺命胆被我一次性用光了，你还有没有？再给我两个，拿东西换也行，买也行。"

唐三瞪了独孤博一眼，道："换什么，拿去。"四颗黑黝黝的圆球直奔独孤博飞去。

独孤博吓了一跳，赶快手忙脚乱地将四颗子母追魂夺命胆接了下来，抱怨道："臭小子，你想要我的老命啊！万一爆炸了怎么办？"

唐三笑道："要是连这点把握都没有，我怎么会做出这个东西来？更何况，以我的魂力，就算它真的爆炸了，能威胁到你这个老怪物啊？"

独孤博小心翼翼地将这四颗子母追魂夺命胆装入贴身的魂导器之中，一脸满意地道："你这东西不但攻击范围大，而且穿透力极强，尤其是碰撞之后，碰撞得越剧烈，我使用的魂力越大，它的穿透力就越强。可惜它还是不够毒，要不然威力会更恐怖。"

唐三提醒独孤博道："老怪物，你可不能过于依赖它。虽然子母追魂夺命胆威力不俗，但是作为暗器，它更重要的是突发性。面对和你同级别的对手，一旦失去了突发性，它的效果就不会那么好了。至于它的毒，当初我在制作它的时候手头没有合适的药物，后来虽然附加了一些，但它毕竟已经完成，很难令毒素再加强。"

独孤博嘿嘿一笑，道："那还不好办，重新做点就是了。"

唐三苦笑道："你以为这是糖吗？说做就做。那是需要大量时间的。我现在正在参加全大陆高级魂师学院精英大赛，时间都要用来修炼，哪有工夫去做它？等这次大赛结束之后再说吧。"

独孤博点了点头，道："听说你们已经通过了预选赛，下面应该是晋级赛了吧？有你这小怪物坐镇，你们应该能取得个好名次，说不定能进入前三名。"

唐三笑道："为什么不是冠军？你就对我这么没信心吗？"

独孤博耸了耸肩膀，道："这不是信心不信心的问题。在绝对实力面前，信心有什么用？你们能够进入前三，就已经是相当不错的成绩了。这比赛的冠军本来就是毫无悬念的。"

听独孤博这么一说，唐三不禁心中一动，问道："哦？这么说，你知道哪支队伍实力特别强吧？"

独孤博叹息一声，道："武魂殿在大陆的势力为什么能那么庞大？就是因为他们拥有魂师中的大量高手。除了七大家族以外，几乎所有强大的魂师都属于武魂殿。没有哪方势力能够比武魂殿拥有更多关于魂师的资料和有利于魂师修炼的条件。在武魂殿的刻意培养之下，每一代都会涌现出一批精英魂师。这一次也不例外。我听说武魂殿出了几个惊才绝艳的小辈，连教皇都称他们为武魂殿的黄金一代、未来的主宰。而这次代表武魂殿参加全大陆高级魂师学院精英大赛的队伍，正是以这几个人为首。他们都二十岁出头，实力毋庸置疑。武魂殿给予他们的修炼环境以及各方面的配备，又岂是普通高级魂师学院能比的。就算是你，也不行。你毕竟还太小，或许再过十年，能追上他们吧。"

独孤博是封号斗罗，自然不会乱讲。听他这么一说，唐三的心情顿时凝重了几分。

"这么说，武魂殿对这次大赛的冠军是势在必得了？"

独孤博点了点头，道："你知不知道这次全大陆高级魂师学院精英大赛的冠军奖励是什么？"

唐三茫然地摇摇头。

独孤博冷哼一声，道："本来武魂殿是准备将那些东西直接给黄金一代那几个翘楚的，但遭到了长老殿长老的反对。因此，教皇才决定对他们进行一次考验，就是这届比赛。那些原本打算给他们的东西也由武魂殿拿出来作为冠军的奖励。你说，他们能不是势在必得吗？"

"究竟是什么东西？"唐三好奇地问道。

独孤博反问道："对于魂师来说，最珍贵的是什么？"

唐三心中一惊："难道是一块魂骨？"

独孤博摇了摇头，道："不，不是一块，而是三块。"

　　"什么？"唐三大惊失色。三块魂骨，那是什么概念？对于魂师来说，魂骨这东西就相当于神器。任何一块魂骨都能够给魂师带来巨大的提升。三块魂骨，那根本不是能用金钱衡量的。

　　独孤博道："这三块魂骨是武魂殿的积蓄，得自已经去世的长老。教皇既然敢把它们拿出来作为最后的冠军奖励，对参赛人员的信心可想而知。现在你还存有侥幸心理吗？"

　　"当然。"唐三毫不犹豫地说道，"既然他们拿出来了，就不用再拿回去。老怪物，你知不知道武魂殿参加这次比赛的队员都是什么级别的，武魂又是什么？"

第一百零七章
豁然贯通

独孤博看着唐三眼中突然绽放的光彩，不禁愣了一下，道："小怪物，你没发烧吧？难道刚才我说的话你没听明白？那些魂骨不是你能觊觎的。"

所谓耳听为虚，眼见为实，唐三没有说话，只是抬起右手。淡淡的蓝光从他的掌心涌出。在他精准的控制之下，一株细小的蓝银草从他的掌心钻出。那蓝银草只是草叶形态，看上去和野生蓝银草并没有什么不同。武魂的出现令他的魂环自然浮出体外。

黄、黄、紫、黑四个魂环悄然盘旋而出。黄色的光环明亮有神，紫色的魂环贵气逼人，而那黑色的魂环则深邃得宛如万丈深渊一般，充满慑人的魅力。

"你……"独孤博猛地站起身，看着唐三的目光瞬息万变。一股凌厉的气势从他体内骤然迸发而出，从四周挤压向唐三。

在外界压力的作用下，唐三身上的四个魂环光芒大炽，唯有掌心中的蓝银草依旧在轻轻摇摆。

"不，这不可能！"独孤博用力地揉了揉自己的眼睛，再晃晃头，仔细地盯着唐三身上那黑色的魂环。

唐三微微一笑，道："你忘了吗？我最擅长的就是将不可能变为可能。现在你觉得我有可能与武魂殿的人一拼了吗？"

独孤博深吸一口气，将心中的震惊缓缓压下，说出了一句令唐三意想不到的话："放弃这届比赛吧，以你的年纪，还有参加下届比赛的可能。到了那时候，应该没人会是你带领的战队的对手。"

"为什么要放弃？"唐三瞪大了眼睛。

独孤博沉声道："如果你的实力还像以前那样，或者第四魂环只是千年级别的，我都不会为你担心，但现在不一样。你的第四魂环就达到了万年级别，这会给你带来无限的麻烦。你认为武魂殿会注意不到你吗？如果你是武魂殿的人，遇到了这样一个天才，会怎么做？只有两种可能——收服或是毁灭。如果我猜得不错，现在你的资料已经摆在了白金主教的桌子上。武魂殿不会在你背后下手，他们完全可以利用这届比赛，让你在比赛台上被光明正大地干掉。比赛规则对于武魂殿来说，只不过是可以玩弄的游戏而已。"

唐三苦笑道："那这么说，你还是不看好我了？"

独孤博深深地看了他一眼，道："武魂殿中被称为黄金一代的有三个人，具体的情况我不了解，也不知道他们的武魂和魂技都是什么，但有一点我可以告诉你——这三个人中，魂力最低的是五十一级，另外两个是五十二级。他们都只有二十三四岁。他们在突破五十级，获得第五魂环的时候，被教皇亲自授予了武魂殿紫录勋章，也创造了武魂殿的记录。而此次和他们组成战队的其他人，魂力也没有低于四十五级的。这就是我知道的一切。"

虽然唐三一直知道武魂殿很强大，可直到此刻他才明白武魂殿究竟可怕到了什么程度。

五十级，还是三个五十级，其余全部四十五级以上，这意味着什么？

虽然唐三对自己信心十足，但他此时看到的确实是一道难以逾越的鸿沟。对方队员的最低等级都比己方队员的最高等级高，这样的对手真的能战胜吗？

看着唐三茫然的眼神，独孤博叹息一声，道："以你的年龄，现在的等级甚至比他们曾经的等级更恐怖，更何况你还有外附魂骨。不要想太多，机会有的是。只要你不走弯路，总有一天会超越他们的。"

唐三突然笑了。或许是因为之前在独孤博的点醒下解开了心结，此时的他心中无比通透。

"老怪物，你刚才不是说过吗？对于一名魂师来说，信心很重要。如果这次我真的避战了，对我信心的打击将无法想象。就算输又如何？就算打不过他们，难道我们自保还不行吗？只有全力以赴战斗过，才能知道双方的差距。我不会放弃的。"

看着唐三，独孤博眼中不自觉地多了些什么，道："算了，懒得理你，随便你好了。我先走了。大老远地赶回来，我还没吃饭呢，觅食去。"

说完，绿光一闪，独孤博高大的身影已经消失不见。

温暖的感觉在唐三胸间蔓延。独孤博刚回来就来看他，绝对不是为了那几颗子母追魂夺命胆，而是出于对他的关心。他对独孤博从最初具有强烈的戒心变成了现在的毫无防备。

虽然两人的年龄相差了几倍，但从独孤博身上，唐三感受到的是和大师一样的感情，甚至还多了几分朋友之间的情谊。这就是忘年之交吧。

独孤博走后，唐三做的第一件事并不是修炼，也不是思考，而是睡觉。

两天两夜不眠不休，早已经令他精神透支。如果没有足够的休息，怎么开始试验他的设想呢？所以他毫不犹豫地选择了睡觉，并且很快进入了梦乡。

金碧辉煌的白金主教室，面积超过两百平方米，宽阔的室内摆放着各种珍宝。

萨拉斯就坐在他那张大到有些夸张的华丽办公桌后。在他面前摆放着一份从诺丁城调来的文件。

不得不说，武魂殿的效率还是很高的，不过一个月的时间，就从各个城市的武魂殿注册档案中找到了这份他所需的文件。

萨拉斯已经是第七遍看这份文件了，可他心中还是有些不敢相信自己眼前所见的一切。

摆在他面前的这份文件是一名魂师的资料，这名魂师的名字就叫唐三。

资料很详细，从唐三第一次到武魂殿注册、确认魂师身份，到他每一次领取魂师补贴和每一次增加魂环后的称号变更，每一个细节都有。

唐三获得了什么样的魂环，有多少级魂力，都不是让萨拉斯看了七遍资料的原因。他之所以重复看了这么多遍，其实只是看那一个数字而已——代表着年龄的数字。

十四岁！唐三只有十四岁，距离十五岁还有几个月的时间。唐三是只有十四岁的四十级以上魂宗，拥有的第四魂环还是万年级别的。

萨拉斯拍了一下自己的额头，真的不愿意相信这是真的。

他站起身，走到办公桌后的书柜前，抬手拉动书架上的一本宽厚的书。伴随着一阵机括声，书柜缓缓地向旁边移开，露出了墙壁。

墙壁上有一个方形的金属板，散发着淡淡的魂力波动。很明显，这块金属板是一件魂导器。萨拉斯按上右掌，一层淡淡的红光顿时从金属板上散发出来，顷刻间覆盖在他的手掌之上。

又是一阵机括声响起，金属板缓缓内陷，露出一个方形的空间。空间不大，里面放着一叠文件。

萨拉斯简单地翻了翻，从中抽出一份。在这份文件上标注着"绝密"二字。

文件袋内只有三张纸，分别是三份资料。萨拉斯仔细地在资料上查找着，很快就找到了他所需要的东西。

"十五岁，十六岁，十六岁，他们三个中最年轻的也是在十五岁时才拥有四十级魂力。"

萨拉斯猛地合上资料，发出"啪"的一声。他快速关闭暗格，返回自己的办公桌后，再次拿起了唐三的那份资料，第八遍看那个数字，自言自语道："比黄金一代中最早的还要早一岁达到四十级……蓝银草，废武魂？真是有意思了。幸好他的武魂只是蓝银草。但这个唐三的魂力提升速度未免太快了。先天满魂力的蓝银草，看来应该是变异的。"

萨拉斯显然没有受到今天雪夜大帝强硬态度的影响，拿过一支笔，很快地写好了一封信。信封上留下五个字——绝密，教皇启。

一道身影悄然钻入史莱克学院后的树林之中，在熟悉的道路上快速前进着，手上还提着一个木盒。她的速度很快，一双长腿每次发力都会将自己的身体送到五米开外。一会儿的工夫，森林中的木屋已然在望。

身躯弹起，她悄然越过栅栏，两个起落后就来到木屋门前。

她悄悄地钻入木屋之中，还没等她有任何动作，一根坚韧的蓝银草已经悄然缠上了她的长腿。低沉的声音在黑暗中响起："谁？"

"哥，是我。"

听到那悦耳的声音，蓝银草悄然退去，唐三点亮了木屋里的油灯。

来人正是小舞。小舞将手中的食盒在桌子上放下，有些担忧地看着唐三，但她并没有问什么。

这两天唐三的状况别人虽然不知道，但她每天都来给唐三送饭，自然看在眼底，心中充满了担忧。

她数次询问大师，大师却都告诉她，唐三的问题必须要他自己想清楚才行。

连大师也没料想到唐三比他想象的还要危险。

"哥，你先吃点东西吧。"小舞打开食盒，把里面的食物一一端出来。四菜一汤，加上几个馒头，十分丰盛，此时还是热气腾腾的。

这也是之前小舞那么快赶来的重要原因，她怕饭菜凉了。

唐三揉揉小舞的头，拉过椅子坐下，毫不客气地大快朵颐起来。前两天他食不知味，此时心结已解，自然食欲大开，如同风卷残云一般吃着面前的食物。

看唐三吃得痛快，小舞先是愣了一下，很快俏脸上就多了几分笑意。两人在一起这么多年了，唐三的心情变化她怎么会看不出来呢？看到唐三已经过了危险时期，小舞紧绷的心弦不禁放松了。

"哥，告诉你个好消息。我的魂力已经达到三十九级了。"

唐三有些惊讶地抬起头，一边咀嚼着口中的食物，一边惊喜地道："这么快！那说不定，等到总决赛的时候，你也能突破四十级了。就算不行，多提升一级魂力，你的实力也会增强几分。"

小舞微笑着摇头，道："在这次比赛期间提升到四十级恐怕不可能了，毕竟要突破瓶颈，不过应该不会相差太多吧。我会尽量努力的。你也要努力啊！那天的比赛不能怪你。毕竟我们和泰隆他们之间的配合还是差了一些。等到总决赛，我们史莱克七怪一起出场，结果一定会不一样的。我们每个人都会给你足够的支援。大家在一起练了那么久，经历了那么多，最后的冠军一定是我们的。"

一会儿的工夫，唐三就将食物扫荡一空，微笑着看小舞收拾碗筷。不知道为什么，现在他竟然一点也不愿意去想修炼的事。

"哥，我们好久没有切磋了。你先休息一会儿，待会儿我们切磋切磋怎么样？不许用魂技和暗器。"

看着小舞似笑非笑的样子，唐三笑道："想虐我是不是？直说好了。不过，就算不用魂技，你现在也未必打得过我。"

如果不使用魂技和暗器，唐三以前和小舞切磋时经常被她打败。她那无孔不入的柔技实在太霸道了，一旦被缠上，别说同等级，就算比她高一个层次的对手也没有任何办法。论肉搏能力，在史莱克七怪中，小舞绝对不逊色于唐三，甚至要在戴沐白之上。

小舞噘起小嘴，道："不信。我的柔技最近又进步了。我们至少有大半年的时间没有这样肉搏过了吧？"

唐三点了点头，道："差不多，最近这半年大家一直在演练战术。"

小舞的柔技优点明显，缺陷同样明显，那就是必须靠近对手才能发动。而面对一些强大的魂师时，一旦释放魂技，靠近对方是十分困难的，哪怕使用瞬移也是如此。

如果面对火舞，她的抗拒火环随时都能将对手推离自己身边，小舞的柔技自然无法发挥出效果。

对于这一点，唐三和小舞曾经仔细研究过，但一直到现在都没有一个完美的解决办法。虽然能通过两人之间的配合解决这个问题，但小舞的单体作战能力依旧不能得到有效的提升。

"来吧，我们现在就试试，让我看看你的近战能力提升到了什么程度。"唐三微笑着向小舞说道。他不是普通人，虽然刚吃了不少东西，但现在活动手脚还不至于对他有什么影响。

两人来到外面，彼此相对，在月光的映照下相视一笑。

"哥，那我可要动手了。"

"来。"唐三笑着向小舞勾了勾手指。

大家的实力都在进步，而唐三的鬼影迷踪步更是随着玄天功的提升渐渐达到了出神入化的程度。虽然小舞的近战能力很强，但只要不让她近身发力，就算再强又有什么用呢？所以唐三根本就不认为自己会败。

小舞动了，她的速度确实很快，也不见她曲腿发力，一个闪身就已经来到了唐三面前。她脑后长长的蝎子辫横扫，覆盖了大片面积，同时探出双手，向唐三的脖子搂去。

唐三的双脚飞快地连踏三下，身体仿佛虚幻了一般接连闪烁，上身后仰，极为巧妙地从小舞的攻击范围中脱离出来。他脚踏鬼影迷踪，也不反攻，飞快地后退。

小舞自然不会就此善罢甘休，上身突然下伏，脚下步伐迅速加快，上身微微一晃。唐三只觉得眼前一花。那一瞬间，小舞的身体似乎变得虚幻了一般，仿佛有三个她同时出现。

如果不是对小舞的魂技极为熟悉，唐三甚至会认为她已经使用了魂技。可理智告诉他，那并不属于小舞的任何一个魂技。小舞之所以会同时出现三道身影，是速度的原因。

就在三道身影幻化而出的同时，小舞的速度突然提升到了一个恐怖的境地，虽然不能和瞬移相比，但只是一瞬间就拉近了她与唐三的距离。三道身影两虚一实，一下子围住了唐三。

蝎子辫再次横扫而出。

"好快啊！"唐三赞叹一声，但脚下的步伐并没有停下。鬼影迷踪要是这么容易就被破，那就不是唐门绝学了。作为暗器的辅助能力，轻功一向是唐门极其重视的。

只见唐三的身体也变得虚幻起来，就像一个影子似的接连几次闪烁，明明看他是向左边退出，可实际上他的身体已经到了右边。小舞势在必得的一扑依旧落了空。

小舞停下脚步，气鼓鼓地看着唐三，道："跑那么快干什么？我又不会把你吃了。"

唐三嘿嘿一笑，道："打不过，跑还不行吗？有本事，你抓到我啊！"

小舞哼了一声，道："那我可要动真格的了。"说着，她用右手拉过自己的蝎子辫。

"我等着看你的真格呢。"唐三逗弄她道。

"来了。"小舞一手握着自己的发辫，上身再次前倾，直奔唐三冲了过来。就在唐三准备故技重施，再次用出鬼影迷踪闪躲的时候，小舞突然出招了。

蝎子辫甩起，突然间发辫飞散，原本长长的发辫瞬间变成一片黑云一般，笼罩向唐三的身体。唐三的速度虽快，但这一切实在太突然了。他只觉得眼前一黑，下意识地就向后退。

蝎子辫本身就是小舞攻击距离的延伸，结成发辫的时候，足有一米六长，而此时突然散开，长度骤然激增到两米开外，令唐三在距离的判断上出现了失误。更重要的是，原本蝎子辫如同长鞭一般，攻击的范围毕竟有限，可此时长发散开，不但覆盖的面积从线变成了面，同时瞬间遮挡了唐三的目光。

小舞的速度比唐三想象的还要快。如果此时唐三能够看到小舞的眼神，一定会看到其中狡黠的光芒。在之前的攻击中，她根本就没把自己的速度施展到极限。此时，如果朱竹清在这里，一定会发现，小舞的速度竟然一点也不比她逊色，最多比她少了几分轻灵而已。

发辫突然分成五份，分别缠向唐三的脖子、双臂和双腿。唐三的鬼影迷踪只帮他闪开了下面的两份，但手臂与脖子同时一紧。

唐三暗叫不好，双手立刻反缠，向小舞的发辫抓去，同时身体立刻跃起，刚好摆脱小舞缠上来的长腿。

唐三抓住小舞的发丝，突然有种怪异的感觉。那发丝带着淡淡的幽香，抓上去很柔顺，根本无法抓牢，而且发丝上隐隐有一股韧劲儿，灵活得就像有生命似的。

突然间，缠绕在唐三脖子和双臂上的发丝同时松开，顺着他的指缝溜走。不论唐三怎样发力，也无法留住那顺滑的黑发。

小舞的娇笑声在此时响起："哥，这次看你还往哪里跑！"

唐三此时已经意识到了不妙。为了躲避小舞的长腿缠身，他的身体已经在空中跃起，原本是打算借助手中发丝的拉扯力换一个方向的，可发丝突然溜走，令他无力可借，身体顿时晾在空中。

不论鬼影迷踪多么神奇，总要有借力的地方，可唐三此时如何借力呢？

小舞之前缠向他腰间的一腿本就是虚招。在收回发丝的同时，她的身体已经微微下蹲，下一刻瞬间弹身而起，追向了空中的唐三。

柔嫩的小手又一次缠向唐三的脖子。无奈之下，唐三只能力灌双臂去硬挡。可小舞的手是那么好挡的吗？她那柔软的双手带着柔若无骨的手臂就那么顺着唐三的手臂瞬间延伸，顺利地缠上了他的脖子，整个人已经贴了上来。

唐三只觉得腰间一紧，已经被小舞那有力的长腿缠住。不论是手臂还是腿，小舞给他的感觉都充满了柔韧性，甚至比蓝银草的韧性还要强上几分。最可怕的是，小舞身上的这种韧性就像她的长发一般顺滑。唐三一发力，身上释放的力道立刻就随着小舞身体轻微的律动被卸掉了。

如果用唐三上一个世界中的武功来形容，那么小舞此时施展的能力就像最强的四两拨千斤。不论你怎么用力，根本无法将她甩掉。唐三连手臂带脖子已经被小舞的双臂完全锁住，想要进攻都无法做到。

如果此时面对的是敌人，唐三能做的只有一头撞去，但对小舞他又怎么舍得……万一伤到了小舞怎么办？更何况，如果小舞真的是敌人，在缠绕上他脖子的一瞬间，腰弓就应该发动了，不会给他反抗的机会。

小舞并没有发动腰弓，背后黑发飘扬，缠绕着唐三脖子的手臂收紧，两人就那么面对面地从天而降。

直到脚踏实地，唐三都不相信这是真的。看着近在咫尺、吐气如兰的小舞，他不禁一阵无语。

唐三可以肯定，他绝对没有大意。小舞的近战能力他是知道的，所以一开始就使用了鬼影迷踪，可最后还是着了道，关键就在于小舞的长发和她身体的变化。

小舞的近战明显变得更强了，但这些似乎并不是魂环赋予她的。唐三很好奇她究竟是怎么做到的。

唐三松开搂在小舞腰间的双手，抓住她的肩膀，偏过头，道："小舞，你是怎么做到的？你的近战能力似乎强化了很多。"

小舞道："哥，你知道为什么我的近战能力增强了那么多吗？"

唐三茫然地摇摇头。他虽然聪明，但现在已经失去了思考的能力。

小舞道："我知道自己技能中的缺陷，但我在不久前领悟了柔技中'柔'字的奥义。魂技不一定非要魂环赋予。真正的强者自身也有许多不逊色于魂技的能力。你的紫极魔瞳精神冲击，不就是这样吗？我们自身都有很多潜力，开发出一点就是一种魂技。自己创造出的魂技，领悟得甚至比魂环带来的更深，也更加实用。"

听了小舞的话，唐三不禁愣了一下，立刻陷入了思索之中。小舞的话为他打开了另一扇大门。如果说之前独孤博的提醒令他想到了自己未来技能发展的雏形，那么小舞就帮他将眼前的浓雾拨开，将一切变得清晰起来。

小舞靠在唐三的肩膀上，道："还有，我们在使用魂技的时候，也可以做得再精细一些，使自身的魂技相互配合，或与伙伴们的魂技配合。虽然这不是武魂融合技，但发挥的作用肯定比一加一等于二要强。"

唐三惊讶地道："你什么时候看得这么通透了？这也正是我想告诉大家的。我们在魂技上的配合还可以再加强，尤其是自身魂技的配合。你现在的三个魂技，我认为最好的配合方式就是魅惑、瞬移、腰弓。以魅惑与对手僵持，用瞬移瞬间接近对手，再爆发出腰弓的威力，这样一来，无疑就能发挥出最大的战斗力。只要对手稍微大意，就不会再有还手之力。"

小舞松开环抱唐三的双手，主动脱离他宽阔的胸怀，在月光的映衬下向唐三微笑道："既然你已经想通了，那我也放心了。哥，我相信你一定会是最棒的魂师。不打扰你了，我先走了。"

说完，她走进木屋，拿起收拾好的食盒就准备离去。

"等一下。"唐三叫住小舞，几步来到她身后，双手小心翼翼地将她那已经拖地的长发挽起。

"我帮你梳头吧，然后你再走。"他温柔地道。

一抹红晕从小舞娇俏的面庞上绽放，她反手递出一把梳子，轻轻地低下了头。

她的头发长两米，是那么柔顺，本不需要费力梳理，唐三却足足弄了半个时辰。和上一次相比，这次他梳的发辫要好了许多。沉浸在静谧和温馨的气氛之中，他的心突然变得无比通透。

小舞走后，唐三并没有回到木屋之中，而是走进了森林，就那么在这片树林之中缓慢行走着。他以木屋为圆心，不停地走。如果仔细观察就能发现，他的步伐非常均匀，踏出每一步的距离几乎都是相同的。

更奇特的是，唐三一直闭着双眼，不用眼睛去看，但他始终不会撞在树木上，而是循着最正确的轨迹缓缓前行。

淡淡的白色光芒开始逐渐出现在他身上。凡是他走过的地方，地面上那生机盎然的蓝银草都会随之轻轻地律动。

就这样，唐三整整走了一夜。

一夜之后，当他回到木屋中冥想之时，整片树林中的蓝银草似乎变得比以前茂盛了。

一个月的时间并不算长，但这一个月对史莱克七怪来说并不轻松。唐三在木屋中闭关只用了十天时间，十天后，他就返回伙伴们之间，和他们一起接受大师的魔鬼训练。

大师给他们的这次训练并不像以前那样。按照大师自己的话说，这次训练名为潜力激发计划。

何为潜力激发？大师的解释很简单——压力越大，动力就越大，激发潜力也就越容易。

所以这潜力激发计划就是不断战斗。史莱克七怪面对的对手只有一个——杀戮之角柳二龙。

柳二龙的实力并不是学院中最强的，她的魂力比赵无极和弗兰德的都要低一点。但论实战能力，赵无极和弗兰德都不敢面对她。

她的攻击方式完全是那种疯狂的压迫型，宛如火山爆发一般，根本就不给对手任何喘息的机会。

在唐三从木屋回来之前，戴沐白等六人每天就是在柳二龙狂风暴雨般的攻击下受虐。当唐三回来之后，这样的局面发生了一些改观。虽然他们依旧被虐，但已经不是那么难看了。

"七位一体。"唐三大喝一声，身体飞速后退。

此时他已经完全不能呼吸，庞大的火焰化为一条巨龙铺天盖地奔涌而来。虽然他对火焰可以免疫，但那火焰中包含的强大冲击力绝对不是他能对抗的。

第一百零八章
被算计的柳二龙

距离晋级赛还有最后一天的时间，而今天也是史莱克七怪最后一次面对柳二龙。

戴沐白和马红俊二人毫不犹豫地同时从两侧插入，硬生生地挡在唐三面前。

戴沐白的身体已经膨胀到极限，白虎护身障与白虎金刚变同时用出。马红俊身上爆发出的则是浴火凤凰与凤翼天翔。他胖乎乎的身体腾在半空之中，与戴沐白一上一下，在魂力全开的状态下，硬生生地挡住了柳二龙的这次攻击，给唐三争取了时间。

与此同时，其他人也没闲着。三道流光同时绽放，其中两道光芒落在了戴沐白和马红俊身上，释放的是防御的气息。而另一道光芒则落在了小舞身上，提升的是她的速度。这三道光芒的主人正是宁荣荣。她手中的九宝琉璃塔光芒闪耀，在最节省魂力的情况下释放出了最佳的辅助效果。

小舞的身体已经腾起，直扑柳二龙。而柳二龙仿佛没看到她似的，双手外分，两道火龙将侧面扑上来的朱竹清逼开。

就在这时，一道身影高高地跃入空中，无形的翅膀在他背后拍打，正是唐三。

飞行蘑菇肠可以给予他一分钟急速飞行的时间，令他迅速升入高空之中。

柳二龙下意识地朝着唐三的方向看去，而迎接她的是两束紫金光芒。

哪怕柳二龙身为魂圣，也依旧在那强烈的精神冲击下颤抖了一下，刚刚准备爆发的一个魂技顿时被阻断了。而这个时候，小舞距离她只剩五米的距离。

柔骨魅兔第二魂技——魅惑发动。

如果是在正常情况下，小舞的魅惑魂技对柳二龙来说是无效的，而且还会在柳二龙的精神力反噬下伤害到自己，可现在不一样。中了唐三紫极魔瞳精神冲击的柳二龙，正处于精神最脆弱的状态之中。小舞的魅惑技能顿时发挥出作用，令柳二龙的僵持时间增加了两秒。

小舞毫不吝惜自己的魂力，下一刻第三魂技——瞬移发动。她的身体骤然出现在柳二龙背后，躲过她下意识发出的正面攻击，双腿反缠柳二龙腰间，发动腰弓。

柳二龙的魂力实在太强了，尽管小舞的腰弓能够令自己的力量瞬间增强一倍，但还是不足以将柳二龙摔倒。但这样一僵持，柳二龙就没能站稳身体，体内魂力爆发，想将小舞震飞。

可是小舞的身体柔韧程度十分强悍，即使以柳二龙的魂力，一时之间想要将她甩开也没那么容易。面对自己的干女儿，柳二龙又不舍得用火焰攻击去伤害小舞。

只有真正被近身过，才能体会到小舞柔技的厉害。

她那如同附骨之疽一般的攻击方式，根本就不会给对手反击的机会。小舞完成近身后，在力量的应用上，史莱克七怪中的其他人都比不上她。此时虽然她无法将柳二龙摔倒，但柳二龙无疑受到了限制。

朱竹清原本退后的身体骤然停住，身形一闪，已经化身为三。这正是她的第四魂技——幽冥影分身。紧接着，她身上的第三魂环同时亮起。三道身影同时高举起利爪，发动幽冥斩。

朱竹清的幽冥影分身可不像小舞那凭借速度幻化出来的幻影。她的分身在短暂的时间内都是具有攻击力的，此时配合第三魂技——幽冥斩爆发出来，无疑相当于三个幽冥斩同时朝着一个方向进行攻击。

第四魂技与第三魂技配合，无疑令她的攻击力提升了数倍。

就在这时，马红俊和戴沐白同时爆发了。

两人一直施展着两个魂技。此时白虎护身障、白虎金刚变已经将戴沐白的魂力提升到了最强大的状态。而马红俊的凤凰火焰在凤翼天翔和浴火凤凰的增幅下也提升到了巅峰。

在这种情况下，两个人瞬间转守为攻。刺眼的白色流星雨从天而降，攒射向柳二龙。马红俊的身体已经在凤翼天翔的作用下飞速来到了柳二龙面前。

小舞身体后跃，她的任务已经完成了。而就在她向后跃的瞬间，唐三从空中发动的蛛网束缚正好落在了柳二龙身上。

唐三、戴沐白、马红俊、朱竹清四大主攻手身上同时泛起一层粉红色的光芒。四人发动的魂技威力在这一瞬间达到了巅峰。而九宝琉璃塔的光芒也在这一刻发生了改变。八道光芒分别落在四人身上，令每个人都得到了两道光芒的支持。这正是宁荣荣施展的魂力增幅与攻击增幅。

在亢奋粉红肠与宁荣荣不惜耗费大量魂力的双重增幅之下，此时唐三四人的攻击无疑达到了极限程度。

轰——

最先爆发的正是马红俊的凤凰啸天击。扭曲的空间正好接替了小舞的魅惑技能，准确地完成了后手限制。巨大的火柱冲天而起，攻击力完全爆发。

下方的攻击将柳二龙的身体冲击而起。虽然她的火焰抗性很强，但马红俊的凤凰火焰附着性极强，对她自身的火龙吐息起到了极大的限制作用。

而那三道幽冥斩与半空中的白虎流星雨也准确无误地冲击在柳二龙身上。

从唐三发动紫极魔瞳到四人完成联手攻击，整个过程中，柳二龙竟然没能做出任何反抗，完全被先手、后手限制技能限制了自身的发挥。

"你们这群小混蛋！"承受着白虎流星雨和三记幽冥斩的柳二龙终于从晕眩中醒过来。哪怕是她，在这种情况下也不得不开启了自己最强的防御技能。

庞大的火焰光芒从她体内奔涌而出，火龙真身爆发。

而就在这时候，柳二龙身下的土地之中，无数锋利无比的蓝银草骤然爆发。直径一米、呈圆形覆盖而来的蓝银草瞬间就追上了她的身体。坚硬的蓝银草爆发的时机正好是在柳二龙被白虎流星雨、幽冥斩和凤凰啸天击轰击之后，防御力降到最低，正在运行火龙真身的瞬间。

唐三的第四魂技蓝银囚笼的变异版蓝银突刺，发动。

唐三一直在等的就是这个机会。十天的潜修让他想通了很多事。蓝银囚笼的单体能力并不强，但胜在容易控制。在这个第四魂技的作用下，蓝银草会变得无比坚硬。利用这个原理，唐三研究出了眼前的蓝银突刺。与蓝银囚笼一样，蓝银突刺最恐怖的地方不是它的攻击力，而是突发性。哪怕是柳二龙，此时也不禁吓了一跳。

强横的穿刺力将尚未完成火龙真身的柳二龙再次顶起。与此同时，一把黑色小锤从天而降，正好落在柳二龙头上。

眩晕的感觉遍布全身，柳二龙的火龙真身就在那强烈的晕眩之中被硬生生地打断了。紧接着，她耳中传来的是一阵机括之声。

"砰！"

柳二龙灰头土脸地落在地上，虽然凭借自身在战斗刚刚开始时施展的防御技能以及强大的魂力并没有受到真正的伤害，但此时她的衣服已经多处破损，体内气血翻涌，一时间居然无法施展第三魂环以上的魂技。

此时她清晰地看到，史莱克七怪这七个小家伙每个人手中都多了一个黑色的方盒子，正笑吟吟地看着自己。显然，他们并没有发射的意思，但柳二龙身上还是不禁泛起一阵寒意。

她怎么也不明白，为什么今天这些小怪物突然变得这么厉害了，明明昨天他们还被自己虐得死去活来。可今天这一战，柳二龙完全没有发挥出自己的实力。

"好了，结束。二龙，你输了。"大师略微颤抖的声音响起。

机括解除，史莱克七怪同时收起自己的诸葛神弩，伸出右手，做出胜利的手势。宁荣荣更是兴奋地叫了起来。

是啊，他们虽然有七个人，但战胜的是魂力高达七十几级的魂圣啊，而且还是以攻击力恐怖、爆发力强横著称的杀戮之角柳二龙。他们又怎能不兴奋呢？

"我不服。"柳二龙怒气冲冲地来到大师面前，"我怎么就输了？他们又没能真正伤到我，再打下去，赢的肯定是我。就算他们有诸葛神弩，也未必能真的伤到我。"

看着柳二龙气鼓鼓的样子，大师抬手帮她理了理散乱的红发，微笑着摇摇头，道："不，你已经输了。你没发现他们已经对你手下留情了吗？沐白和竹清的武魂融合技并没有使用，唐三的外附魂骨也依旧没用。

"他们既然能将其他魂技串联在一起，就绝对不会无法将这两大强势技能加入其中。你输在了大意上。当唐三的紫极魔瞳令你产生眩晕感的时候，你就已经没机会了。这些小家伙根本不会给你还手的时间，将各种限制技能不断地砸在你身上，你能有什么办法？哪怕你的实力远高于他们，也经不住他们这种狂轰滥炸的打法。你被他们算计了。"

柳二龙猛地回过身，看向正兴奋地庆祝胜利的史莱克七怪，道："好哇，你们几个小混蛋，是不是早就算计好了？"

奥斯卡嘿嘿一笑，道："柳老师，您的实力太强，要不这样，我们怎么是您的对手呢？"

柳二龙怒道："我就应该一上来就施展武魂真身，然后好好地教育教育你们。"

"没用的。他们的打断技能太多，不会给你用出武魂真身的机会。你的其他技能也不足以一下子将他们击溃。有两个辅助魂师存在，他们完全可以将其中两到三个人的实力提升到五十级以上。这几个小怪物的配合已经基本完美了。换了弗兰德来，结果也一样。"

大师一脸满意地看着眼前这群孩子。这一个月的时间，他们明显又成长了，而且成长的速度比他想象的还要快。不只是唐三进步了，其他人也都进步不小。

此时，七个人的魂力都在柳二龙这段时间的压迫下达到了提升下一级的临界点，距离升级已经不远了。

大师很自然地搂住柳二龙的肩膀，道："这七个小怪物至少从三天以前就开始算计你了。以他们这样的组合，你虽然还能够战胜他们，但想要像几天前那样虐他们也并不容易。他们是在示敌以弱，让你放松大意。论真正实力，他们显然打不过你，可在他们示敌以弱的情况下，你就不可能一上来对他们施展比较强的魂技先发制人，所以才有今天之败。"

柳二龙恶狠狠地看着史莱克七怪，道："好哇，你们七个小东西竟然敢算计我。你们死定了。来，继续切磋！今天我不打到你们哭，就不叫柳二龙。"

"啊！"柳二龙还没冲过去，史莱克七怪已经开始惨叫了。大家求助的目光都落在了大师身上。

大师抬头向天空中看去，很平淡地道："虽然你们的战术不错，但算计的毕竟是你们的师母。让她出出气吧。二龙，下手轻点。"

史莱克七怪惊呆了。

接下来的几个时辰里，史莱克学院教学楼内的班级都能清楚地听到不断传来的惨叫。学院后的树林似乎已经变成了一个悲惨世界。

最倒霉的要属泰隆等四人。算计柳二龙的没有他们，但挨揍可少不了他们的份。

全大陆高级魂师学院精英大赛的晋级赛并不像预选赛那样热闹。为了保护魂师的个人隐私，以及出于安全考虑，晋级赛是不允许任何观众观看的。

晋级赛依旧以两大帝国来分区。通过预选赛的三十支队伍分别在各自的帝国进行比赛。而那已经提前进入总决赛的三支队伍则不参加晋级赛。

天斗帝国这边，包括天斗城预选赛分区出线的五支队伍在内，一共十五支队伍在上午已经完成了报名过程，在晋级赛所在地集合。

队伍少了，但能够通过预选赛的无一不是精英中的精英。

五个王国和五个公国通过预选赛的十支队伍来得要早一些，他们需要熟悉环境。他们都带着各自代表的王国或公国的众多许诺而来。如果他们取得好成绩，能得到的奖励甚至比雪夜大帝的许诺还要诱人。

毕竟那些王国和公国对人才的渴求更大。谁不希望自己手中能够掌握更多的强大魂师呢？

在斗罗大陆的战争之中，魂师早就已经成为战场上决定胜负的因素。

而高等级魂师的数量也是衡量一方势力的根本。正是因为如此，武魂殿的地位才那么超然，连两大帝国也不敢轻易得罪。两大帝国明知道那些王国和公国暗中得到了武魂殿的支持，也是敢怒不敢言。

皇家狩猎场位于天斗城西南五十公里外。狩猎场内地形多变，面积广阔，是皇室人员狩猎、训练的地方，平日是决不允许任何平民接近的，由皇家骑士团的一万人负责巡逻、守卫。他们也在此训练，每三个月轮换一次，交替训练，以保持战斗力。

皇家骑士团算是天斗帝国皇室手中掌握的最强势力了。

为了避免不必要的麻烦和冲突，也为了避免每个进入晋级赛的学院的实力被其他学院窥视，进入晋级赛的十五支高级魂师学院队伍被安排在了不同的地方休息。

对于晋级赛，天斗帝国皇室显然早有准备。当史莱克学院众人一早来到这里的时候，首先看到的就是规模庞大的皇家骑士团。

天斗帝国皇家骑士团一律身着亮银色明光铠。这种厚实的板甲有极强的防御力。就连他们的坐骑也都是经过仔细挑选，拥有一定魔兽血脉的天魂马。这种马本身倒没什么攻击能力，但速度奇快，而且负重极大，再加上过人的耐力，一向是骑兵最好的选择。

马身上同样覆盖着铠甲，加上骑士与明光铠的重量，竟然丝毫没有影响速度。

这样一支骑兵队伍一旦发起冲锋，威力必然极其惊人。

皇家骑士团是天斗帝国皇室全力打造的一支精锐队伍，总数五万人，其中百人以上级别的队长都是由魂师组成的。这是一支极其烧钱的军队，但它的威慑力同样是巨大的。在天斗帝国名义下的几大王国、公国在它的威胁下绝对不敢轻举妄动。

"请出示手札。"史莱克学院众人被皇家骑士团的外围人员拦了下来。所谓手札，就是晋级资格凭证。

弗兰德将凭证递给对方后，那名身穿银色铠甲、头顶红缨的骑士立刻向众人行礼。

"欢迎你们，来自史莱克学院的各位魂师。我是天斗皇家骑士团第三大队的队长罗克森，请跟我来。"说完，他也不上马，就向前走去。史莱克学院一行十余人在整整五十名全副武装的皇家骑士护卫下向狩猎场内部走去。

翻过一座小山包，众人眼前顿时一片开阔。呈现在他们面前的是一片宽阔的草原。视野放宽，人的心情也随之释放，十分舒服。

草原上，大片军营围成一个圆形。罗克森指了指营地，道："全大陆高级魂师学院精英大赛的晋级赛就在军营正中举行，能够绝对保证各位的安全和隐私。"

唐三心中一动，暗想：天斗帝国皇室也算煞费苦心了。这晋级赛在军营中举行，皇家骑士团无疑会成为观战者。魂师的对决对皇家骑士必然会产生一定的积极影响，更加激发他们苦练的决心和斗志。

史莱克学院众人被带到大片军营之中。分配给他们休息的地方是五间营房。军队的营房自然说不上豪华，但打扫得非常干净，显然在他们来之前早有准备。

在晋级赛结束之前，史莱克学院一行十四人都将住在这里。

晋级赛还是采取循环制，但因为队伍的数量减少了许多，比赛的时间就从一个月减少到了半个月。之后晋级的队伍休息半个月，然后在天斗、星罗两大帝国交界处举行最后的总决赛。

罗克森向弗兰德行了一个标准的军礼，道："院长阁下，请各位早些休息。明天晋级赛将正式开始，届时将有专人带领各位前往比赛场地。晋级赛没有开幕式，直接开始比赛。比赛的胜负由帝国和武魂殿专人共同判定，以示公正。"

"谢谢罗克森将军。"弗兰德微笑还礼。罗克森有些受宠若惊地道："不敢，在下先告退了。"能够做皇家骑士团第三大队的队长，他自然也是一名魂师，但他只有四十四级而已。面对一所高级魂师学院的院长，他自然是心存敬佩的。

弗兰德很快就分配好了众人的房间。柳二龙、小舞占了一间，宁荣荣和朱竹清占了一间，他和大师一间，剩余的两间分给了唐三、戴沐白他们这些男学员。

就在他们刚刚安顿好的时候，这临时住所迎来了两位客人。如果说七宝琉璃宗宗主宁风致的到来是唐三意料之中的，那么和宁风致同来的另一个人是他怎么也想不到的。

五间营房有一个独立的院子，唐三刚放好自己的行李来院子中活动一下身体，就看到了这两个人。

"宁叔叔好！太子殿下，您怎么也来了？"

和宁风致同来的不是别人，正是天斗帝国的太子雪清河。

雪清河穿着一身普通的贵族服饰，并没有什么华贵的装饰，感觉就像一名普通贵族似的。他站在气质高雅的宁风致身边，倒像是陪衬，并不引人瞩目。

如果不是唐三曾经见过他，绝对不会认为他有那样高贵的身份。

雪清河一脸温和的笑容，道："唐兄弟，这次我有幸和父皇一同前来观看晋级赛，就顺便来看看你。怎么样？这里还适应吗？要是不舒服的话，我叫人给你们换个地方。"

唐三赶忙摇头，道："不用麻烦了，这里已经很好了。多谢太子殿下关心。"

雪清河眉头微皱，道："唐兄弟，你就不要太子太子地称呼我了。我痴长你几岁，如果你不嫌弃的话，就叫我一声雪大哥吧。我直接叫你名字如何？"

唐三对雪清河还是有几分好感的。和他那个弟弟雪崩相比，两人简直天差地远。雪清河虽然年纪不大，但城府很深。可不论怎么说，表面上他给人的感觉很舒服，没有半分太子的架子，那平易近人的感觉很容易让人接受。他虽然明显有招揽唐三的意思，却没有勉强唐三。

"好，雪大哥。那我以后就这样称呼你了。快请里面坐吧。"唐三赶忙招呼着雪清河和宁风致去营房。

宁风致微笑着摇摇头，道："我们就不坐了，只是来看看。荣荣呢？一段时间不见这丫头，我还真想她呢。"

"爸爸。"宁荣荣的声音适时响起，一道娇俏的身影从营房内跑了出来。

"您怎么来了？"宁荣荣径直扑入宁风致的怀抱之中，一脸兴奋的样子。

此时，其他人也都从房间内走了出来。雪清河向唐三比了一个噤声的手势，唐三立刻会意，明白他不想暴露自己的身份，自然也就不便介绍了。

弗兰德、大师迎上来，道："宁宗主，您好。"

宁风致笑道："弗兰德院长，我们正好路过，听说你们已经入住了，就顺便来看看，同时还有一个不情之请。"

"哦？宁宗主请说。"弗兰德有些惊讶地看着这位七大宗门中举足轻重的人物，不明白他有什么事会来求自己。

宁风致道："荣荣在贵学院承蒙院长和各位老师照顾、指点，实力突飞猛进，比在宗门的时候不知道强了多少。看来我七宝琉璃宗内部的教育体制还是有很大的问题。所以我想在贵学院下学期开学的时候，送一些宗门中的年轻子弟到史莱克学院求学，不知道方不方便。"

"什么？"弗兰德以为自己听错了。和七宝琉璃宗相比，史莱克学院的地位差太远，他怎么也没想到宁风致会提出这样一个请求，"宁宗主，这不合适吧？我们学院的教育怎么能和贵宗的教育相比呢？"

宁风致笑道："没有什么不合适的。荣荣不就是最好的例子吗？我就直说好了。我决定让宗门弟子到贵学院求学，主要是冲着大师去的。大师教导弟子的能力，我相信在整个大陆上也是首屈一指的。大师的学识令我也自叹弗如。"

弗兰德这才恍然大悟。以前大师虽然以理论著称，但在魂师界的名声更主要还是来源于他们黄金铁三角的三位一体组合，可随着唐三崭露头角，作为明眼人，宁风致自然明白这和大师的教导有密不可分的关系。大师既然能够教导出一个天才，自然也能够教导出第二个、第三个，甚至更多。宁风致不愧为上三门宗主之一，眼光之长远令弗兰德心中不禁暗暗赞叹。

大师神色一动，刚想说什么，却看到了弗兰德哀求的目光，想要说的话顿时被堵了回去。七宝琉璃宗如果能与史莱克学院合作，对史莱克学院未来的发展将有极大的意义。

有七宝琉璃宗在背后支持，史莱克学院无疑会立刻提升到大陆著名学院的地位。

大师虽然不愿意被俗事牵绊，但一想到这些年弗兰德为他和柳二龙付出的一切，实在不忍心拒绝，只能默认了。

宁风致似乎并没有看到大师脸上的为难之色，向弗兰德微笑道："具体的合作事宜，等这次全大陆高级魂师学院精英大赛结束之后，我再与院长商量吧。晋级赛是展现个人实力的舞台，也是锻炼这些孩子最好的机会。在这里，我先预祝史莱克学院能够取得好成绩。"

弗兰德赶忙道谢。

这时，一旁的雪清河道："老师，时间不早了，我们该走了。"

弗兰德将目光投向雪清河，道："还未请教，这位是？"

宁风致微笑道："他是我的弟子，名叫雪清河。"

雪清河主动向弗兰德行礼，道："您好，弗兰德院长。"

弗兰德也是老于世故之人，虽然雪清河的衣着并不如何突出，可身上那种气质绝对不是普通贵族能拥有的，但弗兰德自然不会拆穿他，只是立刻还礼，向雪清河微笑着点点头。

宁荣荣有些不满地道："爸爸，你们刚来就要走啊！可惜我是辅助系魂师，晋级赛不能上场，否则一定让你看看我现在的实力。"

宁风致呵呵一笑，道："不用看了，难道把你交给弗兰德院长他们我还能不放心吗？你继续努力吧，你可是宗门未来的希望。我和宗门内的长老们商量过了，等你从史莱克学院毕业之后，就正式宣布你为下一任门主继承人。"

宁荣荣吐了吐舌头，显然对七宝琉璃宗宗主这个位子并不怎么感兴趣。

宁风致脸色一凝，道："这是你不可推卸的责任。爸爸就你这么一个女儿，宗门不交给你交给谁呢？你也不用不满意。以爸爸现在的身体情况，再支撑个几十年还是没什么问题的。这还不够你玩吗？"

宁荣荣被父亲看出心事，俏脸顿时一红，但心中并没有感到喜悦。她的目光下意识地朝一旁飘去，落在了不远处的奥斯卡身上，忐忑的感觉油然而生。

虽然她已经决定在这次大赛之后就将宗门的规矩告诉奥斯卡，可不知道为什么，随着时间的推移，她发现自己心中的勇气正在变得越来越少。

自从她答应给奥斯卡一个机会之后，近半年的时间里，奥斯卡每天都在拼命苦练。他的天赋也逐渐展现出来，实力不断提升。

奥斯卡的提升速度之快，连大师都感到惊奇。大师说过，奥斯卡将是唐三之后第二个踏入四十二级的人。

作为一名食物系魂师，他的提升速度居然比朱竹清、马红俊他们还要快。这只能说明，他的努力比其他人更多。

宁风致再次向弗兰德、大师告辞："唐三，再见。我等着在晋级赛上看你的风采。"

雪清河也向唐三打了个招呼，两人这才在众人的陪同下走出了院子。

回到营地之中，弗兰德拉过唐三，问道："小三，刚才宁风致身边的那个人是谁？是不是天斗帝国的皇子？"

唐三心中一惊，暗想：姜果然是老的辣，随即回答道："他是天斗帝国的太子，以前我曾经跟他见过一面。"

弗兰德眼神微动，脸上露出一丝笑容，道："看来，随着你们崭露头角，我们史莱克学院真的要大大沾光了。"

晋级赛不像预选赛那样在多个擂台同时进行，而是只有一个比赛场地。那就是皇家骑士团的大校场。

十五支参加晋级赛的队伍将进行十四轮循环赛，每天一轮，进行七场比赛，都是在这个场地进行。每天都将有一支队伍轮空。

大校场经过重新改造，在中心划出一个直径一百米的区域作为比赛场。和预选赛的擂台相比，这里的空间更广阔，也自然更容易让魂师们施展自己的实力。

大校场北侧，坐北朝南临时搭建了一个贵宾席，也是裁判席。这次前来观战的贵宾并不像上次那么多，少了许多贵族。放眼望去，贵宾席上除了第一排的雪夜大帝、宁风致、白金主教萨拉斯等人之外，后面的席位上坐着很多武将装束的人和天斗城武魂圣殿的一些高层。

第一百零九章
花中之王、君临群芳

SOULLAND

团战毕竟比较混乱，很多东西都不容易看清，而晋级赛不一样。每一名学员都将在众目睽睽之下展现自己的个人实力，这是评定一名魂师实力强弱的最好时机。

大校场外侧，一万名皇家骑士将整个大校场围得水泄不通。前排的皇家骑士团战士站在地上，后排的则端坐在自己的坐骑背上，围成了巨大的圈子。

这样严密的防守，可以说是滴水不漏。当然，正像唐三判断的那样，雪夜大帝的目的就是要让自己手下最精锐的部队看看新一代年轻魂师的实力，用以激发他们的斗志。

在骑士们围成的大圈与比赛场地之间，十五支参赛队伍都已经来到了现场，就连今天轮空的队伍也不例外。就算不用比赛，他们也要将对手的实力看清楚。

比赛规则很简单。双方各派遣七名队员参加，每一个上场队员都要战斗到被击败为止，获胜则面对下一个对手，直到有一方七人全部落败为止。

抽签在昨天晚上就已经进行完了，史莱克学院并没有在第一轮抽到轮空。他们的对手是来自巴拉克王国的一所高级魂师学院，排在今天的第三场出战。

通过预选赛的队伍都被分在一起，唐三自然看到了四元素学院那些熟悉的对手。而他们看向史莱克学院时，有几个人的目光特别落在了唐三身上。其中就包括神风学院战队的队长风笑天、炽火学院战队的火无双、火舞兄妹，天水学院战队的队长水冰儿，以及唐三并没有碰到过的雷霆学院战队的队长。那是一名身材普通，相貌也十分不起眼的青年。

大师将众人召集到自己身边，目光从十一名史莱克学院战队的队员身上扫过，道："下面我宣布出场阵容。小舞，你第一个上场，然后是唐三、戴沐白。"

众人还在听着，可大师的话已经结束了。

戴沐白忍不住问道："大师，不是要派出七个人吗？"

大师淡然一笑，道："难道你们三个没有结束比赛的把握吗？晋级赛的对手虽然要强一点，但也不会比四元素学院的队员更强。一对一比赛是不需要配合的，只凭实力。"

简单的一句话却立刻唤起了史莱克学院战队众队员的斗志。唐三、戴沐白、小舞三人对视一眼，从彼此眼中都看到了必胜的信念。

雪夜大帝从贵宾席上站起身，通过魂导器高声道："晋级赛今天正式开始，在接下来的十四天中，希望各学院战队充分发挥出自身的实力，展现出魂师应有的风采。开始。"

他话音一落，宛如山崩海啸的呼喊声就整齐地响起："万岁，万岁，万岁。"

皇家骑士团高举手中的骑枪，盔甲的铿锵声和他们那洪亮的呼喊声顿时吓了参赛的魂师们一跳。大国风采彰显无疑。

第一场比赛已经开始了。首先出场的赫然是炽火学院。他们的对手是一支名为法比亚学院的战队。

代表炽火学院第一个出场的是队长火无双。显然，炽火学院的老师和大师的想法有些类似，不但要拿下这第一场比赛，而且还要尽可能地打出一个大比分。

晋级赛最后的排名，除了取决于大分以外，胜场的小分也极其重要。一旦出现大场平局，就按照小分进行排列。

　　唐三并没有去关注场上的比赛，而是站在小舞身边，低声向她说道："待会儿我们比赛时你第一个出场，一旦发现被对手克制，不要勉强自己。不能受伤，明白吗？"唐三本来是想自己第一个出场的，可没想到大师派出了小舞。他无法反对，只得叮嘱小舞几句。

　　小舞微微一笑，捏了捏唐三的手，道："放心吧。我一对一的能力你还担心吗？打不过我就认输好了。"

　　唐三摸摸她的头，道："小心驶得万年船，我们的对手会越来越强，绝对不能有丝毫大意。"

　　比赛进行得很快。魂师之间，一旦实力出现差距，胜负往往就在一瞬之间。谁的魂技更强，魂力等级更高，就可以很快战胜对手。拥有魂骨那种情况毕竟是极少的。

　　在一对一的比赛中，不可能使用武魂融合技，一切都要凭借魂师自身的实力。

　　第一大场比赛，火无双连胜对方三人，在魂力大幅度消耗之后，这才败下阵来。

　　连续战斗是不能有休息时间的，这也是晋级赛比预选赛更有趣的地方。晋级赛考验的不仅是团队中每个人的实力，人员安排和战术安排也十分重要。再强大的魂师也很难以一己之力连胜对手。毕竟魂技再强，魂力也是有限的。

　　第二个代表炽火学院上场的正是火舞。看上去，她的神色比预选赛时沉稳了几分，动起手来有雷霆万钧之势。虽然她是个女孩子，却在每一场战斗中都带给对手极大的压力。看她的样子，根本就不像在比赛，反倒像拼命一般。

　　凭借控制系魂师的优势，火舞竟然连胜四人，和火无双一起直接将法比亚战队击溃。

　　火舞从比赛场地走回来的时候，由于魂力大量消耗，体力已经有些透支了，但苍白的俏脸上依旧充满了傲然之意，目光毫不避讳地投向唐三，并且伸出食指，点了点他。

　　面对火舞的挑衅，唐三只是皱了皱眉头，并没有任何表示。

不少王国、公国的魂师都因为火舞这一指注意到了唐三的存在。

火舞确实变强了，虽然只过去了一个月，但她身上那股压迫力明显强大了许多，爆发力更是极其惊人。看来在之前一个月的时间里，她确实下了苦功。

法比亚学院战队在十五支参赛队伍中，本就是实力最差的几支之一，但炽火学院只派出两个人就轻易将他们击溃，还是在众多参赛学院战队中大出风头。

第二场比赛在两个唐三并不熟悉的学院之间进行，但是他在里面看到了一个熟人。

那人穿着一身普通的校服，却展现出了完美的身材，手中拿着一根坚实、修长的蛇杖，正是盖世龙蛇的孙女、当初被唐三抢了第三魂环的孟依然。

孟依然作为异兽学院战队的副队长出现在比赛场地之中，意气风发。

作为第一个出场的器魂师，她将器魂师的优势完全展现了出来。

虽然器魂师的爆发力不如兽魂师的那么强，但是胜在战斗力持久。凭借蛇杖上的剧毒和多变而凌厉的攻击手段，她竟然也连胜三人。

令唐三哭笑不得的是，当孟依然从比赛场地中走下来的时候，竟然也将目光落在了他身上，同时学着火舞的样子伸手点了点他。

原来，在火舞用手指向唐三的时候，孟依然就发现了他的存在。这个举动不但是在向他示威，而且是在向他挑战呢。

感受到众多魂师看向自己的异样目光，唐三不禁感到万般无奈。连奥斯卡都忍不住在一旁偷笑道："小三，看样子，你得罪的美女还真是不少呢。要是再加上天水学院那个水冰儿，这下可有不少人要把你当成敌人了。你说，其他学院的学员会不会认为你对她们两个始乱终弃，结果化爱为恨呢？"

唐三没好气地瞪了奥斯卡一眼，道："小奥，我觉得，应该让你上场比赛比较合适，要不要我向老师建议一下？"

"呃……"奥斯卡赶忙赔笑道，"小三，我们可是好兄弟啊！哥哥是辅助系魂师，晋级赛这种艰巨的任务，还是交给你们比较好。你也不希望咱们史莱克学院因为我而丢人吧？"

在他们说话之时，场上的比赛已经出现了变数。异兽学院战队虽然由孟依然战胜了三名对手，但他们战队的其他学员显然并不像孟依然那么强横，被对方接连击败四人，最后比赛打到了第十场才决出胜负。异兽学院战队险胜对手。

从之前的两场比赛中，唐三已经看出，从王国和公国来的学院战队在整体实力上与五元素学院战队相比，还是有一定差距的。

在已经出场的三个学院战队之中，每队最多只有一名四十级以上的魂师，大多只是三十多级的存在而已。像孟依然那样的强者，现在也只不过是三十七级左右的魂力水平。

照这样看，晋级赛最后名次的争夺，应该还是会在天斗城出线的五支战队中进行。

终于轮到史莱克学院战队出场了。"来吧。"戴沐白第一个伸出自己的右手，紧接着是唐三、小舞、奥斯卡、马红俊、朱竹清……十一人将手叠在一起，大喊一声："加油！"

在众人充满信心的眼神鼓舞之下，小舞缓步走进了比赛场地。

史莱克学院战队第一轮的对手来自巴拉克王国。那是一个王室学院，与天斗皇家学院在天斗帝国的地位一样，名字也和他们的王国一样，名叫巴拉克学院。

巴拉克学院第一个出场的是一名身材高大的青年。他看上去二十多岁的样子，穿着一身镶金边的黑色校服。当他看到小舞时，不禁愣了一下。

令他发愣的有两个原因，一个是小舞的外表，另一个自然是史莱克学院那变态的校服了。

史莱克学院的校服上现在早已经不是只有一个广告了，几乎在每一个角落都有广告。在天斗城，史莱克学院在这个方面可是大大有名的，但是来自巴拉克王国的巴拉克学院自然不可能知道这些。

看到小舞那一身屎绿色而且充斥着各种广告的校服，那名高大青年顿时笑了出来。如果不是因为小舞是个漂亮的女孩子，他肯定会讥讽几句。

"小妹妹，你今年多大？你们史莱克学院不会没人了吧？派你上来充数。哥哥手重，万一弄伤了你可就不好了。我看，你还是下去吧，找个厉害点的上来。这里不是你应该来的地方。"高大青年恳切地说道。

虽然小舞的身材已经和成年女性差不多，但她脸上的稚气显然不是二十岁以上的人应该拥有的。在团战的时候，众人混在一起，没有人会注意这些，可此时是一对一的比赛，双方的样貌特点自然突显出来。

小舞皱了皱眉。那名高大青年的声音很大，令比赛场地外的各战队队员都听到了。

奥斯卡有些疑惑地向身边的马红俊道："胖子，你捂上眼睛干什么？"

马红俊由衷地道："因为我已经不忍心看下去了。这样轻视小舞，这位巴拉克学院的兄弟恐怕要倒霉了。你忘记当初小舞那个恐怖的连摔了吗？好像是叫什么八段摔。哦，对了，那次没有你。可惜了，你没看到当时的情况。我真的不忍心看了。"

在马红俊和奥斯卡交谈的同时，场上的比赛已经在裁判的宣布下开始了。

小舞没有抢先动手，朝着对面的高大青年眨了眨眼睛，道："大哥哥，我觉得你说得对，这里真的不是我应该来的地方。"虽然她嘴上这样说着，但她的身体已经开始出现变化，武魂悄然释放，两黄一紫三个魂环盘旋而起。

巴拉克学院的这名高大青年本来应该注意到小舞身上的魂环而警惕的，但他确实像马红俊说的那样，实在太轻视小舞了。更何况他对自己的实力信心十足。在整个巴拉克学院战队中，他不但是队长，而且是实力最强的一个，魂力超过了四十级。可惜他遇到的是小舞。

小舞释放武魂的一瞬间，同时发动了第二魂魂技——魅惑。

黄色的光环闪亮。小舞的双眼同时变成了充满诱惑的粉红色。高大青年顿时呆了一下，整个人变得迷糊起来，而就在这时候，小舞动了。

按照比赛规定，双方是在距离彼此二十米的位置开始正式比赛的。小舞那双长腿有力地弹起，瞬间就将两人之间的距离拉近到了十米。

这名高大青年的魂力毕竟在小舞之上，神志模糊的时间并不太长。他下意识地感到不妙，在眼前依旧模糊的状态下赶忙释放了自己的武魂，与此同时，双手用力地拍打了一下面庞，让自己变得清醒一些。

他的反应确实不慢，当小舞冲到距离他还有五米左右的时候，他已经完全清醒了。那在面前放大的三个魂环以及小舞的速度，怎能令他不惊？

他下意识地抬起双手，就向身前的小舞发动了自己的第一魂技。

但是就在他发动魂技的一瞬间，他再次愣住了。因为那原本在他面前的对手已经消失了。

小舞是背对着那名高大青年出现在他背后的，迅速甩出蝎子辫。那名高大青年还在吃惊的时候，只觉得脖子上一紧。

小舞没有回身，在发辫缠住对手脖子的同时，左脚撑地，右脚后抬，直接顶在了那名高大青年的腰间，发动了第一魂技——腰弓。

发辫后拉，腰部被顶，小舞瞬间爆发出的力量顿时令那名高大青年完全陷入了窒息状态，下一刻，整个人已经被小舞甩到了空中。

从比赛开始到现在，其实只是几次呼吸的时间。魅惑技能发动后，小舞前冲，同时发动瞬移技能，柔技上体，甩出对手，整个过程如同行云流水一般，没有半分迟滞。

正是因为如此，她才没给对手任何反抗的机会。

小舞在用发辫甩出对手的同时已经悄然远离。此时，她迎着对手在空中失控的身体高高跃起。

到了这个时候，这场战斗已经没有任何悬念。

魂师发动魂技都是需要短暂蓄力的，而一旦失去平衡，身体又被对手的魂力爆发锁定，再想发动魂技已经是不可能的事情。

不论是小舞的魅惑技能，还是她那蝎子辫缠绕住对手脖子后输出的魂力，都产生了这种效果。

"再见。"小舞一只手抓住高大青年的后衣领，然后抬起左膝，带着浑厚的魂力重重地撞击在了对手腰间。与此同时，她发动了腰弓技能，一个拧身，做出简单的摔投动作，将高大青年重重地朝地面摔去。

轰——

高大青年的身体重重地砸在地面上。不少人都已经闭上了眼睛。小舞从天而降，双脚直接踩在高大青年的胸腹之间。

在巨大的冲力作用下，本就摔得七荤八素的高大青年的身体顿时收缩，剧烈的痛苦令他不禁惨叫出声。

一脚踢出，小舞的脚尖直接点在了对手的下颌处，同时身形一转，就那么踩着对手的胸膛做出一个美妙的旋转动作，然后另一只脚在对手的太阳穴上轻轻一点。高大青年已经陷入了一片黑暗之中，彻底晕了过去。

三环对四环，完胜。

现场的空气在短暂的凝固之后，顿时变得火热起来。惊叹声、惊呼声此起彼伏地响起。别说是其他魂师学院战队的队员，就是曾经和史莱克学院交过手的四元素学院战队的队员也都吃惊得合不拢嘴。

从比赛开始到结束，只用了很短的时间而已。

小舞凭借自身实力，根本就没给对手任何反抗的机会。一名四十多级的魂宗在只发动了第一魂技的情况下就被她完美击溃。从始至终，战斗的主导者都是小舞。

此时，高大青年的身体还在地上不断地抽搐。

由于胸腹被踩踏受到重创，即使他在昏迷之中，依旧不断有东西从他口中涌出，虽然算不上重伤，但想要参加明天的比赛恐怕很难了。

小舞脸上露出一丝人畜无害的微笑，目光飘向巴拉克学院的其他队员，轻声说道："下一个。"

简单的三个字却像点燃了火药桶一般，巴拉克学院那边立刻蹿上来七八个人，气势汹汹地就向小舞冲了过来。

"你们要干什么？"裁判及时出现，但他只是用语言去拦阻对手而已。

"想要群战吗？"史莱克七怪的其他六人第一时间踏上了比赛场地。小舞一步未退，只是静静地看着对方接近。

其实她并不想将对手打得那么惨，但当她发现对手的实力超过四十级后不得不全力以赴。而且她的腰弓发动之后，力量就不是她自己能完全控制得了的。为了让对手彻底失去反抗能力，她只能这样选择。毕竟她是一名近战魂师。

"找死吗？"没等双方队员靠近，一个清冷的声音声震全场。她的声音听上去似乎并不大，但全场上万人都听到了。

双方队员都没有看清楚场地中央什么时候多了一个人，但她一出现，一股强横无匹的气势顿时铺天盖地地朝着巴拉克学院一方席卷而去。

面对那强横霸道的气息，就连贵宾席上的宁风致和白金主教萨拉斯的瞳孔都不禁收缩了一下。

这突然出现在场地中央的不是别人，正是杀戮之角柳二龙。柳二龙是什么脾气？她的脾气太火暴了，只有大师才能压制住她。

现在小舞可是她的干女儿，眼看对手要群起而攻之，她怎会忍耐？她可不管这是什么场合，终于有了一个可以让她护短的对象，她怎会错过？

在柳二龙强大的压力作用下，巴拉克学院战队的队员几乎在同一时间停下了脚步，看着柳二龙都露出了惊骇之色。

柳二龙的霸气不仅源自她的魂力，也源自她的武魂和脾气。尽管她是魂圣，但在那一瞬间爆发出的气息，就连更高级别的魂师也要为之侧目。

"这是比赛，你们想要干什么？"一个低沉森冷的声音传入场中。如果说柳二龙的声音摄人心魄的话，那么这个声音就令人全身发冷。

白金主教萨拉斯不知道什么时候已经从贵宾席上站了起来，目光冰冷地注视着场地中的双方。

此时，巴拉克王国的带队老师也已经走进了比赛场地之中。

他的魂力并不比柳二龙的差，但看着柳二龙那一脸霸道的样子，不知道为什么有些心虚。

他转身遥遥地向贵宾席行礼，道："白金主教大人请息怒。我们只是要将本学院的学员抬下去而已，并没有其他意思。"

萨拉斯淡淡地道："请你们双方记住自己的身份。非比赛人员未经裁判允许再入场者，立刻驱逐出本届大赛。"

原本要来临的火爆场面就这样被压了下来，但史莱克学院和巴拉克学院之间的火药味儿无疑变得浓重起来。

小舞依旧留在场上。唐三在经过她身边时低声叮嘱了几句，才走下台去。

巴拉克学院那边显然被激怒了。令史莱克学院众人有些惊讶的是，对方第二个走上台的竟然也是一名四十级以上的魂宗。他一上台，不等裁判宣布比赛开始，就已经释放出了自己的武魂。他的武魂很奇特，是一朵花，红色花心，橙色花瓣。

"太阳花。"唐三皱了皱眉。小舞这第二个对手是一名拥有植物武魂的魂师。太阳花在品质上显然不是蓝银草能比的，拥有很强的限制能力。

野生的太阳花能够释放出奇特的气味，令敌人丧失战斗能力，是一种奇特的精神性毒素。而且太阳花坚硬如铁，以此为武魂，可以直接将它当作武器，毒与攻击并重。

显然，小舞的这个对手并不容易对付。看到对手身上白、黄、紫、紫四个魂环，小舞的表情变得凝重起来。她的能力已经展示过一次，对手必然会有所防备。太阳花武魂她自然也是知道的。拥有毒属性攻击的对手很难对付，而且对手的魂力又在她之上。

"你要为刚才的行为付出代价。"巴拉克学院战队这第二个出场队员的身材虽然并不高大，却十分结实，能够清晰地看到他那宽厚肩膀上隆起的肌肉。这样一个人手持一朵鲜花，样子着实怪异了些。

裁判提醒道："不要忘记比赛规则，如果违反，将失去继续参赛的资格。"

小舞和那个队员同时点了点头，但两人的气息都没有半分收敛的意思。

小舞知道自己与对手的差距，主要在第四魂环上，但等级相差并不多。从对手的魂力波动来看，他应该只是刚刚通过四十级不久而已。

"比赛开始。"

裁判刚宣布完，巴拉克学院战队出场队员身上的第一魂环顿时亮起。他手中的太阳花迎风变大，转瞬之间直径已经增大到了一米，握在他手中的长茎也达到了三米，顿时变成了一件奇怪的武器。

他一挥手，一蓬浓郁的黄雾就从太阳花中释放而出，直接朝着小舞笼罩过来。

这个时候，小舞不能进，只能大步后退。可尽管如此，她还是闻到了一丝花香。这花香很浓郁，虽然只是一丝，但小舞立刻感觉到头脑中一片昏沉。

在同等级别的情况下，毒魂师是很占优势的，只要应用得当，就可以极大程度地限制住对手。眼前这名巴拉克学院的学员，从属性相克方面来看，除了专门克制毒素的武魂之外，就只有火舞和水冰儿那样的水类或火类武魂能够克制他。

胸口一阵发闷，小舞知道，毒素已经开始发作了，赶忙催动魂力压迫毒素。而她的对手也不追击，脸上露出一丝狞笑，手中的太阳花连连扇动，将那大蓬黄雾朝她吹来。

黄雾覆盖的面积变得越来越大。此时，他身上的前两个魂环同时亮起。

显然，他发动的两个魂技，一个是增大太阳花，另一个就是这种毒雾了。

怎么办？小舞心中出现了片刻迟疑。她知道，想要战胜对手，就必须以雷霆万钧之势冲入毒阵之中，快速将对手解决。可对手会不防备吗？

他还有第三和第四两个魂技没有施展。在没能拉近距离的情况下，小舞的魂力虽然足够施展技能，但显然不足以接近对方。

就在这时候，一股奇异的热流突然从小舞怀中传入她体内，原本发闷的胸口顿时变得顺畅起来。不但如此，一层金红色光芒开始从小舞体内浮现出来，眨眼之间就在她身体周围形成了一层淡淡的金红色光罩。

此时，毒雾正好笼罩到了小舞所在的范围。奇异的一幕出现了。任那毒雾再强，也丝毫无法钻入那金红色光罩之中。

更令小舞那个对手惊骇欲绝的是，他释放的毒雾一接触到小舞身上的金红色光罩，立刻就像冰雪一般消融了。眨眼的工夫，小舞身体周围十平方米内的毒雾就已经荡然无存。

别说对手，就连小舞自己都不知道发生了什么。实战经验丰富的她自然不会放弃这样的好机会，毫不犹豫地朝着对手冲了过去。

"怎么回事？那金红色的光芒是什么？"柳二龙忍不住向大师发出疑问。

大师也是一脸茫然。尽管他对武魂的研究极为透彻，可眼前出现的情况他还是有些不解。本来他已经认定小舞这场比赛获胜的希望不大，但那金红色的光芒重新带来了希望。

"我知道了。"唐三突然低呼一声，脸上浮现出一丝笑意。

史莱克学院众人的目光顿时落在了唐三身上。唐三微笑道："还记得小舞的那株相思断肠红吗？作为仙品中的仙品，相思断肠红无疑是花中之王，就连幽香绮罗仙品也远远无法与它相比。虽然相思断肠红并不擅长抗毒，小舞也没有将它吃下，但相思断肠红在花中的地位实在太高了，在与小舞的鲜血融合之后，和小舞已经产生了一定的联系。太阳花向小舞发动攻击，相思断肠红自然会认为它是在向自己挑衅。花中之王遭到其他花的挑衅，又怎能隐忍？这金红色光芒应该就是相思断肠红君临群芳的光彩。"

奥斯卡忍不住问道："那我们岂不是违背比赛规则了吗？"

唐三淡然一笑，道："连老师都看不出，你认为评委们能够看出这是怎么回事吗？那光芒毕竟是从小舞身上散发出来的，可不是她使用了什么。继续看比赛吧。"

没错，正像唐三所说的那样，小舞身上的金红色光芒是从相思断肠红中释放出来的。感受到太阳花挑衅的气息，相思断肠红自行护主。

当然，它这种反应只在面对花朵时才会出现，如果换一种剧毒，自然就不会有这样的效果了。这也算小舞的对手倒霉吧。

巴拉克学院战队的这名队员看到自己的毒雾失效，而且随着毒雾消融，自身的魂力大量消耗，心中大惊之下，不得不用出了第三魂技。

他的身体一个半转，将太阳花猛地挥了出去。刹那间，无数淡黄色光点从那巨大的花盘上洒出，带着强劲的气息笼罩了很大的一片范围。小舞想要闪躲显然是不可能的。

本来小舞是可以通过瞬移来闪躲的，但不知道为什么，她内心之中似乎有一个声音在告诉她，不用闪躲。而小舞就下意识地这么做了。

当她醒悟过来再想施展魂技的时候已经来不及了。

第一百一十章
魂技与唐门绝学的融合

密集的黄色光点瞬间冲入小舞身体周围的金红色光罩。令双方都大吃一惊的是，那黄色光点一进入小舞的护体光罩，就像飞蛾扑火一般有去无回，不但没有产生半分作用，反而令小舞身体周围的金红色光芒更加明亮，瞬间就将那些攻击她的光芒全部毁灭。

与此同时，一股极其特殊的气息从小舞身上骤然释放而出。那金红色光芒瞬间暴涨，虽然随着扩张淡化着，但还是轻而易举地将她的对手笼罩在内。

比赛场地内的裁判也被这层光芒笼罩在内，但他没有感觉到任何异样。可小舞的对手就不一样了。在那金红色光芒的笼罩之下，他只觉得自己仿佛在面对一位封号斗罗，全身魂力瞬间失去了作用，手中的太阳花也在光芒之中悄然枯萎、凋谢。

小舞也愣住了。在眼前这种情况下，她根本不需要再出手。而随着对方手中太阳花的凋谢，她体内那股热流缓缓消失，一会儿的工夫就化为乌有。绚丽的金红色光晕也随之消失。

比赛正常地开始，诡异地结束。和第一场比赛时火爆的场面相比，这一场给人更难以置信的感觉。小舞不过是一名魂尊，却连胜两名魂宗，震慑全场。正在小舞有些茫然的时候，唐三细微的声音在她耳边响起："不论谁问，你都不要回答为什么会出现这金红色光芒，保持沉默和神秘感，其他的交给我来处理。"

与此同时，贵宾席上掀起一阵议论热潮。雪夜大帝惊讶地看向宁风致，宁风致却向他摇了摇头，表示自己也不知道那金红色的光芒是什么。

白金主教萨拉斯却开口了："没想到这史莱克学院中居然还有一个拥有魂骨的人。这应该是他们隐藏的实力。"

魂骨？

雪夜大帝和宁风致都露出了赞同的神色。对他们来说，这显然是最好的解释。小舞并没有取出任何魂导器，而那金红色光芒显然也不是魂导器拥有的能力。用魂骨来解释，无疑最合理。

雪夜大帝深吸一口气，道："只是这魂骨的技能未免太强大了，居然可以令对手的武魂瞬间失效。看上去，在魂力受创程度上，这个巴拉克战队的队员比上一个还要严重一些。"

宁风致微微一笑，道："陛下有所不知，如果我猜得不错，小舞那个魂技应该是有针对性的，并不是对任何武魂都有效。或许只有植物系武魂会被她魂骨的这个能力克制。"

作为七宝琉璃宗宗主、天下第一辅助魂师，宁风致的知识十分丰富。如果小舞身上释放的金红色光芒对任何武魂都有效，那岂不是要天下无敌了吗？

萨拉斯难得没有和宁风致抬杠，颔首道："我和宁宗主的看法一样。这应该是一块十分普通的魂骨，只不过适逢其会，才发挥出了作用，并不能代表什么。"

比赛场地中的裁判对小舞的金红色光芒自然充满了疑惑，上前询问，小舞却什么都不肯说。无奈之下，裁判只得将评判权上交评审席。

而此时雪夜大帝三人已经做出了判断。在他们看来，小舞不肯说也很正常。谁会愿意承认自己身上有块魂骨呢？这场比赛的胜利毫无疑问地判给了史莱克学院。小舞两连胜。

比赛继续，令史莱克学院有些哭笑不得的是，巴拉克学院后面学员的实力明显无法和前两人相比。小舞又连胜三人，才耗尽魂力下台。

之后上场的几名巴拉克学院战队的队员中再没有四十级以上的魂宗出现。

小舞的完美表演无疑盖过了之前两大场比赛中出场的所有队员。五连胜的成绩将她的个人战绩暂时推到了最高的位置。

小舞下场，唐三紧接着踏入了比赛场地。巴拉克学院战队上场的队员因为小舞下场刚刚放松下来的情绪，随着唐三武魂的释放彻底陷入了冰点。

黄、黄、紫、黑四个魂环同时出现，尽管那黑色魂环并不显眼，可那深邃的光芒令巴拉克学院战队最后两名队员彻底失去了斗志。

唐三甚至没有动手，巴拉克学院战队的队员就已经主动认输。毕竟比赛才刚刚开始，而之前因为冲突产生的火药味儿令两个学院的关系明显变得紧张起来，巴拉克学院的带队老师可不希望在明天的比赛中无可用之人。

史莱克学院同样是两个人解决了战斗，但从场面上来看，比炽火学院要更胜一筹。正因如此，火舞看着唐三的目光变得越发凌厉起来。

吃了两根恢复大香肠后，小舞的魂力徐徐恢复，她迫不及待地拉住回到队伍中的唐三问道："哥，刚才我身上的光芒是怎么回事？你是不是知道？"如果唐三不知道，为什么能提醒她呢？

唐三微笑着点点头，在她耳边将自己的判断说了一遍。小舞这才恍然大悟，探手入怀，摸了摸一直揣在怀中的相思断肠红。确实，刚才那股热流正是从这个位置涌入她体内的。

第一轮晋级赛对史莱克学院来说是完美的。真正显露实力的只有小舞一个人，却彻底地解决了比赛。

除了四元素学院以外的其他学院，最多只是知道史莱克学院拥有一个配备了万年魂环的怪物而已。

在之后的比赛中，从天斗城出线的另外三支队伍也分别取得了胜利。五个代表天斗帝国的魂师学院战队取得了全胜战绩，令雪夜大帝大为满意。

他当场表示，奖赏当日所有获胜学院战队各一千金魂币，失败的学院战队也有五百金魂币的奖励。

第一天比赛结束之后，各学院的院长上台抽签。史莱克学院的运气不太好，在第二天的比赛中，他们抽到的对手正是在第一场比赛中大出风头的炽火学院。

虽然是循环赛，每个学院都会碰到，但这么早就碰到炽火学院，无疑令双方的队员都产生了一些心理波动。

回到营地之后，小舞就回房间休息了。明天还有比赛，她今天消耗了不少魂力，必须尽快恢复过来。绛珠陪她一起，凭借绛珠的武魂，能够让她的恢复速度变得更快。

大师将史莱克学院的队员们聚集在一起，开门见山地问道："明天你们的对手是炽火学院，你们认为应该以怎样的阵容迎战？"

作为队长，戴沐白第一个说道："大师，炽火学院的实力虽然不俗，但他们在四元素学院中其实是最弱的一个，只有火无双和火舞两个人比较强，其他人很难对我们造成威胁。按照今天比赛的情况来看，火无双和火舞兄妹至少有一个人会排在前面，尽可能地获得胜利。其他队员应该都是用来消耗我方魂力的。不如让我第一个出战，小三收尾。这样完全可以保证我方必胜。"

大师道："沐白说得不错，但是有一点我必须提醒你们。预选赛毕竟是预选赛，哪怕在现在的晋级赛中，各支队伍也未必会用出全力。并不是只有我们会隐藏实力，别人也会用这样的方法。你们史莱克七怪中有两名辅助魂师，其他人的实力相对均衡。唐三和沐白略微突出一些。你们来参加比赛，不只是要拿名次，更重要的是锻炼，锻炼自己的实力和心态。你们能想到的，对手自然也能想到。今天我要教给你们的就是出其不意。不按常理出牌才更容易打乱对手的节奏。所以，明日一战，小三第一个出场，接下来是马红俊、朱竹清、小舞和沐白。"

就像今天在面对巴拉克学院战队时大师只宣布了三个名字一样，现在他也只是念出了五个名字。显然，这是他认为完全可以获胜的阵容了。

五人之中，只有马红俊未曾出过场。这次派他出阵大师自有目的。预选赛期间，马红俊一直没能出场比赛，大师给他的任务是苦练，此时开始实战，让他通过与外界的对手战斗来寻找比赛的节奏总比总决赛中再开始要好。

至于奥斯卡和宁荣荣，他们两人是辅助系魂师，只要和队友默契地配合就可以了。晋级赛也不是他们能够参加的。

一夜无话。

晋级赛的节奏比预选赛时要快得多。没有普通观众，要的只是比赛结果。去掉了那些繁琐的过程、观众的喧嚣，魂师们反而更容易发挥出自己的实力。

史莱克学院和炽火学院的比赛在第五轮，比赛还没开始，唐三已经感觉到不远处一直注视着自己的炽热目光。

唐三没有去看火舞，他也不想表现得如何嚣张，只是平静地观看着场上的比赛，尤其是神风学院战队和雷霆学院战队的比赛。这两个战队是他们没有碰到过的，但在晋级赛上一定会交手，他必须仔细观察。

通过观察，唐三发现，除了四元素学院战队之外，还有两个学院战队的实力也很强，一个名叫西拉斯学院战队，一个名叫植物学院战队。

西拉斯学院战队倒还好，看上去和四元素学院战队的实力差不多，拥有三名四十级以上级别的队员。而那植物学院战队唐三就有些看不懂了。这植物学院战队的所有参赛队员拥有的都是植物武魂，而且都是一些极为怪异的植物。从开赛至今，他们只有三名队员出场而已。

当然，这也是因为他们并没有遇到强大的对手。他们那边出场的队员虽然都是三十多级，可唐三看出，他们竟然都是控制系魂师。在这种情况下，就算遇到四十级以上的对手，他们也没有吃亏。就凭借三名三十多级的魂尊级队员，他们已经获得了两连胜的好成绩。

植物学院战队表现得很低调，他们的魂技也并不绚丽，但越是这样，唐三就越觉得他们不简单。

终于轮到史莱克学院战队和炽火学院战队出场了。

当唐三代表史莱克学院战队第一个走入场地的时候，炽火学院那边的队员们顿时露出愕然的目光。

炽火学院战队第一个出场的正是火无双。正像戴沐白判断的那样，他们最后一个出场的才是火舞。

看到唐三第一个出现在比赛场地之中，火舞猛地从座位上站起身，眼中光芒吞吐。如果不是比赛规定提交的出场顺序不得更改，她一定会毫不犹豫地第一个上场。

为什么？为什么你会第一个出场？火舞在心中大声呼喊着。

在预选赛结束后的一个月中，她的修炼简直是自我折磨，也终于有所突破，不但魂力又提升了一级，而且魂技应用和各方面能力有了不小的提升。而她做这一切都是为了找唐三雪耻。

可眼下，唐三作为史莱克学院战队第一个队员出场了。就算他实力再强，火舞也不认为他能坚持到与自己一战。雪耻的机会难道就这么消失了吗？她实在不甘心。

可是比赛规则摆在那里，她只能感到无奈。她总不能让自己的哥哥和其他人都放弃比赛啊。毕竟她也要为整个团队着想。

火无双与唐三面对面站立，脸上的表情显得很凝重。他原本以为，昨天取得了五连胜的小舞依旧会第一个出场，也做好了与小舞战斗的准备。可现在出现在他面前的是给他留下过深刻印象的唐三。这令火无双坚定的内心出现了一丝变化。

他知道，以唐三对武魂的控制能力和火免疫的特性，自己在他手上很难讨好。火免疫对他的实力克制实在太大了。

唐三依旧一脸平静，面对任何对手的时候他都是如此。随着裁判一声"比赛开始"，他向火无双做出了一个请的手势。

两人几乎同时完成了武魂释放的过程。唐三的右手在身前抬起，幽幽蓝银草从掌心处生长出五寸左右，轻轻摇曳。如果不是他身上那耀眼的四个魂环彰显着实力，谁也无法相信，那不过五寸的蓝银草威力竟然会如此惊人。

不只是炽火学院战队的队员，那些从王国、公国来的参赛队员，只要是没参加比赛的，几乎都把目光投向了火无双与唐三这一战。

一个是传统强队的队员，一个是拥有万年第四魂环的队员，这场战斗注定精彩。同时，这些队员也想仔细观察一下唐三的实力究竟有多强。

鳞片从皮肤下浮现而出，炽热的火焰瞬间升腾，又转瞬熄灭，火无双整个身上都覆盖了一层暗红色光芒。他的头顶上出现一根短角，大约三寸长，正是他的武魂——独角火暴龙附体。

看到火无双释放武魂的过程，唐三的眼神不禁一凝。火焰释放时是正常的，但后来的火焰收敛明显和上一次团战中不一样。那火无双一副气定神闲的样子，显然已经想好了对付他的方法。

与正常强攻系魂师面对控制系魂师时不同，这一次抢先发动的竟是唐三。

唐三脚下一动，人已经飘了出去。看上去他的动作并不快，但凭借脚下那灵活的步伐，他在几次眨眼的工夫就已经靠近了火无双。

控制系魂师主攻？所有人的脑海中都冒出了这个不可思议的念头。

火无双身上的第一个魂环已经瞬间亮了起来，身体表面的鳞片上那层暗红色光芒顿时变得晶莹起来，就像一层铠甲覆盖在身上一般。但他的身体没有动，只是双眼死死地盯着正飞速靠近的唐三。

令火无双意外的是，预判中的蓝银草缠绕并没有落在他身上。唐三依旧向他靠近着，却并没有施展魂技的意思。

火无双忍耐不住了，双手猛地在胸前一合，掌心之中，暗红色光芒奔涌而出，瞬间凝聚成一个巴掌大小的暗红色光球。

依旧没有火焰升腾起来，甚至没有散发一丝灼热，就在他将目光锁定唐三身体的同时，暗红色光球激射而出，直奔唐三飞去。

眼看两者即将相撞的那一刻，唐三脚下突然一滑，险而又险地避开了暗红色光球的撞击。此时，他距离火无双已经不到五米。

显然，火无双的攻击并不是那么容易闪躲的，虽然第一下攻击被避开了，但那光球立刻改变方向，朝着唐三直追而来。

唐三脸上浮现出一抹淡淡的笑容，右手掌心中的蓝银草骤然暴涨。一根粗如婴儿手臂的蓝银草眨眼间已经蔓延到三米，不是缠绕，而是直接朝着火无双的身体抽击而来。与此同时，一丛蓝银草从唐三背后升起，在空中交织成一张大网，硬生生地把那光球阻挡在身后。

下一瞬间，惊讶之色同时从两人脸上浮现而出。

伴随着剧烈的轰鸣，暗红色光球消失，但包覆它的那张网也随之破碎。唐三手中挥出的蓝银草已经到了火无双身前。

火无双的身体终于动了。他没有去管那朝自己身体抽击而至的蓝银草，而是迎着唐三的身体撞了上去。

蓝银草准确地抽击在了火无双的肩膀上，可随着一声爆裂轰鸣，那根蓝银草竟然被直接炸碎。此时火无双和唐三已经近在咫尺。

唐三的实战经验何等丰富，瞬间就意识到了问题所在。

没错，他的蓝银草确实可以做到水火双免疫，却并不能避免能量冲击。炽火学院对付他的办法很简单——收敛火属性攻击，将之转化成另外一种攻击模式。

火焰的特性不仅有灼热，还有爆裂。

火无双是将自身的火属性魂力尽可能地压缩凝聚，然后在双方接触的时候瞬间释放出来，形成爆炸性的力量。

这样一来，虽然火属性魂力无法对唐三产生作用，但那爆炸力依旧可怕。

炽火学院身为五大元素学院之一，果然名不虚传。不论是老师还是这些出色的队员，能够在这么短的时间内找到对付唐三的方法，果然非同凡响。但是这样就能够战胜唐三吗？

唐三脸上的微笑并没有消失。对方在进步，他又何尝不是呢？

面对火无双的撞击，唐三知道，只要自己与火无双的身体接触，火无双身体表面那些暗红色的鳞甲就会形成一连串爆炸重创自己。火属性魂力被这种程度压缩之后，并不是蓝银草现在能承受的。

毕竟两人都是四十二级魂师，而从战斗开始到现在，火无双输出的魂力已经远比唐三的多。配合那充满阳刚气息的独角暴龙武魂，他确实有所向披靡之势。

以爆裂对控制，这种选择无疑是最正确的。可惜唐三的控制技能已经在这短短的一个月内实现了新的升华。

面对火无双的正面撞击，唐三没有退，而是依旧前冲。眼看着两人的身体即将碰撞在一起，火无双的双拳同时抬起，轰向唐三两边的空处，尽量让他无法闪躲。

他相信，只要自己和唐三身体接触在一起，他就会立刻占据优势。独角暴龙岂是蓝银草能比的！

可就在这一瞬间，唐三前冲的身体却硬生生地停住了。他同样抬起了双手，却并没有释放出蓝银草，而是直接迎上了火无双的双拳，手腕处轻微地抖动了一下，双臂各自带起一个奇妙的弧线。

火无双立刻感觉到了不对。他输出的力量似乎遇到了一层绵软的屏障，轰出的两拳充满了有力没处使的感觉。更令他吃惊的是，拳头上的鳞片接触到唐三的力量后，并没有引起爆炸，而是被牵引到一旁。就像有人用手拉了他一下似的，火无双的身体顿时打了个趔趄。

唐三就在火无双失去平衡的一瞬间消失了。

下一刻，火无双只觉得背后涌来一股大力，还没等他反应过来，整个身体就已经被送了出去。他发动了自己鳞甲内蕴含的爆裂火元素，身体在半空中发出一连串轰鸣之声。

可惜的是，他的反应终究慢了一拍，爆炸力虽然强横，却是在空中，根本就没能作用在唐三身上。

这就是鬼影迷踪步配合控鹤擒龙产生的效果。

这些日子以来，唐三想了很多东西。他突然发现，自从拥有魂技以来，他似乎忽略了许多原本十分强大的能力。没错，魂技确实好用，而且直接、简单，可实际上，唐门绝学又怎么会比这些技能差呢？

用这个世界的方式来理解的话，他从《玄天宝录》上修炼的唐门绝学本身就是一个个技能啊！紫极魔瞳是，鬼影迷踪、控鹤擒龙、玄玉手，这些不都是吗？就算唐门最擅长的暗器不能在比赛中使用，他还不能使用这些吗？

如果把之前的一系列动作放慢一些，就能看清唐三发动的整个过程。他先以控鹤劲卸掉火无双的攻击，再用鬼影迷踪带着他闪身来到火无双背后，最后用玄玉手带着擒龙劲推出。

虽然他还是承受了一些爆炸力，但玄玉手何等坚韧，根本就不会受到伤害。而火无双的身体已经被飞快地推了出去。

七根蓝银草在阳光的照射下闪烁着紫红色光芒，宛如七道长虹一般从天而降。

此时，火无双完全是背对着唐三的。他只能感受到空中的压力，却看不到究竟是怎样的攻击。而唐三这蓝银草所取的攻击时间，正好是他身上鳞片的能量刚刚爆炸，魂力正在凝聚，还发不出下一个魂技的尴尬时间。

这依旧是控制能力，只不过控制的是细节和精准度。细节决定成败，在这一刻，唐三正是凭借这一点瞬间将优势最大化。

蓝银草毫无悬念地抽上了火无双的后背。七根蓝银草抽击的是同一个位置，第一下就已经将空中的火无双抽击在地，从第二下开始，令火无双无法忍受的剧痛瞬间传遍全身，带着丝丝麻痹和抽搐的感觉。他能做的就只是迅速翻身、弹起，可后背已经血肉模糊。

不要忘了，蓝银草上是附带着剧毒的，既有来自人面魔蛛的剧毒，又有鬼藤的尖刺。失去了鳞片保护的火无双，此时不但被毒素全面入侵，而且那剧烈的疼痛极大程度地影响着他的魂力凝聚和精神集中。

唐三的脸色依旧是那么平静，但他并不会给对方缓过气来的机会。就在火无双身体弹起，准备面向唐三的时候，脚下却突然一紧。没有任何预兆地，一根最普通的蓝银草缠绕上了他的脚脖子，再次令他失去了平衡。

为了防御和反击，火无双刚刚凝聚的魂力几乎都在上半身，再次倒地，他想用爆炸性的力量化解脚腕上的缠绕是需要时间的。

可是他的整个身体已经在那蓝银草的带动下飞了起来。

这一次，火无双的身体是被甩向远处的。而地面上的唐三已经迅速跟进，十二根蓝银草随着他右臂的挥动飞舞而出，依旧攻击在火无双身上。

爆裂声不间断地响起，一声声轰鸣在空中迸发。这一次，火无双的身体已经有了防御。在一声声爆炸中，十二根蓝银草先后破碎，但那刺骨的疼痛以及自身火元素爆炸产生的震荡，依旧令火无双痛不欲生，一直强忍着的一口逆血也终于在空中喷了出来。

终于挡住了最后一根蓝银草，火无双拼尽全力才控制住自己的身体，双脚落地，不至于再次出丑。同时他迫不及待地爆发出一连串攻击，唯恐那恐怖如灵蛇般的蓝银草再次缠绕到自己身上。

"你输了。"唐三的攻击没有再出现，传来的只有他那平静的声音。

火无双此时才回过神来，定睛看时，脸上不禁一片惨白。他这才发现自己已经出了比赛场地，正好落在场地边缘处一米外。

他此时才明白过来，唐三之所以将他甩起后又挥出十二根蓝银草，抽击在他身上，并不是要把他攻击到不能反抗，而是要利用蓝银草抽击的力量和他自身的爆炸力把他送出更远的距离。

出了场地，不论情况如何，就已经意味着失败。

火无双怔怔地看着唐三，并没有不服气。与此相反，他突然发现自己心中产生的挫败感竟然如此强烈。

与唐三这一战，他迎来的不是唐三的控制，而是唐三的强攻。唐三已经同时具备了控制系魂师的精准、强攻系与敏攻系结合的速度与力量。

从双方第一次接触到最后结束，火无双根本连缓过气施展更强魂技的机会都没有。而唐三施展的最多只能算是第一魂技，甚至还不是第一魂技的全部。

只是挥动几根蓝银草，能浪费他多少魂力呢？

暗器不仅包括投掷类，还有机括类和很少出现的索类。唐三正是将暗器中索类的施展方式用在了自己的蓝银草上。

早在以前的流星人锤上他就用过这种方式，而这些天的苦修令他真正认识到了唐门绝学与魂技结合的重要性，也真正地将这二者结合在了一起。

四十二级对四十二级，获胜一方消耗的魂力却几乎可以忽略，这就是唐三苦修后得到的成果。唐三在实战中证明了自己的实力，令原本能够与他一拼的火无双根本没有发挥出自己的全部实力就已经败北，甚至连消耗唐三的魂力都做不到。

"你在面对我的时候缺乏信心。一名魂师如果没有了信心，又怎么可能获胜呢？"唐三的话在火无双耳中响起。再看唐三那双平静的眼睛时，火无双突然发现，眼前这个明明比自己年纪小的青年似乎成了自己的老师。

火舞此时已经跑了过来，抓住火无双的手臂，一脸关切地问道："哥，你怎么样？"

火无双摇了摇头，道："我没事。我输了，输得心服口服。"

火舞猛地抬起头，双眼之中似乎有火焰喷射而出，狠狠地灼烧着唐三。

唐三的目光依旧平静，看着火舞，没有任何情绪。

第一场比赛就这么结束了。虽然场面并没有预选赛时那么火爆，也没有掌声和欢呼，但唐三的表现依旧征服了全场。就连七宝琉璃宗宗主宁风致都发现，他已经越来越看不透这个孩子了。他小小年纪，竟然已经有了几分大家风范。

眼角的余光飘向身边的白金主教萨拉斯，宁风致有些惊讶地发现，萨拉斯的脸色很平静，并没有因为唐三的表现而产生情绪波动，似乎只是在看一场再平常不过的比赛。

接下来的比赛对唐三来说显得是那么简单，他始终保持着从容不迫的姿态。炽火学院战队接连出战的五名队员实力都不弱，其中那对双胞胎兄弟火云、火雨更是从三十九级突破到了四十级，却没有一个人能让唐三释放出第三魂技。

炽火学院战队已经拥有了四名四十级以上的魂师，可出场六人依旧没能阻止唐三前进的脚步。唐三的魂力依旧充盈，从他脸上甚至看不到一丝疲惫之色。

就在这样的情况下，炽火学院战队最后一名队员——副队长火舞，沉重地走上了比赛场地。

一穿六，晋级赛开赛以来最悬殊的比分出现了。而且被打败的六个人还是老牌强队炽火学院战队的队员。这是在比赛开始之前谁也无法想象的情况，可它就这样真实地发生了。

第一百一十一章
唐三vs火舞

看到阴沉着脸上台的火舞，唐三深吸一口气。虽然他表面看上去和进行第一场比赛时并没有什么区别，可实际上此时他已经非常疲倦。

虽然他已经尽可能地节省魂力了，可在之前的六场比赛中，他毕竟面对了三名四十级以上的对手。除了火无双之外，火云和火雨兄弟二人的火鹤武魂也给他带来了不小的麻烦。他们一上来就使用了最强魂技，令唐三在闪躲和逃脱出攻击范围的时候，耗费了大量精力。

更何况，节省魂力就意味着他必须对自己的每一个能力都控制到最精确的程度，需要计算的量太庞大了！

因此，虽然唐三此时的魂力消耗只有四成左右，可实际上他的精神消耗已经超过了七成，强弩之末而已。

观战者，不论是皇家骑士团的战士还是其他学院的魂师，现在想看的只有一样，就是唐三能否以一己之力击溃炽火学院，完成一穿七的壮举。

火舞注视着唐三，此时反而渐渐变得平静。她知道，这场比赛不只是自己与唐三之间的事，也关系到炽火学院的荣辱。

如果她败了，让对方完成一穿七的壮举，那么炽火学院在五元素学院中将永远抬不起头来，所以不论如何她都不能败，绝对不能败。带着这必胜的信念，火舞冷静下来。她今年还不到二十岁，是炽火学院历史上最年轻的天才。前段时间的苦练令她的魂力再升一级，已经达到了四十四级的程度。她相信，不论是武魂还是魂力，她都应该在眼前这个青年之上。

可为什么炽火学院战队的六个人都无法战胜他一个人？就因为他是控制系魂师？因为他的火免能力？不，肯定不止这些。

唐三静静地看着火舞在自己身前三十米外站定，惊讶地发现，火舞的气息似乎出现了一些奇异的变化。他和火舞没有进行过真正的交流，每次看到她，她身上散发的都是火暴的气息。从某些方面看，她的性格和柳二龙倒是十分相像。

可此时沉静下来的火舞仿佛变了一个人。原本就十分修长的身体在皮肤表面淡淡的红光映衬下显得更加动人。

火舞摇身一晃，背后渐渐浮现出一层淡淡的橘红色影子，样子和她本身一模一样。模糊的火影充满了虚幻的感觉，这就是她的武魂——火影。

火属性的影子，是一种极其特殊，却可以将火元素威力最大程度发挥出来的武魂。

今天这场晋级赛，炽火学院战队显然已经不可能获胜了。毕竟史莱克学院战队后面还有六个人。但是和唐三的这场比赛，火舞已经下定死志，无论如何也要获得胜利。

比赛开始！

唐三一直在思考火舞会用怎样的进攻方式，在裁判宣布开始的时候，火舞给出了答案——奔跑。

火舞那修长而有力的双腿飞快地律动起来，直奔唐三冲了过来。

她的速度虽然无法和敏攻系魂师相比，但达到四十级以后，她的身体在魂环带来的属性和自身魂力的作用下已经远超常人。她这一全力冲锋，速度快得惊人。两人之间的距离飞快地拉近。

一根蓝银草激荡而出，横扫，目标正是火舞那纤细却充满力量的小蛮腰。

唐三发出试探性进攻。此时他的精力已经消耗很大，主动出击的计算量比守株待兔要大得多。

他选择了稳守反击的战略。有火免疫的优势在，火舞的技能作用在他身上也只能像火无双那样以爆裂形态施展，所以他并不十分担心。

如果火舞施展的是第四魂技，蓄力的过程就足以让他做出反应了。

面对蓝银草的横扫，火舞不但没有闪躲，反而速度更快几分。两人之间二十米的距离眨眼间已经缩短到了十米。火舞的双眼亮了起来，与此同时，她身上的第三魂环已经开始发光。紫色光芒弥漫，为她更增几分姿色。

突然之间，唐三脑海中灵光一闪，顿时明白了火舞的攻击方式。蓝银草横扫之势不变，他的身体飞快地动了起来，既不是前进也不是后退，而是飞速地横向移动。

火舞似乎已经预料到了唐三的反应，她那原本直冲的身形立刻改为斜冲，依旧朝着唐三逼去。

就在蓝银草即将上身的一瞬间，火舞的第三魂技——抗拒火环，发动。

耀眼的橘红色光环瞬间释放，这没有任何攻击力的魂技瞬间就将近身的蓝银草荡开。这个魂技覆盖的范围达到了恐怖的直径六十米，而她此时和唐三的距离不过十米。

半径三十米的抗拒火环在挡开了蓝银草的同时，将唐三的身体远远地送了出去。

整个比赛场地的直径是一百米，火舞那抗拒火环的直径是六十米，可以说覆盖了大部分场地。唐三在抗拒火环的推动下，瞬间就已经到了比赛场地的边缘。

出了场地就算输，在第一场比赛中，唐三就是利用这个规则击败了火无双。

火舞那抗拒火环最恐怖的地方就是无视任何技能和防御。在攻击范围内的所有技能都将暂时被驱逐。

当然，对手的攻击技能不能超过她自身魂力十级以上。

火舞的动作没有任何停顿，就在唐三被逼到场地边缘的时候，又有一个抗拒火环亮起。

唐三心中暗叹一声。这丫头看上去脾气暴躁，可实际上十分聪明。控制系魂师果然非同凡响。她利用抗拒火环，瞬间就将他逼到了难处。

此时，就算他用出第四魂技，最多也只能暂时阻止火舞前进的脚步，而无法阻止她发出抗拒火环。这原本用于防身的技能被火舞这样使用，无疑是经过深思熟虑的。

抗拒火环的作用当然不是绝对的，否则这晋级赛也不用打了。只需要凭借这个技能，火舞就足以横扫所有对手。抗拒火环的限制在于它的高度。它的作用范围是直径六十米，高度为三米。

也就是说，三米以上的空中是抗拒火环无法施展作用的范围。除非火舞的抗拒火环是直接朝着空中发出的。

在这种情况下，无论唐三的鬼影迷踪多精妙，也无法躲开抗拒火环的攻击，所以他唯一的办法就只有腾空。眼看火舞的第二个抗拒火环就要释放，唐三纵身而起，从抗拒火环上面飘然越过。

看到这一幕，火舞脸上露出一丝冷笑。虽然连发两次抗拒火环令她耗费了不少魂力，但把唐三逼入空中的目的还是达到了。

诡异的一幕出现了。火舞身上的四个魂环在唐三腾空而起的瞬间亮了起来，背后的火影也瞬间变成了白炽色。

"融环？"比赛场地外，正在观看比赛的大师骤然惊呼一声。

融环并不是一种技巧，而是一种天赋。只有一些极其特殊的魂师才有可能拥有这样的能力。

融环可以瞬间将魂师使用多个魂环时释放的魂力同时发出，最大幅度地将魂力释放出来，变成一个魂技。

融环最大的好处就是爆发力强。简单来说，如果一个水潭只有一个出口，水也就只能从这一个出口流出，虽然总是会流干的，可怎么也比不上从四个出口同时流出快。

在上一次预选赛的时候，大师就猜测火舞拥有这样的技能，只是当时她有辅助系魂师的帮助，大师不敢肯定。但此时大师已经完全认定，她使用的就是融环。

在融环的情况下，火舞已经将自身魂力输出最大化，此时使用魂技的威力无疑会翻倍。

白炽色光芒在掌心凝结，这一次火舞释放的不再是炽热的气息，而是爆裂。

一个只有鸡蛋大小的白色光球飘然而出，直奔空中的唐三飞去。释放出这个白色光球后，火舞的脸色顿时变得一片苍白。

与火无双的攻击不同，在火舞那白色光球出手的一刹那，唐三就感觉到自己的身体变得迟滞了。那颗看上去不大的光球仿佛拥有无限的吸引力一般，令他身在空中，根本无法闪躲。眼看着那白色小球向自己疾飞而来，他现在能做的只有硬挡。

硬挡也分很多种，尽管身处不利的位置，但唐三依旧没有放弃。他一抬右手，释放出了今天的第一个第三魂技。

绿色的光球从唐三掌心中射出，瞬间扩张。在他的刻意控制下，这张蛛网的覆盖范围缩小了许多，但密度变得很大。哪怕体积那么小的白色光球，也无法从中穿越。

白与绿，两色光芒在空中交汇。就在二者接触的一瞬间，唐三的脸色变了。

白色光球竟然从那极其坚韧的蛛网束缚中冲了出来！它自身处在快速旋转之中，而且看上去浑圆的表面上竟然充满了切割力。

一根蓝银草紧接着抽了上去，但就像蛛网束缚无法阻挡那白色光球一样，它也无法改变其方向，下一秒就折断了。

两次接触，唐三如果还判断不出这白色光球的强度，那他就不配做大师的弟子了。他瞬间明白过来，这颗白色光球中蕴含的应该是火舞在释放两次第三魂技后剩余的全部魂力，而且还是经过压缩的。整颗光球完全是在她的意念控制之下锁定了他。从现在的情况来看，只要他没有这种完全凝聚魂力的技能，是无论如何也挡不住的。

当然，唐三忽略的一点是，这颗白色光球不但包含了火舞输出的全部魂力，而且还是她用融环技能输出的全部力量，其威力甚至超越了她所有魂力的总和。

为了战胜唐三，她已经放弃了后面的比赛，目的只是要将眼前这名青年击败。

眼看那颗白色光球就要轰击在唐三身上时，唐三的身体却突然消失了。

那消失自然不是无缘无故的。蓝银草对白色光球无效，不代表着就没有作用。

两根蓝银草重重地抽击在地面上，利用反作用力将唐三的身体送入空中。就在那白色光球快要追上他身体的时候，一根蓝银草激射而出，直接缠在了火舞腰间。

此时，火舞的魂力已经全部输出，根本就没有反抗的能力。她只觉得腰间一紧，下一刻唐三的身体就在她面前放大了。

没错，唐三的目标就是火舞。他利用她的体重改变了自己在空中的方向，直奔她冲了下来。

在拉力的作用下，他在空中移动的速度自然比平时快了很多。两人距离又不远，瞬间就碰撞在了一起。

火舞下意识地抬起双臂想要推开唐三，可唐三只是双手一分，就化解了她推出的双掌。就在两人身体撞上的瞬间，唐三的一根蓝银草已经将他们的身体紧紧缠绕在一起。

火舞只觉得一股大力传来，唐三的身体就已经转向。火舞自然而然地挡在了他面前，就像一面盾牌。而那白色光球正带着呜呜的声响急速追来。

刹那间，火舞的脑海中一片空白。那白色光球在锁定唐三之后，就已经是她无法改变的了。可此时此刻她成了唐三面前的挡箭牌。

她怎么也想不到这场战斗居然会是这样的结局。她知道自己已经输了，可是她真的不甘心，不甘心……

要死了吗？火舞对自己的攻击威力有多大再清楚不过，她知道，以自己此时的身体状况，根本不可能挡住那样的攻击，结果只会像唐三的蓝银草那样破碎。

死就死吧，就算死我也要让你陪着我一起下地狱。火舞猛地张开双臂，紧紧地抱住唐三，放弃了自己最后一丝防御。她相信，就算那白色光球穿透她的身体之后，也依旧会给唐三造成极大的创伤。

紧紧抱住唐三的同时，在心中恨意的催动下，她更是一口咬上了唐三肩头的肌肉。这一口咬得非常狠，牙齿收紧的时候，她感觉到有温热的液体流入了自己口中。

但就在此时，火舞耳边突然响起了唐三低低的叹息声："何必呢……"她的身体似乎在旋转，紧抱唐三不放的双手突然感觉有什么东西从唐三背后冲出，再也无法抱住，自然而然地松开了。但两人之间还缠绕着蓝银草，依旧紧贴在一起。

可惜此时唐三根本没有时间，也没有心情去感受身边的她。

"妹妹！"火无双在惊呼，炽火学院战队的其他人也都在惊呼，可他们想要冲进场内已经来不及了。

史莱克学院那边的人同样在惊呼，双方几乎同时向场地中冲去。

但是他们突然看到，唐三竟然再次转身，不但没有再用火舞做自己的盾牌，反而变成了火舞的盾牌。

当唐三将自己和火舞缠绕在一起，并且以她做盾牌的时候，目的只有一个——逼迫火舞放弃这次攻击。他又哪里知道，连火舞自己也无法控制这颗白色火球了。

看到火舞充满恨意地紧抱自己，还有她眼中那视死如归的光芒，唐三吃惊地发现，这丫头竟然要和自己同归于尽。

唐三对火舞并没有任何仇恨，在他看来，火舞只不过是一个争强好胜的女孩子而已。

她毕竟是女孩子啊，而他是个男人，难道真要辣手摧花不成？在眼前这种情况下，这是唐三唯一的选择。

所以，他在那白色光球即将来临的一瞬间，紧贴着火舞转身，用自己的背去面对那充满压缩能量的白色光球。八蛛矛出现，正好将火舞的手臂震开，让那攻击完全落在了唐三身上。

唐三没有让八蛛矛全部弹起，只是涌出半尺，并不显眼。下一刻，那白色光芒已经完全绽放开来，根本不可能有人注意到唐三背后那瞬间的变化。

　　脑海中一片空白的由一个人变成了两个人。唐三只觉得自己的身体似乎变轻了，周围的一切都在飞翔，没有疼痛，只有麻木。尽管在那一瞬间他已经将玄天功全部凝聚在自己背后，但他的身体还是麻木了。

　　火舞也觉得自己飞了起来，剧烈的震荡令她的大脑一片眩晕，下意识地紧紧抓住唐三的双臂。

　　麻痹下一秒就转换为铺天盖地的疼痛。唐三的神志恢复了半分，在即将落地的时候，他偏转了一下自己的身体，心想：既然要做好人，就索性做到底吧。

　　"轰"的一声，两个人的身体砸到地上，唐三在下，火舞在上。这一瞬间的力量险些令唐三疼晕过去。

　　唐三之所以让自己后背着地，也是为了掩饰八蛛矛。他清楚地感觉到八蛛矛在颤抖，甚至已经出现了些微破碎的声音，而他背后更是没有一个不疼的地方。

　　一口逆血夺口而出。唐三比火舞矮半分，这一口鲜血正好喷在了火舞胸前。他第一次体会到了五内俱焚的感觉，体内的气血不断翻涌，仿佛要燃烧起来了。

　　玄天功不愧是玄门正宗的上乘内功，在爆炸的一瞬间尽可能地护住了唐三的身体。再加上八蛛矛的阻挡，虽然唐三受到了重创，却并不致命。

　　这是唐三仔细计算的结果。在他带着火舞转身的时候，他就已经计算出，凭借自己的防御，绝对不会死。

　　缠绕在两人腰间的蓝银草已经被爆炸力轰碎了，但火舞的双手依旧紧紧地抓在唐三的手臂上。她整个身体都在颤抖，不知道是因为愤怒、恐惧还是因为别的。

　　双方的队员都已经冲了过来。唐三睁着眼睛，看着近在咫尺的火舞微微一笑。虽然他的脸色十分苍白，但那淡定的气质没有丝毫改变。

　　"还没抱够吗？你赢了。"

　　火舞看着唐三，瞳孔重新聚焦。此时她才发现，她那抓住唐三双臂的手已经被鲜血染红。

　　那当然不是她的鲜血。她之前清楚地感觉到了唐三身体内奔涌的魂力，唐三用他那并不比自己高的身体，完全挡住了所有攻击。她承受的只是一些震荡而已。

赢了？真的赢了吗？一丝苦涩的笑容在火舞嘴角处绽放，此时她的神志依旧有些模糊，连她自己也不知道此时心中是怎样的想法。

"妹妹，你没事吧？"火无双一把将自己的妹妹拉了起来，仔细地上下看着。

"我没事。"火舞茫然地答道。

而此时，小舞已经泪流满面地将唐三搂入自己怀中。绛珠的恢复光环像是不需要耗费魂力似的疯狂催动。奥斯卡已经将一根恢复大香肠塞入了唐三口中。

要不是唐三及时止住宁荣荣，恐怕她那四个增幅技能就会毫不犹豫地丢到唐三身上。

"傻丫头，别哭啊！哥哥这不是没事吗。"唐三想抬手去摸小舞的头，却发现自己的手臂怎么也抬不起来。

其实，他在面对火舞的时候，本来就没想要赢。所谓做人留一线，他已经战胜了对方六个人，这场晋级赛最后的胜利肯定是属于史莱克学院的，又何必赶尽杀绝呢？如果真的一穿七，爽是爽了，可双方的梁子恐怕就此结下，他并不希望这样。

毕竟他对炽火学院并没什么恶感。

所以，在比赛中，唐三原本只是打算尽可能地消耗火舞一些魂力，让整场比赛在史莱克学院战队下一个出场队员那里结束。可他没想到火舞对他的针对性居然这么强，最后竟然弄成了这样。

当戴沐白将唐三背起，露出他的后背时，史莱克学院众人都倒吸一口凉气。

唐三背后的衣服已经完全破碎了，后背一片血肉模糊，有的地方甚至能够看到里面的骨头。就连他的双臂也已经被鲜血染红，软软地垂在身体两旁。

这该多么痛啊！可此时唐三脸上依旧带着淡定的微笑，仿佛这些痛苦并不是出现在他身上似的。只有额头上不断涌出的汗水才告诉所有人，受到伤害的是他。

火舞那颗白色光球的攻击力比唐三想象的还要强。如果不是他有八蛛矛，如果不是他的身体经过了冰火两仪眼的锻造，他这次就算不死，也要重伤。

而此时他的伤势虽然看上去严重，但只是一些皮肉伤而已，骨头和内脏并没有受到太大的伤害。

裁判此时才走上场地，一边招呼着医护人员上来救治唐三，一边宣布这场比赛的获胜者是火舞。

没等史莱克学院第二个上场队员出现，火舞就已经表示，后面的比赛她认输了。不论是因为体内魂力消耗程度太大还是因为心理压力，她都没有任何继续战斗的欲望了。

此时史莱克学院的人顾不上去憎恨火舞，他们想的只有唐三的安危。

唐三趴在担架上被抬走了，这场比赛也算真正结束了。尽管最后一场唐三并没有太好的表现，但之前那六场战斗早已征服了所有人。

更何况最后一场比赛他真的输了吗？

他完全可以用火舞的身体挡住攻击，以他的控制力，只需要给火舞体内注入一些魂力，让那白色光球在火舞体内引爆，自己就不会有危险。这甚至不算违背规则。

毕竟那恐怖的攻击是火舞自己发出的，不是唐三。

"我哥真的没事吗？"营房内，小舞一脸担忧地向天斗帝国的宫廷医师问道。

这名医师是个四十多岁的女子，看得出来，她年轻的时候很漂亮。她向小舞微微一笑，道："小姑娘，这已经是你第十七次问同样的问题了。放心吧，你哥哥没什么大问题，只是皮肉之伤而已，骨骼完好并且护住了内脏。真是奇怪，他的肌肉弹性至少是普通魂师的三倍，这是怎么练出来的？现在他只是失血多了一点，需要休息一段时间。最多五天，他就可以正常行动了。不过，在晋级赛这段时间里，最好不要让他再参加比赛了，否则伤口崩裂就不好了。"

"谢谢您，医师阿姨。"小舞甜甜地道。

医师微微一笑，拿起医药箱道："好了。你们好好照顾他吧，我先走了。"

一直目送着医师离去，小舞脸上的神情才放松了几分。此时唐三已经沉沉地睡了过去。

看着他那依旧苍白的面庞，阵阵刀割般的心痛不断侵袭着小舞。她宁可受伤的是自己，也不愿意唐三受伤啊！

大师向房间内的史莱克学院众人挥了挥手，道："好了，其他人都去休息吧。明天还有比赛。留小舞在这里照顾小三就行了。"

众人这才轻手轻脚地离开营房。只要唐三没事，他们就放心了。

房间内只剩下小舞、大师和唐三三个人。大师看着趴在床上睡得很沉的唐三，微微一笑，道："小三其实做得很对。"

小舞抬起头，不解地看向大师，道："大师，您还说他做得对？他明明可以让那个火舞承受攻击的。"

大师叹息一声，道："小三这么做，是为了学院的名声，也是为了你们的未来。首先，五元素学院同气连枝。如果他真的将炽火学院一穿七，必然会引得其他三所晋级的元素学院同仇敌忾，这个仇也就结大了。其次，那时候他要是用火舞的身体去挡住攻击，火舞必死无疑。火舞是炽火学院的天之骄女，要是她死了，先不说她背后有什么势力，单是来自炽火学院的报复就会令我们应接不暇。这更不是唐三愿意看到的。大家都是学生，又没什么深仇大恨，所以他才选择了这样的做法。我相信，小三用身体去挡攻击的时候一定已经计算出了自己的承受能力与对方的攻击力。"

大师一直将唐三当成自己的孩子看待，看到唐三受伤，他又怎么能不心疼呢？

但大师一向是理智的。当他知道唐三没有大碍的时候，理智就占据了上风。简单地分析之后，他肯定了唐三的做法。当然，这并不代表他不在乎唐三的伤势。

小舞轻叹一声，没有再说什么。她此时心中想的是，只要唐三没事，其他的一切都不重要了。

正在这时候，外面突然传来戴沐白冰冷的声音："你们来干什么？给我出去！"

"我们是来看看唐三，并且感谢他的。"声音是火无双的。听到这个声音，小舞不禁皱了皱眉。

营房外，不但火无双来了，炽火学院战队的另外六名主力也都来了，包括脸色苍白的火舞。

比赛结束后，当他们冷静下来时，火无双不禁一阵后怕。他当然看得出妹妹在比赛中的危险境地，要不是唐三手下留情，他就没有妹妹了。

尽管炽火学院战队完败，只赢了一盘，可火无双不但不恨唐三，反而极其感激他。与比赛成绩相比，妹妹的生命显然要重要得多。

火舞在炽火学院本来就是众星捧月的核心，所以其他队员的感觉跟火无双一样。回到营地后，火无双立刻提议前来看看唐三。

戴沐白冰冷的目光从他们身上扫过，道："不用你们猫哭耗子假慈悲。唐三还死不了。"

火无双皱了皱眉，道："戴沐白，你不要太过分了。我是来看唐三的，感谢他放过了我妹妹，可不是来看你的，你闪开。"

此时，听到声音，史莱克学院的其他人也出来了。和戴沐白一样，面对令唐三受伤的炽火学院战队，他们都没什么好感。众人站成一排，将炽火学院的人阻拦在那里。

"立刻离开这里，否则别怪我们不客气了。"戴沐白的邪眸双瞳正在凝聚，显然他已经快要压制不住自己的怒气了。

炽火学院战队这七名主力之前都参加了晋级赛，魂力或多或少都有消耗，要是真的打起来自然占不到便宜，更何况他们本是来示好的。

"我是来谢谢唐三的。"就在火无双要发作的时候，火舞突然站了出来。她那苍白的俏脸上再也没有之前的狂躁，反而变得很安静，像是变了一个人。

"不用了。我哥已经睡了。你们走吧，不要打扰他休息。"小舞从营房内走了出来，冷冷地看了火舞一眼。

虽然唐三的伤是他自己用身体去挡攻击造成的，可始作俑者是火舞。对这样一个人，小舞自然不会有好感。

火舞看了一眼小舞身后的营房，点了点头，道："那打扰了。等他好一些，我再来致谢。"

小舞毫不犹豫地拒绝道："不用了。我们是全大陆高级魂师学院精英大赛的竞争对手。"她这句话直接点明了双方并不是朋友。

炽火学院一行人刚走，就又有人来了。

来人正是宁风致和雪清河。他们表面上说是代表大赛组委会来看看唐三的伤势，可实际上，从比赛开始到现在，受伤的又何止唐三一个人，却只有他得到了这样的关注。

在确定唐三没有大碍之后，两人又和大师聊了几句，这才离去。至此，营房内终于安静下来。

第一百一十二章
凤凰的狂野

SOULLAND

唐三受伤，对大多数参加晋级赛的学院来说都是好事，尤其是那几个还没有遇到过史莱克学院并有希望获得好成绩的学院。但是从第二天的晋级赛开始，这些学院发现史莱克学院变了。

出场的人变了，实力似乎也变了。

在接下来的三场比赛中，邪眸白虎戴沐白凭借他那刚猛的攻击手段，每次都至少搞定四名对手，然后由第二个出场的朱竹清结束比赛。没有了唐三，史莱克学院出场的依旧只有两个人。

时间一天天地过去，唐三恢复的速度比医师判断的还要快。只是三天的工夫，他的伤口就都已经收口、结痂。他又能够随便活动了，整个人变得生龙活虎。当唐三表示要参加后面的晋级赛时，却遭到了史莱克学院众人的一致反对。

无奈之下，唐三只得从绝对的主力变成了观战者。今天已经是比赛的第六天了，前五战，史莱克学院全胜。

今天史莱克学院的对手是植物学院，也就是那个令唐三看不透的学院。面对这所学院，大师派出的阵容和之前几场截然不同。前三个上场的赫然是黄远、京灵和泰隆。

比赛开始不久，关注这场比赛的人就大吃一惊。因为在前三轮比赛中，史莱克学院竟然被植物学院一穿三。植物学院只派出一名队员，就先后击败了黄远、京灵和泰隆。

植物学院这名队员的武魂是一种藤蔓，和唐三那蓝银草的作用有些类似，只是要粗大得多。他已经达到了四十一级魂力，以控制系能力出战，完全克制了泰隆三人。虽然他消耗了不少魂力，但还是连胜三人。这可以说是史莱克学院自晋级赛开始以后受到的最大挫败。

在第三个出场的泰隆被对手死死压制并击败之后，对手的一句话令整个史莱克学院战队的气势出现了变化。

那名植物学院的队员接连战胜三名对手，显然有些得意忘形了，击败泰隆之后说了一句：史莱克学院也不怎么样嘛。"

"我忍不了了，看我怎么收拾他们！"史莱克学院第四个出场的正是马红俊。此时他那一张胖乎乎的脸已经涨得通红，愤怒地注视着场地中央即将成为对手的那名魂师。

正在这时，一只宽厚的大手按上了马红俊的肩膀，道："看清楚对手的攻击方式了吗？你的目标是将他们全部击溃，尽可能地节省一些魂力。"

马红俊回头看时，发现说话的人正是大师。在一旁观战的唐三自然明白，大师让泰隆三人先出场，目的是为了看清对手的战斗方法。而大师第四个派上马红俊，原因只有一个，那就是属性相克，就像当初炽火学院以为能够克制唐三的蓝银草一样。

当马红俊走上场的时候，那名连胜史莱克学院三人的学员险些笑出声来。

虽然马红俊不像两年前那么胖了，却依旧是球形身材，而且脸上的肉格外多，看上去分外可爱。虽然他不是史莱克学院队员中年纪最小的，但从外表看，他显得最小。更何况，在之前的比赛中，马红俊从来都没有出过场。

哪怕是同来的四元素学院，注意力也从未放在马红俊身上过。他们会关注唐三，关注戴沐白、朱竹清、小舞，但绝对不会去关注一个小胖子。

连胜三场后，植物学院这名出场队员虽然消耗了不少魂力，但信心已经提升到了巅峰，根本就没把马红俊放在眼里。

"小胖子，你还是下去吧。万一哥哥伤到你，可就不好了。"虽然还是一脸笑容，但这位植物学院的队员眼中明显流露着轻蔑。

史莱克学院的队员们在一起的时间长了，性格都会受到其他伙伴的影响，马红俊也不例外。他眨了眨眼睛，做出一副无辜的样子，道："可是老师让我上场，我就这么下去，回去会受到处罚的。要不你打我下去吧，不过你可要轻一点呀。"

"好，没问题，我可不会欺负小孩子。"话音还没落下，植物学院这位连胜三场的精英已经瞪大了双眼。因为他从马红俊身上清楚地看到了四个升腾而起的魂环，两黄两紫，最佳搭配。

在下面观战的四元素学院同样大吃一惊。他们怎么也没想到，在史莱克学院中居然还隐藏着这样一个队员。四十级以上的实力，还有他身边瞬间变得扭曲的空气以及头发和身体的变化，无不在昭示着他那武魂的强悍。

随着魂力的提升，此时马红俊在用出武魂后，梳着莫西干发型的头发已经完全变成了红色。自从吃了唐三给他的仙品药草鸡冠凤凰葵，他不但再也没有邪火反噬的危险，而且凤凰之力被彻底提纯。就连大师都说过，在史莱克七怪之中，论爆发力，马红俊是最强的一个。

他根本没有理会对方是否吃惊，在武魂释放的一瞬间，就动手了。"轰"的一下，伴随着第二魂环的闪亮，澎湃的紫红色火焰腾空而起。紧接着，一道火线喷吐而出，直奔对手袭去。

此时密集的藤蔓即使竖起来当作盾牌，也没有用了。属性相克的威力一下子就展现出来。别说马红俊这个对手在之前的三场比赛中已经耗费了大量魂力，就算没有消耗，也不可能挡住凤凰火焰的攻击。

紫红色火焰轻松地贯穿了对手的防御，沾上了他的身体。

惊骇之中，植物学院这名已经三连胜的队员毫不犹豫地翻身扑倒，身体快速地在地面上滚动，希望以此来扑灭身上的火焰。与此同时，无数青藤从他体内激荡而出，扑向马红俊，试图阻止他再向自己发动攻击。

但是马红俊并没有像他想的那样继续发动攻击，只是面带冷笑地注视着他，身上升腾的紫红色火焰变得越发浓重了。

青藤冲到马红俊面前，马红俊就像没看见似的，任其攻击。可惜这些青藤根本过不了浴火凤凰这一关。紫红色火焰就像不可逾越的天堑一般，凡是接近的青藤都会瞬间化为灰烬。

如果这名四十级以上的植物系魂师在全盛状态下，说不定能对马红俊产生一些威胁。可惜的是，他的魂力在前三战之中已经消耗太多。面对等级并不逊色于他，魂力全满，属性更是全面克制他的马红俊，他根本抗衡不了。

青藤没能阻挡马红俊，那及体的紫红色火焰也并没有因为他的滚动而熄灭。这火焰强横的附着能力、侵蚀性、炽热感带给对手的痛苦根本不能用语言表达。此时这名队员已经连开口的能力都没有了。他体内的植物性魂力拼命抵抗着凤凰火焰的侵蚀，但那恐怖的凤凰火焰又岂是那么容易抵挡的。

"我们这场认输。"植物学院的带队老师毫不犹豫地向裁判喊道。

马红俊向对手抬起右手，收回紫红色火焰，这才化解了对手的危机。对他来说，这只是一场简单的胜利。当然这种简单的胜利还只是刚刚开始而已。

植物学院四十级以上的魂师一共有三名，除了第一个出场的队员以外，剩余的两名都排在最后面。因此，接下来马红俊面对的四名对手都是三十多级的植物系魂师而已。

尽管这些拥有植物武魂的魂师都是控制系的，可他们的武魂被马红俊克制得实在太厉害了。双方根本不需要交手，马红俊只要释放出自己的浴火凤凰，就可以让对手的魂技对自己完全失效。

不论魂师的魂技有多强，当武魂被对手完全克制时，再强的魂技也没有任何意义。

马红俊从第一场比赛到第五场比赛，都只需用浴火凤凰护体，同时对凤凰火线进行增幅。火焰喷吐、横扫，一旦命中对手，比赛就会立刻结束。对他来说，这些战斗就是这么简单。

一穿三，植物学院本来已经占据极大的优势，但转瞬之间就被史莱克学院反穿了五个，而且是被毫无悬念地反穿。

终于又有一名四十级以上的魂师走上台了。他那四个魂环的颜色分别是黄、黄、黄、紫，在属性上明显不如马红俊。

他的武魂是赤炎荆棘。他是植物学院七名参赛队员中唯一一个拥有火焰抗性的魂师。他此时自然也是植物学院最后的希望。如果他也输给马红俊，那最后一场就不用打了。

当植物学院的带队老师看到马红俊的火焰如此强横时，给之前出场的那几名队员的任务只是尽可能地消耗马红俊的魂力。毕竟在史莱克学院以前出过场的队员中，再也没有像马红俊这样拥有火焰能力的魂师。只要他们这边出场的第六名魂师能够战胜马红俊，那么就还有战胜史莱克学院的机会。唐三在对战炽火学院的时候受到重伤，无法出场。虽然史莱克学院的其他几个人也很强，但植物学院控制系魂师的控制力也不弱。

比赛一开始，植物学院那名队员的双手同时挥动，身上的第三魂环瞬间闪亮，技能发动。

赤红色的光芒以他的身体为中心四散开来。大片大片高达两米的红色荆棘拔地而起，在地面上布下了一片荆棘森林，将双方阻隔开来。这样一来，马红俊就无法看到他的行动了。与此同时，他的赤炎荆棘飞快地将马红俊包围，并且朝着马红俊迅速逼近。他的目的就是要将马红俊控制在自己的荆棘之内，只要成功，后面就可以对马红俊任意宰割了。他对自己这赤炎荆棘的火抗性很有信心。毕竟这是火属性的植物武魂。

马红俊真的会被对手控制住吗？他很快就给出了答案。

面对那些飞速逼近的荆棘森林，马红俊毫不慌张，身上的第三魂环瞬间闪亮。伴随着一声嘹亮的凤鸣，马红俊背后浮现出一个巨大的紫红色光影。

看到这一幕，不仅看台下植物学院的老师、队员们脸色大变，就连看台上的评委们也都大吃一惊。在前几轮比赛中，大多数人都没看出马红俊的武魂究竟是什么，此时看到他背后的光影，众人才意识到，这个看上去毫不起眼的小胖子竟然拥有顶级的武魂之一，凤凰。

巨大的紫红色火焰双翼瞬间在马红俊背后展开。那火抗性很强的赤炎荆棘在这恐怖的紫红色光芒下，也没能逃脱焚毁的命运。就算同样是火属性的武魂，也有高下之分。如果马红俊的火焰连这小小的火属性植物都无法克制，那他的邪火凤凰武魂也不配是顶级的了。

轰——火焰带着马红俊的身体冲天而起。巨大的紫焰双翼在他背后展开。在空中，他自然轻易地找到了对方的身影，毫不犹豫地朝对方扑去。

地面对空中，如何闪躲？双方不论是速度还是灵活性，都不在一个等级上。赤炎荆棘魂师身在荆棘森林内，只能感受到马红俊的动作，却无法看到。直到此时，马红俊已经身在空中，他才知道自己的对手究竟强大到了什么程度。眼看着马红俊扑来，他只能做最后的挣扎。

第四魂环亮起，紫光闪耀，地面上的赤红色荆棘同时覆盖上了一层淡紫色的光芒。光芒出现在荆棘的尖刺上。下一刻，无数紫色光点冲天而起，朝着空中的马红俊攒射而去。

荆棘雨——他的第四魂技。注入了强烈火元素的荆棘尖刺既可以大面积地攻击对手，也可以集中攻击。一旦被射中，其中的火毒就会在对手体内散发，产生巨大的破坏力。

马红俊实实在在地承受了对手这个魂技的攻击。身在空中，他虽然可以令对手无所遁形，但自己很难闪躲，更何况那些荆棘尖刺是从四面八方来的。

浴火凤凰与凤翼天翔瞬间开启到最大程度，荆棘尖刺一进入马红俊身体周围的火焰中，立刻就会化为灰烬。

但这毕竟是一个千年魂技，还是对方的第四魂技。虽然在属性上马红俊依旧克制了对手，但已经不像之前克制得那么厉害了。因此，虽然他避开了尖刺和尖刺上的火毒，但尖刺上的冲击力还是多多少少落在了他身上。

如果只是几根，或者几十根，马红俊根本不会有什么感觉，但那可是成千上万的尖刺。疼痛感还好，但不断传来的麻痒让他难以忍受。

马红俊已经被彻底激怒了，再也不保留自己的魂力，凤翼天翔速度全开，直扑而下。

"轰！"马红俊的身体重重地砸在了对手面前的地面上，第四魂技发动。

马红俊的第四魂技凤凰啸天击本来是属于后手技能的，最大的缺点就是对手可以闪躲，无法进行锁定。但好笑的是，植物学院这位赤炎荆棘魂师一开始就在比赛场地中布下了荆棘森林。他的目的当然是限制马红俊，可此时这片荆棘森林也成了限制他自己的羁绊。

轰然巨响中，在马红俊落地的那一瞬间，凤凰啸天击的震荡就已经爆发。扭曲的空气瞬间将周围的荆棘森林全部摧毁。赤炎荆棘魂师的身体毫无悬念地陷入了眩晕之中。

"胖子，手下留情。"台下，唐三、戴沐白等人眼看马红俊的凤凰啸天击发动，赶忙大喊出声。

凤凰啸天击分为两部分，第一部分是后手限制，第二部分是恐怖的凤凰岩浆冲。一旦这第二部分完成，已经陷入僵持状态的赤炎荆棘魂师必死无疑。在史莱克七怪中间，凤凰啸天击是爆发力最强大的攻击魂技，就算五六十级的魂师被正面命中，也会受到重创，更何况这个魂师只是四十级而已。

史莱克学院众人的担心白费了。马红俊虽然全身麻痒，极其难受，心中怒气狂涌，但和伙伴们在一起这么长时间了，他对情绪的控制还是可以的。在震晕对方的时候，他身上的凤翼天翔火属性冲击力就已经侵入了对方的身体。与此同时，他胖胖的身躯一个灵巧的转身，一记旋身踢就蹬在了对方胸口上。

赤炎荆棘魂师的身体在空中画出一条优美的抛物线，直接落向了场外，被植物学院的一名老师接住。此时他虽然还在晕眩状态，但并没有真正受到创伤。

植物学院的老师飞快地检查了赤炎荆棘魂师的身体状况后，顿时明白马红俊已经手下留情，心中暗叹一声，向裁判表示，放弃最后一场比赛，认输了。

史莱克学院众人欢呼一声，像迎接英雄一般冲上比赛台，将马红俊那球状身体抛入空中。

晋级赛从开始到现在，第一个一穿七的战绩终于出现了，而且还是出现在史莱克学院一名从未出过场的队员身上。这一事实震惊了所有天斗帝国的参赛学院。

淡淡的光芒闪烁，马红俊脸上的表情十分精彩。他已经很久没与外人战斗过了，这场战斗竟然完胜对手。这固然与他的武魂克制对方的武魂有关，但也和这些日子以来他的努力修炼分不开。连他自己都觉得，自从吃了鸡冠凤凰葵之后，魂力突飞猛进。在整个团队中，他已经成为不可或缺的攻击力量。

论综合实力，马红俊在史莱克七怪中已经是仅次于唐三和戴沐白，比小舞、朱竹清还要略胜一筹的存在。

"胖子，可以啊！"戴沐白拍拍马红俊的肩膀。

马红俊得意扬扬地笑道："那是。兄弟这些日子付出的努力不会白费，后面的晋级赛就看我的吧。不过说实话，戴老大，一穿七的感觉真的很爽啊。哈哈哈。"

大师面带微笑地看着马红俊，道："你也不要过于得意，今天只是因为你对对方的武魂克制太厉害，才能接连战胜七个对手，换一种情况，就没这么简单了。比如，你要是对上天水学院的水冰儿还有获胜的把握吗？她的冰凤凰与你的火凤凰相互克制，在属性上你就没有了优势，而她对魂技与魂力的控制明显在你之上。或者，不需要属性相克，你只要遇到一名灵活性极佳的敏攻系魂师，也很难战胜对方，就算能够获胜，魂力也必然消耗巨大。"

"呃……"马红俊挠了挠头，心中的兴奋感顿时降低了许多，看着大师说不出话来。大师微笑道："作为队伍中最强力的攻击输出，你的作用毋庸置疑，但你也要明白，正因为你拥有那样恐怖的攻击力，所以也是最容易被对手注意到并且最先消灭的。在一个团队之中，强攻系魂师和控制系魂师无疑是重中之重，都是对手首先注意的目标。因此，你不但要更好地发挥出自己的攻击力，还要尽可能地保护好自己。你身边不可能总有队友陪伴着，未来你是所有人中最需要学会单独战斗的。这是强攻系魂师必须拥有的素质。胜不骄，败不馁，保持一颗平常心。"

结合实战的教育无疑是最有效的。大师这番话不只是对马红俊一个人说的，也包括了戴沐白等另外几名强攻系魂师。

"好了，我们可以退场了。"大师挥挥手，带着众人向休息区走去。

正在这时，一道火红色的身影突然出现在众人面前，挡住了他们的去路。这个人出现得很突兀，瞬间就阻拦在了史莱克学院战队面前。

看到这个人，大师脸上不禁露出一丝淡淡的微笑，将目光落在了旁边身体已经基本恢复的唐三身上。

这火红色的身影不是别人，正是那宛如一团绚丽火焰的炽火学院战队副队长、拥有神奇火影武魂的火舞。

火舞注视着面前刚刚获得六连胜的史莱克战队，轻咬贝齿，毫不掩饰自己的目的。她那带着几分炽热的目光盯在唐三身上，但在她的目光中，已经没有了以前那种愤怒和不服，似乎多出了几丝复杂的情愫。

"火舞小姐，有事吗？"开口的是队长戴沐白。

火舞的目光从戴沐白身上一扫而过，点了点头，向唐三道："唐三，我想和你谈谈。"

史莱克七怪中的其他六人以及四名候补队员的目光顿时集中在了唐三身上。唐三有些吃惊，眉头微皱，问道："有什么事不能在这里说吗？"

火舞摇摇头，道："我想和你单独谈谈。"

唐三突然感觉腰间一痛，扭头看时，只见小舞正不满地看着自己，目光中似乎多了几分恼怒。戴沐白感到有些无奈。在史莱克七怪中，论长相，唐三只是略胜马红俊而已。不论是奥斯卡那非人的英俊还是戴沐白那充满邪异的魅力，显然都比唐三的样貌更吸引女孩子。

火舞无疑是一名极其出色的少女。十九岁的她早已出落得亭亭玉立，身材更是因为运动量大而近乎完美。

如果不是有朱竹清在，戴沐白都想对她发动追求攻势了。但令戴沐白不明白的是，从两支战队接触以来，火舞的注意力就始终集中在外表并不出色的唐三身上。虽然唐三实力很强，但也令戴沐白有些怀疑自己的魅力了。后来众人才知道，火舞之所以如此关注唐三，是因为唐三对她的打击。火舞是一个好胜心极强的女孩子，越是顺着她的人，她反而越不会在意。而唐三在两大学院第一次团战之时就对她打击极大，这才造成了火舞眼中只有唐三一人的情况。

大师看看唐三，再看看火舞，道："你去吧，稍后直接回去。"

唐三这才走向火舞。小舞脸上露出一丝焦急的神色，想说什么，却被大师用目光阻止了。

"我们回去。"在大师的带领下，史莱克学院众人朝营地走去。

刚走出不远，小舞就忍不住问道："大师，为什么要让小三和那个火舞单独交流？她害得小三还不够惨吗？"

大师眼含深意地看着小舞，道："她对小三绝无威胁，这是第一点。其次，孩子，你要记住，男人的心不能用绑的，是你的，就永远是你的。信任是双方感情的基础。小三是个极重情义之人。你们在一起七八年的时间了，你还看不清吗？在他心中，谁也无法取代你的地位。"

然后大师话锋一转，目光飘向宁荣荣和朱竹清，道："当然，人和人是不同的，对于不同性格的男人，就要用不同的方法。关键是要先掌握他们的性格。你们正在一天天长大，感情正处于懵懂之中。我希望你们不要因为感情上的问题影响到未来的发展。我希望你们每个人的天分都能最大程度地发挥出来。"

火舞看着一脸平静的唐三，眼神略微变化了一下，道："你跟我来。"说完，她转身朝休息区走去。

虽然火舞来找自己令唐三有些奇怪，但他还是跟着火舞一起走进了休息区。火舞一直走到休息区内一个僻静的角落才停下来。此时，外面的晋级赛依旧在继续，各学院的队员都在观战。这所谓的休息区，其实就是专门开辟出来的一片营地，用来给参赛队员做赛前调整的，此时里面没什么人。

火舞停下脚步，回头看向唐三，脸上的神色明显变得柔和了许多，问道："你的伤好了吗？"

唐三默默地点了点头，回答道："基本上已经好了。"他对自己身体的愈合能力感到惊讶，别说皮肤、血肉了，就连被炸得出现了细微裂痕的八蛛矛也已经完全愈合了。要不是大师一再强调不让他出战，他参加晋级赛毫无问题。

火舞松了一口气，道："那就好。"

唐三有些摸不着头脑，问道："你叫我来，就是为了问这个？"

火舞看了唐三一眼，心中不禁一阵气馁。从小到大，她一直都在追求强大的实力，一直在刻苦修炼，并对自己的外貌充满了信心。她还从未见过男孩子在面对自己时出现不耐烦的情绪。可此时唐三偏偏给了她这种感觉。

"你很不愿意和我说话吗？"火舞那令人熟悉的暴脾气似乎又要出现了。

唐三摇摇头，道："那倒不是。我只是不明白我们之间有什么可说的。毕竟我们是竞争对手。"

"你怎么像块木头啊！你是正常人吗？"火舞从来不懂什么叫含蓄，直接将自己心中的想法说了出来。

唐三皱了皱眉，道："如果你愿意这样说，也没什么不可以。能够参加晋级赛的，似乎没有几个人是正常的吧。更何况我们史莱克学院一向以出怪物闻名。"

"你……"火舞被噎得说不出话来，转念一想，唐三说得也没错。他确实不是个正常人。正常人怎么可能拥有那样的实力，而且还有万年级别的第四魂环。

唐三看着火舞那似乎又要发飙的样子平静地道："如果没什么事，我想先回去了。"

"等一下。"眼看唐三要走，火舞赶忙叫住他，"我就让你这么不耐烦吗？你走可以，先回答我一个问题。"

看着挡在自己面前的火舞，唐三道："你问吧。"

火舞目光灼灼地盯着唐三的眼睛，沉声问道："那天你为什么要救我？为什么用自己的身体挡住攻击？我可是要攻击你的。"

唐三诧异地看着火舞，问道："这就是你的问题？这就是你叫我来的原因？"

火舞点了点头，道："算是吧。"

唐三有些无奈地道："你是我的对手不错，但你并不是我的敌人。你发动那样的攻击，只是为了获得胜利。我们之间又没有什么深仇大恨，更何况你是个女人，你死了对我有什么好处？还会加剧我们两个学院之间的矛盾。由我去承受那攻击，肯定死不了，救你也很正常。"

"就这些？"火舞呆呆地看着唐三。她发现，唐三的回答和她想象中的一点都不一样。

那天唐三救了她却身受重伤之后，她想了很多。她首先想到的就是唐三喜欢上自己了。像风笑天那样追求火舞的人有很多，暗恋的更多，在惯性思维之下，这是火舞最先想到的。今天她来找唐三，就是想听听唐三怎么说。在她看来，唐三就算不会甜言蜜语，也必然会表现出对自己的好感。

可谁知道，唐三居然是用利益来权衡他俩的关系，似乎一点都不在意那天的行为。

看着火舞呆滞的样子，唐三决定不再逗留。此时他脑海中尽是小舞走时脸上那奇怪的表情，唯恐小舞多想什么，所以他想趁火舞呆滞的工夫，转身离去。

"唐三。"火舞突然从呆滞中惊醒，赶忙去追。

唐三听到她的叫声，下意识地回过头，可谁知道火舞的动作太猛，两个人的身体撞在了一起。

火舞出于自我保护的原因下意识地用双手撑住唐三的胸口，而唐三为了不被撞上则抓住了火舞的肩膀。两人之间的距离顿时拉近，呼吸可闻。

第一百一十三章
火舞与小舞的吻

"小心一点。"唐三提醒火舞。

火舞咬了咬下唇，突然她做出了一个令唐三极其吃惊的动作。她的双臂突然缠上唐三的脖子，红唇朝着唐三的唇上吻去。

唐三吓了一跳，但脖子被火舞抱着，想跑也跑不了，大惊之下，只能赶忙侧过头去。火舞这一吻并没有吻在他的唇上，只是落在了唐三的脸颊上。

两人的身体触电般分开，唐三有些愤怒地道："你干什么？"

火舞的呼吸明显变得急促起来，胸部不断起伏着，用只有两人才能听到的声音向唐三说道："不论怎么说，那天是你救了我的命。你完全可以不那样做的。我从来不愿意欠别人什么，这是我的初吻，从今以后，我们谁也不欠谁了。"

说完这句话，火舞转身就跑，眨眼间不见了。

唐三摸摸自己刚才被亲的地方，有点哭笑不得的感觉。不过火舞直爽的性格还是令他产生了几分好感。他无奈地笑笑，心想：一条命换一个吻，似乎有些不值啊！希望她以后不要再找自己才好。

唐三决定赶快找个地方好好洗把脸，千万不要留下什么痕迹才好。

唐三离开后，休息区的某个角落中走出一道身影，脸色阴沉得似乎能够滴出水来。风笑天注视着唐三离去的方向，双拳紧握，手臂上的骨骼发出一连串脆响。

他喜欢火舞不是一天两天了，平时自然会习惯性地将注意力放在火舞身上。刚才火舞去找唐三的时候，他就注意到了。见两人单独来了休息区，在好奇心和一丝嫉妒心理的作用下，他悄悄地跟了过来。但他知道唐三和火舞的实力都和自己相差不多，为了不被二人发现，只能远远地看着。

唐三和火舞的交谈他听不清楚，但两人突然拥抱在一起，火舞还亲了唐三一下，他却看得再清楚不过了。他追了火舞这么多年，却连碰都没碰过她一下，更别说如此亲热的举动了。心中的女神被亵渎，此时此刻嫉妒的潮水不断冲击着风笑天的心。

唐三径自回到营地之中，下意识地摸摸自己的脸。虽然他的脸已经洗得很干净，但心中多少还是有几分尴尬，有些做贼心虚。

正当他准备悄无声息地返回自己的营房时，小舞的声音从一侧传来："哥，你回来了。"

"啊！我回来了。"看到小舞俏生生地从一旁的营房中走出来，唐三心中那丝尴尬顿时增强了几分。

小舞迅速走到唐三面前，有些疑惑地问道："哥，你怎么了？你紧张什么？"

唐三实在受不了了，这种做贼心虚的感觉令他十分难受，苦笑道："好吧，我坦白，不然憋在心里要难受死了。是这样的……"

当下，他傻乎乎地将之前自己和火舞说的话，还有火舞亲了自己一下的事情毫无保留地说了出来。

小舞听了他的描述，一双大眼睛睁得更大了，听到唐三说火舞用初吻还命的时候，更是吃惊得合不拢嘴。

"就是这样了。嗯，说出来心里舒服多了。"讲述完后，唐三的神色顿时恢复了正常。看着小舞一脸惊讶的样子，他试探着问道："小舞，你没事吧？"

小舞的神色逐渐恢复了平静，突然道："这个火舞太坏了。"

"啊？"唐三不明所以地看着她。

小舞"扑哧"一笑，道："她那一条命就只值个初吻吗？怎么也要以身相许才行啊。哥，你真傻，难怪人家说你是块木头。"

小舞是真的感到好笑，倒不是因为火舞，而是因为唐三紧张兮兮地把他和火舞交谈的过程毫不保留地说了出来。如果说唐三在战斗中的智商是一百，那么他在感情上的智商显然是无限接近于零。

看着唐三挠头的样子，小舞突然跳起来，双腿缠绕在了唐三腰间，手臂紧紧地缠上他的脖子。

"小舞，你干什么？"唐三心跳的速度顿时激增一倍。

小舞捧住唐三的脸，一脸凝重地看着唐三，道："哥，你看着我。"

"干什么？"唐三盯着小舞的眼睛。

突然，小舞以迅雷不及掩耳之势快速在唐三唇上吻了一下。

如果说之前火舞的吻令唐三只感到惊怒，那么此时小舞的吻瞬间洗白了他的大脑。在这一刻，唐三脑海中的所有思绪瞬间归零。那湿润温软的感觉令他的灵魂都在颤抖。

小舞从唐三身上跳下，低笑的声音令唐三渐渐清醒。他耳中隐约听到小舞的声音："哥，这是我的初吻，也是你的初吻。嘿嘿，我先抢到了，省得以后你再被别人惦记。"

等唐三真的恢复过来的时候，小舞已经不见了。

唐三带着一丝茫然回到自己的营房内，戴沐白、奥斯卡和马红俊三个人立刻凑了上来。男学员占了两间房，他们史莱克七怪中的四个人自然在一起，另外一间住着泰隆、黄远和京灵。

"小三，你傻笑什么？"戴沐白问道。

唐三摸摸自己的脸，道："我在笑吗？"

奥斯卡"扑哧"一笑，道："小三，你完了。看来你是彻底被小舞俘虏了。哎，以后要说你不是妻管严，我都不相信。"

"我……"唐三看向面前这三个取笑自己的好兄弟,突然理直气壮起来,哼了一声,"妻管严怎么了?我很骄傲。"

说完,在三人目瞪口呆的注视下,他直接跳上床摆出一个盘膝修炼的样子。

连小舞自己都想不到,这简单的一吻破开了唐三心中最后一层隔阂,两人之间的关系终于开始从兄妹升华。因为唐三突然发现,当火舞亲自己脸之后,他的第一个想法是赶紧去洗干净。为什么会这样?直到小舞也亲了他,他才想明白,这正是因为小舞。因为他怕小舞误会。而小舞那一吻仿佛打开了唐三心灵的窗户,将那一缕柔情完完全全地注入其中。

之后的几天,史莱克学院一路高歌猛进,在晋级赛中连胜四支队伍,其中包括曾经被唐三注意到的那支队伍。凭借戴沐白、朱竹清、小舞和奥斯卡四人的实力,接连四场比赛,史莱克学院最多只派出三人而已。戴沐白也完成了一次一穿七的壮举。至此,史莱克学院在十四场比赛中,已经获得了十一场胜利。在这十一场胜局中,包括了那曾经给史莱克学院在预选赛中带来不小麻烦的天水学院。

战胜天水学院的比赛中,马红俊再次大放异彩,连胜水冰儿、雪舞二人。虽然只是连胜两场,但他击败了对方最关键的两个人。失去了武魂融合技的优势,天水学院在史莱克学院第三个出场的戴沐白面前彻底溃败。史莱克七怪充分向对手展现出了他们个人实力的强大。

史莱克学院凭借十一连胜的好成绩,成为天斗帝国范围内目前的晋级赛第一名。但是这并不代表着史莱克学院就能获得最后的第一名。因为在最后三场比赛中,他们将要迎接本次全大陆高级魂师学院精英大赛中最艰苦的考验。在连续三天的比赛中,他们要面对两个强大的对手,也就是在预选赛中没有碰到过的神风学院和雷霆学院。

"老师,今天让我出场吧。"唐三有些焦急地看着大师。

今天他们的对手是雷霆学院。在之前的比赛中,雷霆学院只输过一场,就是面对神风学院的时候。他们的整体实力比炽火学院还要略胜一筹,在双方属性互不可知的情况下击败了炽火学院。而天水学院的水属性魂力在雷霆学院面前毫无优势。雷电的毁灭性在某些方面比火焰更强,所以植物学院也毫无悬念地败了。

雷霆学院唯一输掉的一场比赛，是在面对神风学院的时候。

大师看着唐三，淡淡地道："小三，我只问你一个问题。如果你排在前面出场，能够战胜几个对手？"

唐三愣了一下。在大师面前他自然不敢说大话，犹豫片刻后，道："至少一个。多了不敢说。"

大师淡淡地道："那就对了。你的蓝银草虽然可以水火免疫，却无法免疫雷电。你的控制力在面对雷电武魂的时候会被克制，因为你的蓝银草无法做到完全不导电。我想，当初在面对我那侄子的时候，你就已经发现了这个问题吧。如果你今天败了，一旦受伤，那么不论是你的心理状态还是实力，都会被削弱。如果明天我们抽签的运气差，再抽到神风学院的话，你认为我们还能连续获得胜利吗？"

唐三眼中光芒一闪，问道："老师，您的意思是要留我去对付神风学院？"

大师点了点头，道："以你们的实力，全力出手战胜雷霆学院并不难。关键是我们在之后的一场比赛中，有百分之五十的几率会碰到神风学院。我仔细观察过神风学院的实力，在五元素学院中，他们无疑是最强的一个。想要对付他们，你必须出全力。今天对雷霆学院的比赛，相信你的伙伴吧。我现在宣布出场名单。第一个出场的人是泰隆，然后是京灵、黄远、小舞、戴沐白、朱竹清、马红俊。有没有问题？"

"没有。"众人应诺。

"兄弟们，加油。"唐三握紧了拳头。

戴沐白的目光与他的目光在空中碰撞，一股无形的霸气从戴沐白身上蔓延开来："放心吧，小三。这场交给我们。对神风学院，就看你的了。"

"好。"唐三抬起手，与戴沐白双掌互击，再紧握在一起。其他人也纷纷把手搭上来。众人大吼三声。在这一刻，整个史莱克学院十一名参赛队员的心完全联结在了一起，他们是一个真正的整体。

比赛很快就开始了。唐三静静地坐在台下，信任队友是他唯一的选择。预选赛时放弃两场，致使史莱克学院没能拿到第一名，对唐三来说是一件憾事。虽然晋级赛在整个比赛过程中是最不重要的一环，但唐三早已暗下决心，绝不再输。

雷霆学院的实力很强。雷属性魂师的攻击力毋庸置疑，尤其是爆发性，更是充满了暴戾的气息。

雷霆学院一共有四名超过四十级的魂师，这一点和神风学院是一样的。虽然炽火学院在这方面已经追了上来，但毕竟不像这两大学院的队员一样早就达到了四十级以上的实力。

对于这场比赛，雷霆学院显然也很重视。四名四十级以上的魂师全部排在了后面。他们宁可舍弃士气，也要先看清史莱克学院的出场顺序。

第一场比赛，出乎意料的是，纯力量型的泰隆战胜了对手。他凭借的并不是那恐怖的力量攻击，而是自己的抗击打能力。

纯力量型魂师的攻击力并不十分强大，但恐怖的力量令他们的身体防御力极其变态。泰隆就是凭借着自己那打不死的小强精神，硬生生地顶住了对手一轮又一轮的攻击，耗尽对手的魂力而获得了最后的胜利。

面对雷霆学院之前，大师第一次对队员们进行了一些针对性的战术指导。他给泰隆的指点只有简单的一个字——拖，拖到对手魂力消耗殆尽。

大师研究武魂这么多年，虽然不敢说能够辨识出这个世界上的所有武魂，但对各类武魂的优劣实在太清楚了。

雷属性武魂最大的特点就是攻击力恐怖，爆发力强横无比。但任何事物都有平衡性，在强悍攻击力的外表之下，雷属性武魂隐藏着一个缺点。

爆发性攻击的威力毋庸置疑，但在爆发的时候，消耗的魂力要比其他属性消耗的要多一些。泰隆虽然不与对手对攻，但并不代表他完全不会闪躲。而他的对手为了战胜他，魂技一个接一个地使用。虽然有不少攻击作用在了泰隆身上，但肯定不是全部。对方几次将泰隆轰倒在地，甚至把他的头发都炸得根根竖立，身上衣服破损多处，可就在他认为自己可以击败泰隆的时候，却吃惊地发现自己的魂力已经不足了。

团战中，泰隆是绝对的肉盾。在大师的指导下，这些日子以来，他的防御力进一步增强。表面狼狈，却获得了真正的胜利，他那刚硬的面庞上露出了发自内心的笑容。毕竟他战胜的是一名雷霆学院的对手啊！

泰隆带给雷霆学院的惊喜还没有结束。在第二场比赛中，将魂力、魂技完全作用于防御的他又以同样的方式耗死了一名对手。

雷电的攻击力虽然强，却缺乏风属性武魂那种以点破面的技巧。直到第三场，泰隆才终于因为魂力不支，在消耗了对手大部分魂力之后认输下台。

史莱克学院第二个出场的京灵令对手更加头痛。京灵的武魂并不算太高明，但作为一名敏攻系魂师，他的速度毋庸置疑。他的对手是一名强攻系魂师。大师给他的指点也只有一个字——躲。

再强大的魂技，也要命中对手才能发挥威力。京灵的速度明显比他的对手快。雷电再快，在施展之前也有迹象。京灵凭借着敏锐的判断力，先后几次闪开了对手的攻击，逼迫对手不得不用出大范围攻击魂技来对付他。可是当对手准备发动大范围攻击的时候，竟然发现自己的魂力和之前那两个伙伴一样，也陷入了危机之中。他击败泰隆时的消耗还是太大了。

就这样，京灵只用了一个魂技就击败了他的对手，拖出了雷霆学院的最后四人。

魂宗和魂尊的差距是根本性的。京灵继续用同样的办法，但雷霆学院那边的指导老师显然看出了他的目的。第四名上场队员根本就不给京灵任何机会，连续两个大范围攻击魂技，将他轰出了场地。

一次性的魂力消耗总比相互纠缠中不断消耗要好。雷电属性魂师本就应该发挥出雷霆万钧的特点。

史莱克学院第三个出战的是黄远。他既没有泰隆的防御力，也没有京灵的速度，但拥有独狼武魂的他胜在能力均衡。作为强攻系魂师，攻守平衡的他最后虽然也败在了对方的第四名魂师手下，但是成功地消耗了对手的绝大部分魂力。

史莱克七怪的成员终于要出场了！史莱克学院第四个出场的是小舞。

小舞的魂力虽然还没到四十级，但已经十分接近了。而对方的魂力已经消耗大半，根本施展不出强大的魂技。在小舞的几次游斗和一次强攻之下，他败下阵来。

雷霆学院第五名队员出场。

雷天，四十二级强攻系战魂师，武魂雷鹰。

此时对战双方早已经没有任何秘密。雷霆学院对史莱克学院的观察也不是一天两天了。连他们自己都没想到，在今天之前的几轮比赛中会一直处于下风，而对方出场的只是几名三十多级的魂尊而已。

大师的出场人员安排看上去很随意，却恰到好处地克制了对方，利用对方的特点占据了上风。如果不是因为史莱克学院的出场名单中没有唐三，恐怕此时单是士气，雷霆学院就已经出现问题了。

双方之前出场的都不是最强的队员，但戴沐白和马红俊在之前的比赛中，都有过一穿七的壮举，实力毋庸置疑。雷霆学院的正副队长对他们都没有必胜的把握。因此，在前面的消耗性比赛中，消耗少的一方就自然能够取得主动权。

此时，虽然小舞在上一场有所消耗，但她只是史莱克学院这边出场的第四个人，而她的对手已经是那边第五个出场的了。优势明显已经在史莱克学院一方。

雷天冷冷地注视着小舞。此时对他来说，小舞并不是一名美女，而是对手。外人并不知道史莱克学院的内部排名。在观看过史莱克学院的比赛后，对史莱克学院有研究的人都知道，史莱克学院中最危险的有三个人——唐三、戴沐白和马红俊。小舞虽然也获得过不少胜利，但只有三个魂环的她自然被关注得少一些。史莱克七怪这个称号只是他们内部的名号而已。因此，在雷天看来，小舞和之前的那几名出场队员并没有两样，就是来消耗他们魂力的。

比赛进行到这个地步，已经到了极其关键的时候。雷天知道这场比赛自己不但不能输，而且要在尽可能少消耗魂力的情况下战胜小舞。下一场面对戴沐白，他并没有获胜的把握，但要尽力去消耗戴沐白的魂力，为最后的决战做准备。

速战速决，这是雷霆学院带队老师给雷天的指示。

雷天立刻释放出了自己的武魂。伴随着一声雷鸣，一对带着扭曲雷光的羽翼骤然展开，雷天的第三魂环紫光闪耀，身体冲天而起。

飞行类魂师的优势是毋庸置疑的，在面对没有远攻能力的对手时，更是可以令自己处于不败之地。但此时雷天飞入空中并不是为了躲避小舞有可能发动的攻击，而是为了增强自己的攻击。

小舞俏生生地站在那里，一双美眸跟随着对手移动，却并没有做出任何动作。

雷天飞入空中，双臂展开，身上的第四魂环在第三魂环之后也亮了起来。两个紫色魂环在他的身体周围相互呼应，甚至能够让人清楚地感觉到空气中的雷属性元素正在疯狂地律动中凝聚。

为了能够尽快战胜小舞，他一上来就使出了自己最强的攻击手段。

小舞双眼微眯，依旧只是静静地等待着。她用右手将自己的蝎子辫拉在身前，那种邻家小妹的感觉分外惹人怜爱。

两个光环同时闪亮，蓝紫色的蛇电开始围绕着雷天的身体迅速激荡。一个暗蓝色的身影从他背后浮现出来，正是他武魂的本体——雷鹰。

一道道蛇电朝那雷鹰之体上凝聚。以雷天的身体为中心，空中直径五米的范围内已经形成了一个巨大的蓝紫色圆球。在雷电的牵引之下，整个空中似乎都变得暗了下来。雷电越凝聚越多，似乎随时都有爆发的可能。雷天的一双眼睛此时已经变成了蓝色。

强大的压力令小舞身上的衣服无风自动，但她还是没有动。她并不是不想去干扰对手，而是根本无法做到。

小舞是近战型魂师，虽然跳跃能力很强，还有瞬移可以增加高度，但雷霆学院显然早已研究过她的特点。雷天此时在空中的位置，处于小舞的攻击范围之外。不论小舞怎么做，也不可能追上他在空中的身体。

小舞之所以没有尝试攻击，还有另外一个原因：一旦她身在空中，闪躲的可能性就会变得更小。当对方充分发出爆发性的攻击力时，她又怎能抵挡呢？

雷鹰的体积在不断增大。雷天曾经很认真地听老师讲解过小舞的能力，他能够如此安心地凝聚雷电之力，就是因为小舞并没有追上来攻击他的能力。

那巨大的雷鹰已经增大到了身长五米的程度。雷天的身体悄然融入那庞大的能量之中，武魂本体雷鹰的双眼亮了起来。那是属于雷天的双眼，气息瞬间锁定在小舞身上。庞大的雷鹰从天而降，带着无与伦比的气势和威压，攻击范围足以涵盖小舞能够瞬移的所有距离。

就在雷鹰掉头而下的瞬间，小舞终于动了。她直接用出了自己的第三魂技——瞬移。

身形一闪之间，小舞已经在五米开外。雷天之前已经锁定了她的身体，雷鹰在气机牵引之下，自行在空中改变了些许方位，依旧朝着小舞冲来。而就在这个时候，小舞的双眼亮了。她发动了第二魂技——魅惑。

粉红色的光芒从小舞眼中释放而出。雷鹰的目光顿时与那粉红色光芒接触在一起，半空中那庞大的能量出现了些许停顿。而就在这个时候，小舞双腿弯曲，身体"嗖"的一声蹿了出去。

这就是对战局的把握。小舞的三个魂技，雷天自然早已经摸清楚了。从比赛开始到现在，雷天一直没有去看小舞的双眼。可是就算知道又如何呢？当小舞施展瞬移的时候，雷鹰在气息牵引之下改变方向。雷鹰的双眼就是雷天的双眼，雷鹰的方向发生改变，雷天自然下意识地朝着小舞看去，也自然而然地看到了小舞那粉红色的双眸。

他万万没想到小舞施展第三魂技的目的，竟然只是为了让她的第二魂技起作用。她施展瞬移只是为了让雷天看向自己而已。

通过这样的战术，小舞硬生生地用魅惑技能打断了雷天对自己身体的锁定。一双长腿有力地弹跳几次，将小舞直接送出十几米外，暂时躲开了雷鹰的攻击。

雷天心神恍惚的状态只持续了片刻。毕竟此时他魂力全开，两大魂技同时起作用，精神力也达到了最稳固的程度。在发现不对之后，他赶忙控制着自己的身体转换方向，再次去锁定小舞的身体。

可是雷天很快就发现，他已经无法做到这一点了。

没错，小舞的魂力确实不如他，也比他少了一个魂技，更是身处地面上，但此时此刻，每当他想要锁定小舞身体的时候，立刻就会被小舞用一个瞬移打断。而且小舞在瞬移之后，会马上飞快地朝旁边跃起。瞬移接弹跳，正好能够闪出他的攻击范围，令雷天必须改变方向，再次去锁定小舞的身体才行。

小舞在弹跳之时，刻意使用了腰弓。她的身体几乎没有一刻是停顿的，不断改变着自己的方向，而且跳跃的方向始终是雷鹰视野中的死角。

这样一来，小舞只需要在避无可避的情况下用出瞬移，避开对手的气息锁定，就能令那雷鹰的攻击力无法直接倾泻下来。

大师给小舞的指点，围绕着一个"闪"字。在指点的时候，大师就已经预料到小舞碰到的对手是这个雷天。

瞬移虽然消耗的魂力不少，但毕竟是第三魂技，对已经三十九级的小舞来说，并不是不能承受的消耗。瞬移本身又没有攻击力，相比一般的第三魂技，消耗的魂力还在少数。

但雷天就不一样了。他连用两个最强魂技，那庞大的雷鹰虽然看上去绚丽，但在不断消耗着他的魂力来维持和控制。雷鹰每一次改变方向，都需要极大的魂力来控制。此消彼长之下，雷天的空中优势竟然因为魂力的消耗速度而变成了劣势。

大师早就猜到雷霆学院会这样做，会让出场队员以最强横的攻击来战胜对手。他给小舞的这套战术中根本就没有包含攻击。

如果雷天在地面上，凭借着自己的四个魂技和高于小舞的魂力与小舞正常一战的话，失败的必然是小舞。毕竟远距离的雷电攻击本身就克制小舞的能力。

但雷天正像大师判断的那样，想一举击溃小舞。这就让小舞事先演练的战斗方式得以最大程度地发挥出来。要知道，当时小舞在练习的时候，跟她配合的对象是随时准备施展凤凰啸天击的马红俊。

比赛进行到这时候已经毫无悬念。

雷天终究没能坚持到小舞魂力耗尽，他自身就已经被两大魂技拖垮。他象征性地指挥着即将无法控制的雷鹰轰击而下，得到的只是在比赛场地中央开个大坑而已。小舞甚至没有出手攻击一下，灰头土脸的雷天就已经丧失了继续战斗的能力。小舞轻而易举地获得了这场比赛的胜利。

比赛进行到这个时候，雷霆学院队员们的脸色都已经十分凝重。史莱克学院那边虽然已经有四人出战，小舞也明显是强弩之末，却连一个四十级以上的魂师都没有出现。而他们已经被击败了五个人。尽管史莱克学院的名单中并没有唐三，可雷霆学院知道，这场比赛想要获胜已经很难很难了。

评审席上，一直观看着这场比赛的雪夜大帝眼中异彩连连，道："好，好一个史莱克学院！没想到他们在面对雷霆学院的时候，也能胜得如此轻松。连唐三都不需要出场了。"

宁风致微微一笑，道："陛下，您有没有看出为什么史莱克学院能够获得这场比赛的胜利呢？"

"当然是实力。这些孩子的实力似乎比预选赛的时候更强了。他们在一起团战时固然很强，但我觉得他们单个拿出来似乎更强。那个四十多级的小胖子在预选赛中居然没有出战过。难怪宁宗主会看好他们了。"

宁风致微笑着摇摇头，道："陛下，您只说对了一半。我仔细观察过，今天这场比赛，史莱克学院的战术明显变得不同了。您说得没错，他们的实力似乎都有进步，这应该是不断通过实战和自身修炼提升的结果。但就算如此，他们也不该在眼前这种情况下获得如此巨大的优势，只派出几个并不算主力的人，就战胜了雷霆学院的五名队员，还包括两名四十级以上的魂师。这绝对不只是实力那么简单。如果论实力的话，史莱克学院不可能做到这种程度。"

第一百一十四章
运筹帷幄，大师

SOULLAND

　　"哦？"雪夜大帝有些惊讶地看向宁风致，"宁宗主，我不太明白你的意思。"

　　"宁宗主的意思是战术。"一旁的白金主教萨拉斯开口说道，"不错，史莱克学院的实力确实要强过雷霆学院，但也绝对不会强到眼前这种程度。他们之所以能够取得这样的优势，更重要的是因为队员的出场顺序和战术。从表面上看去，双方的武魂并不互相克制，可实际上，史莱克学院一方通过种种手段迫使对方被自己克制，而且是全面克制。战术的灵活应用、出场队员的巧妙安排造成了眼前的局面。"

　　雪夜大帝向宁风致递出询问的目光。

　　宁风致点了点头，道："萨拉斯主教说得没错，正是因为战术。"

　　雪夜大帝奇怪地道："在之前的比赛中，似乎并没看出史莱克学院的战术有多么出色。按照你们的说法，这显然不是凑巧。"

　　萨拉斯淡然一笑，道："当然不是凑巧。有那个人在史莱克学院，又怎么会是巧合呢？看来教皇大人的选择是对的。那个人对武魂的研究实在太深刻了。难怪会让他成为名誉长老。"

雪夜大帝皱眉道："萨拉斯主教阁下，我不太明白你说的是什么。"

萨拉斯微微一笑，站起身，道："陛下，我还有点事，先告辞了。至于我说的是什么，宁宗主完全清楚，您问他就是了。"说完，他也不等雪夜大帝有所表示，带着几名护卫离开了贵宾席。

一丝怒光从雪夜大帝眼中闪过，只有他和宁风致才能听到的声音响起："这个萨拉斯真是越来越嚣张了。宁宗主，他说的到底是什么意思？"

宁风致道："他说的那个人就是唐三的老师，一位魂力只有三十级左右，却拥有武魂殿名誉长老身份的人。这个人是蓝电霸王龙宗门的后人。在武魂研究方面，我也要甘拜下风。熟悉他的人都称他为大师。"

"大师？"雪夜大帝显然听说过这个名字，脸上顿时流露出若有所思的光芒。

"宁宗主，对于这位大师，您有什么评价？"

宁风致微微一笑，只悄悄地在他耳边说了一句话。

雪夜大帝眼中突然精光喷吐，身上爆发出强大的气息。虽然只是瞬间，但坐在宁风致另一边的骨斗罗古榕赶忙用一只手按在宁风致的肩膀上，传入一丝魂力。

雪夜大帝身上爆发的气息完全是向正面发出的，除了他身边的宁风致以外，并没有其他人感觉到。

精光收敛，雪夜大帝的神色恢复了正常，刚才那瞬间爆发的王者之气悄然消失。他低声问道："宁宗主，你说的是真的？"

宁风致肯定地点了下头，道："虽然在蓝电霸王龙家族中，他被称为废物，但在我看来，他比整个蓝电霸王龙家族更加重要。"

雪夜大帝深吸一口气，道："晋级赛结束之后，麻烦宁宗主帮我引见一下这位大师吧。"

宁风致刚才对雪夜大帝说的那句话是，得大师者得天下。

宁风致轻叹一声，道："如果大师是那么好招揽的，他现在就应该在武魂殿了。我给陛下一个建议——想要招揽大师，先从唐三身上下手吧。他是大师最在意的弟子，也只有他，才可能决定大师的选择。至于其他人，哪怕蓝电霸王龙家族的族长在这里，以大师的脾气，也绝对不会屈服。"

雪夜大帝和宁风致对视一眼，长出一口气，道："我明白了。我会安排的。"

比赛在继续。史莱克学院一方出战的依旧是小舞。而雷霆学院出场的已经是副队长雷动。

雷动，四十三级控制系战魂尊，武魂：雷蛛。

作为雷霆学院战队中最强大的控制系魂师，他的整体实力虽然比队长的略差一些，但也是极其强悍的。

武魂附体！雷动身上响起一声破裂的声音，八道雷光同时从背后涌出，形成了蜘蛛长腿的样子。那些长腿虽然没有唐三的八蛛矛那么长，但看上去非常奇特。除了这八根雷蛛腿外，他身上其他地方并没有什么明显的变化。两黄两紫四个魂环彰显着他强大的实力。

唐三有一个魂环来自蜘蛛，唯一的魂骨也是，所以当他看到对方的武魂之后，顿时格外关注起来，希望能够从对方身上借鉴到一些对自己有用的东西。

伴随着裁判一声"比赛开始"，雷动的双手同时从身体两侧抬起，再向下虚按，身上的第三魂环顿时亮了起来。

只见他背后的八根雷电长腿同时刺入地下，一圈圈蓝色雷电从手掌中释放，并不是朝着小舞的方向，而是直接注入地下。

蓝色光芒蔓延，以网状的形态飞快地向周围扩散着。蓝色光网覆盖的面积以惊人的速度扩张。

小舞仔细地注视着对手，但雷动已经闭上了双眼，显然不希望被小舞的魅惑技能打断他这第三魂技。

小舞脚下轻动，悄无声息地在外圈游走。雷动的身体始终跟着她的动作而转换着面对的方位。他是闭着眼睛的，小舞的动作又非常轻巧，所以能够准确地判断出小舞的方位，无疑是他魂技的作用。那张蓝色光网就像他的眼睛一样，把握着周围的一切动向。

比赛场地很大，雷动释放的光网蔓延到直径二十米时就停了下来。这显然不足以覆盖整个场地。当光网成形之后，他开始一步步地朝着小舞的方向逼近。

唐三突然感觉到，此时雷动使用的方法和当初火舞对付自己时很像，虽然技能不一样，释放的方式也不同，却都是范围覆盖型的。雷动的光网虽然没有火舞的抗拒火环那么强悍，但明显更加危险。一旦小舞被笼罩在那光网的范围内，必然会陷入危险。

小舞开始加速了。当她看到雷动朝着自己逼迫而来时，立刻开始在场地外圈奔跑起来，尽可能地拉开自己与雷动之间的距离。她的做法很简单，不求有功，但求无过。维持一个第三魂技是需要消耗魂力的。

不过雷动显然不打算给小舞上一场那样的机会。在逼近几步之后，他突然停了下来，虚按地面的双手一翻，掌心向上，双臂同时抬起。

奇异的一幕出现了。地面上的蓝色光网随着他手臂的上举升了起来，竟然就那么飘向了空中。

雷动突然睁开双眼，大喝一声。蓝色光网飘飞而出，追着小舞的身体飞了过来。

小舞的速度很快，这毋庸置疑，但那毕竟是直径二十米的攻击范围。雷动在睁眼的一瞬间，正是小舞落地的时候，气息直接锁定了她的身体。蓝色光网在空中旋转飘荡，快速从天而降，笼罩向小舞所在的范围。

弹跳、瞬移，小舞将自己的速度完全发挥出来，希望能够避开对手的攻击。在她的计算中，她完全能够在光网追到自己的时候脱离对手的攻击范围。

但是小舞很快就发现了不对。当那光网距离她越来越近，她明显感觉到一股吸扯的力量在牵引着自己的身体，哪怕用出瞬移也无法完全逃脱。

小舞毕竟已经参加了两场比赛，此时体内的魂力剩余不多，更无法连续瞬移。当那蓝色光网对她的身体产生吸力的时候，她的速度开始变得迟缓，但那蓝色光网覆盖而下的速度骤然加快。

雷动抬起双手，从掌心之中各自喷出一根蓝色光丝，身上的第一魂环闪亮起来。两根光丝分别从两个方向抽向小舞的身体，发动得恰到好处。光丝抽向的地方正是小舞身体前行的必经之路，而抽出的时间是小舞刚刚完成一次瞬移、后力无法接续的时候。控制系魂师对战局的把握确实不是强攻系魂师能比的。从眼前的局面就能看出，雷动的实战经验和对战局的把握明显超越了上一名雷霆学院的队友。

怎么办？小舞现在要作出抉择。面对两根挥击而至的光丝，小舞的潜力爆发了。

小舞的身体再次腾起，光丝随之而动，追逐着她那修长的身躯。人在半空之中，小舞的身体突然折了下来，以腰部为中心，做出一个人体几乎无法完成的动作，竟硬生生地在距离光丝数寸之处闪了过来。

此时，上面的雷网已经罩下，小舞的身体还没有落地，眼看着就闪躲不开了。可就在这个时候，小舞的头部猛然后仰，长长的蝎子辫抽击在地面上，就利用那一点反弹力，将自己的身体再次送出数米，延缓了被雷网笼罩的时间。而这点时间正好能够让她那倒翻的身体落到地面上。

小舞用双臂撑住地面，腰弓发动，但这一次她并不是向外躲闪。她的身体宛如炮弹一般，直接朝着雷网冲了出去。

双腿绷得笔直，此时她就像一支离弦长箭一般。令人吃惊的是，小舞在弹出的那一刻，身体正好与那雷网保持垂直。她选择穿越的位置正好是雷网中一个略大的空隙。

"嗖"的一声，小舞的身体应声而过，竟然就那么从雷网中穿了出去，但她的身上亮起了一连串蓝色电光。

此时，比赛场地外的唐三已经站了起来，双手攥紧，握成拳头。现在场上的局面明显不是他能判断的了。按照原本的计划，小舞坚持到这个时候，应该认输了才对。

连唐三都想不到小舞会如此果决地选择从对手的第三魂技中穿过，雷动自然更想不到了。他那雷网被小舞穿过后直接落在地面上，消失不见。此时小舞身在空中，雷动的第三魂技消失，正是旧力刚去、新力未生的尴尬时刻。

如果小舞此时是全盛状态，说不定就能抓住这个机会迅速接近对手，然后一击制胜。可事实上，她现在什么也做不了，身体呈自由落体状朝地面坠落。

虽然她成功地穿越了雷网，而且承受了最小的打击，但雷网上附带的雷电效果还是令魂力不足的她陷入了麻痹之中。她的身体剧烈颤抖着，已经无法控制，更不用说抓住机会发动攻击了。

雷动猛地吸了一口气。看到小舞身体坠落的样子，他自然知道是自己的雷网所致。两根光丝再次从他的掌心中喷吐而出，朝着小舞的身体缠绕而去。只要用光丝彻底麻痹对手，这场比赛他就赢了。

落地、弹起，雷动的预想很好，但小舞给出的是截然不同的答案。就在她的身体即将坠地的一瞬间，麻痹的感觉终于消失。她的双手用力拍击地面，腰弓技能再次发动，身体顺利弹起，正好从两根光丝上越过，毫不停留地直奔雷动扑去。

雷动大吃一惊，怎么会这样？雷网的麻痹效果不应该这么短才对。

是的，雷动这第三魂技的限制能力确实很强，但不要忘记，先前小舞在穿过他那雷网的时候，选择了最弱的地方。而那时候雷动完全没有预料到她的动作，自然无法全力释放魂力。

魂技覆盖的面积越大，就意味着在一定范围内的攻击力越小。雷属性武魂也不例外。正因如此，小舞承受的雷电攻击力远不像雷动判断的那么大，她才能在身体落地之前的一瞬间再次弹身而起。

精确的判断力，这是明眼人给出的解释。可实际上，小舞虽然简单地计算过，但能够取得这样的效果，心中还是暗叫一声侥幸。

两人之间的距离快速拉近着。小舞的身体每一次接触地面，都会诡异地改变方向。哪怕身在空中，她那柔若无骨的身体也能做出种种非人的柔软动作，避开光丝的阻挡和攻击。

看着越来越近的小舞，雷动的眼神中明显多了一丝慌乱。只要关注过史莱克学院比赛的人就不会忘记被小舞近身的那些魂师是什么下场，雷动自然也不例外。

无奈之下，雷动身上的第四魂环终于亮了起来。此时再布置雷网已经来不及了，他能立刻击败对手的只有这第四魂技。

强烈的蓝光从雷动的双臂中奔涌而出。他背后的八根蓝色长腿弹起，八道雷光喷吐而出，与他双臂之中释放的雷光融为一体。一个直径三米、粗如手臂的圆环呈现在雷动面前。

这正是雷动的第四魂技——锁神环。就像唐三的第四魂技蓝银囚笼一样，锁神环是无法闪躲的，只有凭借魂力硬扛一途。

蓝光一闪，小舞那诡异腾跃的身影顿时停了下来，全身陷入麻痹之中。直径三米的锁神环此时已经收缩到小舞的腰部那么粗，将她的身体牢牢地箍在其中。

一道道蓝色闪电围绕着小舞的身体律动着，令小舞的面庞上充满了痛苦之色，俏脸变得一片苍白。

"我们认输。"大师的声音及时响起。

锁神环的光芒倾泻而下，融入地下。在小舞即将倒地前的一瞬间，唐三飞快地冲到她身边，抱住了她的身体。

小舞的身体很烫，在雷电的刺激下，还在微微地痉挛着。看着她那双眼紧闭的样子，唐三感到十分心疼。

唐三抬头向雷动看去，只见雷动也因为先后使用了第三、第四两个魂技，脸色变得有些苍白。

如果不是大师不允许唐三参加这场比赛，此时他真想立刻登台，替小舞"复仇"。

唐三抱起小舞，一步步向场地外走去，而代表史莱克学院第五个出场的戴沐白缓步走入比赛场内。两人在身体交错而过的那一瞬间，戴沐白的耳朵动了一下，向唐三有力地点了下头。

戴沐白走的速度并不快，但每一步都是那样沉稳。他的双眼之中，邪眸双瞳闪烁着妖异的光彩，冷冷地凝视着他的对手。

看着面无表情向自己走来的戴沐白，不知道为什么，雷动的心突然有些抽搐，似乎要喘不过气来了。

邪眸白虎戴沐白，武魂：白虎，魂力：四十四级，强攻系战魂师，史莱克学院战队队长。

一系列资料在雷动心中闪过。他知道接下来这场比赛自己是不可能获得胜利的。之前在面对小舞的时候，他已经消耗了太多魂力。而戴沐白的能力在之前的比赛中早已展露无遗。他明白，他现在能做的就是像小舞在面对自己时那样，尽量消耗对手的魂力，给自己的伙伴，也就是雷霆战队的队长，创造胜利的条件。

史莱克学院现在还有三个生力军，实力又都在四十级以上，雷霆学院想要获胜的难度可想而知，但他们绝对不会放弃。晋级赛是总决赛的试金石，如果在这时候输了气势，那么到了总决赛就不用打了。

淡淡的光芒闪烁，唐三脸上露出一丝冰冷的神色，双手在胸前合拢。

小舞静静地躺在他身边，头枕在他的大腿上。绛珠的恢复权杖正释放着光芒给她疗伤。

在刚才与戴沐白擦身而过的时候，他以传音入密的方法对戴沐白说了一句话："大哥，替小舞报仇。"

唐三平时很少这样称呼戴沐白，从他的声音中，戴沐白自然能够感受到他内心的激动。为了小舞，唐三本来就什么都有可能做出来。戴沐白心中暗叹一声，看着不远处的雷动，心想：伤了小舞，算你倒霉吧。

"比赛开始。"晋级赛的赛制规定场上选手不能有休息的时间。当戴沐白踏入指定位置的时候，比赛开始。

"哼。"一声闷哼从戴沐白口中响起，浓郁的白色魂力顿时从他体内喷吐而出，四个魂环强势出现。在令人牙酸的骨骼"噼啪"声中，戴沐白身形暴涨，白虎护体完成。

戴沐白在武魂附体的一瞬间，立刻迈开大步，朝着他的对手迎面冲了过去。

雷动瞳孔收缩，他知道现在这个时候最关键的是尽力挡住戴沐白。他从戴沐白的邪眸之中，分明看到了蔑视的光芒，心中不满地想：我是四十三级魂师，不过比你低了一级而已。就算你的武魂比我的好，也不能如此轻视我。

在短暂的权衡之下，雷动身上的第四魂环直接亮了起来。他的魂力已经被小舞消耗掉了五成，他知道如果自己再用低等魂技的话，恐怕连释放一次第四魂技的魂力都不够了。

为了给戴沐白最大的打击，他一上来就用出了自己的杀手锏。

锁神环第二次出现在雷动面前。而戴沐白好像没有看到他那锁神环一样。第一魂环亮起，一层白色光芒覆盖在戴沐白的身体表面，正是他的第一魂技——白虎护身障。

雷动怒了，瞪着冲向自己的戴沐白，似乎在说：难道你就准备用这第一魂技来阻挡我的第四魂技吗？你也太小看人了。

锁神环在雷动面前消失，下一刻已经完全作用在了戴沐白身上。雷环收紧，戴沐白前进的身体顿时停了下来。一道道密集的雷光从锁神环中迸发而出，瞬间蔓延到戴沐白全身。正像雷动所想的那样，第一魂环的防御怎么可能阻挡第四魂环的限制呢？

戴沐白的目光并没有改变，邪眸双瞳依旧在注视着对手。雷动在施展了这个第四魂技之后，明显有魂力透支的迹象，整个身体摇晃了一下，面如金纸。

戴沐白嘴角处流露出一丝不屑，突然仰起头，一声咆哮猛地从他口中爆发出来。紧接着，令雷霆学院所有师生完全失神的一幕出现了。戴沐白身上的魂环并没有变化，但他的身体表面浮现出了一层灿金色光芒，身上因为武魂附体而出现的白色毛发在这一刻竟然完全变成了金色。

"咔嚓！"破碎声响起。戴沐白全身肌肉绷紧，邪眸大睁，力量瞬间释放，束缚着他的锁神环竟然发出了脆弱的呻吟声。

"砰！"点点蓝光在空中消散，锁神环破碎。戴沐白就像蓄势以待的猛虎一般扑了出去。

怎么会这样？

在这一刻，不只是雷动，所有雷霆学院的人脑海中都已经一片空白。他们不明白为什么戴沐白看上去明明没有使用魂技，却能从雷动那第四魂技的束缚中挣脱出来。

为什么他没有被锁神环中附带的强烈雷电麻痹？

戴沐白自然不会给他们答案。当雷霆学院的老师醒悟过来的时候，戴沐白已经来到了雷动面前。他依旧没有使用魂技，只是虎掌下拍，重重地扫在了雷动的肩膀上。在虎掌拍出的一瞬间，虎爪弹出。

雷动的身体就像稻草人一样直接飘到了场外。在昏迷之前，他清楚地听到了自己骨骼碎裂的声音。

虎爪利刃在他背后留下了五道深深的血槽，整个左肩的骨骼已经完全破碎。如果不是戴沐白留力，单是这一掌就能要了他的命。

拍飞对手后，戴沐白却像什么都没做过似的，转过身，朝着自己比赛开始之前的位置走去。他的目光与唐三的目光相对，邪眸中闪过一层淡淡的紫气。

唐三脸上多了一丝微笑，向戴沐白竖起大拇指。

他们这边眼神交流着，另一边的雷霆学院却不干了。雷动的伤势极重，此时整个后背已经被鲜血染红了。他陷入了昏迷之中，左臂软软下垂。戴沐白的力量比他想象中的还要霸道，伴随着肩膀骨骼的碎裂，几根肋骨也有了破碎的迹象。受到这样的重创，别说是最后两场晋级赛，总决赛他恐怕也参加不了了。

雷霆学院的老师第一时间向大赛组委会表示抗议。

裁判跑到戴沐白面前进行质询，戴沐白给出的解释很简单——那时候虽然他占据了优势，但对方并没有认输。他没有杀死对手，只是将对手打出场外而已，并没有违反比赛规则。

事实正是如此。不论怎么说，戴沐白都没有杀死对手的意思，而当时雷动也确实没有表示认输。

戴沐白依旧傲立在场地中央，低头看看自己的右手虎掌，心中不禁涌起一股热血沸腾的感觉，心想：终于不用再隐藏实力了，总是压抑着自己的感觉真是很不爽。

从晋级赛开始以来，在大师的要求下，他一直都没有用出自己的全部实力。作为队长，看着伙伴们在场上获得一场场胜利，而自己获胜的场次并不突出，像戴沐白这么好胜的人，心里又怎么会舒服呢？只有大师才能让他这么做吧。

论年纪，戴沐白是史莱克七怪中最大的一个，修炼的时间也最长。现在他的魂力已经不再是四十四级，而是四十五级，就在前天刚刚突破的。他之所以能够凭借第一魂技挣脱对手的束缚，绝对不是侥幸。一想到这些，戴沐白就对唐三生出强烈的感激之情。

为什么他能做到这些？为什么他在雷电中能不被麻痹？很简单，因为一株名为奇茸通天菊的仙草。

奇茸通天菊，食之气运四肢，血通八脉，可练金刚不坏之身。

金刚不坏显然是夸张了，但也足以显示出这株仙草的效用。戴沐白的白虎武魂与奇茸通天菊可以说是相得益彰。马红俊都在鸡冠凤凰葵的作用下解除了邪火威胁，令凤凰武魂变得纯净，戴沐白又怎么会得不到好处呢？

此时戴沐白的身体可以说是金刚之体，全属性抗性之强，连走同样路线的赵无极都赞叹不已。

雷电麻痹对戴沐白来说并不是无效的，只是对方的魂力不如他的魂力强，他身体的抗性又那么强横，自然大幅度削弱了雷电的影响。锁神环并不足以限制他的行动。

锁神环最大的效用就体现在雷电给对手的麻痹上，本身并不是太坚韧，在麻痹无法发挥出多少效果的情况下，又怎么限制得住戴沐白呢？

这才是戴沐白真正的实力。以他服用奇葺通天菊后的身体状况，别说对手跟他等级相仿，就算比他多一个魂环，也未必伤得了他。

刚猛、霸道，这就是戴沐白的特点。大师对他的指点，就是要他将这霸道变成霸绝天下。

在交涉无果的情况下，雷霆学院最后一名队员，也就是他们的队长，终于出场了。

玉天心，四十三级强攻系战魂师，武魂：蓝电霸王龙。

他是七大宗门中蓝电霸王龙家族的直系子弟，论辈分，还是天斗皇家学院战队玉天恒的堂兄，只是实力比玉天恒逊色一些而已。

看到玉天心出场，大师的眉头略微皱了一下。他和柳二龙都出身于蓝电霸王龙家族，玉天恒是他的亲侄子，而这玉天心是他的堂侄，更是柳二龙父亲的长孙。柳二龙是他的亲姑姑。

看到宗门中人，大师难免会想起自己和柳二龙的事。他已经交代过戴沐白，面对对手不用留手，只要不违反规则杀死对方就可以了。他并不是不近人情，而是不希望因为自己而影响到史莱克七怪。

"你要为刚才所做的一切付出代价。"玉天心狠狠地盯着戴沐白。作为雷霆战队的队长，眼看着自己的伙伴受了重伤，他的眼睛已经红了。

戴沐白冷冷地道："那就要看你有没有这个本事了。"

玉天心冷哼一声，释放出了自己的武魂。

一团夺目的蓝光从玉天心的眉心处骤然亮起。紧接着，蓝光瞬间扩散，从他的眉心处扩散到全身。一条条蓝紫色的激电像小蛇一般爆发出来，围绕在他的身体周围游走。他的额头处多了一个蓝色的闪电标志。和当初的玉天恒不同，他的身体有两个地方因为武魂附体出现了变化。

出现变化的是他的双臂。他的衣袖因手臂的膨胀而全部爆裂，化为灰烬，手臂的长度增加了半尺余。两条手臂极其粗大，覆盖满了蓝紫色的鳞片。他的手变成了爪子，覆盖着同样的鳞片，手上的每一个骨节都变得极为粗大。在他身上盘旋的蓝紫色蛇电不断地在他的手臂上凝聚或流窜。两黄两紫四个魂环并不像其他魂师的魂环那样盘旋在他的身上，而是只盘旋在他出现异变的手臂之上。他的手臂两边各有两个魂环。

蓝电霸王龙武魂从三十级开始，每获得一个魂环，魂师身体的一部分就会变得类似于龙。当初玉天恒是三十九级，因此只有一条手臂是这样的。此时的玉天心超过了四十级，两条手臂都变成了类龙形态。不论是气息还是气势，现在的他都要比当初的玉天恒强大许多。

戴沐白凝视着对手，充分感受着对手身上扑面而来的压力。当初面对玉天恒的时候，戴沐白第一次感受到了来自武魂上的威压。现在这种感觉又在眼前的对手身上出现了。

作为上三宗之一，蓝电霸王龙家族的强大毋庸置疑。但是戴沐白相信，在服用过奇茸通天菊之后，他的白虎武魂已经绝对不在对手的武魂之下。

看着对手发红的双眼，戴沐白的邪眸双瞳变得更加深邃了。两人无声地对视着，都分毫不让。

第一百一十五章
奇茸通天，虎破龙

大师静静地站在史莱克学院的选手区，注视着即将开始比赛的二人，神色十分平静。

虽然戴沐白并不是今天史莱克学院最后一名出场队员，但对于他来说，这就是最后一场比赛。

正像武魂殿白金主教萨拉斯所说的那样，史莱克学院在这场比赛中之所以能够如此轻松地战胜对手，除了自身的实力之外，就是因为大师这接近完美的战术安排。

双方的碰撞终于开始了。蛇电奔涌，玉天心厉啸一声，身体腾空而起，直奔戴沐白扑了上来。

从战斗风格上看，拥有蓝电霸王龙武魂的他无疑和戴沐白一样，都是强攻中的强攻。在蓝电霸王龙家族每一名直系子弟的血液中，都流淌着充满攻击性的血液。进攻就是最好的防御，只有进攻，才能最直接地击溃对手。

蓝电龙爪同时爆发。玉天心发出的是两道龙爪之劲。这就是蓝电霸王龙武魂的强大之处。每提升一个层次，蓝电霸王龙武魂的威势就会增强几分。作为顶级武魂，蓝电霸王龙无疑拥有这样的优势。

戴沐白没有闪避。在他们这样的战斗之中，谁先闪避，就意味着已经输掉了比赛。所以他不但没有闪躲，反以更加强横的姿态迎了上去，同样用出了第一魂技。在白虎护身障的作用下，白光涌动，戴沐白的虎掌上弹出利爪。龙虎四掌在空中剧烈地碰撞在一起。

"轰！"

两道身影几乎同时向后飞退。戴沐白身上蛇电缭绕，金色长发在雷电的刺激下无风飘扬，手臂上的白虎毛被刺激得根根竖立。

蓝电霸王龙武魂的雷电元素可不是雷蛛能比的。硬接了这一记蓝电龙爪后，戴沐白的身体正在承受着雷电的强力冲击。但他的对手此时也绝不好受。

玉天心那双覆盖着龙鳞的手掌上，各自留下了五道深深的白痕，上面的鳞片都已经出现了裂痕。白虎利爪的锋利和霸道同样给他留下了痕迹。

从第一次碰撞来看，双方竟然是势均力敌的。

淡淡的金色光芒从白虎毛发下浮现出来，奇茸通天菊带给戴沐白的金刚不坏防御快速化解着雷电带来的危害。双方的身体一落在地面上就再次弹起，又一次朝着对方冲去。

戴沐白在前一场比赛中消耗的魂力不多，而他的等级又比玉天心高两级，此时两人的魂力可以说是完全对等的。这场比赛拼的就是双方的武魂与魂技。谁的实战能力更强，武魂更强势，就能获得这场比赛的胜利。两人都没有任何迟疑，继续向对方攻去。

邪眸白虎第三魂技——白虎金刚变，发动。

蓝电霸王龙第三魂技——雷神之怒，发动。

浓郁的白光变成了金色，戴沐白的身体骤然变得雄壮起来。覆盖全身的白色毛发全部变成了金色，只有额头上那黑色"王"字纹路清晰显现。他的肌肉充满了爆炸性的力量，这一次，就连他虎爪上的利刃都被金色渲染，攻击力已经达到了目前他能达到的极限。在白虎金刚变的作用下，此时戴沐白的实力无疑已经达到最恐怖的状态。

玉天心的雷神之怒与戴沐白的白虎金刚变本就有异曲同工之妙。雷电能力提升百分之百，魂力提升百分之百，蓝电霸王龙武魂的强势彰显无疑。强烈的蓝光完全变成了蓝紫色，就像一件由雷电组成的铠甲覆盖在他身上。那双龙爪明显变得更大了。先前被虎爪抓出的裂痕完全消失。

这一刻，两人的魂力都已经提升到了极限，真正的碰撞开始了。

比赛场地外，不论是各个学院的参赛队员还是那些皇家骑士团的成员，此时都在关注这场比赛。这才是真正强者的碰撞，真正的精彩对决。

尽管比赛双方都只有四十多级的魂力，但强大的武魂与他们那暴戾的眼神无不向人们证明着他们的恐怖。哪怕是贵宾台上那些魂力远高于他们的魂师界强者，也不禁为之动容。不论是玉天心还是戴沐白，他们的必胜信念已经感染了所有观战之人。

"雷霆万钧。"

"白虎烈光波。"

第三魂技辅助下的第二魂技爆发了。浓郁的金色光球激射而出，迎接它的是无数蓝紫色雷矢攒射。

绚丽的紫、金两色光芒在碰撞的一瞬间，整个场地上仿佛亮起了一颗特殊颜色的太阳。

庞大的魂力波动令整个比赛场地为之颤抖。两人都没有使用任何技巧，只是纯魂技上的比拼，但越是这样，就越危险。一旦哪一方被迫处于下风，比赛就会立刻结束，而且失败的一方必定会受到重伤。

又是一声巨响，碰撞在一起的两人再次飞出。两人的身体都变换了一个方位。

鲜血从他们的嘴角处流下。两人的力量都达到了极其恐怖的地步。他们的身体看上去都没有什么变化，但从他们胸前剧烈的起伏就能看出，刚才那一次碰撞对他们的影响都很大。

玉天心凝视着戴沐白，戴沐白也在凝视着他。戴沐白的这个对手无疑是雷霆学院王牌中的王牌。在蓝电霸王龙家族年青一代之中，玉天心与玉天恒一直被誉为最出色的双子星。两人的实力始终相差不多。只是因为玉天恒的年纪比玉天心小一些，才受到了更多重视。

为了追上玉天恒，让家族将目光更多地放在自己身上，玉天心一天也不敢松懈。他付出的努力要比天赋在自己之上的堂弟更多。在前来参加这次大赛之前他就已经想好了，一定要在总决赛中堂堂正正地击败自己的堂弟，向所有蓝电霸王龙家族的人证明，他才是家族最好的继承人。

他还没见到玉天恒，怎么能输呢？

戴沐白无疑是史莱克学院的天才之一。在唐三到来之前，就连马红俊都逊色于他。邪眸双瞳，天生异象，从出生的那一天起，他就注定一生不凡。

他背井离乡来到天斗帝国，去史莱克学院学习，为的就是让自己变得更强，战胜一个又一个对手。在他心中从来都不存在"失败"二字。他不能输，也不会输。面对等级相仿的对手，他心中充满了对胜利的渴望和执着。

这样的两个人就像针尖对麦芒一样冲撞在一起，决定结果的只有他们最后的实力。

到了眼前这种时候，同样骄傲的他们就算有技巧也不愿意用出。对于他们来说，这场比赛也是一场尊严之战。他们要用绝对的实力击败对手，而不是用技巧。风格极其相似的他们早在第一次碰撞的时候就已经作出了这样的决定，而且谁也不会更改决定。

没有再使用魂技，两个人的身体再次碰撞在了一起。这一次是完完全全的肉搏战。

虎爪与龙爪分别落在对方身上，爆发出强大的力量。

龙鳞四射，虎毛飞扬，龙虎之争完全进入了白热化阶段。

每一次碰撞都必然会有损伤，鲜血开始流淌，一道道伤痕开始出现在这两个强悍的男人身上。

但他们的目光依旧是那么执着，毫不掩饰地流露出对胜利的渴望。

"轰！"

戴沐白的双掌拍在玉天心的胸口，而玉天心的龙爪也拍上了他的肩头。两人再次应声飞出。只是这一次他们都没能控制住自己的身体，几乎同时摔落在地面上，各自搓出一道鸿沟。

　　两人的魂力都在第三魂技的作用下急剧消耗。戴沐白爬了起来，玉天心也爬了起来，但他的速度比戴沐白慢了半分。

　　两人的脸上都已经看不出表情，身上的衣服更是被鲜血沾染。

　　因为用力而带动骨骼发出的声响从戴沐白身上蔓延开来，他的邪眸中此时充满了狂野。

　　"来吧，让我们决一胜负。最后谁还能站在这里，谁就是胜利者。"戴沐白那冰冷而邪异的声音是那样霸道。尽管他只有十七岁，但此时他看上去已经是一名顶天立地的大丈夫了。

　　"好。"玉天心毫不犹豫地回应。两人同时吐出一口鲜血，强大的魂力又开始在他们身上凝聚。

　　场地外，朱竹清的目光已经痴了。她始终注视着戴沐白，当她看到那双邪眸中的狂野之色时，激动不已。

　　她和小舞不一样。如果唐三受伤，小舞一定会马上焦急地冲上去。但朱竹清不会。尽管她对戴沐白始终不假辞色，但在她的内心之中，早已认定戴沐白。早在她出生的那一年，那双邪眸的主人就已经注定是她的男人。

　　看到戴沐白在战场上发威，她永远都不会去阻挡。如果可以，她会陪他一起战斗。但如果只能做个旁观者，她就只会做个旁观者。她不会去担心戴沐白的胜负。他胜了，她会为他疗伤，如果他死了，她会随他而去。她的男人是一个强悍的男人。当朱竹清认清戴沐白的性格时就已经决定，永远不会让自己的泪水成为影响他的因素。

　　金光重新变成白光，一颗颗光球开始在戴沐白身体周围出现。

　　蓝紫色光芒收敛，重新幻化成蓝色。一条条蛇电凝聚在一起，幻化出一条长约一米的蓝色小龙。

　　邪眸白虎第四魂技——白虎流星雨。

　　蓝电霸王龙第四魂技——蓝电神龙疾。

　　这是决定胜负的最后碰撞，没有任何花哨的技巧，只有全部实力的比拼。

　　贵宾席上，雪夜大帝已经站了起来。他的表情很严肃。帝王起身，其他人还怎能坐着。所有观战的师生此时都已经站立起来，等待这场比赛的最后结果。不论胜负，眼前这两个人的英姿都注定要刻画在他们的内心深处。

两人的第三魂技都即将崩溃，只有在这最后时刻以它为基础发动第四魂技，才是获胜的关键。

玉天心知道，戴沐白也知道，所以他们作出了同样的选择——就在这个时候发动了他们的最后一击，一招定胜负。

白虎烈光波对雷霆万钧时，是戴沐白凝聚魂力，对手攒射。而此时，当白虎流星雨面对蓝电神龙疾的时候，正好相反。

无数白色的流星激荡而出。当它们飞行在半空时就已经完全变成了金色。

蓝色的小龙张牙舞爪，迎向了那决定它命运的流星。

剧烈的碰撞令比赛场地内爆发出一阵阵哀鸣，大蓬泥土因为强烈的爆炸飞入空中。在碰撞开始时，谁也不知道究竟是龙灭流星还是流星毁龙。一切结果都将在数息之后呈现。

轰轰轰……

无数轰鸣声令尘土掩盖了两名霸气男的身影。比赛场地中，一朵由泥土凝聚而成的蘑菇云腾空而起。魂力带来的冲击波使那些距离场地最近的参赛队员不得不催动自身魂力来抵挡。

比赛场地外围天斗帝国的旗帜在这庞大的冲击力面前猎猎作响。

结束了，一切都结束了。

当尘埃落定，所有绚丽化为乌有，龙与虎同时消失，一切都已经结束。

站着的依旧是两个人。这两个伤痕累累的男人，谁都没有倒下。他们站在那里，凝视着对方，都没有动。

玉天心笑了，戴沐白也笑了。两个人的笑容虽然看上去很僵硬，却充满了真诚。

"你很强，比我想象中的还要强。这才是你真正的实力吗？我输了。"虽然不情愿，却不得不承认，玉天心平静地说出了这句话。

戴沐白淡淡地道："不，你没有输。虽然这场比赛你输了，但是你的信念并没有输给我。期待下一次再与你对战。"

"好。"最后一个字从玉天心口中吐出。下一刻，他终于完全控制不住自己的身体，如同推金山、倒玉柱般轰然砸向地面。他手臂上的龙鳞在那一刻崩裂，鲜血四溅。

戴沐白依旧站着，腰板挺得笔直。他艰难地缓缓转身，目光首先落在了大师身上，然后是唐三、马红俊、奥斯卡这一群伙伴。他似乎在向众人说："我赢了，史莱克赢了。"

戴沐白的目光最后落在了那个俏丽的身影上。面带笑容的她，心中的冰山似乎融化了。下一刻，她的身影已经化为一道虚影在他眼前放大。

戴沐白眼前变得一片模糊，似乎跟外界隔着一层水雾。他拼命想瞪大双眼，看清那在自己眼前放大的身影，可是数十道血箭同时从他身上激射而出。他那高大、强壮的身体缓缓倒了下去，正好倒在那飞速冲到身前的虚影怀中。

鲜血染红了两个人的身体。朱竹清没有哭，她在笑，尽管她此时的笑容绝不好看。

她搂紧自己的男人，帮他再次挺直了腰杆。因为她知道，她的男人永远不会在战场上屈服。

就这样，她几乎承受着他所有的重量，一步步走出场地。

史莱克学院对雷霆学院，史莱克学院胜，十二连胜。

尽管这场比赛已经结束了，但之前那惨烈的一幕令所有人久久不能忘怀。这场比赛可以说没有真正的胜利者。因为参赛双方都还年轻，还有的是时间。他们真正的比拼，应该是谁能够更早地触摸到实力的巅峰。全天的比赛结束，唐三抱起已经从昏迷中清醒过来的小舞，朱竹清支撑着戴沐白的身体，史莱克学院一行人准备返回营地。值得一提的是，朱竹清拒绝了其他人想要帮她的好意，执意一个人支撑着戴沐白的身体。她虽然没有哭，也没有说什么，但是她那双格外漂亮的美眸早已通红。

"唐三。"一个人挡在了史莱克学院众人回归的必经之路上。

马红俊皱了皱眉，道："这是怎么了？为什么每次都有人阻挡？"

这次来的不是火舞，而是那个经常嬉笑着前来套近乎的男人——神风学院战队的队长，风笑天。

唐三抱着小舞排众而出，来到风笑天面前，问道："有什么事吗？"

晋级赛刚开始的时候，风笑天还经常到史莱克学院这边转转，但后来就再也没出现过。

风笑天深吸一口气，压制着自己内心随时有可能爆发的情绪，道："抽签刚才结束了。明天我们将是对手。"

"哦？"唐三注视着风笑天。正像大师判断的那样，史莱克学院的运气真的不好，在与雷霆学院对战之后，又将面对一个强手，而且很有可能是除了史莱克学院之外，这次比赛中最强大的一支队伍。

风笑天凝视着唐三，眼神中早已没有了以前的嬉笑之色，道："唐三，今天你们刚和雷霆学院打过。我不想占你们的便宜。明天我会第一个出场。我希望你也是第一个。让我们两个人来决定谁是晋级赛最后的冠军吧。如果我输了，神风学院将主动认输。"

唐三愣了一下，从风笑天的语气中，他分明听出了几分肃杀之气。他不明白为什么以前经常一脸笑容的家伙突然变得如此严肃。此时风笑天给人的感觉很压抑。

史莱克学院众人将目光集中在了唐三身上，谁也没有离开

唐三摇了摇头，道："对不起，我不能答应你。"戴沐白身受重伤，显然不能参加明天的比赛了。这是史莱克学院巨大的损失。一场定胜负对史莱克学院并没有任何损失，但是唐三依旧没有答应。

"你不敢吗？"风笑天的表情瞬间变成了挑衅。

"我们是一个团队，我不能以自己的意志来决定队友的选择。我只能代表我自己，不能代表整个史莱克学院战队。"唐三平静地说道。

风笑天的脾气突然变得暴躁起来，他大声道："唐三，你是个懦夫！我只想和你堂堂正正地打一场，就像今天戴沐白与玉天心那样。"

看着风笑天逐渐变红的双眼，唐三虽然不知道他为什么会变成这样，但并没有问。

"答应他吧，小三。我们相信你。"戴沐白虚弱的声音响起，"给他一场男人之间的战斗。如果我没猜错，他来提出这样的要求，应该与火舞有关。"

论情场上的战绩，整个史莱克学院恐怕也无人能和戴沐白相比。他的目光何

等毒辣，这些天以来的旁观让他早就看出风笑天对火舞的意思。而风笑天正是从那天火舞来找过唐三之后就没有出现过。将这一切联系起来，风笑天今日的作为就很容易解释了。

大师向唐三点了点头，道："既然如此，就一战定胜负吧。明日之战，最后的胜负本来也是你们两个决定的。"

看到每一名伙伴都向自己点头，唐三重新正视风笑天。

"好，我接受你的挑战。"在这一瞬间，唐三的目光骤然变得凌厉起来。内蕴的气息就像火山喷发一般，狠狠地撞击在风笑天身上。

风笑天下意识地退后一步，但很快又踏回来。两人之间的气息剧烈地碰撞着。

"如果你输了，我希望以后不要在火舞身边看到你。"风笑天咬牙切齿地说道。

唐三冷冷地道："她是她，我是我，我和她本来就没有一点关系。"说完这句话，他抱着小舞，头也不回地和史莱克学院一行人走了。

这边的火药味自然引起了旁人的注意，这其中自然也包括炽火学院。

火无双看着身边有些呆滞的妹妹，问道："这是你想要看到的吗？"

火舞茫然地摇头，道："我不知道。"

火无双眼含深意地问道："那你希望谁获得这场比赛的胜利呢？"

火舞眨了眨眼睛，突然发现自己对击败唐三似乎也不是那么渴望了。

回到营地后，所有人都聚集在戴沐白身边。经过仔细检查，大师、弗兰德他们发现，戴沐白的伤并不像想象中的那么严重，大部分只是皮外伤而已，筋骨都很正常，休息几天自然就会愈合了。魂师的自愈能力比普通人要强得多。

而雷霆学院那边传来的消息截然相反。玉天心受到了重创，别说是恢复，能否参加总决赛都成问题。雷动更是被戴沐白废了一条手臂，没有几个月调养是别指望恢复了。

戴沐白和玉天心的实力确实相差不多，尤其是在之前消耗过一些魂力之后，两人更是势均力敌。只有戴沐白自己清楚，他胜在了那株奇茸通天菊上。金刚不坏之体不但帮他阻挡了不少雷电对身体的损伤，也保护了他的骨骼经脉。而玉天心那防御力极强的蓝电霸王龙武魂却从优势直接变成了劣势。

戴沐白并没有将对唐三的感激表现出来。兄弟之间的情谊是不需要流于口舌的。

为了让戴沐白好好养伤，大家专门给他腾出了一间房。虽然谁也没提，但朱竹清很自然地留了下来。

"你想吃点什么？我去给你弄。"看着满身绷带的戴沐白，朱竹清脸上的冰冷之色早已消失。柔和的目光令她那双大眼睛看上去更加漂亮。

"我不饿。竹清，你过来。"

朱竹清走到戴沐白床前，拉了张椅子坐下。

戴沐白拉起朱竹清的手，问道："你是不是一直都很恨我？"

朱竹清看了他一眼，反问道："我为什么要恨你？"

戴沐白苦笑道："因为我那些不良事迹。如果不是因为这些事传回去了，你又怎么会来找我？坦白说，我也没想到，你父亲居然舍得让你到天斗帝国来。"

朱竹清淡淡地道："你真的以为我是因为你那些风流韵事才来找你，对你冷眼相向的吗？"

戴沐白愣了一下，问道："难道不是吗？"

朱竹清摇了摇头，道："不是。你不是普通人。你应该明白自己的未来有多么残酷。我不希望你玩物丧志。妈妈对我说过，如果不能嫁给一个真正的男人，不如终身不嫁。"

戴沐白邪眸中的光芒闪动了一下，问道："你是为了督促我修炼才来的？"

朱竹清看着戴沐白，双眸中多了几分冷意，道："如果你不能达到我的期望，我不但不会嫁给你，还会杀了你，然后再自杀。"

戴沐白苦笑一声，道："你真不愧是他的女儿，这是你们家一贯的风格。"

朱竹清淡淡地道："这样有错吗？要是怕这些，你父亲也不会让我成为你的未婚妻。从我成为你未婚妻的那一天起，你的命运就已经改变了，注定无法做个逍遥的普通人。我们之间的婚姻，不只是我们两个人的事，也关系到我的家族和……"

说到这里，朱竹清突然停了下来，并不是她不想说下去，而是她的身体已经被戴沐白狠狠地拉入怀中。

朱竹清看上去似乎依旧很冷静，可是她那战栗的身体出卖了她的心。

良久，戴沐白松开朱竹清，道："我真的怀疑你是不是只有十四岁。"

朱竹清轻咬下唇，道："你应该说，我们这些人，谁看上去都不像十几岁的孩子。除了被院长捡回来的马红俊，还有出身平凡的奥斯卡，我们其余的五个人哪个背后没有故事？我看不透唐三，也看不透小舞，就连荣荣都不是表面看上去那么单纯。"

戴沐白眉头微皱，道："说这些干什么？不论他们背后有什么故事，你只要记住，我们永远都是伙伴，就足够了。"

朱竹清没有反驳，而是默默地点了点头。数次生死与共，共抗强敌，史莱克七怪虽然各有各的秘密，却并不会影响他们之间的感情。

戴沐白丝毫不管之前因为用力抱住朱竹清而再次崩裂的伤口，再次霸道地将她拉入自己怀中，问道："告诉我，现在你愿意做我的妻子了吗？"

朱竹清呆了一下，抬头看向戴沐白那充满侵略性的目光，默默地点了下头。

全大陆高级魂师学院精英大赛第十三轮比赛就要开始了。对于大多数参赛学院来说，晋级赛的排名已经注定，在最后几场已经开始放水，尽可能地保证本学院的参赛队员不受伤，以便为总决赛做准备。但是有两个学院依旧处于剑拔弩张的气氛之中。那就是同样获得十二连胜的史莱克学院和神风学院。

每一所学院都要进行十四场比赛。史莱克学院和神风学院最后一轮的对手都不强，获胜毫无问题。因此，决定最后谁能成为天斗帝国晋级赛排名第一的学院，就要看今天这场比赛了——两支全胜队伍的碰撞。

而这场比赛从昨天风笑天向唐三发起挑战的时候开始，就已经变成了两个人的战斗。

今天前面的六场比赛都已经结束了。作为重头戏，史莱克学院对神风学院一战放在最后进行。

神风学院的队员们站成一排，风笑天站在他们面前。

"兄弟们，你们信得过我吗？"风笑天沉声问道。

这些来参加大赛的队员都是神风学院即将毕业的精英，和风笑天在一起已经不是一天两天了。这还是他们第一次露出这样的表情。

最左侧的一名队员毫不犹豫地说道："队长，你去吧，不论胜负，我们都支持你。如果你都不能战胜这个唐三，那这场晋级赛我们也就不可能获胜了。你是我们的队长，也是我们的核心，我支持你。"其他人也纷纷点头。

风笑天叹息一声，道："昨天唐三的一句话令我感触很深。以前我一直将我们这支队伍当成是自己的，但我错了，战队是属于我们每个人的。兄弟们，谢谢你们的支持。不论如何，这场比赛我都会竭尽所能。"

"队长，不论胜负，我们都会支持你。"

当唐三和风笑天从不同方位走入比赛场地的时候，其他学院观战的队员们一片哗然。他们显然都没想到，史莱克学院和神风学院在第一场就派上了自己最强的队员。

神风学院战队队长风笑天，四十四级强攻系战魂宗，武魂：疾风双头狼。

史莱克学院战队副队长唐三，四十二级控制系战魂宗，武魂：蓝银草。

第一百一十六章
昊天锤，乱披风

SOULLAND

两个人走入场地的速度都不快，都遵循着一定的节奏。两人始终注视着对方，虽然比赛还没开始，但他们已经试图从对方身上寻找破绽。尽管他们的魂力都只有四十多级，但如此年轻的他们已经表现出了大师风范。

四目相对，两人心中同时一凛。作为出色的青年魂师，他们都从对方身上看到了自己也有的品质。他们都明白，这场比赛必然不会轻松。

裁判示意双方可以释放武魂了。

唐三抬起右掌，熟悉的蓝光从他的掌心中冒出。他依旧是那么不显山、不露水的样子，一脸淡然。

风笑天口中发出一声有些尖锐的长啸，一层淡淡的青光从他体内澎湃而出。青光涌动，他的身体明显发生了变化。伴随着骨骼的"噼啪"声，他的肌肉与骨骼同时膨胀，身材明显变得庞大起来，头上的长发也被渲染成了青色。最奇特的是，从他的左肩上冒出一个狼首。

青色狼首目光森然，盯着唐三，一丝丝寒意不断释放出来。

疾风双头狼是疾风魔狼的变异体。疾风魔狼本是一种中高等的武魂，变异成双头狼后，就变成了接近顶级武魂的存在。

正是凭借这个强大的变异武魂，风笑天才有了今天的成绩。二十四岁，四十四级，他同样是天才中的天才。如果唐三没有那么多际遇，没有在仙草的帮助下迅速成长，没有玄天功的道家正宗内功心法提升实力，在天赋上未必比他强。

风笑天已经没有了昨日的冲动，看上去和唐三一样平静。

"唐三。"

"风笑天。"

两人相互称呼着对方的名字。

风笑天凝视着唐三，道："我今年二十四岁，在六岁武魂觉醒的时候，就是先天满魂力。我今天所有的成绩都是一点一滴努力而来。我很欣赏你的实力，但今天我必须战胜你。不论是为了我们神风学院战队，还是为了火舞，我都不能输。"

唐三淡然一笑，不置可否地看着风笑天，但他那坚定的眼神已经告诉风笑天，他也不会放弃这场比赛。他身上同样肩负着史莱克学院的荣耀。

"比赛开始。"裁判一声令下，场中的两人几乎同时动了起来。

风笑天的身体瞬间加速，直奔唐三冲了过来。青光在他身后拉出一条长长的光影，速度奇快无比。

唐三心中一惊。在他得到的资料中，风笑天应该是一名强攻系魂师。可此时风笑天表现出的速度，绝不逊色于一名四十级以上的敏攻系战魂师。

这是怎么回事？

不容唐三多想，风笑天在扑出来的一瞬间，身上的第一魂环已经亮了起来。尖利的狼爪从他的掌中弹出，两道锐利、无情的目光锁定在唐三身上，人未至，狼爪已然挥出。十道半弧形的风刃带着刺耳的破空声，封死了唐三所有可以闪避的途径。

疾风魔狼武魂的第一魂技一般都是风刃，但拥有疾风双头狼武魂的风笑天，其魂技却是风刃列阵。从十倍的风刃数量就能看出，他这个第一魂技比普通的疾风魔狼武魂强了很多。这就是高等武魂的先天优势。

唐三真的被封死了所有方向吗？唐三用自己的行动给出了答案。

他脚下轻动，整个身体在向前冲的同时，快速地闪动起来。没有人能看清楚唐三脚下的步伐。就在他摇身一晃的瞬间，风笑天吃惊地发现，他竟然无法锁定唐三的气息了。

唐三东一歪，西一扭，原本看上去根本无法躲开的十道风刃竟然就那么被他穿越而过。

风笑天一愣。两人的身体此时相距不足五米。这样的距离只够他们做出一个变化。

唐三没有释放出自己的蓝银草，而是双手同时切出，直奔风笑天身上抓来。而风笑天也没有再使用魂技，一双狼爪迎着唐三的双手拍了上去。在这个时候他们竟然都选择了凭借自身魂力拼斗而不是魂技。

单从这一点上，唐三就看到了风笑天的自信和实力。魂师的魂力是有限的，不论是第几魂技，都会消耗一定的魂力。而如果只肉搏的话，魂力消耗就会小得多。在没弄清楚对手的实力之时，谁先施展魂技，谁就落了下风。此时他们不使用魂技，不代表他们没有准备好发动自己的魂技。一旦有一人发动魂技，另一人必然能够在第一时间发动自己的魂技进行反击。

唐三的右手切上了风笑天的右手。风笑天手腕一翻，尖利的狼爪已经抓住了唐三的手掌。他拥有的是兽武魂，对自身的增幅显然要比唐三这个器武魂强得多。当他的狼爪抓住唐三的右手时，连他自己都有些意外。他深信，在等级相差无几的情况下，唐三的手要是伤在自己手中，就将没有任何机会。

但是当两人的手掌真正接触时，风笑天发现不对了。

唐三的手莹白如玉，哪怕最美丽的女孩子也不可能拥有这样一双手。可这双莹白如玉的手掌竟然比钢铁还要坚硬。狼爪在唐三的手掌上刺出一连串火星，却没能留下一丝痕迹。

狼爪反震带来的疼痛令风笑天心中凛然。实战经验极其丰富的他，立刻毫不犹豫地再次发动了自己的第一魂技。

事实证明，风笑天的选择是正确的。唐三的玄玉手已经扣向了他的脉门，如果他反应慢一拍，使得他这只手落入唐三的玄玉手中，这场比赛也将立刻失去悬念。

五道风刃射出。两人之间的距离实在太近了。在手掌内爆发的风刃令唐三的玄玉手上暴起一连串铿锵脆响。

两人的身体瞬间分开。唐三和风笑天同时后退。而就在这时，一条蓝银草已悄无声息地向风笑天脚下蔓延了过去。

唐三的脚一沾地，身体就已经再次弹起。他根本不打算给风笑天缓过来的时间。依仗坚硬无比的玄玉手，在鬼影迷踪的帮助下，他再次靠近风笑天。这一次，他朝风笑天怀中撞了过去。

此时风笑天心中的震惊无法形容。他怎么也没想到，唐三的肉搏能力竟然强到了这种程度。他有强烈的预感，一旦被唐三欺近自己的身体发动攻击，那他就一点机会也没有了。

危急关头，风笑天的反应奇快无比。他的身体猛地后跃，瞬间拉开了两人之间的距离，不但躲开了唐三的攻击，也在间不容发之际闪开了蓝银草从下而上的缠绕。

好快的速度！唐三眼神一凝。从风笑天的速度上，他已经明白了许多。作为大师的弟子，唐三对变异武魂知道很多。风笑天现在表现出的似乎都是一名敏攻系魂师应有的能力。他那强攻系魂师的头衔是假的吗？不，当然不。

从风笑天的速度上，唐三已经隐约判断出，拥有疾风双头狼武魂的他恐怕是强攻与敏攻并重的魂师。强攻系魂师的攻防能力，再加上敏攻系魂师的速度，难怪他会那么强。

自从明白了武魂的真谛，想通了自己心中的那些疑惑之后，唐三的攻击方式和以前相比发生了很大的变化。作为一名控制系魂师，他的魂技几乎都是用来控制敌人的，但他同时是唐门弟子。唐门的武技比他那些魂技差吗？不，当然不。虽然现在不能使用暗器和毒药，唐三那些武技被大大削弱，但唐门的其他能力非常实用。

而他那些控制类的魂技要好钢用在刀刃上，不用则已，只要用出，就一定要有的放矢，给对手最沉重的打击。

风笑天后退的同时，已经想明白。经过短暂的试探，他发现，作为强敏双系战魂师，他竟然在肉搏中很难从唐三身上占到便宜。现在不是考虑唐三的手为什么那么坚硬的时候，他必须心无旁骛，获得这场比赛的胜利。

因此，风笑天在后退的同时，身上的第二魂环和第三魂环同时亮了起来。

一双巨大的青色翅膀从风笑天背后舒展开来。与此同时，青色光影在他背后凝聚，正是疾风双头狼的模样。在那绚丽光影的衬托下，风笑天腾空而起。背后的翅膀只是一次拍打，借助空中的风，他的身体就已经扶摇直上，升到了距离地面五十米的距离。那正是唐三的蓝银草无法企及的高度。

看到这一幕，史莱克学院众人的脸色不禁都变了。在以前的比赛中，神风学院虽然有不少队员能够飞行，但作为队长，又是强攻系魂师的风笑天从来没有飞过。此时他突然升入空中，在魂力足够支持的情况下，显然已经将自己置于不败之地。唐三不使用暗器的话，似乎很难对他造成任何影响。

看到风笑天突然飞起来，唐三却没有惊慌。他一边盯着对手，一边缓步移动到比赛场地中央。

风笑天的双翼在空中轻展，他凝视着下方的唐三，道："唐三，你比我想象的还要强大，但就算你再强大，我今天也一定要战胜你。下面，我将用我自创的魂技向你发动攻击，小心了。这个魂技名曰疾风魔狼三十六连斩。"

听了对方的话，唐三牢牢站稳，只用两个字回答了他："来吧。"

"自创魂技"四个字无疑震惊了全场。要知道，自创魂技虽然不能像魂环赋予的魂技那样能够自然成型，但凡是能够自创魂技的魂师，无不是惊才绝艳之辈。自创魂技都是结合魂师自身优势出现的，因此更加实用。

双头狼光影渐渐与风笑天的身体结合在一起，这是他的第二魂技——双狼附体。在这种情况下，他在攻、防、敏三方面的能力都会提升百分之五十。再加上他的第三魂技——疾风双翼，他的状态已经提升到了最佳。只有在这两个魂技的辅助之下，他的自创魂技才能发挥出来。从某种角度来看，他的自创魂技绝对不比他的第四魂技差，而且消耗的魂力还要少一些。

长啸之中，风笑天动了。他的身体宛如流星赶月一般从天而降。奇异的是，他那展开双翼的庞大身体在下落的过程中没有发出一丝声响，弥漫的青光全部内敛。此时他的身体与双翼形成了一个完美的角度。

没有声音代表什么？代表风的阻力对他的影响更小。只有他这样的风属性魂师，才能如此准确地从风中找到最好的下降通道。他的双翼边缘在阳光照射下闪烁着幽幽青光。那所谓的疾风魔狼三十六连斩，显然就是从这双羽翼上发出的。

蓝银草冲天而起，化为无数藤蔓，直接向从天而降的风笑天缠绕。

风笑天那看上去一往无前的身影在空中精妙地略微偏转了一下，在即将接触到蓝银草的一瞬间改变了方位。

翼上光现，蓝银草断折。那些缠绕过去的蓝银草竟然一点也无法阻挡他的前进，纷纷被割断。

唐三做出了一个极其大胆的动作。他的双拳同时挥出，轰向风笑天双翼的起点——肩膀。

在下落的一瞬间，风笑天的双翼就已经与手臂融为一体了。这也是他那双翼的攻击力如此强大的重要原因。

风笑天岂是省油的灯！眼看唐三双拳袭来，他倒想看看，唐三那双手究竟坚硬到了什么程度。他的身体略微调整了一下，肩膀奇异地收缩几分，用双翼迎上了唐三那闪烁着莹白光芒的拳头。

"轰"的一声，风笑天的身体冲天而起。唐三的双手毫发无伤，而风笑天也在他那第二魂技——双狼附体的作用下并未受创。

痛入骨髓的感觉令风笑天的目光变得怪异起来。那真的是手吗？他很清楚地记得，在施展出三十六连斩后，他曾经轻松切开了一块一米厚的花岗岩。

风笑天被击飞，唐三也并不好受。他的双脚完全没入地面之下，脸上生出一片红晕，气血上涌。

两人的思绪都在脑内闪电般掠过。风笑天的攻击不会停止，唐三的防御也依旧要继续。

借力飞起的风笑天并没有像唐三想的那样再升入高空中，只是在空中一个大转身，右翼就已经再次劈了下来。这次下劈，风笑天的单翼在空中连闪，不断变化着轨迹，就是为了闪躲唐三的双拳。拳头坚硬可不代表身上坚硬。如此强横如铡刀的利刃要是落在身上，恐怕……

唐三的双眸中多了一层紫金色光芒，只是静静地盯着那挥落的羽翼。就在羽翼距离他不足一米的时候，他的双手再次抬起，又同时轰了出去。

"砰"的一声，风笑天带着不可思议的眼神再次飞了起来。他怎么也想不通，为什么在自己竭尽全力的控制下，唐三依旧能够找到他那羽翼下击的位置。这几乎是不可能的。

他又哪里知道，出身唐门的唐三，眼力根本不是这个世界的人能比的。别说是他的羽翼利刃，就算是从四面八方同时飞来的无数暗器，唐三也能一一击落。

风笑天感到吃惊，唐三同样感到吃惊。因为唐三发现，风笑天这第二斩落下来，虽然只是单翼，可这一击实际上比之前的一击力道更大。这一发现顿时令唐三心中多了几分疑惑。

两人的战斗丝毫没有受到自身情绪的影响。风笑天的身体在半空中旋转一周，双翼循环下击，发动了第三斩和第四斩。

唐三还是用自己的玄玉手接住了这两记斩击。

事实证明，唐三的判断是正确的。风笑天的攻击一次强过一次，虽然增加的力道都不大，但唐三的双臂还是有些酸麻了。他的玄玉手毕竟还没有修炼到极致，对方连续数次强攻令他的手掌上一阵刺痛。

唐三突然笑了。谁也没想到在这种时候他竟然还笑得出来。接下四击的唐三，小腿已经没入地面之下。而之前风笑天已经说过，他这疾风魔狼斩一共有三十六下。按照现在的情况来看，风笑天那边不但攻击的力量会越来越大，攻击的速度也会越来越快。速度与力量成正比，风笑天这个自创魂技的最大特点就是利用速度和重力来不断增强攻击力。

唐三明白，虽然风笑天能够完成这三十六斩，但到了最后，如果他真的能扛下来，恐怕风笑天的羽翼也会因为力量太大而折断。

风笑天的魂力比唐三的魂力高两级，唐三怎么可能接住他的攻击呢？此时风笑天的身体周围已经爆发出了极其恐怖的锋锐魂力，就算唐三想在他身上发动自己的第二魂技——寄生，也不会有任何效果。

现在唐三能怎么办？释放八蛛矛和对手硬拼吗？

不，唐三没有这么选择。

风笑天的攻击令唐三想起了一些往事，想到了一个已经很长时间没有使用过的能力。

就在风笑天发出第四斩与第五斩的空隙，唐三的右手上黑光涌动，一把毫不起眼的小锤出现在他的手中。与此同时，唐三脚下突然发出一声爆响。以他陷入地面的双腿为中心，整个地面上顿时出现一个大坑。

唐三双手握锤，小腿发力，以腿带腰，以腰带背，以背带臂，身体旋转半周。他双手中的那把黑色小锤从下方撩起，直接迎上了风笑天的第五斩。

"轰！"

风笑天的身体这次飞得格外高。如果观战的人能看到的话，这一次一定会从他的翅膀上看到一丝裂痕。剧烈的疼痛已经令风笑天的脸涨得通红。

在身体旋转的同时，他惊骇地看到了唐三手中出现的小锤。此时此刻，他已经来不及想唐三为什么会有武器了。裁判没有喊停，那就证明唐三并没有违反比赛规则。

其实他又哪里知道，此时裁判已经看傻了。

两个人的身体几乎同时旋转，只不过一个在天上，一个在地下。风笑天的翅膀再次下击，唐三手中的小锤也再次上挥。剧烈的碰撞声不断响起。

不论是唐三还是风笑天，身体都越转越快，十几次碰撞瞬间结束了。

评审席上，雪夜大帝的目光凝固了，白金主教萨拉斯的目光也凝固了。全场只要是六十级以上、年龄超过五十岁的魂师，此时心都在颤抖。

那是什么？那黑色小锤是什么？那代表着什么？他们心中无不万分疑惑。

那不是武器，至少不是携带着的武器，更不是用空间魔导器藏在身上的武器。那是武魂，真正的武魂，在整个魂师界创造过无数辉煌的武魂。它是器武魂中位于金字塔顶端的存在。它代表着一个宗门，代表着无数强者，代表着最强横的攻击力。

那就是昊天锤！

昊天锤与蓝银草，一个天上，一个地下。而这两种武魂同时出现在了一个人身上。

谁也不知道为什么会这样，但此时他们脑海之中能想到的，就只有一个词——双生武魂。

昊天宗，昊天锤，双生武魂，三个象征着魂师界顶级武魂的词震撼着每一个人的神经。

虽然唐三没有明说，但他此时使用的能力分明就是昊天宗独有的宗门魂技——乱披风锤法。

据说乱披风锤法练到极致，可以不间断地挥出九九八十一锤。每一锤的力量都会比前一锤强大。就算是真的神，也无法承受那八十一锤中的最后一锤。

虽然唐三手中的昊天锤是那么小，看上去也是那么普通，可是乱披风锤法只此一家。此时，根本不会有人怀疑他的身份。毕竟只有昊天宗的直系子弟才有学习乱披风锤法的资格。

"天才"这两个字似乎已经不足以形容场中的少年。唐三身上的光环甚至比那四个魂环还要闪亮。

雪夜大帝好恨，恨自己的弟弟竟然放过了这样的人才！昊天宗的门人已经很多年没有在大陆上出现过了，好不容易看到一个，还是一名直系子弟，要是能对他进行拉拢，那么……

萨拉斯眼中的震惊渐渐化为寒芒。双生武魂，竟然又是一个双生武魂！不，这绝对不是这个贱民能拥有的。而且他还出身于昊天宗……无论如何，这个小子必须要死，必须！

此时此刻，他心中已经再也没有半分顾忌。

当唐三施展出乱披风锤法的时候，风笑天就注定悲剧了。

不得不说，风笑天确实是一名非常有天赋的魂师，自创的这个魂技也相当不凡。可惜，他碰到的是一个怪物，而且是来自史莱克学院的顶级怪物。

乱披风锤法可以说是这种增幅魂技中的顶级存在。唐三站在地面上，发力本来就比风笑天容易得多。

风笑天的每一斩，都是依靠速度和自身的重力进行增幅。而唐三的每一锤，不只是靠这两点进行增幅，还依靠他自身的力量。

论重力，风笑天的体重能和重达五百斤的昊天锤相比吗？

乱披风锤法一直被唐三用来铸造暗器，练习的次数已经太多了。在前几次碰撞的时候，风笑天还能和唐三分庭抗礼，甚至略占优势，但到了第十锤以后，他就只能节节败退。他就像被昊天锤锻造的一块铁，不断地被敲打，飞腾而起。此时，他那和手臂连接在一起的双翼已经被震得完全麻木了。

风笑天想要停下来，却发现自己根本无法做到。唐三的昊天锤上似乎有一股特殊的吸力，吸扯着他的身体。他就算想停止施展疾风魔狼三十六连斩，也无法做到。

在这个时候，风笑天显示出了他一代强者的风范。眼看就到了发动第十九斩的时候，他猛地厉啸一声，全身青光疯狂涌动。

轰然巨响之中，大蓬血雨在空中四散，风笑天竟然硬生生地震碎了自己的翅膀。

无数血肉带着强横的劲气直奔唐三冲击而去。而风笑天因为失去了翅膀对气流的控制，身体在巨大的冲力作用下斜斜地飞了出去。

好一个壮士断腕！虽然那双翅膀并不是风笑天身体的一部分，但也是他凝结出来的。翅膀破碎，绝对不是一天两天能够恢复过来的。

但正是这个举动救了风笑天的命。

唐三的乱披风锤法是能控制的，但他并不清楚对手的情况。以唐三现在的实力，乱披风锤法最多可以用到四十八下，过了三十六下之后，就不是他自己能够控制的了。而且，这是他第一次用昊天锤来施展这个锤法。在施展的过程中，唐三发现，昊天锤本身会释放出一种特殊的力场。乱披风锤法与昊天锤完美契合，威力之大，就连他自己也想象不到。

但问题也是存在的。昊天锤太重了，比普通的铸造锤重了十倍以上。这样一来，他虽然可以利用旋转控制，可是想要停下就难了。事实上，用昊天锤施展乱披风锤法，到了二十四锤以后，他就很难再控制住那恐怖的力量了。到了那时候，被昊天锤力场黏住的风笑天几乎必死无疑。

此时风笑天断翼跌落，并没能伤到唐三。

唐三放松身体，滴溜溜地旋转了十几圈，才勉强稳定下来，脸色已经一片苍白。

虽然唐三的昊天锤没有附加魂环，但他的魂力可是四十二级。以如此强大的魂力施展这乱披风锤法，依旧这么困难，可见这个昊天宗宗门的魂技有多么恐怖了。

眩晕的感觉不断侵袭着唐三的大脑。他第一时间将昊天锤收回，因为他已经快握不住那恐怖的器武魂了。

此时，唐三的魂力消耗并不是很大，但身体的负荷远超从前。两个人相聚十几米，虽然一个站着，一个跌倒，但身体情况都不怎么好，大口大口地喘息着。

彼此凝视，他们都没有放弃的意思。

其实，并不是唐三想要使用昊天锤，而是在那个时候，如果他不使用昊天锤的话，根本就想不出用什么方法能够挡住对手的疾风魔狼三十六连斩。哪怕是八蛛矛也未必能够奏效。毕竟这个自创技能的攻击力会不断增强，又有两个魂环的力量进行辅助，是风笑天的必杀技。

唐三想到了乱披风锤法，立刻就使用出来。这也是他实战经验丰富的表现，可以在最短的时间内做出最正确的应对。正因如此，他才能成功地击溃对手。

虽然两人消耗的体力差不多，但断翼的风笑天伤势沉重。两个人的这场比赛眼看就要画上句号了。

"双生武魂，是吗？"风笑天艰难地爬起，声音听上去有些苦涩。

唐三心中暗叹一声。在他用出昊天锤的时候就明白，这个秘密已经不可能再保守下去了，但是他并不后悔。至少他胜了这一场，将史莱克学院第一次带到了巅峰。而且他越来越感觉到了昊天锤的重要性。虽然他现在还不能给昊天锤武魂施加魂环，但一直隐藏下去，对他未必有利。所以他不后悔。现在有大师在，有弗兰德、柳二龙他们这些强者的保护，还有七宝琉璃宗的关注、支持，就算有人觊觎他的双生武魂，也不是那么容易得手的。

唐三已经想好了，等这次大赛结束之后，就跟随大师找个没人的地方刻苦修炼，不取得一定的成绩就绝对不出关。到了那时候，他至少可以拥有自保的能力，还可以炼出一些恐怖的唐门暗器用来防身。

唐三点了点头，没有否认："锤名昊天。"

"昊天锤？"风笑天的瞳孔剧烈地收缩了一下，苦笑道，"看来我输得并不冤。难怪火舞会选你而不是我。我打不过你，恐怕总决赛上也不会取得比你们更好的成绩。我输了，神风学院认输了。"

唐三叹息一声，道："其实你并没有真的输给我。你只是输给了自己的自创魂技。你的疾风魔狼三十六连斩正好被我的昊天锤克制。否则这场比赛鹿死谁手还未可知。而且有件事我必须告诉你，我和火舞没有任何关系，甚至连朋友也算不上。你喜欢她是你的事，不要把我牵扯在内。"

"你说什么？"风笑天瞪大了眼睛，甚至已经忘记了翅膀破碎的痛苦。

唐三淡然一笑，道："我从不说谎。"

这轮比赛结束，因为之前的赌约，神风学院直接宣布放弃本场比赛。而在第二天的最后一场比赛中，史莱克学院的对手也直接选择了放弃。

晋级赛十四场，十四连胜！在十五支参赛队伍中，史莱克学院排名第一，获得了天斗帝国分赛区的最佳名次。这一次，史莱克学院先后击败了炽火学院、植物学院、天水学院、雷霆学院以及神风学院，用成绩证明了他们真正的实力，其天斗帝国最强学院战队的名头再也无人质疑。而如此辉煌的成绩是整个史莱克学院战队共同努力的结果。

第一百一十七章
总决赛，武魂城

比赛结束，雪夜大帝又一次献上慷慨激昂的演讲，鼓舞所有参赛队员。接下来，总决赛很快就要开始了。那才是真正决定谁是大陆最强学院的战斗。

身为帝王，雪夜大帝当然不能擅自离开天斗城。在演说结束后，雪夜大帝宣布，太子雪清河代表他作为天斗帝国的使者，参与这次大赛的评审工作。而天斗帝国的这十五支队伍，将由他亲自陪同，前往两大帝国交界之处的一座城市，进行最后的总决赛。总决赛将由武魂殿主持。

给各个战队调整的时间只有三天。三天后，十五支战队的队员、老师以及五百名皇家骑士团士兵，一行上千人同时出发，前往总决赛的举办地——武魂城。

本来总决赛的地点并不是设置在武魂城，但不知道为什么，武魂殿突然做出改变，将这一届总决赛放在了武魂殿的主城之中。这座城市几乎是完全属于武魂殿的。它位于两大帝国交界之处，而两大帝国对它都没有所属权。

最重要的是，象征着武魂殿最高地位的两座大殿之一 ——教皇殿就坐落于武魂城之中。

这座全新修建的教皇殿，号称是整个斗罗大陆最宏伟的建筑。武魂城也正是因为这座新建的教皇殿，成了所有魂师的圣地。同时，它是武魂殿给自己设立的如同首都一样的存在。

从天斗城出发前往武魂城，差不多需要二十天。因为进行的是淘汰赛，所以总决赛的比赛时间并不算很长。三十三支队伍不到十天就能够决出胜负。

武魂殿对这次总决赛极其重视。在晋级赛举行的过程中，武魂城就已经专门开辟出一个地方作为这一届全大陆高级魂师学院精英大赛总决赛的场地。同时，武魂城宣布法令：在大赛期间，非魂师一律不得入内观看比赛，哪怕是贵族也不行。这样一来，这最后的总决赛更增添了几分神秘感。

平民并不会因为武魂殿颁布这样的法令而感到不满。毕竟魂师对于平民来说本就是高高在上的存在。武魂殿更是他们心中的神殿、圣地。教皇大人亲自颁布的法令，谁敢说什么呢？

天斗帝国一行上千人浩浩荡荡地出发了。虽然学院之间都各自为政，但毕竟都代表着天斗帝国。比起之前预选赛和晋级赛时，火药味儿淡了许多。几个关系比较好的学院更是走在了一起。

史莱克学院依旧是最受关注的，但那些实力差一些的学院并不愿意接近他们。而四元素学院因为晋级赛上的败北变得低调了许多。为了让参赛队员们更好地休息，天斗帝国特制了十五辆豪华巨型马车，专门给他们乘坐。

这些马车上甚至用到了一些基础的魂导器科技，减震性能极好，坐在上面非常平稳。当然，在整个斗罗大陆上流传下来的魂导器科技只剩下这些浅显的了。

从出发那天起，史莱克学院中就少了一个很重要的人——大师。

连史莱克七怪也不知道大师去了什么地方。大师都没跟唐三道别，就在晋级赛结束的第二天一个人悄悄地走了，连柳二龙也没带，令派人请他的雪夜大帝大失所望。

"小舞，这几天你干妈的脾气似乎不怎么好啊！怎么回事？"坐在马车上，宁荣荣趴在小舞耳边悄声问道。

小舞无奈地摇摇头，道："我也不知道。不过我妈的脾气本来就不好。大家最近还是小心一些吧，可千万不要惹她生气，否则就只有自己倒霉了。"

一旁的马红俊道："谁敢惹霸王龙啊！还是会喷火的。"

戴沐白没好气地瞪了他一眼，道："你小点声，想害死我们吗？如果我猜得没错，二龙老师的脾气最近之所以不太好，估计和大师的离去有关。不过，看她还没发飙，应该是知道大师的去处吧。真奇怪，小三，你怎么也不知道大师去了什么地方呢？"

唐三微微一笑，道："老师要做什么，我怎么会知道？戴老大，你还是好好养伤吧。不然到了总决赛，你上不了场，岂不是很痛苦吗？"

戴沐白哼了一声，道："虽然才三四天，但我身上的伤都已经收口了。不论怎么说，这次赢了玉天心的蓝电霸王龙武魂，比什么都重要。好了，大家都别浪费时间了。这马车真不错，在上面修炼毫无问题。你们几个的魂力都差不多要突破了，赶快修炼吧，争取在参加比赛之前提升一级。这样我们也能更有把握一些。"

唐三点了点头，目光从众人身上扫过，道："对于我们来说，真正的威胁还是来自武魂殿选送的那支队伍。只有战胜他们，我们才能获得最后的冠军。那将是我们史莱克七怪组成以后最大的考验。"

一提到那支队伍，众人的脸色都沉了下来。他们都已经从唐三口中得知了这个对手的强大。尤其是那三个获得武魂殿紫录勋章，不到二十五岁就突破了五十级的队员。虽然史莱克七怪在服用了唐三给的仙品药草后都有这样的潜力，但现在他们毕竟还没有达到那样的层次。

比赛中要面对那样的对手，以他们现在的实力，想要获胜无疑很难。但对手已经存在，他们绝对不能逃避。

如何战胜对手成了这几天他们一直思考的事。可大师不在，没人给他们安排战术，就只能以唐三为中心进行演练了。

唐三看着大家凝重的目光，轻叹一声，道："我最担心的倒不是那三名五十级以上的对手。如果他们的组合只是三名五十级以上的魂师和四名四十多级的魂师，那我们并不是没有机会。我的八蛛矛和双生武魂应该能够顶住一个五十级以上的对手。剩余的两个，戴老大和竹清用武魂融合技应该也能对付。我们还有荣荣和小奥进行辅助，未必就没有一拼之力。我现在最担心的是，他们可能拥有魂骨或武魂融合技。如果还有这些因素存在的话，我们几乎不可能获胜。"

奥斯卡道："小三，你之前不是说过吗？武魂殿这次拿出的冠军奖品是三块魂骨。既然奖品是魂骨，应该就是为了激励那些参赛的武魂殿队员。这样看来，他们拥有魂骨的可能性微乎其微。毕竟魂骨这东西可不是随处都能看到的。武魂殿能拿出三块来已经是很大的手笔了。"

唐三颔首道："你说得对。所以我们现在需要注意的就是他们有可能施展的武魂融合技。在我们的战术体系中，一定要注意这方面的应对。"

淡淡的光芒闪烁，唐三脸上流露出一丝冰冷的神光。他的双手在胸前合拢，眼中的光芒每波动一次，空气都会轻微地扭曲一下。淡淡的紫金色光芒令史莱克七怪中的其他六人都将目光集中在了他身上，但谁也没有打断他。众人知道，唐三肯定想到了什么。

"炽火学院的兄弟们，我能进来吗？"风笑天跟在炽火学院的马车旁边，向里面喊道。

那天和唐三比赛后，虽然他受到了重创，但唐三的话无疑带给了他几分希望。这不，身体刚养好了一点，他就跑过来找他心中的人儿了。

"风兄，你有什么事？"马车窗帘挑起，露出了火无双的面庞。

风笑天有些尴尬地一笑，道："倒没什么事。火舞妹妹在吗？我是来向她道歉的。"

火舞娇艳的面庞从火无双旁边探出，道："你有什么可向我道歉的？你又没做什么错事。"

看到火舞，风笑天先是双眼一亮，紧接着脸上露出痛苦的神色，道："火舞妹妹，我对不起你啊！没能完成你的嘱托。我还是输给了唐三，我……"

"不用说了，你并没有错。"火舞打断风笑天的话，"没想到唐三还是隐藏了实力。他实在太强了。不过，他既然是昊天宗的传人，这一切也好解释了。输了就输了吧。现在我只想看看，他在总决赛中能否击溃其他对手。"

提到唐三，火舞眼中流露出几分特殊的光彩。她对追求实力的执着绝对不逊色于一些有天赋的男性魂师。唐三的强大无疑对她产生了很强的吸引力，但并不是那种异性之间的吸引。火舞心中想的只有怎么超越唐三，击败唐三。哪怕那天唐三救了她的命，这样的想法也无法从她的脑海中完全淡化。

风笑天试探着问道："火舞妹妹，那我们之间的事……"

火舞眉头微皱，反问道："我们之间有什么事？"

"呃……这个，我是说，我们两个交往的事。"

突然，火舞眼睛一亮，看着风笑天的目光变了，道："你上车。"

"啊？"风笑天本来已经做好了被拒绝的准备，可火舞情绪上的突然变化令他大喜过望，赶忙跳上马车。

当他看到马车中俏生生地坐在最里面的火舞时，心脏不受控制地加速跳动起来。

火舞向火无双道："哥，你和大家先下车吧。我有话要和风笑天说。"

火无双看着妹妹，眼中露出询问的光芒。

火舞却向他使了个眼色。

当风笑天听火舞说要和他单独谈谈的时候，心跳不断地加快。一向诙谐的他在这个密闭空间中和火舞单独相对时，反而变得局促起来，双手互搓，不知道该说些什么才好。

"风大哥，我知道，你一直都很喜欢我，也对我很好。"先开口的是火舞。

风笑天傻乎乎地看着她，喃喃地道："你下一句不会是要说，风大哥，你是个好人，但我们不合适吧？如果真的要发好人卡，那你就不用说了。我怕我受不了这个刺激。"

看着风笑天那傻乎乎的样子，火舞不禁"扑哧"一笑，道："给你三分颜色，你还要开染坊了。我不是那个意思。"

风笑天惊喜地问道："那这么说，你是同意和我交往了？"

"呸，你想得美。我叫你进来是要和你商量件事。"火舞没好气地说道。

风笑天嘿嘿一笑，以往的样子又露了出来，道："好说啊！什么都行。你说吧。"

火舞沉吟道："风大哥，你觉得总决赛对我们来说还有意义吗？"

风笑天愣了一下，问道："你这是什么意思？"

火舞道："你认为我们能够战胜史莱克学院吗？或者战胜两大帝国保送的两所学院以及武魂殿学院的那些变态？"

风笑天苦笑一声，道："让我说实话吗？恐怕很难。"

火舞哼了一声，道："不是很难，而是根本就不可能。史莱克学院隐藏得很深。我想你也注意到了。在之前的预选赛中，他们根本就不是以完整阵容出战。到了晋级赛，他们四十级以上的魂师已经增加到了四名。而且那个胖子的实力相当强悍。火凤凰武魂，那可是顶级的武魂之一。"

风笑天叹息一声，道："在输给唐三之后，我就已经不考虑这些问题了。就算团战，我们也不太可能战胜史莱克学院。他们的整体实力太强了。唐三在预选赛中表现出的控制能力以及他们默契的配合，根本不会给我们什么机会。总决赛对我来说或许只是一种历练吧。"

火舞猛地摇了摇头，道："不，那可不一定。我们还是有机会的。这也是我叫你来商量的原因。我想让炽火学院放弃总决赛的资格。"

"啊？为什么？"风笑天大吃一惊，"你们能够进入总决赛，也付出了很多努力，为什么就这么放弃？"

火舞淡淡地道："当然不是随便放弃。我想让炽火学院与你们神风学院结成联盟，共同组成一支战队参加后面的总决赛。"

听了火舞的话，风笑天心中的其他念头完全消失，眉头紧皱，道："这似乎不合适啊。我们两个学院分别代表一种元素。先不说合为一体后代表哪个学院参赛，单是大赛组委会那关，恐怕就很难通过。"

火舞淡然一笑，道："这不是你需要担心的问题。我只问你，你愿不愿意？"

风笑天毫不犹豫地点了点头，道："当然愿意。如果我们两个战队真的能够融为一体的话，就能保证所有参赛队员都超过四十级，而且可选择的组合也会增加许多，绝对可以和那些强队一拼了。"

火舞点点头，道："既然如此，剩余的事就交给我办吧。麻烦你回去说服你的同伴和老师。我们炽火学院可以放弃这次荣耀，以你们神风学院的名义出战。

至于如何加入你们那边，也很简单。我们暂时转学到你们神风学院就是了。炽火学院这边我可以做主。院长是我的父亲。"

虽然火舞的话听上去很平淡，但风笑天能够清楚地从她的话语中听出那份狂野。是多么渴望胜利的心才能作出如此决定？

火舞看着风笑天，道："我们练习的时间不多，只有路上这剩余的十几天。你尽快和你们学院的人商量一下这件事。如果没问题的话，我们就要开始练习配合了。你既然能够创造出第一个魂技，或许我们就能创造出第二个。"

风笑天眼睛一亮，问道："像你们之前在比赛中使用的那种团队配合融合技？"

火舞点了点头，道："虽然那并不是真正的武魂融合技，但只要配合得好，我们的实力就能令所有人震惊。"

风笑天苦笑道："我只是担心大赛组委会会找麻烦。"

火舞不屑地哼了一声，道："我们转学他们也管得着吗？至于名额问题，我会解决的。说服武魂殿并不困难。只要我们向那位白金主教表示，在这次大赛结束后就加入武魂殿，他们就不会阻拦。"

风笑天突然静了下来，凝视着火舞的双眼。

"你看我干什么？"火舞有些不满地说道。

风笑天叹息一声，问道："火舞，你真的就那么渴望胜利吗？为了胜利，你知道自己要付出多少代价吗？"

火舞淡淡地道："我不但渴望胜利，还渴望自己变得更加强大。如果连一点机会都没有，我失去了信心，以后还怎么修炼？我只是问你，你愿意和我一起走这条路吗？"

风笑天用力地点下了头，道："我愿意。无论你作出怎样的决定，我都愿意陪伴在你身边。但是有一点我要声明，我只能代表自己。在大赛结束后，我可以和你一起加入武魂殿，但我不能左右我的伙伴们。"

火舞看着风笑天，眼中突然多了些什么。她当然知道风笑天在神风学院其他队员心中的地位。以他的影响力，完全可以让他的伙伴们一同加入武魂殿，但他并没有这么做。火舞突然发现，风笑天身上竟然有这么多以前自己没有注意到的闪光点。虽然他的实力不如唐三，但相貌比唐三英俊多了。一时之间，她不禁有些痴了。

众人继续赶路。神风学院和炽火学院在短时间内达成了合作的协议。当然，这个消息对外是严格保密的。不到总决赛开始的时候，他们又怎么会透露呢？

史莱克学院众人这段时间过得倒是很惬意，每天都聚集在马车上修炼。戴沐白因为刚升级不久，就和弗兰德他们一起处理外面的事。对于他们来说，现在已经不需要过多地练习配合，更重要的还是提升魂力。

经过这么多战斗，这些本就是天才的少年男女除了实战经验以外，魂力也都有长足的进步。几天的工夫，魂力已经到达瓶颈的他们先后突破。除了小舞还处于三十九级的瓶颈之外，其他人都突破到了下一级。

目前，史莱克七怪的等级分别是邪眸白虎戴沐白四十五级，大香肠叔叔奥斯卡四十二级，唐三四十三级，马红俊四十二级，小舞三十九级，宁荣荣四十二级，朱竹清四十二级。

只看等级，或许并不会给人太多惊讶，但如果结合他们现在的年纪，就足以震撼任何魂师界的强者。

年纪最小的朱竹清才十四岁，最大的戴沐白也不过十七岁。奥斯卡十六岁，唐三还不到十五岁。

这是一个多么年轻的队伍啊！他们完全有能力参加下一届的全大陆高级魂师学院精英大赛。五年之后，他们又会达到怎样变态的程度呢？就连大师都无法判断。因为这些孩子都是擅长创造奇迹的人。

大家这一路上走得很平静，十天的时间很快就过去了。前往武魂城的路途已经过了一半。

五百名皇家骑士团成员组成的护卫队伍，尊贵程度堪比皇亲国戚，所到之处，所有城市无不以上等礼数进行接待，路上更是没有遇到任何麻烦。

今天是赶路的第十一天。史莱克七怪中依旧保持修炼状态的就只剩下小舞一人。小舞距离突破四十级已经很近了，其他人都不愿意打扰她，将整辆马车让给了她一个人。

现在众人都期望着小舞能够在总决赛之前突破瓶颈，然后尽快找到一只合适的魂兽获取魂环。只要小舞也进入四十级境界，史莱克七怪的实力又会产生整体提升的效果。

"戴老大，你怎么老看那些骑士？难道你想成为一名战士吗？"马红俊好奇地向戴沐白问道。

由于在晋级赛中的出色表现，此时史莱克学院被安排在了整个队伍的中央位置。

戴沐白道："我们战魂师本来就是最好的战士。这有什么好羡慕的？我只是观察观察他们而已。皇家骑士团不愧是天斗帝国的王牌，不但军容齐整，而且纪律性极好，一点也没有骄矜之气，这太难得了。虽然骑士是最低等的贵族，但出身皇家骑士团，他们在天斗帝国的地位是相当不凡的。他们这一路上能严于律己，完全是平时训练的成果。"

马红俊道："行了，你怎么说得跟自己是个军事家似的？我可不想听这些。还有十天才到武魂城啊！戴老大，我们在队伍里转转怎么样？"

戴沐白狠狠地瞪了马红俊一眼，道："闭上你的乌鸦嘴！我可是正经人，从来不干这种事。"

马红俊扭头看了一眼距离他们不远的朱竹清，恍然大悟道："明白，我明白。你是正经人。下次我说的时候一定小声点。"

"信不信我拍死你？"戴沐白已经清楚地感觉到两道寒光凛凛的目光落在了自己背上。这些天他和朱竹清之间的关系已经有了翻天覆地的改变，令戴沐白充满了兴奋。他还清楚地记得当初朱竹清在营地中对他说的话。他知道，朱竹清绝对是说得出做得到的人。想到这里，他的背脊不禁一阵发凉。

正在戴沐白准备到朱竹清身边解释几句的时候，一股阴冷的气息突然从不远处传来。

他们这支队伍走的大都是官道，只有在能够抄近路的时候才会走一些偏僻小路。而此时正是抄近道的时候。他们身处两座不高的山丘之间，从这里穿过去据说能节省几十里的路程。山间小路虽然窄了些，可也算得上平坦，马车过去毫无问题。

阴冷的气息是从小路两侧的山上传来的，感觉到的自然不止戴沐白一个人。

皇家骑士团带队的大队长大喝一声："所有人警戒。有情况。"

护卫在众魂师身边的皇家骑士团成员立刻举起了手中的骑士长枪。那些魂师学院的参赛队员却一脸轻松。这么多天才魂师在这里，他们需要担心什么？虽然从数量上来说，这些队员比皇家骑士团的成员少了许多，可要是真打起来，实力跟数量根本不成正比。更何况，各学院带队的老师中不乏强者，六七十级的魂师至少有十几位。这样一支队伍足以面对万人以上的大军团了。

就在这时，无数石头如雨点般从两旁的山丘上滚落。这些石头不但出现得非常突兀，而且非常整齐，飞快地朝着下方砸来。

眼前的地形对整个团队非常不利，皇家骑士团那位大队长赶忙下达加速前进的命令。处理那些石头的任务自然交给了皇家骑士团的五百名成员。

这个时候皇家骑士团的整体素质就显现了出来。虽然他们并不都是魂师，但整体实力非常强悍。

两旁的山丘并不算太高，这就令那些石头的重力并没有达到无法抗衡的程度。皇家骑士团的骑士们纷纷后退几步，只留下中间能够过人的通道。他们高举手中的骑士枪，面对落石迎了上去。

枪动石落，他们就利用自己手中的长枪不断将一块块飞落的石块挑到一旁。五百名骑士的长枪组成了一道钢铁防线，在如此不利的地形中，短时间内竟然没有让一块石头从自己身前通过。

看到这一幕，先前听了戴沐白的话还有些不以为然的马红俊也不禁震撼了。十五所魂师学院在带队老师的带领下飞快地朝着山丘外移动。为了加快速度，他们抛弃了马车。所有队员都下地急行。只要离开眼前这不利的地形，就没什么可怕的了。

现在每个人都很想知道，这连皇家骑士团都敢袭击的究竟是什么人。这里可是天斗帝国的地盘。难道真的是土匪吗？那他们没长眼睛吗？

小舞的修炼不得不终止了。史莱克七怪加上四名替补队员，紧随柳二龙和弗兰德快速前行。

柳二龙本想冲上山包去杀戮一番，却被弗兰德拦住了。

"弗老大，你为什么拦我？这些不长眼睛的毛贼，让我弄死他们多好！"柳二龙不满地说道。

弗兰德正色道："事情没那么简单。难道你不觉得奇怪吗？虽然天斗帝国有一些大的盗贼团体，可他们的消息灵通得很。我们这样一支队伍也有人敢袭击，他们凭的是什么？看山上的落石，他们显然是早有准备，并非无意而为。先不管他们想干什么，保护好孩子们才是最重要的。小刚不在，我们无法发挥出最强战斗力，守护在孩子们身边才是最保险的。"

听了弗兰德的话，柳二龙虽然心中有些不以为然，但也不好反驳。

皇家骑士团开始渐渐抵挡不住了，一些特别巨大的石块已经砸向队伍之中。

在这种时候，魂师们的实力充分显现出来。这些天斗帝国各大高级魂师学院的精英根本没有慌张，各自释放出自己的武魂，将辅助系魂师护在里面。强攻系和防御系魂师顶在外面。石块飞来，立刻就会被击碎，甚至没能影响到队伍撤离的速度。

眼看着队伍就要通过两座山丘之间的这段路了，后面的皇家骑士团开始撤退。

就在这时，不知道从什么地方响起一声呼啸声。两旁的山包之上，突然出现了数以千计的黑衣人。他们以极其惊人的速度向着下面冲了过来。此时，皇家骑士团还在撤退的过程中。十五所学院的魂师们只能依靠自己的力量保护自己。

各色绚丽的光芒开始在魂师们身上出现，武魂释放，魂环闪亮。他们已经做好了战斗的准备。

虽然各个学院之间并没有任何配合可言，但每一所学院都形成了一个小团体。敌人的出现反而激发了他们的血性。不退反进，也不需要任何人组织，他们已经飞快地朝着敌人冲了上去。

但是令这些青年魂师感到意外的情况发生了。当他们满以为可以轻松击溃对手的时候，却被对手给了当头一棒。

十五所学院的师生加起来一共有二百余人，而从山上下来的盗匪数量大约一千五百名。当双方接触的一瞬间，这些盗匪竟然展现出了惊人的配合能力，往往是三四个人围攻一个人，攻击手段简洁有力，顿时打了魂师们一个措手不及。毕竟魂师们的实战经验都是建立在小规模战斗之中的，像这样大规模的战斗还是第一次遇到。

　　绚丽的魂技开始出现了，但那些黑衣人非常狡猾，凭借着相当不错的速度和配合，普通的一二级魂技竟然很难奈何他们。而且在这些黑衣人之中竟然也有魂师存在，至少有三十名五十级以上的强大魂师。一旦强力魂技出现的时候，他们就会立刻顶上去。基本上两个高等级魂师对付一所学院。这样一来，盗匪们的群狼战术就发挥出了相当大的作用。场面完全陷入胶着状态。

　　盗匪中出现魂师令弗兰德更加肯定了自己的猜测。这是一次有组织的袭击。三十名五十级以上的魂师，这可不是随便哪方势力都能拥有的强大实力。这个世界上的魂师有多少？总数不会超过十万。五十级以上的魂师更不会超过五千人。五千这个数字听起来很多，但如果分配到整个大陆上就少得可怜了。一群盗匪能如此有组织地发动攻击，而且还拥有这么多高等级魂师，这几乎是不可想象的。

　　五十级魂师意味着什么？不只是称号变成了魂王，也意味着可以获得第一个万年魂环。

　　"节省魂力，击溃对手。"弗兰德立刻下达了这样的命令。

第一百一十八章
一个爱花的封号斗罗

SOULLAND

一千五百人围攻十五所学院，每所学院分到的都是一百名左右的敌人。战斗一开始，唐三就发现了问题——那些黑衣人的素质明显比普通人强得多。

他们至少是经过专门训练的战士，速度、力量都相当不错，否则就不会出现这么少的伤亡数量了。

要知道，虽然他们在数量上占优势，但对付的全是魂师队伍。

分到史莱克学院这边的两名魂师都拥有五个魂环，而且都是最佳魂环配比。他们一上来就化解了马红俊的一次攻击。弗兰德和柳二龙同时顶上，火力全开。

群战？唐三笑了。作为一名控制系魂师，他最不怕的就是群战。

蓝银草沿着地面四散纷飞，飞快地扑向敌人。凡是接近他们的对手都会立刻被蓝银草缠上。节省魂力固然重要，但更重要的是速战速决。

第一次面对这么多对手，唐三心中有种热血沸腾的感觉。他那极其惊人的实力彻底展现出来。蓝银草的缠绕技能针对的只是对手的腿，与此同时，他开始担任起史莱克学院的指挥任务。

"上弦。"唐三低声沉喝。延缓了对手的行动后，他并没有急于攻击。

黑黝黝的小匣子出现在史莱克七怪手中。七个人极为默契地分别对准了不同的方向，飞快地完成机括上弦的动作。

被蓝银草缠上的那些黑衣人似乎有些焦急。突然，其中一个黑衣人大喝一声，身上竟然产生了魂力波动。三个魂环从他身上升起，竟然硬生生地挣脱了缠绕在腿上的蓝银草。

看到这一幕，唐三心中突然有一种不好的猜测，但此时他已经顾不得这些了。机括上弦完毕后，唐三大喝一声："放。"

巨大的金属爆鸣声中，七架诸葛神弩喷吐出了死神的气息。每个人发出十六支弩箭，一共百余弩箭喷射而出，交织成了一张充满死亡气息的大网。

惨叫声不绝于耳，在诸葛神弩强横的穿刺能力面前，黑衣盗匪终于开始进行大范围杀伤。

诸葛神弩的穿透力实在太强了，足以同时射穿几个人叠在一起的身体。只是一轮齐射，围攻他们的敌人就少了大半。

唐三冷笑一声，道："大家别动，做好防御措施。"说完这句话，他就冲了出去。

这时候其他学院都在被围攻中，谁也不会注意到唐三这边。

唐三的双臂在虚幻般的律动中，有无数晶莹的光芒从指尖挥洒而出。在那一瞬间，他身上仿佛出现了八条手臂一般。

唐三已经很久没有用过暗器了，但并不意味着他使用起来会变得生疏。他就像专为暗器而生的千手修罗一般，不断将死亡的气息带给敌人。

一旦确定对方为敌人，他就绝不留手。这是《唐门总纲》中的规矩，唐三又怎么会忘记呢？不论这些蒙面的是什么人，他们显然不是怀着好意来的。

唐三用的暗器大多数是飞针。因为飞针的体积小，对手更难抵挡，也更便于携带。

从最普通的精铁针到穿骨针、破甲针、霸王针……各种大小不同却都威力惊人的飞针不断地从他手中挥洒而出。

紫金色的光芒在他眼中喷吐着。周围的一切尽在他的六感掌握之中。他每一次出手，都立刻会有人随之倒下。唐三射的并不都是对手的要害部位，但是不要忘记，唐门不止有暗器，还有毒药。

在唐三的二十四桥明月夜中，既有令人麻痹的毒药，又有见血封喉的毒药。面对敌人，他会手下留情吗？不，当然不。

史莱克七怪中的其他人也是第一次看到唐三全面发威的样子。只见不断有亮晶晶的光芒从唐三身上挥洒而出，而在唐三身边三十米范围内的敌人就像割麦子一般倒下。凡是倒下的，就再没有人能站起来。

只是一会儿的工夫，不只是史莱克学院这边的低等盗匪被肃清，连周围的一些黑衣盗匪都被殃及了。

唐三的暗器实在太恐怖了，无孔不入，悄无声息。对手反应过来的时候，往往已经被毒针刺中。他的暗器可以说比任何魂技都要霸道。

使用暗器的唐三变得格外自信。此时此刻，对他来说蓝银草已经完全变成了辅助技能。那些黑衣盗匪根本没有能够近身的。

正在唐三准备扩大战果的时候，黑衣盗匪已经意识到了这边的异常。各学院的高等魂师都被高等级的黑衣盗匪缠住，虽然也开始发挥出杀伤力，但像这样只用一会儿工夫就击倒上百人的只有唐三一个。

三道身影同时朝着唐三扑了过来。这三个人一出现，唐三立刻感觉先前那种行云流水的感觉消失了。虽然这三个人在扑过来的过程中都没有释放武魂，但他们带给唐三的压力相当大。

面对危机，唐三的第六感格外敏锐，没有任何吝惜，六颗子母追魂夺命胆已经从他手中飞了出去。

亮晶晶的铁胆在空中画出六道美妙的弧线，将唐三与三名突然出现的对手阻隔开来。

唐三用自身能够达到的最快速度后退，朝着伙伴们冲去。

一道彩光适时落在唐三身上，正是宁荣荣的辅助魂技到了。速度增幅达到百分之四十，唐三后退的速度顿时大增。

六颗子母追魂夺命胆在空中悄然碰撞在一起，刹那间，大蓬毒雾弥漫而出。隐藏在毒雾中，无数根只有毫毛粗细、由铁精打造而成的毫针带着恐怖的剧毒形成一片大幕，笼罩了三名黑衣人前进的道路。

唐三在扔出六颗子母追魂夺命胆的时候，根本没有去看，但此时他身上的衣服已经被汗水浸湿了。因为他清楚地感觉到，那三个人身上散发出来的压力竟然令自己险些崩溃。也就是说，这三个人的实力相加，绝对不会逊色于一名八十级以上的魂斗罗。

那可不是五十级魂王能达到的。

敌人中怎么会有如此强大的魂师？

三名黑衣人用他们的魂环数量肯定了唐三的猜测。八、七、七，一名魂斗罗和两名魂圣释放出了他们的武魂。

无比强横的魂力波动瞬间爆发，大蓬毒针席卷而去。唐三自身的魂力还是太弱了。如果刚才那六颗子母追魂夺命胆是独孤博释放的，那么这三个人就算不死也要脱层皮。

唐三达不到这样的效果，不过就算如此，也终究阻挡了对手一下，令他有机会快速退入伙伴们之间。

突然看到三名强者出现，弗兰德和柳二龙同时心中一凛。他们的对手中有两名五十多级的魂王在战斗中表现得极为狡猾，又都是敏攻系。他们直到现在也没能将那两人毁灭。此时眼看三名强者出现，那两名魂王掉头就跑。

两名魂王和那三人的身影迅速接近，史莱克学院众人的脸色都变得凝重起来。一魂斗罗、两魂圣、两魂王，这样的组合实力有多强，他们再清楚不过。

如果大师在这里，和弗兰德、柳二龙施展出黄金铁三角的三位一体武魂融合技，或许还能跟对方对抗，但现在只有弗兰德和柳二龙，他们显然是抵挡不住的。

只是到了这个时候，谁能退缩呢？指望别人来援助是不可能的。其他魂师学院都被困住了，皇家骑士团也被一群黑衣盗匪挡住了，至少在短时间内不会有人帮助他们。

更何况身边这些学院都是他们的竞争对手，人家就算能腾出手来，也未必会帮助他们。

那名蒙面的黑衣魂斗罗冷哼一声，抬手挥动，五个人同时逼迫过来。两名魂圣直扑弗兰德和柳二龙，而那名魂斗罗则带领着两名魂王朝着史莱克七怪等十一人走来。

唐三和戴沐白对视一眼，从对方眼中都看到了坚定的光芒。八十级以上的魂斗罗已经是魂师界接近巅峰的存在。这样的对手真的是他们能对抗的吗？不能对抗又如何？他们绝对不会放弃。

弗兰德和柳二龙那边的战斗已经率先开始了。弗兰德虽然也是魂圣，但魂力已经接近七十九级，在魂圣中绝对是强大的存在。他的对手是一名插翅虎魂圣。两个人直接在空中展开战斗。

柳二龙的对手是一名铁甲龟魂师。

两个人一攻一守，打得不可开交。柳二龙的攻击固然强横，但她那对手的防御坚不可摧。他俩同样陷入了胶着状态。

这两名蒙面魂圣似乎是专门针对柳二龙和弗兰德的。他们的武魂虽然未必能克制史莱克学院这两大强者，但拖延他们绝无问题。

到了魂圣这个层面的战斗，双方可以使用的魂技数量都很多，想要击溃一个等级相差不多的对手绝对不是那么容易的。

黑衣蒙面魂斗罗的目光直接落在了唐三身上，双眼中的光芒顿时变得阴险起来。他口中发出一声长啸，腾空而起，直接向史莱克学院这十一名学员扑来。

那两名魂王则根本没有移动，将攻击的主动权完全让给了唐三。

金色的光芒从黑衣蒙面斗罗身上爆发而出。他的双臂在空中震荡间已经化为了一双金色羽翼，更加庞大的金色光影浮现在他背后。他身上的衣服已经被金色羽毛所代替。此时他露出了武魂真容，竟然是一只金色的大鹰。

翅膀成形的同时，他的双臂从翅膀处脱离开来，化为两只尖锐的鹰爪。同时，他的身体开始急剧变化，与他背后的金鹰幻象越来越像。

史莱克七怪的脸色都变了。虽然空中那强大的压力还不足以令他们崩溃，但是这名魂斗罗一上来就用出了第七魂技——武魂真身，显然是打算速战速决。

跑？面对一名飞行魂师，想跑谈何容易，就算有奥斯卡的飞行蘑菇肠辅助也绝对不可能。

那名魂斗罗身上的八个魂环是那样明亮，三黄两紫三黑，虽然不是最佳魂环配比，但足以令人吃惊了。

第七魂环黑光缭绕，出现在黑衣蒙面魂斗罗金色的身躯上，看上去是那样恐怖、强大。在这个时候，史莱克七怪都已经没了侥幸心理。他们想做的，能做的，都只有全力去拼。

没有人能救他们，能够救他们的只有他们自己。

魂环的光芒同时在史莱克七怪七人身上释放。

唐三向泰隆四人挥了挥手，示意他们赶快离开这里。这四个人毕竟不是史莱克七怪，面对魂斗罗，他们的存在并不重要，与其在这里白白送命，还不如逃离。

令人奇怪的是，那两名魂王并没有阻止四人撤离。那四人没有远去，都在凝聚着自己的魂力。

"欺负小孩子算什么本事？好久不见啊，鹰兄。"苍老的声音响起，一股柔和的气息覆盖在史莱克七怪身上。武魂真身带来的压力顿时一轻，七人如释重负地朝着声音响起的方向看去。

一名身材瘦长的老人不知道什么时候已经站在距离他们不远的地方。长度超过四米的拐杖握在他手中，看上去十分轻松自如。此时他正仰头看着空中显露出武魂真身的金鹰，脸上流露出凝重之色。

他身上同样有八个魂环闪耀着。

这个老人，史莱克七怪竟然都认识，正是当初他们去获得第三魂环时遇到的龙公孟蜀。

当时，龙公蛇婆给他们带来不少麻烦，如果不是他们应对得当，麻烦就大了。唐三是用自己的实力征服了对手，只是没想到竟然会在这里遇到了他。

此时唐三才记起孟依然也在参赛队伍中，是异兽学院战队的队员。史莱克学院与异兽学院比赛的时候，唐三因为受伤并没有参加。他早就将孟依然的事情给忘了，此时再见到龙公，有点惊讶。

空中的金鹰瞳孔一阵收缩，道："孟蜀，这里的事你最好别管。"

龙公淡然一笑，道："是你们来找麻烦，并不是我。我的孙女也在这次参赛的学员中，你认为我会不顾她的安危吗？没想到鹰兄竟然成了盗匪，真是可喜可贺啊！"他的语气中充满了讽刺的意味。

现在谁都看得出，眼前的这些黑衣人绝对不是什么盗匪。盗匪的队伍要是有魂斗罗坐镇，那天下岂不是要大乱了吗？

金鹰冷哼一声，道："孟蜀，你真的要和我们做对吗？想想后果吧。这不是你能抗衡的。"

龙公眼中厉光一闪，道："你当我是吓大的吗？洛尔迪亚拉，别人怕你，我可不怕你。有本事，你先收拾了我这个老头子，不然的话，今天你别想随便离开。"

金鹰目光流转，鹰的视力无疑是极敏锐的，他立刻在战场上找到了同样挥舞着拐杖的另一个人——蛇婆朝天香。

已经达到了魂圣境界的蛇婆此时正以一己之力抵挡两名五十多级的魂王的攻击。当感受到空中传来的目光时，她冷冷地回敬了对方。

洛尔迪亚拉心中暗想：如果龙公、蛇婆只出现一个，在属性相克的情况下他绝对可以一战。因为他的武魂对这两个老人都有克制作用。

可是，当龙公、蛇婆在一起的时候，就不是他能对抗的了。他们之间的武魂融合技——龙蛇合击早已经达到了出神入化的程度，连封号斗罗都抗衡不了，更何况他了。

一声尖锐的鸣叫声从金鹰洛尔迪亚拉口中发出。

龙公孟蜀脸色微微一变，问道："你还有同伙？"

洛尔迪亚拉冷笑一声，道："孟蜀，我劝你还是赶快带着蛇婆离开这里。我们绝对不会伤害你的孙女。你要是还不走，等下想走也走不了了，我只是个跑腿的而已。"

龙公的脸色恢复了正常，但心中掀起了一片惊涛骇浪。他当然知道洛尔迪亚拉从何而来，但他一直没有说出对方的身份，就是留了一线余地，否则一旦说明，必然是不死不休的局面。

看着洛尔迪亚拉一副泰然自若的样子，他心中已经萌生了几分退意。

他之所以出现，只是因为看不惯一个魂斗罗欺负一群魂宗小孩子，但他本身和史莱克学院没什么关系，自然犯不着为他们卖命。

"洛尔迪亚拉，你真是越活越回去了。这么简单的场面，你也搞不定吗？"一个阴柔的声音远远地传来。他叫洛尔迪亚拉名字的时候似乎还在远处，可当他说完最后一个字的时候，已经悄然出现在众人面前。

那也是一个蒙面人，看不出年纪。但他穿的并不是黑衣，而是一身白衣。

这个人一出现，唐三他们反而不再感觉到压力了。孟蜀却闷哼一声，快速地退后一步，脸上神色大变。

"老头子。"蛇婆朝天香飞快地赶了过来，一只手还拉着自己的孙女。他们夫妻二人将气势凝聚为一股，这才堪堪抵挡住那股无形的压力。

白衣人发出一声妖异的笑声，道："原来是老朋友，难怪洛尔迪亚拉搞不定。好久不见啊，盖世龙蛇伉俪。你们胆子不小啊，居然让本座不得不出场。"

龙公的脸色变得极为凝重，道："你竟然也来了。"

白衣人用他那阴柔的声音说道："看到我出现，还不快滚！你应该明白我们对这件事的重视。"

"好。"龙公答应得出奇痛快，带着蛇婆转身就走，竟然没有片刻停留。

孟依然惊讶地看着爷爷，刚想说什么，却被孟蜀凌厉的目光止住了。她再看唐三时，眼中充满了歉意。盖世龙蛇夫妻带着孟依然几个起落就已经到了远处，消失不见。

白衣人的目光转向空中的金鹰，有些不耐烦地道："你不赶快收拾他们，还要我动手不成？"

"是，大人。"巨大的压力再次弥漫在史莱克七怪身上。

令史莱克七怪惊骇欲绝的是，一股特殊的气息带着淡淡的香气从那白衣人身上弥漫而出，顷刻之间蔓延到他们身上。七人的身体竟然再也无法行动，更无法使用自己的魂力。

吓走盖世龙蛇，证明了什么？呼喝魂斗罗，意味着什么？种种迹象都表明了这名白衣人的实力。

就在那金鹰即将扑下、夺走史莱克七怪性命的时候，一层金红色的光芒突然从小舞身上冒了出来。七人身上再次一轻，同时恢复了行动的能力。

戴沐白和马红俊厉喝一声，同时发动了第三魂技——白虎金刚变、凤翼天翔。

唐三将一个蛛网束缚甩了出去，直奔金鹰袭去。奥斯卡飞快地制造着香肠。宁荣荣发动三窍御之心，手上的九宝琉璃塔同时射出三道光芒，分别给戴沐白和马红俊增幅了攻击力，给唐三增幅了魂力。

史莱克七怪配合的默契程度令那白衣人都不禁愣了一下。

"等一下。"白衣人右手轻挥，一股澎湃的能量波动令空气剧烈地扭曲了一下。他身上的九个魂环一闪即隐。在那巨大的魂力作用下，原本向下扑的金鹰竟然被震得飞了起来。

白衣人将目光凝聚到小舞身上，道："你竟然能够破掉我的气息结界。"他的鼻子动了动。虽然众人看不到他的脸色，但清楚地看到了他眼中的惊骇之色。他接着道："相思断肠红，竟然是相思断肠红的味道！你得到了相思断肠红的认可？"

白衣人的情绪明显变得极其激动，一闪身就扑到了小舞面前，抬起一只手直接朝着小舞怀中抓来。

巨大的爆鸣声从史莱克七怪身上发出，无数寒光交织在一起，同时覆盖了那白色的身影。

他们在两名魂圣和一名魂斗罗出现的时候，就已经准备好了暗器，眼看对手要伤害小舞，立刻用了出来。

白衣人冷笑一声，身体在半空中一个旋转，一层淡淡的黄色光芒化为片状。所有暗器一进入那黄色光圈的范围内，立刻化为齑粉消失不见。下一瞬，他的手已经停在小舞脖子前不到一寸的位置，却并没有抓下去。

小舞距离他最近，能够清楚地感觉到白衣人身体的颤抖，那是极度激动状态下才有的反应。

封号斗罗！出现在他们面前的这名白衣人无疑是一位魂师界的巅峰存在。没错，他正是一名封号斗罗，可他此时竟然如此激动。

史莱克七怪的其他人都没有发动进攻。他们都知道，小舞的生命已经完全掌握在这名白衣人手中。只要这白衣人手指轻动，完全被他锁定的小舞立刻就会香消玉殒。

唐三的衣服瞬间就被汗水浸透了，难以名状的恐慌在心中蔓延。他宁可受到死亡威胁的是自己，也不希望小舞出事。

八蛛矛在恐慌的情绪中破背而出，一个阎王帖已经悄然滑入唐三手中。

唐三知道自己出手的机会只有一次，而且对手是一名封号斗罗。以他目前的魂力，阎王帖面对封号斗罗时几乎没有成功的机会。可是他怎么能眼睁睁地看着小舞死在敌人手中呢？

白衣人深吸一口气，他的手始终没有抓下去，自言自语道："为什么？为什么获得相思断肠红认可的不是我？如果有了相思断肠红，我也能，我也能达到那样的境界了！小姑娘，把你的相思断肠红给我看看，可以吗？"

他的声音在颤抖，显现出了女性化的一面，就连他的眼神也变得毫无敌意。

小舞能不答应吗？她赶忙探手入怀，小心翼翼地捧出了相思断肠红。

鲜艳欲滴的大花上散发着金红色的光芒，白衣人的眼神顿时变得如痴如醉起来。

这是他梦寐以求的仙品啊，也是对他最有用的仙品。如果他能得到相思断肠红，他就有机会跃升到另一个层次。

但是他知道自己做不到。相思断肠红的特性决定它一生只能有一个主人。它既然认可了小舞，就永远不会改变。对于别人来说，它将是无比坚韧的存在，哪怕是封号斗罗级别的魂力，也别想将它破坏。

史莱克七怪都很吃惊，他们想不到这一株相思断肠红能够令他们暂时避免了被轰杀的命运。

但是危机还没有解除。在一名封号斗罗和一名魂斗罗面前，他们能做什么？

白衣人想要抚摸相思断肠红，但当他的手距离相思断肠红只有半尺的时候，相思断肠红上的金红色光芒骤然变得强盛起来，吓得他赶忙缩手。

"不愧是仙品中的仙品！是的，我不该冒犯您的高贵。"白衣人竟然向小舞手中的大花微微躬身行礼。他眼中的痴迷根本无法用语言来形容。

不知道为什么，从这个人身上，戴沐白竟然感觉到了几分亲切的气息。他不知道为什么会出现这样的感觉，但能够肯定的是，他之前绝对不认识这样一名封号斗罗。

白衣人叹息一声，转身向外面走去，口中说着："洛尔迪亚拉，别的人，你随便，但这个女孩子不许动。多少年了，传说中的仙品花王终于出现，并且认主了。我愿永远守护着她。"

洛尔迪亚拉的厉鸣声再次响起。他其实也很郁闷，先被龙公阻挡，再被这位封号斗罗大人击退，此时终于可以动手了，他又怎会犹疑？金色光芒弥漫，眨眼间他下扑而至。

"去死。"作为队长，戴沐白第一个冲天而起，身上弥漫的金光瞬间变得浓郁起来，与身体完全融为一体。

第三魂技——白虎金刚变之前就已经发动了，此时他更是直接发动了第四魂技——白虎流星雨。

上次受伤之后，戴沐白惊讶地发现，当他的伤口愈合后，身体竟然变得比以前更加坚韧了。

他并不知道，在受伤之后，受到外力的影响，他体内的奇茸通天菊与身体更好地结合在一起，正在潜移默化地改变着他身体的每一个地方。

当戴沐白全力以赴发动攻击的时候，他自身的魂力不自觉地与奇茸通天菊产生的效力结合在了一起。以金刚之身发动攻击，他的攻防都达到了前所未有的程度。

"咦？"本来已经准备到一旁等待结果的白衣人突然回过身来，投向戴沐白的目光中充满了惊讶。

"再等一下。"九环重现，又是一巴掌，蓄势而下的魂斗罗洛尔迪亚拉又一次被扇到了空中。

"大人，您……"洛尔迪亚拉已经要郁闷致死了。如果这个阻挡他的人不是一位封号斗罗，他恐怕立刻就会扑上去和对方拼命。怎么说他也是一名魂斗罗级别的强者，怎能受这样的气！而且他现在一直维持着武魂真身，这需要消耗大量魂力。

泥人还有三分火气，先后三次被阻挡，他已经到了崩溃的边缘。

可那白衣人像是没有听到他的声音似的，身形一闪，一巴掌拍散了戴沐白释放的白虎流星雨。

他的速度实在太快了，戴沐白根本来不及反应。至少有七掌落在了戴沐白身上，分别拍在了他的脖子、双臂、双腿、胸膛和后背上。

戴沐白根本没有反抗的余地，只觉得全身一阵发热，身上散发的金光顿时变得更加浓郁了，而且还散发出一股奇异的味道。

在那七股热气的注入下，戴沐白清楚地感觉到自己的身体发生了变化，体内的魂力疯狂涌动。在不断升腾中，魂力似乎在整体增长，不但没有令他感到任何不适，而且通体生出极为舒适的感觉。

他在干什么？戴沐白心中充满了疑惑。

白衣封号斗罗的情绪再次变得激动起来，道："奇茸通天菊！竟然真的是奇茸通天菊！你吃过这株仙品？"

吃惊的不只是戴沐白，唐三的瞳孔也不禁剧烈地收缩了一下。他想不到在这个世界上居然还有人认识奇茸通天菊。

白衣封号斗罗摊开右掌，一层淡淡的黄色气流出现在他的掌心中。

黄色光芒渐渐发生变化，最终变成了紫色。在那紫色光芒的中央还带着一点金色光芒。

紫光弥漫，一朵硕大的菊花生长而出。

菊花呈现为瑰丽的紫色，奇异的是，每一片花瓣都看上去毛茸茸的，分外可爱。这朵菊花分外耀眼，却没有任何香味溢出，中央的花蕊高出花瓣足有半尺，花蕊顶端闪耀着淡淡的金色光彩。

戴沐白呆滞了。这封号斗罗掌心中出现的植物不正是当初唐三给自己服用的奇茸通天菊吗？

"你服用过的仙品是不是这样？"封号斗罗迫不及待地问道。

戴沐白毫不犹豫地点了点头。再见这株令自己实力大幅度提升的仙品，他已经忽略对方的敌意了。

白衣封号斗罗长出一口气，道："那就对了，难怪你身上会有那样的光芒。洛尔迪亚拉，这个小伙子也不能伤害，他和我很有缘分。小子，你愿意拜我为师吗？以你的天赋，再加上服用过奇茸通天菊，未来的成就绝对不会在我之下。"

洛尔迪亚拉此时充满了哭笑不得的感觉。这位大人行为怪异，他一直都是知道的，但要在眼前这种局面下收徒，是他万万想不到的。

一名封号斗罗要收戴沐白为徒，并且肯定地告诉他，未来他能够成为顶级强者，这对普通魂师来说，绝对是梦寐以求的机会。

有一个这样的老师，不但多了一层保护伞，对修炼的好处也是毋庸置疑的。封号斗罗的指点对任何一个魂师来说都是巨大的诱惑。

第一百一十九章
四个封号斗罗

SOULLAND

白衣封号斗罗要收戴沐白为徒？虽然这是他在情绪激动下说的话，但以他这种级别的身份，说出去的话就是泼出去的水，肯定是不会收回的。

泰隆等几名替补队员都认为这是个机会，不需要承受对方的攻击就能留下性命，而且还能拜师，何乐而不为呢？但戴沐白的话令他们大跌眼镜。

"拜你为师不是不可以，但我有条件。"戴沐白淡淡地说道，邪眸中光芒闪烁。他并不是不想反抗，但他不是那种莽撞的人。面对封号斗罗，反抗有什么意义？正所谓留得青山在，不怕没柴烧，况且这里不是只有他一个人。

"哦？什么条件？"白衣人见戴沐白在这个时候还敢提条件，露出饶有兴致的神色。

戴沐白抬手指向朱竹清，道："她是我的未婚妻，而且是我武魂融合技的配合伙伴，你不能伤害她。"

白衣人眼睛一亮，道："武魂融合技啊，很好，我答应你。"

不等白衣人继续说下去，戴沐白又指向其他人，道："他们都是我的同伴，我们是一个优秀的团队。他们都是我的兄弟，是我最亲密的伙伴。你也不能伤害他们。不然我怎能拜你为师？"

"这个……"白衣人明显犹豫起来。

空中的洛尔迪亚斯赶忙大声提醒他："大人，他们可是我们这次任务的目标。"

白衣人皱了皱眉，道："是的，他们中有我们这次任务的目标，这可不是我能做主的。不过我可以向你保证，只杀一人。如何？"

在他看来，作为封号斗罗的自己如此低声下气，已经相当给戴沐白面子了。

可戴沐白坚定地摇了摇头，道："不。我们中如果有一个人受伤，你就是我的敌人。"

白衣人冷哼一声："你想找死吗？你应该明白，杀死你对我来说就像捏死只蚂蚁那么简单。如果你没有服用过奇茸通天菊，那么你现在已经是个死人了。"

戴沐白的目光和伙伴们的目光碰撞了一下，他刚要说话时，唐三却抢先开口了："你们要杀的人应该是我吧？可以，放过其他人，我自裁于此。"

"小三。"

"哥……"

史莱克七怪的其他人大急，他们不明白为什么唐三会在这时候说出这样的话。

连那白衣封号斗罗都有些惊讶地道："小子，你很聪明，不过聪明的人往往不会长寿。"

说着，他再次转向戴沐白，接着道："既然你的伙伴愿意以自己的性命来换取你们的性命，你就不用再坚持了。我会给他个痛快的死法的。"

"不。史莱克七怪本为一体，如果不能与兄弟同生共死，你认为我以后还能有什么成就吗？"戴沐白斩钉截铁地说道。

"成就？如果你现在死在这里，才真是什么成就都不可能拥有了。"

"少废话，动手吧。"戴沐白心中最后一丝希望已经破灭。对方出动上千人，目标似乎就是唐三，怎么可能善罢甘休。

白衣封号斗罗似乎想通了什么，道："放心，我不会杀你。我先把那个唐三杀了，然后把你抓回去。我就不信你不屈服于我。嗯，你们这些小孩子，我都会带回去。你们的天赋都不错，我会好好调教你们的。"说完，他口中发出一串阴柔的笑声，让所有听的人都不寒而栗。

他一边说着，一边向唐三的方向抬起右手，空气顿时变得凝重起来。在巨大的压力下，史莱克七怪谁都无法动弹。

厉啸声响起，柳二龙发飙了。她那庞大的火龙真身凭空画出一条弧线，龙尾一甩，终于将那一直缠着她的铁甲龟魂师抽飞了。

紧接着，她那庞大的身体如同一颗火焰流星般朝着白衣封号斗罗砸了下来。

大师不在，如果唐三死了，她怎么向大师交代？她知道大师和唐三情同父子，更何况唐三还是她干女儿最爱的人。

白衣封号斗罗眼神一凝，面对柳二龙的全力攻击，他也不敢大意。

他手中挥动奇茸通天菊，紫色大花迎风飘扬，身上的九个魂环中有三个悄然闪亮了一下，速度奇快，令人无法捕捉到究竟是哪个魂环起了作用。

而下一刻，那庞大的紫色花朵在空中形成了一个巨大的屏障，硬生生地将柳二龙的武魂真身震得飞了出去。柳二龙身在空中，鲜血狂喷。

"变异的蓝电霸王龙，不过如此！"白衣封号斗罗大吼。他的魂力强大得令人窒息，以柳二龙那样的强悍之力竟然也无法抵挡他这一击。

弗兰德正好摆脱对手，及时接住了空中的柳二龙。两人对视一下，眼睛中都充满了视死如归的光芒。

"菊花关，你当我们史莱克学院没人了吗？"熟悉的声音响起。

白衣封号斗罗的脸色骤然一变，施加在史莱克七怪身上的压力顿时减轻了几分。

正在这时，一头黑发的独孤博悄然出现，凌空踏步而来。他本身不能飞，但凭借着极其浑厚的魂力，一步步靠近战场。

虽然白衣封号斗罗还在史莱克七怪旁边，但此时一点也不敢轻举妄动。两人同为封号斗罗，气息在接触的一瞬间就互相锁定了，不论谁动，都会立刻引来对手的狂攻。而在他们这个层次，一旦落入下风，再想扳回来，简直比登天还难。

"老毒物，你什么时候成了这个学院的走狗？"阴柔的声音中多了几分凌厉。

"你才是走狗。老夫是史莱克学院的客卿长老，不行吗？唐三是我兄弟，你想杀他，我就先打得你满地找牙。"独孤博的双眼依旧是绿色的，碧磷蛇皇强横的气息弥漫于空中。

两大封号斗罗对峙产生的巨大压力令周围上千人的战斗都变得缓慢下来。在这庞大的压力面前，他们连呼吸都开始变得困难。

白衣封号斗罗凝视独孤博，道："独孤博，你要想清楚和我们作对会有怎样的下场。"

独孤博不屑地哼了一声，道："我劝你还是先想想自己的后事吧。我不相信你不知道唐三背后的人是谁。既然你们向唐三出手了，就要准备承受那个人的报复。想当初，连……"

"住口，你真的想死吗？"白衣封号斗罗大吼一声，打断了独孤博的话，"老毒物，你我能达到封号斗罗这个层次，付出的艰辛自己心里明白。我不想看到你为了这件事而殒命，识相的话，就赶快离开这里。"

独孤博冷冷地道："菊花关，我都说了，唐三是我兄弟，想要伤害他，先过了我这一关再说。我倒要看看你凭什么在老夫面前嚣张！就算你的魂力级别比我高一些，我拉你一起同归于尽还是没问题的。"

"混蛋，不要叫我菊花关！"白衣封号斗罗眼看就要暴走了，声音变得格外尖锐。

"你这个娘娘腔，不叫你菊花关，还能叫什么？"独孤博嘿嘿笑道。对手越愤怒，他就越兴奋。

在眼前这种情况下，虽然对手依旧占据着优势，但优势并不是那么大。独孤博最擅长的就是群伤能力，一旦他毫不忌讳地施展出这个技能来，这看上去人数很多的黑衣人根本无法在他的剧毒下生存。

"说得好。菊花关就是菊花关，这是永远无法改变的。老毒物，我支持你。"一个清冷的声音悄然在半空中响起。

听到这个声音，独孤博的脸色顿时变得难看起来。

一道黑色身影悄无声息地出现在金鹰身边。令人感到惊骇的是，那个身影竟然无法让人看清。哪怕是唐三的紫极魔瞳，也只能捕捉到一个淡淡的影子。黑影抬起一只手在金鹰头上拍了一下，下一刻，洛尔迪亚斯就已经恢复了本体。

白衣封号斗罗仰头看着那黑影，喝道："死鬼，你非要捣乱才舒服吗？"

黑影嘿嘿一笑，道："你耽误的时间已经太多了，再浪费时间，恐怕谁都知道我们是谁了。赶快动手吧。我挡住老毒物，你把该杀的人杀了，我们好回去喝酒吃肉。"

唐三心中暗叹一声，突然感到自己是那么渺小。虽然黑影出现后只说了几句话，但从他们的交谈中，唐三也听得出这黑影居然也是一名封号斗罗。

天啊，整个斗罗大陆的封号斗罗不过区区十几人而已，在这里竟然出现了三个。而且这两个封号斗罗的目标竟然都是唐三。他们的来历已经呼之欲出。除了那个地方，还有哪里会有如此大的势力呢？

独孤博的双眼已经完全变成了翡翠的颜色，他摇身一晃，现出了碧磷蛇皇本体。这一次，他没有再说话，而是直接朝着地面上的白衣封号斗罗扑过去。

"老毒物，你的对手是我。"黑影闪现，瞬间挡在了化身碧磷蛇皇的独孤博面前。两人碰撞时，带起一阵金属摩擦声。只是这一个声音就将场地中所有魂力低于四十级的魂师震翻在地。皇家骑士团骑士们胯下的战马连悲鸣声都没发出，就已经一匹匹瘫软在地，口吐白沫。

"鬼魅，今天你们要是杀了唐三，就等着死亡的报复吧。"独孤博已经愤怒到了极点，他怎么也想不到鬼魅和菊花关这哼哈二将居然会同时出现在这个地方。他虽然知道那个地方会对唐三很重视，但万万没想到他们居然派出了两名封号斗罗来对付唐三。

在史莱克学院参加完晋级赛，前往武魂城的时候，独孤博就悄然隐没在一旁跟随，就是为了预防眼前的情况出现。可他怎么也想不到作为封号斗罗的自己竟然也有无奈的时候。同时面对两名封号斗罗，而且还都是魂力等级比他高的封号斗罗，他根本就没有任何还手的机会。

对手要杀人，而他要救人。

黑影的话令白衣封号斗罗有些恼怒，但他知道不能再耽搁下去了。他那如毒蛇一般冰冷的目光冷冷地刺向唐三。而就在这一刻，紫金色的光芒从唐三眼中全力喷吐而出。

哪怕是白衣封号斗罗这样的强者，在那紫金色光芒刺入眼中的瞬间，身体也不禁晃动了一下。他对史莱克七怪产生的魂力压制顿时消失了。

而就在这一瞬间，戴沐白毫不犹豫地张开双臂，紧紧地抱住了对方。马红俊第一时间发动凤凰啸天击，配合着戴沐白全力施展的白虎流星雨，全部作用在白衣封号斗罗身上。

绚丽的光芒毫不吝啬地从宁荣荣手中的九宝琉璃塔内喷吐而出。四种增幅技能同时出现在戴沐白和马红俊身上，令他们的攻击力增强到了最大程度，但是这还不足以杀死一名封号斗罗。

白衣封号斗罗的眼神开始变得阴冷起来，一股淡紫色的气息从他体内喷发而出。马红俊那凤凰啸天击的后手限制技能根本没能发挥作用，整个人就被抛飞而出。戴沐白也不好受，双臂直接被震得脱臼了。

要不是白衣封号斗罗对他手下留情，单是这一下就足以要了他的性命。

唐三手中的阎王帖准备发动了。可就在唐三发动前的一瞬间，一层淡金色的光芒从白衣封号斗罗体内喷薄而出。他整个人都变得虚幻起来，居然破除了唐三紫极魔瞳的锁定。唐三为了发动阎王帖而凝聚的魂力剧烈地颤抖了一下，右手怎么也挥不出去。

"死吧。"紫色的奇茸通天菊前点，这白衣封号斗罗的实力竟然比独孤博更加强大。十片毛茸茸的花瓣飘飞而出，直奔唐三袭来。那飞行速度缓慢的花瓣仿佛循着天地至理一般，封死了唐三所有的气息。

唐三悲哀地发现自己的阎王帖就算能出手，也很难命中对手。

毕竟他的魂力还是太弱了，根本无法将这绝世暗器的威力发挥出来。

突然，一丝怪异的感觉出现在唐三心中。他突然发现眼前看到的一切似乎被分割开来，那是整个空间的分割。周围的一切都变得安静下来，他已经听不到任何声音。

十片奇茸通天菊的花瓣突然变成了粉末，四散纷飞。一个身穿白衣、高大笔挺的身影悄然挡住了他的视线。

"剑道尘心。"白衣封号斗罗的目光第一次变得极其凝重。哪怕在之前独孤博出现的时候，他也没有流露出这样的表情。

挡在唐三面前的是一名老人，他穿着一尘不染的白衣，银色发丝梳理得极为整齐。他手中有一把剑，长约三尺，没有任何装饰，是一把通体银色的长剑。

他的表情很淡漠，双眼似乎看不到周围任何东西，只是静静地站在那里，也不开口。但他只是站在那里，就给人一种"天地万物唯我独尊"的感觉。

白衣封号斗罗感觉自己的掌心有些湿润了，满是汗水。

独孤博，他不怕，那是因为到了他们这个级别，毒素想要对他们起作用是很难的。而且独孤博的真正实力和他们这些拥有强大武魂的封号斗罗相比还有一些差距。

可是眼前这个人不同。这个人号称攻击力最强的封号斗罗，可以全方位克制他的武魂。在已知的封号斗罗中，眼前这白衣老者绝对是最克制他的几个人之一。

"尘心，连你也来了吗？"白衣封号斗罗色厉内在地说道。

这白衣老人正是七宝琉璃宗那两位终极守护者之一，称号是剑斗罗尘心。在封号斗罗这个层次中，其他人都习惯称呼他为剑道尘心。他那把长剑中隐藏着强大的魂力，论攻击力，敢与他相比的人绝对不多。

"月关，亏你也是封号斗罗，竟然在这里欺负小孩子，还如此藏头露尾，就不怕被人耻笑吗？唐三是我们七宝琉璃宗的朋友。"尘心的声音不大，却令场上除了独孤博与黑影之外的其他人都停了下来。因为他的声音宛如利刃，切割着每个人的内心。

"这么说，你们七宝琉璃宗是真的打算和我们作对了？"白衣封号斗罗隐藏在面纱后的脸差点气得变形，他知道今天这任务恐怕完不成了。出动两名封号斗罗竟然还没有完成这个任务，这脸面可丢大了。

"上三门同气连枝，菊花关，难道你连这个都不知道吗？"清雅的声音飘然而出。一身朴素装束的宁风致不知道什么时候已经出现在一个凸起的山包上，在他身边还站着天斗帝国的雪清河太子。

七宝琉璃塔宝光闪烁，七个魂环上下浮动。虽然只是七环，但当菊斗罗月关看到宁风致的一瞬间，就打定了主意。

"今天我们认栽了。不过今天这笔账我们会记着。鬼魅，我们走。"

轰然巨响中，化身碧磷蛇皇的独孤博后退，月关和鬼魅两大封号斗罗悄然隐没。黑衣人如同潮水一般退去，在退走的时候，他们还不忘带走同伴的尸体，连一件武器都没有留下。他们来得快，退得更快，只是几次眨眼的工夫，这些给参赛学院带来致命威胁的盗匪就已经隐没于山包的另一边。

"父亲，您怎么来了？"宁荣荣兴奋地冲了上去，扑入宁风致怀中。这个时候，她已经忘记在其他学员面前隐藏自己的身份了。

刚刚完成结盟的炽火学院和神风学院学员们的脸色顿时变得极其难看。火舞和风笑天对视一眼，不禁一脸苦笑。史莱克学院中竟然隐藏着七宝琉璃宗宗主之女，还引发了四位封号斗罗的争斗，他们究竟是些什么人？

宁风致一出现就逼退了对手，其实原因很简单。他本身的攻防能力虽然不强，但只要有他在，一名封号斗罗就相当于两名。在他的辅助下，单是一个剑斗罗尘心就足以对付菊斗罗和鬼斗罗了，更何况还有一个独孤博。

宁风致搂着女儿微笑道："我可不是来保护你们的。我受陛下重托，守护太子殿下。"

雪清河太子作为这次天斗帝国的代表，并没有带多少随从。大赛主办方给他配备了一辆马车，马车中并不只有他一个人，还有宁风致与剑斗罗尘心。

身为太子，雪清河是天斗帝国的未来，雪夜大帝又岂会让他以身犯险？所以他恳请宁风致暗中保护太子。而作为七宝琉璃宗宗主，宁风致身边总会跟着一位强大的守护者。这次轮到了剑斗罗跟随，而骨斗罗则坐镇七宝琉璃宗。

在之前的战斗中，他们都没有急于出现。原本在金鹰魂斗罗第二次要动手的时候，尘心就准备出手了，可谁知道半路杀出个独孤博。

这样一来，战斗结果就失去了悬念。七宝琉璃宗二人组出现的时候，完全压制了对手。那两个封号斗罗都不是傻子，立刻带着手下退去。

逼退对手，所有人都生出一种如释重负的感觉。那些盗匪刚出现的时候，魂师们都没在意，但是当那两名封号斗罗先后出现的时候，他们的心就都提到了嗓子眼。

那可是封号斗罗啊！今天一共出现了四位封号斗罗，相当于整个大陆封号斗罗的四分之一或者五分之一。在封号斗罗面前，他们是那样渺小。

雪清河充分显示出了从小接受的帝王教育，敌人刚退走，他立刻有条不紊地指挥皇家骑士团将没有破损的马车拉到前面，救治战马，恢复队形。

一会儿的工夫，除了已经死去的战马以外，五百名皇家骑士团的战士已经大部分恢复了战斗力。

那些黑衣盗匪在交手的时候杀意并不足，大多数只是防御和游斗，给那两名封号斗罗争取时间。所以双方伤亡最大的地方，反而是之前唐三凭借剧毒暗器杀死的那百余人。

雪清河做完了自己应做的事，这才回到宁风致身边，恭敬地道："老师，我们下面该怎么办？"

宁风致淡然一笑，道："按原计划继续前进。有了这次教训，他们不敢再轻举妄动了。毕竟他们还不会为了唐三而付出太大的代价。"

"是。继续前进。"

整个队伍继续前进，但气氛已经明显变得紧张起来。唐三马上登上了史莱克学院的那辆马车，他知道现在自己已经成为所有人的焦点。

之前那两名封号斗罗的任务明显就是击杀他。

这次行动失败，并不代表着下次他们还会失败。被封号斗罗这个级别的强者惦记着，可不是芒刺在背那么简单了。

史莱克七怪的其他人都没有登上马车。上了马车的是宁风致、尘心和独孤博三大强者，他们都认为有必要和唐三仔细谈谈了。

唐三显得有些抑郁。在同级别的魂师中，他始终都是佼佼者，甚至比他等级高的魂师也很难在他面前占到便宜，可是当对手变成了封号斗罗那个级别时，他就没有任何办法了。那并不是靠各种技巧就能够弥补的鸿沟。

宁风致向独孤博点了点头，微笑示意。剑斗罗尘心则直接闭目养神。

独孤博对别人或许会不屑一顾，但现在坐在他面前的可是当今七大宗门中上三门的门主之一。

"您好，宁宗主。"

宁风致叹息一声，道："连我也没想到他们竟然会这么快就出手，而且还如此不留情面。看来，当唐三那昊天锤暴露的时候，他们就已经下定决心了。"

独孤博点了点头，看看身边的唐三，不禁露出担忧之色，道："这些家伙要是下定决心，恐怕小三就危险了。现在是不是应该让他脱离这次比赛？只有先隐藏起来，或者找到他的父亲，他的安全才能有所保证。我们都不可能始终守护在他身边。"

宁风致颔首道："我也是这个意思。虽然他们在总决赛结束前应该不会再动手了，但小三的安全还是很难保证。小三，如果你愿意的话，我让尘心叔叔送你回我们七宝琉璃宗吧。在那里，虽然我不敢说绝对安全，但有人要对你不利也不是那么容易的事情。"

唐三凝视着宁风致的双眼，道："宁叔叔，能不能告诉我，为什么刚才您没有揭露他们的身份？"

宁风致叹息一声，道："你也看出来了吧？没错，那些人应该就是武魂殿的人。就连那些普通的黑衣人，也都是魂师，而且都至少是三环的魂尊。能够同时调动两名封号斗罗、上千名魂尊的只有武魂殿了。七大宗门如果穷尽全宗之力，就算能和他们的实力相比，也绝对无法像武魂殿这样调遣自如。我之所以不揭露他们的身份，是不希望这里所有的人都因为这件事死掉。你认为，武魂殿做这件事让人揭露后，会放过所有知道的人吗？"

唐三眼中寒光一闪，问道："杀人灭口？"

宁风致点了点头，道："之前的龙公蛇婆没有说，独孤前辈要说时被菊斗罗阻止了，我们也没有说，就是不希望给武魂殿一个杀人灭口的理由。这次他们算是吃了个暗亏。为了不暴露武魂殿的身份，那些低级的魂尊都没有释放武魂，否则你无法那么容易地杀掉那些人。等他们反应过来时，损伤已经出现了。"

唐三沉声道："叔叔，武魂殿向我动手，是不是因为我父亲？"

宁风致沉吟道："不全是。我想，武魂殿对你出手固然有你父亲的原因在，但也因为你自身的天赋。他们应该已经调查过你的年龄了。不到十五岁就已经拥有现在这样的实力，而且是双生武魂，又是昊天宗的直系子弟，这些身份无疑会令你成为另一个昊天斗罗。一旦你强大起来，对武魂殿必然是最大的威胁。"

唐三道："就因为这样，他们才想要将我扼杀？可他们为什么不派个封号斗罗直接暗杀我呢？那不是容易得多吗？"

宁风致淡然一笑，道："封号斗罗有封号斗罗的尊严。今天出现的那两个封号斗罗是武魂殿长老团的成员，都是教皇的忠实支持者，也可以说是教皇身边的哼哈二将。封号斗罗的地位何等尊贵，你让他们去偷袭一个小孩子，他们怎会愿意？如果前来偷袭你的人降低到魂斗罗级别，有弗兰德和柳二龙在，他们就不会那么容易得手。其实今天最大的变数并不是我们，而是独孤前辈。你应该感谢他才是。武魂殿之所以派出两名封号斗罗，想必已经猜到我和剑叔的存在了。只是多了独孤前辈后，他们才立刻处在了劣势。"

独孤博哈哈一笑，看着唐三道："小怪物，你就不用谢我了。"

唐三看了他一眼，果然没有说出感谢的话，但独孤博今天义无反顾地出战，在他心中留下了很深的印记。为了救他，独孤博可是得罪了武魂殿啊！

宁风致道："我想，你有必要了解一下今天出现的两名封号斗罗。先出现的那名白衣人名叫月关，武魂是菊花，封号为菊，是菊斗罗。他的魂力大概在九十四级到九十五级之间。那朵奇异的菊花非常厉害，幸好今天他被剑叔克制。

"后出现的黑影，封号是鬼，等级和菊斗罗差不多。他的武魂很奇特，是鬼魅。而他本人的名字也叫鬼魅。据说，除了教皇以外，从来没人见过他真正的面目。他是一名敏攻系的强大封号斗罗，物理攻击很难对他奏效。他绝对是封号斗罗中最难缠的几人之一。"

独孤博老脸一红，道："鬼魅那家伙确实厉害，再打下去的话，我不是他的对手。"

宁风致沉声道："这两名封号斗罗在武魂殿不但地位崇高，而且掌管刑法，是武魂殿的重要支柱。除了隐藏在长老殿的其他几名长老之外，一般对外事务都是由教皇和他们决定的。他们是教皇最得力的帮手。以你现在的实力，如果遇到他们，绝无幸免的可能。所以我希望你能够和剑叔回七宝琉璃宗去，在那里我才能确保你的安全。"

唐三低头想了想，突然他抬起头，看着宁风致，道："宁叔叔，谢谢您的好意，但是我不能就此放弃。史莱克学院在这次全大陆高级魂师学院精英大赛中走到现在这一步，并不是我一个人努力的结果。如果我因为个人安危放弃了队友，那么我永远都不会原谅自己。一旦有了心结，我今后的修炼就不会顺利。所以这次总决赛我必须参加。您刚才不是说了吗？在大赛结束之前，武魂殿应该不会再向我明目张胆地出手了。"

宁风致眼中流露出一丝赞赏，但嘴上说道："但是大赛结束之后，如果你们真的获得了冠军，武魂殿对你的追杀就会比今天更加恐怖。那时候，我也未必保得住你。我可以向你透露个秘密，在我们七大宗门之中，只有上三门不属于武魂殿的势力范围。武魂殿能令两大帝国颇为忌惮，因为什么？就是因为实力。我敢说，两大帝国现在手里掌握的魂师数量加起来不如武魂殿的一半多。"

第一百二十章
教皇比比东

宁风致停顿了一下，继续说道："教皇本人更是深不可测，被誉为武魂殿有史以来最强大的领导者。以你现在的情况，绝对不适合与他们正面硬碰。避让并不是逃避，你还年轻，就算你想要和武魂殿对抗，以后还有的是时间，又何必执着于这一次比赛呢？"

唐三眉头紧皱，思索片刻后，还是摇了摇头，道："不，这次比赛我一定要参加。宁叔叔，您的意思我明白，但我想这应该是我人生中一次重要的磨炼。如果我能够闯过去，那么以后武魂殿再想对付我就将变得困难重重，他们总不可能始终一手遮天吧。"

看着唐三的目光，宁风致脑海中不禁想起了唐三父亲年轻时的样子，两人的神色是何其相像。虽然宁风致和唐昊当年并不熟悉，两人年纪也相差不多，但唐昊给他的感觉始终是高山仰止一般。在他那一代人中，没有谁能比得上唐昊。此时，唐昊的儿子似乎在复制这个奇迹，甚至比他父亲当年更加出色。昊天宗，你们的基因难道真就这么好吗？

"好吧。既然你已经决定了，我也不再劝说你。叔叔会尽可能地保证你的安全。"宁风致的话很平淡，但作为一宗之主，这已经相当于他给唐三的许诺了。唐三感觉得出，宁风致此时的话并没有任何功利性，也不是为了拉拢自己，完全是一个长辈对晚辈的关心。

"宁叔叔，或许我不能加入七宝琉璃宗，但只要我活着，七宝琉璃宗永远都是我的朋友。"

一身布衣的大师经过魂师检验后，走入城中，像他这个年纪才三十几级的实力，自然不会引起任何人注意。

大师没有半分停留，甚至没有喘口气休息一下，就直接来到了武魂殿最高统治机构——教皇殿。

教皇殿门前。

"站住。"两名身穿银色铠甲的护殿骑士拦住了大师的去路，一共百名护殿骑士同时举起了手中的骑士长剑，"此乃禁地，再靠近一步，格杀勿论。"

面对上百名实力明显高于自己的护殿骑士，大师的神色依旧像往常那样淡漠，他抬起手，亮出了自己的令牌。

为首的一名护殿骑士快步上前，当他看清令牌上那六个图案的时候，不禁激灵灵打了个寒战，"扑通"一声，单膝跪倒在地，叩首道："参见长老。"

百名护殿骑士整齐划一地做出了同样的动作，在他们的衬托下，原本平凡的大师看上去不再是那么平凡了。

"带我去见教皇。"大师用最简单的话语告诉了对方自己前来的目的。

半个时辰后，教皇殿议事大厅内，大师静静地喝着上等香茗，静静地等待着。

上千平方米的议事大厅中，此时只有他一个人。

大师的目光始终专注在自己手中的香茗上，对于周围金碧辉煌的一切没有多看一眼。他只是在静静地等待着。

高达三米的拱门开启，柔和的声音在门外响起："你们在外面守候，没有我的命令，谁也不许打扰。"

"是。"

大师的目光终于从香茗上挪开，投向议事大厅大门的方向。

门开了，一名女子从外面走了进来。

她身材不高，披着一身黑色镶金纹的华贵长袍，头戴九曲紫金冠，手握一根长约两米、镶嵌着无数宝石的权杖。白皙的皮肤，近乎完美的容颜，使她看上去是那样与众不同。

尤其是她身上展现出的那种无形的高贵神圣的气质，更是令人忍不住生出顶礼膜拜的情绪。

大师坐着，那女子走进大门后，也停下了脚步。两人的目光就那样在空中碰撞在一起，没有任何火花迸发。大师淡漠的目光中多了些什么，是歉然，是回忆，更多的是怅然。

女子的目光瞬时出现了复杂的变化，她看上去虽然只有三十岁左右的样子，可实际上她比大师还要大上一岁，早已年过五旬，手中权杖落在地面上，发出"叮"的一声轻响。

"你来了。"柔和动听的声音响起，很容易让人产生如沐春风的感觉。

但大师的目光因此而变得艰涩起来，他双手按在面前的桌案上，站了起来，转向那女子，道："是的，我来了。你还好吗？"

女子脸上露出一丝淡淡的笑容，道："万人之上，有什么不好的。作为武魂殿的统治者，哪怕是两大帝国的帝王见到我也要礼让三分。你认为我会有什么不好吗？"

大师叹息一声，道："比比东，我知道你心中的苦。"

"比比东？不是你说，我都快要忘记这个名字了。请叫我教皇，或者称我一声冕下。我早已不是当初那个傻傻的比比东了。"

是的，眼前这看上去柔美靓丽的女子就是当今武魂殿的最高统治者，是所有魂师朝圣的目标——教皇。

她是武魂殿有史以来最年轻的教皇，不到四十岁就接任了教皇的位置。

最初还有不少人反对，可随着时间的推移，在她的励精图治之下，武魂殿发展得更加迅猛，也更加团结。已经有不少人认为，她将是武魂殿最出色的一代教皇。

"是，教皇冕下。"大师的瞳孔收缩了几分，一丝痛苦的神色从眼眸中流淌而出，他转过身，走到自己先前坐的位置站住，手捧香茗，整个人似乎都陷入了曾经的回忆中。

看着大师的背影，教皇眼中的淡漠消失了，一丝不忍的情绪从她眼中一闪而过，抬起脚，似乎想要上前，可她终究还是止住了。

"你来找我有什么事？我们已经有二十年不见了吧。"教皇的声音听上去还是那样平静。

大师深吸一口气，压制着内心激荡的情绪。连他自己也没想到，再见比比东会让自己如此失控。

回过身时，他眼中多余的情绪都已消失。

"教皇冕下，我此次来是有事相求。"

"哦？"教皇有些惊讶地看着大师，"你会来求我？这似乎不是你的性格。看来，时间确实会令一个人发生改变，你说吧。"

大师没有解释，如果是他自己的事，他永远不会来恳求对方，但是为了与自己情同父子的弟子，他不得不来这一趟。

"教皇冕下，我想知道你当初是如何渡过双生武魂那个难关的。"

教皇瞳孔收缩了一下，淡然地道："你没必要知道这些。这对你有什么意义吗？"

大师并没有隐瞒，道："我收了一名弟子，他跟随我修炼有七八年的时间了。很幸运，他拥有着和你一样的双生武魂。这孩子天赋异禀，我希望能够将他培养成一代强者。"

"我为什么要帮你？让你培养出一个强者，以后和我作对吗？"教皇的声音突然变得冷冽起来。

大师沉声道："当然不。如果你肯告诉我当初你是怎么做到的。我可以向你保证，我这弟子一生都不会和武魂殿作对。"

教皇嘴角处露出一丝笑容，道："原来也有你这理论流大师不知道的事。玉小刚，你来晚了。就在前几天，我已经派人前往天斗帝国参赛队伍必经之路进行劫杀，目标就是你那出身于昊天宗的弟子。所以，你没有必要知道双生武魂的秘密了。"

大师的身体剧烈地震动了一下。他猛地回过身，瞪着教皇，震惊地道："你说什么？"

教皇并没有隐瞒，淡淡地说道："白金主教萨拉斯传来信息，昊天宗子弟中出现了天赋异禀的人，小小年纪魂力就已经突破了四十级，双生武魂，拥有第四魂环万年级别，甚至还有可能拥有魂骨，并与七宝琉璃宗和天斗帝国交好。这样的人，如果不能为我武魂殿所用，就只有抹杀。"

"你……"大师猛地上前一步，双手猛地抓住教皇的肩膀，他的双眼瞬间被血色覆盖，全身都在剧烈地颤抖着。

看着大师那充满厌恶的目光，教皇呆了一下，问道："他对于你，真的那么重要吗？"以她的实力，自然可以轻易地掀翻大师，但她并没有那么做，只是让大师灼热的双手牢牢地抓在自己的肩膀上。

大师的呼吸变得异常粗重，他一字一顿地道："比比东，你给我听清楚了。如果唐三有什么不测，那我将不惜一切代价摧毁武魂殿。我一生无子，他就像我的儿子。"

教皇感受着大师喷吐的气息，脸上泛起一丝潮红，气息有些急促地道："玉小刚，你也有着急的时候？当年，你是怎样离开我的，你还记得吗？为了自己的妹妹，好笑，真是太好笑了，你竟然为了自己的妹妹而不肯接受我。我能成为教皇，固然拜你所赐，但是我恨你，你是我这一生中最恨的人。我就是要让你痛苦，我不但要杀了你那徒弟，还要杀了柳二龙。不，我不杀柳二龙，我要折磨她，让你痛苦。"

教皇的情绪明显变得激动起来，她那双眼睛冰冷得像毒蛇一样。

正在这时，外面突然传来轻轻的敲门声。

"滚，我不是说过，没我的吩咐，谁也不要来打扰吗？"教皇怒吼一声。

外面的人似乎没想到一向平易近人的教皇会发这么大的脾气，赶忙道："教皇冕下，两位长老传回信息，他们没有完成任务，等待您的指示。"

"什么？没完成任务？"教皇脸色一变，猛地看向大师，"你徒弟的运气似乎很不错。"

　　大师愣了一下，眼中的红色渐渐褪去，松开抓住教皇肩膀的双手。随着情绪的冷静，他向教皇说道："你让人去杀唐三，恐怕并不只是因为他天赋的原因吧。以武魂殿的实力，还会惧怕一名魂师吗？如果我猜得不错，你是因为他的父亲，对吗？"

　　教皇目光凝固，道："你还是那么聪明。你走吧，我不想再见到你。"

　　大师默默地点了点头，向大门走去，当他走到大门前一手握住拉手的时候，突然停下动作，淡淡地说道："二十年了，比比东，你还是那么美，但我已经老了。如果今天受到生命威胁的是你，我也会有同样的反应。毕竟，你是我第一个爱过的人。"

　　"你放屁。"教皇的身体剧烈地颤抖了一下，"你也会爱吗？你不配说这句话。爱我，你还会离开我，宁可和自己的妹妹在一起？你这个混蛋，给我滚。"

　　"当初我为什么离开你，你不应该问我，应该去问死去的教皇。薄情寡义，你始终在心中用这个词汇形容我吧，随你怎么想。我还是那句话，如果唐三死在武魂殿的人手中，那么我将不惜一切代价报复。比比东，这是我最后一次这样叫你。你派人向唐三出手，我们之间的情分就到此结束吧。"

　　大师猛地拉开门，大步而去。

　　教皇比比东的身体剧烈地晃动了一下，似乎不依靠着权杖的支撑，她就要摔倒了似的。

　　她恨大师，恨了足足有二十年。能够维持这么久的仇恨意味着什么？意味着她当初对他的爱是那样深刻。大师临走前所说的话，令她心中的恨突然出现了一丝裂缝。

　　回想起上一代教皇对自己教导的一切，以及以往的种种，被仇恨蒙蔽的真相渐渐在她的脑海中浮现。

　　眼前的景物渐渐变得朦胧，教皇握住权杖的手已经因为用力过大而有些发白了，道："这是命运弄人吗？小刚，我们之间的情分，我们之间的情分……"

　　教皇猛地跑到之前大师坐过的地方坐了下来，捧起那犹有余温的香茗，大口大口地喝了下去。

　　天斗帝国参赛的魂师队伍继续前进，在接下来的路途中，并没有再出现什么意外。为了更好地保护这些魂师，雪清河太子从路过的城市中临时抽调了三千铁甲军辅助护卫，同时也从帝都召集了一些魂师高手快速赶来。

雪清河并没有再与唐三交流，唐三遇到的麻烦，他很清楚。在这种时候，他是在用行动获得唐三的好感。

一路上，史莱克学院的气氛都显得有些沉闷。唯一的好消息是，小舞在距离武魂城还有五天的路程时，终于突破到了四十级。为了让她尽快拥有第四魂环，柳二龙直接带着她去寻找适合的魂兽了，将会在武魂城与其他人会合。

终于，整个队伍抵达了武魂城。因为武魂城的特殊规定，雪清河命令铁甲军和皇家骑士团在城外驻守，带领着十五支魂师队伍进入武魂城之内。

和天斗城、索托城那样庞大的城市相比，武魂城要小得多，甚至还没有天斗城十分之一的面积，可是它带给魂师们的震撼依旧不少。

面积不大的武魂城，城墙却绝对是按照首都主城的制式建造而成的，高达八十米的城墙从外面看去极为巍峨，城墙厚度也超过了三十米，完全由花岗岩修葺而成的。

哪怕是财力雄厚的宁风致，看到武魂城时也不禁为之赞叹。

要知道这座城市原本是没有的，完全由武魂殿出资建造而成，想要建成这样一座城市谈何容易？

最为奇特的是，武魂城并不像普通城市那样是四边形，而是六边形，也就是说，它一共有六面城墙。城墙上负责巡逻的全部都是魂师，穿着武魂殿专门的服装。

在六面城墙上，各有一个巨大的浮雕，与武魂殿令牌上的完全一样，象征着六种强大的武魂。

走进武魂城，给人的感觉就是空旷。街道上的行人不多，店铺也很少。这些店铺经营的也大都是魂师需要的一些物品。甚至连空间储存类的魂导器都有卖的，当然，品质要差一些。

武魂城出来迎接的是一名红衣主教，在他的带领下，天斗帝国一行两百余人很快被安顿下来，住在武魂城内西侧的一家饭店内。令唐三吃惊的是，哪怕是饭店内的工作人员，都至少是拥有二十级魂力的大魂师。

安顿下来后，唐三特意走出饭店，在外面仔细观察着武魂城其他特殊的地方。

他发现六边形的武魂城竟然是围绕着一座山丘建立的。在这座山丘上，有两座极为醒目的建筑。半山腰上的那座建筑最为宏伟，哪怕是距离这么远，也能够清晰地看到。

完全是立柱式结构，穹顶，建筑外立面覆盖着金色的材质，在阳光的照射下烁烁放光。简单打听了一下，唐三得知那就是崭新的教皇殿。武魂殿的最高统治者就居住在那里。

从宁风致口中，他还知道了更深的一层，武魂殿的长老殿也在教皇殿内。当然，那些长老普通人是不可能见到的。

另一座建筑则在山丘顶端，规模和教皇殿相比要小得多，大约只有三分之一个教皇殿大，建筑结构与教皇殿有些类似，只不过外立面莹白如玉，远不如教皇殿那么醒目。

可不知道为什么，当唐三看到那座宫殿式建筑时，心中的感受反而更深。

自从走进武魂城，每一名魂师心中都有种特殊的感觉，内心中似乎多了几分虔诚。宁风致告诉唐三，那座看上去要小许多的建筑就是武魂殿中最高等的存在——斗罗殿。

那是只有死去的封号斗罗才能入住的地方，也可以说是封号斗罗的坟墓。这里之所以会有虔诚的气氛存在，不是因为教皇殿，而是因为这座斗罗殿。

不论教皇殿建立在什么地方，斗罗殿都会伴随而建，而且斗罗殿所处的位置必然比教皇殿更高。每到大祭之时，教皇都会亲自前往斗罗殿门前祭拜，哪怕是他，在死亡之前，也没有权利进入斗罗殿中。这是规矩，任何人无法违背的规矩，否则将被所有魂师群攻。

正是因为教皇殿和斗罗殿的存在，武魂城在建立后才被武魂殿称为魂师圣地。当然，这也是绝大多数魂师公认的。

由于半路上的袭击和唐三留下参加比赛的执着，弗兰德、柳二龙都住在了距离他最近的地方，连宁风致也特意选择了距离他不远的地方居住。虽然武魂城内是最不可能发生什么的，但是也不得不防。

根据武魂殿传来的消息，三天后，比赛将正式开始，旅途劳顿，有这三天的休息时间，足够各所学院进行调整了。

星罗帝国参赛的学院被安排在武魂城的另一边休息。无形中，武魂殿已经给两大帝国的参赛队伍划分出了两个阵营。

对这一点，雪清河只是报以冷笑，却没有提出任何异议。

三天内，史莱克学院众人都保持休息状态，将所有时间都用于修炼魂力的冥想中，尽可能让自己保持在最佳状态中。

柳二龙和小舞在总决赛开始的前一天终于赶回来了。

但不知道为什么，柳二龙的神色看上去有些怪异。小舞成功地获得了第四魂环，但根据柳二龙的描述，当时她和小舞失散了。

而小舞自己说她是遇到了一只重伤的魂兽，运气好，才获得了这个魂环。

最后的决赛即将开始了，在这个时候没有人会去仔细思考这件事。

当小舞回归后，唐三问明了她的第四魂技后，结合她的魂技开始制订最后的战术。

而在这个时候，大师终于回来了。

"小三，你没事吧？"这是大师见到唐三时，问的第一句话。

"老师，您都知道了？我没事。这次多亏了老怪物和宁叔叔他们，不然您恐怕就见不到我了。"

大师叹息一声，道："是我不好，我本不应该让你参加这次大赛的。你受到了他们的注意，这是我造成的。"

唐三微微一笑，道："老师，您何必自责呢？我这不是没事吗，就算是一种另类的历练吧。只有经历过真正的强者对决，我才明白自己的力量是怎样的渺小，以后我会加倍努力修炼。"

大师脸上终于浮现出一丝微笑，道："你永远都是那么懂事。你说得对，努力修炼吧。只要我还有一口气在，就绝对不会让人伤害到你。明天，总决赛即将开始，你把所有人叫来，我给你们简单地安排一下战术。"

到了总决赛，大师终于要出手了。

很快，唐三将所有队员都叫了过来，柳二龙知道大师回来了，也赶忙跟着来了。

大师的目光与柳二龙碰撞了一下，从大师眼中，柳二龙读懂了些什么，她没有开口，只是静静地走到他身边，挽住他的手臂。

看着柳二龙那一脸温柔的样子，史莱克七怪的神色都不禁变得有些怪异。柳二龙恐怕只有在大师面前才会如此收敛吧。

大师的目光从众人身上扫过，这才说道："总决赛即将开始。我想，以前我说过的赛制，你们可能已经忘了。我现在再重复一遍。总决赛一共有三十三支队伍参加。其中有三支种子队伍，分别由两大帝国和武魂殿选送。对你们威胁最大的无疑就是武魂殿学院选送的那支队伍，他们也是你们获得最后胜利的最大的绊脚石。

"总决赛的对决一共只有五轮。比预选赛和晋级赛用的时间都会短一些。但比赛激烈，因此，每一轮与下一轮之间都会有一天的休息调整时间。最后的第五轮之前，更是有三天调整。第一轮，三支种子队伍将轮空，剩余的三十支队伍争取十五个晋级名额，负者将被直接淘汰。残酷的淘汰赛必定令各支魂师队伍更加拼命，你们一定不能有丝毫大意。到了这个时候，所有队伍隐藏的能力都会释放出来，再没有任何保留。哪怕是你们曾经战胜过的队伍，也很可能给你们带来一些惊讶。

"按照比赛规定，第二轮两大帝国赛区晋级赛的第一名学院将轮空。也就是说，我们在获得第一轮胜利之后，第二轮将得到足够的休息时间。这也是晋级赛存在的意义。届时，十六支队伍角逐出八只进入第三轮，加上我们这两支轮空的队伍，一共是十支战队。第三轮轮空的将是晋级赛的第二名，剩余的八支队伍决出四个名额与他们共同进入第四轮。第四轮将没有轮空的名额。所以说，在晋级赛的时候，只有排在前两名的队伍才能够在总决赛中获益，而越早获得轮空的队伍就越有利，因为能够避免过早地被淘汰出局。第五轮，也是最后一轮，进入比赛的就只有三支队伍，三支队伍将先以晋级赛那种方式各出七名队员进行循环淘汰，决出个人实力最强的一支队伍。然后负者的两支队伍团战一场，胜者再向之前个人赛的胜者挑战，以决定最后的总冠军归属，你们都听明白了吗？"

"是，听明白了。"众人的记忆力都很好，此时又真的到了总决赛时刻，他们的注意力自然无比集中。

大师点了点头，道："我们第一轮的对手是谁，是不可能猜到的。至少不是三支轮空的种子队伍，也就避免了过早与他们碰到，但是依旧将由史莱克七怪出战。你们已经很久没有在真正的战场上配合了，第一轮就给你们用来热身，具体的战术我不安排，场上的一切依旧由小三来控制。

"小三。"

"在。"唐三赶忙站起身。

大师凝视着他，道："第一轮、第二轮，我们几乎肯定能通过。所以，你在第一轮中要尽可能地让对手少发现我们的优势所在，你明白我的意思吗？"

唐三颔首道："您是说，虽然是我们七个出战，但在第一轮也要尽可能地隐藏实力。"

大师微笑点头，道："但是你们也不能大意。毕竟，在第一轮你们也有可能碰到星罗帝国的强者。"

"是。"

大师的目光转向史莱克七怪全体，道："你们跟我学习也有两年的时间了，两年来，你们付出了多少，我看得很清楚。毋庸置疑，你们都是天才中的天才。哪怕是遇到比你们更强的对手，你们的信心也不要动摇，因为你们是所有参赛队伍中最年轻的一支，你们有着无限的未来。我对你们并没有获得总决赛冠军的要求，只是希望你们每个人都能在比赛中发挥出自己真正的实力，找到激发自己潜力最好的方法。"

"是。"史莱克七怪轰然应诺。

大师和柳二龙走了，史莱克七怪第一时间开始修炼，为明天的第一轮比赛做准备。

柳二龙扯着大师一直来到自己的房间，问道："小刚，怎么样？"

看着大师，柳二龙的目光多少有些闪烁。她当然知道大师去干什么了，大师也没有向她隐瞒过什么。

大师叹息一声，道："她变了。二十年不见，人总是会变的。现在她是教皇，已经不是当年的比比东了。看来，我真的不应该去找她。"内心中隐隐的刺痛令他的神色变得有些黯然。

柳二龙暗暗松了一口气，道："这么说，她没有告诉你修炼双生武魂的方法了？"

大师自嘲地笑笑，道："她明知唐三是我的弟子，依然派人出手，又怎么可能告诉我修炼双生武魂的方法呢？但这又怎么样？我已经隐隐猜到了一些。有机会，只要引得比比东真正动手，我就能确定自己的想法。"

说到这里，大师主动将柳二龙拥入怀中，道："二龙，这里是武魂城，是她的地盘。从现在开始，你任何时候都不要远离我身边，我怕她会对你不利。"

柳二龙立刻表现出她应有的脾气，道："让她来就是了，我还怕她不成？教皇又如何，还不是败给了我？只要她抢不走你，我就什么都不怕。"

听着柳二龙那霸道的话语，大师脸上不禁浮现出一丝淡淡的笑容，低头在她额头上轻吻一下，道："放心吧，她永远也抢不走我了。我们是夫妻，哪怕只有名分。"

一听到这些，柳二龙就不禁流露出几分哀怨的表情。虽然大师不再躲避与她的感情，两人也以夫妻相称，但大师始终不肯和她亲近。幸好虽然两人有名无实，但足以让柳二龙内心感到安慰了。

为了全大陆高级魂师学院精英大赛的总决赛，武魂城特意开辟出了一块专门的场地。这片场地就位于武魂城的中心位置，巨大的擂台直径足有百米，完全由花岗岩修葺而成。

在这巨大的比赛台上，还用数量庞大的魂导器进行加固，以防破损。根据武魂殿给出的信息，这块场地足以经受魂帝以下魂师的任何攻击而不破损。

也只有武魂殿这样财大气粗的组织才会这样做吧，至少两大帝国都舍不得耗费这样庞大的资源。

这座比赛台的正前方就是教皇殿。从这里距离教皇殿所在的山丘只有不足千米，武魂殿在贴出的告示中已经宣布，总决赛最后的三强将在教皇殿前进行比赛。

届时，教皇将亲自出现，并为最后的冠军加冕。

对于任何魂师来说，这都是无与伦比的荣耀。

　　一大早，所有参赛学院在武魂殿专人的带领下来到了比赛场地。每一所学院都有单独的休息区。休息区围绕着比赛场地而建，和教皇殿相对的一侧是贵宾评审席。代表两大帝国前来的人都在那里观战，当然还有武魂殿中人。

　　弗兰德刚一到达这里，还没安顿下来，就被叫去抽签了。

第一百二十一章
星罗皇家学院战队

SOULLAND

第一轮的抽签无疑非常重要，如果能够抽到一个比较弱小的对手，对于任何团队来说，都是相当有利的。

尤其是像史莱克学院这样在第二轮轮空的队伍，如果能够在第一轮轻松获胜，那么他们就可以养精蓄锐，将精力放在第三轮的比赛中。从第三轮开始，才是真正的角逐。

弗兰德很快回来了，他的脸色明显大好，一脸的笑意。看着他那得意扬扬的样子，不用问，这签抽得自然是很好了。

突然，弗兰德脸色一板，向众人道："一个坏消息，一个好消息，你们要先听哪一个？"

众人愣了一下，戴沐白道："那就先说坏消息吧。"

弗兰德沉声道："坏消息是，你们第一轮的对手是炽火学院。"

"炽火学院？"众人果然皱了皱眉。在晋级赛中，炽火学院就研究出了对付唐三的办法，而且他们中另外两名学员的魂力也提升到了四十级以上。现在，炽火学院已经成为天斗帝国这边实力最强的几支战队之一，就算和神风学院相比，也逊色不了多少。

别看晋级赛的时候史莱克学院赢得轻松，可在预选赛时他们可是吃过苦头的。

当然，炽火学院并不足以挡住他们前进的脚步，但碰到这么一支准强队，而且是在第一轮，总不算是好签。

唐三都忍不住道："怎么我们每一次比赛都会碰上他们，太有缘分了。"

大师不动声色地道："弗兰德，那好消息是什么？"

弗兰德嘿嘿一笑，道："好消息就是，炽火学院放弃了总决赛，自动弃权了。"

晕……史莱克学院所有人都是这个表情。

柳二龙道："炽火学院为了能够打入总决赛，付出了不少，怎么会突然弃权？"

弗兰德摊开双手，道："别问我，我也不知道，消息是突然传出来的。但不管怎么说，对我们来说都是一个很好的消息，前两轮连续轮空。"

宁荣荣咻咻笑道："是不错，还没打就直接进前十了。"

弗兰德道："比赛马上就要开始了，你们都要仔细看看你们的对手。这是淘汰赛，想要隐藏实力也不容易，前两轮轮空最大的好处并不是不战，而是能够更好地摸清对手的实力，能进入第三轮的都不会是弱者，至少不会弱于炽火学院那个级别。"

总决赛并没有想象中那种大场面的开幕式。一切都很简单，武魂殿一位红衣主教上台宣布总决赛开始，同时宣布了出场对阵名单和轮空名单。比赛在武魂殿专门挑选的裁判的指挥下开始了。

第一场比赛的对阵双方都不怎么强，史莱克七怪不禁在休息区内窃窃私语着。

奥斯卡道："这总决赛看上去怎么还没有预选赛的气势恢宏，连个开幕式都没有。观战者也少得可怜，最多只有几千人吧。"

唐三道："虽然只有几千人，但不要忘记，他们可都是魂师，而且绝大部分都应该属于武魂殿的魂师。

"武魂殿不允许平民观战应该有它的道理，老师不是说过吗，最后的三强决赛将在教皇殿前举行。到了那时候，才是总决赛真正的高潮，现在的平淡很可能就是为了那时的高潮做准备。"

第一场比赛很快结束了，第二场比赛，神风学院对阵星罗帝国的龙葵学院。

"什么？"当史莱克学院众人看到神风学院出场的阵容时，不禁都吃惊地站了起来。

在神风学院出场阵容中，赫然变了四个人，而这四个人竟然都来自炽火学院。

星罗帝国一边的十几所学院倒没什么。可天斗帝国这边炸了锅。炽火学院的队员怎么会出现在神风学院之中？

大师眉头紧皱。

弗兰德忍不住道："这算怎么回事？我去组委会问问。"说完，他立刻快步而去。

下面的哗然自然影响不到场上的比赛，火舞坐镇后方，风笑天与火无双站在战队的最前面。

当他们全体亮出魂环的时候，对手心中已是一片冰凉。

代表神风学院出战的七个人毋庸置疑，全都是四十级以上的魂宗，整场比赛简直就是一场单方面的屠杀，火舞甚至连抗拒火环都没有使用过。

戴沐白向大师问道："不是说参赛学院中途不能换人吗？"

大师眼睛突然一亮，道："他们应该是钻了规则的空子，参赛学院中途是不能换人的，但这并不代表已经报名记录在案的学院不能临时更换学院，这一点是没有明文规定的，火舞那几名学员都在本次参赛总决赛的名单表上，只要武魂殿默认，他们改换门庭也不是不可以的。"

小舞道："那我们岂不是也可以这样做？"

大师摇摇头，道："晚了。现在比赛已经开始了，各支战队参加总决赛最后的名额已经确定，而且在今天都将参赛。已经参赛后就不可能再改变学院了，更何况有哪所学院会放弃自己在总决赛中的名次呢？炽火学院这次玩得很大，不知道他们付出了什么，让武魂殿如此通融。"

一会儿的工夫，弗兰德脸色阴沉地回来了，武魂殿给出的答复很简单——在规则允许范围内改换门庭，组委会概不干涉。

虽然两大学院合二为一，但毕竟放弃了一个总决赛的名额，从某种意义上来说，史莱克学院还是受益者。

提出抗议的不只是史莱克学院一家，天斗帝国这边不少学院都提出了同样的抗议，可他们第一次体会到了武魂殿的强硬态度。武魂殿最终的答复只有一句话，不想参加可以退出，组委会绝对公平。

天斗帝国官方并没有因此而出面，毕竟壮大后的神风学院依旧属于天斗帝国一方，他们如果能获得好成绩，对天斗帝国并没有什么不好。

现在两大帝国和武魂殿之间的关系至少表面上还是和谐的，为了这点小事，他们是肯定不会主动得罪武魂殿的。

前两轮的比赛很快结束了，全陆地高级魂师学院精英大赛十强出炉。

第三轮比赛即将开始，本轮神风学院和星罗帝国晋级赛第二的学院轮空，史莱克学院迎来了他们在总决赛中的第一战。

如果说前两轮没有出现意外的话，那么第三轮的抽签结果出来后，总决赛的气氛骤然变得紧张起来。

史莱克学院的好运气似乎在前两轮已经用完了，他们在第三轮的对手是星罗皇家高级魂师学院，也就是三支种子队伍中由星罗帝国选送的那一支。

但是这还不是最引人瞩目的，更加令人吃惊的是另一场比赛，武魂殿高级魂师学院对阵天斗皇家高级魂师学院。

两支种子队伍的碰撞似乎从侧面证明着总决赛的公平。

毫无疑问，这两场比赛都是重中之重。

距离比赛开始还有半个时辰。大赛十强已经入场，进行比赛前最后的准备和热身。

"戴老大，你怎么了？"马红俊有些不解地问道，自从知道了抽签结果后，戴沐白的情绪似乎显得很低沉，整个人在从住处来到比赛场地的过程中一言不发，和他往常的样子截然不同。

　　唐三自然也看出了戴沐白情绪的不对，但他和马红俊的感觉不一样，戴沐白虽然很沉默，但唐三能感觉到他似乎在积蓄着什么。

　　不在沉默中爆发，就在沉默中消亡。以戴沐白的性格，无疑会是前者，他那内蕴的战意似乎已经达到了顶点。

　　情绪不对的不只是戴沐白，还有朱竹清。只是朱竹清的神色和戴沐白不一样，她那平日冰冷的眼神中此时充满了激动。

　　戴沐白没有回答马红俊的话，但朱竹清站了起来，向着所有人弯腰鞠躬。

　　"竹清，你这是干什么？"大师眉头微皱。

　　朱竹清看了戴沐白一眼，道："这场比赛，我们一定要获胜，这是我和沐白唯一的机会。"

　　奥斯卡问道："究竟怎么回事？难道那星罗皇家学院中有你们的仇人？"

　　朱竹清摇了摇头，道："不是的，这是家族之间的争斗。我和沐白都是星罗帝国人，分别属于两大家族，我们两个家族之间的关系极为密切，有着联姻的习俗。家族中只有最出色的人才能成为未来的继承人，我和沐白都不是家族的嫡子，我的姐姐和沐白的哥哥自幼定亲，我和沐白也是如此。

　　"我们四人都是各自家族中最出色的孩子。沐白和我之所以来到天斗帝国，就是为了提升自己的实力。这全大陆高级魂师学院精英大赛是家族给我们的一次机会，因为我们不是嫡子，所以继承的机会要小很多，如果我们能够战胜兄姐，那么我们就有了继承的资格。"

　　唐三道："这么说，你们的兄姐就在星罗皇家高级魂师学院战队中？"

　　朱竹清默默颔首，道："本来我以为我们是没有任何希望的，但是当我来到史莱克学院遇到你们的时候，我突然发现在你们的帮助下，我们很有机会获得胜利。"

　　小舞忍不住道："权力就真的那么重要吗？就算能够继承家族，你们真的会开心吗？"

　　朱竹清苦笑一声，道："如果真的是那么简单就好了，你以为我们真的那么看重权力吗？不，不是的。我们两个的家族都有极其特殊的规定，为了让未来的家族继承人更加出色，一旦选定了候选的子弟之后，就会将他们彼此培养成仇人。胜利者固然可以继承家族，但失败者极其悲惨。为了不使家族内乱，竞争的失败者将直接被抹杀。所以，我们竞争的不只是权力，同时也是我们的生命。"

说到这里，朱竹清的情绪明显变得激动起来，道："你们知道为什么我对沐白一直那么冷吗？因为我已经认定在自己二十五岁的时候必死无疑，甚至到不了二十五岁。沐白的兄长比他大六岁，聪明才智和实力都是上上之选，我姐姐也比我要大上七岁，和他们竞争，我们几乎没有任何机会获胜。所以沐白在来到天斗帝国之后选择了堕落，他这样，我们又怎么有生存的机会？我是怒其不争。"

戴沐白终于开口了，道："争？怎么争？大哥比我大六岁，他本就是家族几乎确定的继承人选。选择我作为后备人选，作用只是给大哥更多的压力和动力而已。直到两年前，我看到小三、你、小舞和荣荣加入学院，才看到了希望。家族给我们的时间到二十五岁截止。除了智力层面，自身实力就是在这全陆地高级魂师学院精英大赛中考验，我和竹清必须要在兄姐参加比赛期间战胜他们。他们都快要二十五岁了，这一届比赛是我们唯一的机会。如果输了，那么我们就必须要在其他方面强于他们，才有可能获得认可。他们得到的支持比我们要多得多。我们要想获胜几乎是不可能的。我恨我的家族，但是为了竹清，我不会再逃避。今日一战，就算是死，我也绝对不会认输。"

戴沐白邪眸血红，气氛骤然变得压抑起来。谁也没想到，戴沐白和朱竹清的背后竟然还有如此巨大的压力，那是生命的威胁。

唐三凝视着戴沐白那血红的邪眸，伸出右手，吐出两个字："必胜！"

紧接着是奥斯卡，他将右手搭在唐三的手上，马红俊、小舞、宁荣荣先后做出了同样的动作，当朱竹清和戴沐白的右手叠加而上的时候，七个人几乎同时怒吼出声："必胜！"

从大赛开始到现在，史莱克七怪还从未同时上场过，当他们保持完整的阵容出现在比赛台上时，天斗帝国剩余的几支魂师队伍中所有人的目光都不禁呆了一下。

火舞和风笑天站在一起，唐三、小舞、戴沐白、朱竹清和马红俊的出场，他们都是能猜到的，可宁荣荣和奥斯卡的出场，他们是意想不到的。

虽然宁荣荣曾经在遇到盗匪的时候出过手，但那时候场面混乱，并没有多少人注意到她。

但她的出现多少也有些预兆，毕竟，那时她曾扑入父亲宁风致的怀中，证明了自己出身于七宝琉璃宗。

可是奥斯卡就让人不理解了，全大陆高级魂师学院精英大赛从开始到现在，他还从未在比赛场地中出现过，此时一脸从容地跟随在其他人身边出现在比赛台上，火舞和风笑天等人都大为惊讶。

难道这个人才是史莱克学院隐藏的高手吗？一直隐忍到现在才出场。

以戴沐白为首，史莱克七怪一字排开，静静地站在比赛台上，戴沐白邪眸前所未有的凝重，静静地注视着前方。

比赛台另一边同样是一行七人缓缓上台，当戴沐白的目光投向对方走在最前面的那个人时，眼中不禁暴起两团夺目的精光。

唐三也注意到了那个人。他的一头金色长发披散在背后，脸上露出懒洋洋的表情，双眸中紫光莹然，却并非双瞳。他的容貌与戴沐白至少有七分相像，只不过身材比戴沐白还要高大几分，虽然很随意，但在他的脸上露出几分上位者的微笑。

在他身后跟着一名身材高挑的少女，身材几乎与他一样高，有着羊脂白玉般的肌肤。她同样是面带微笑，甚至在这比赛场地中依旧挽着前者的手臂。这名少女很美，她和朱竹清的相似程度甚至比戴沐白与前者还要多。

只不过她少了朱竹清的那份冰冷，整个人看上去十分柔和。

为首青年的目光从戴沐白脸上掠过，淡然道："沐白，没想到你真的能走到总决赛这一步，能够面对面地挑战我。其实你已经成功了，但你应该明白，你这样做会让我必须对你进行打击。"

"戴维斯，不用惺惺作态了，你什么时候停止过对我的打击了。今天在场上，你我是敌人，有本事，你先战胜我再说。否则，谁继承家族的位置还不一定呢。"

戴维斯有些惊讶地看着戴沐白，道："哟，我们的花花公子居然变了，好，我倒要看看这几年你离家后都学了什么本事，竟然敢和大哥这么说话。难怪竹清这丫头也和你在一起，看来你们是真的准备和我们对抗到底了。"

戴维斯的目光落在朱竹清身上，眼神中多了几分凝重。他和身边的少女对视一眼，冰冷的寒光同时从两人眼底闪过。

"竹清，我没记错的话，你应该还不到十五岁吧，以如此年龄就能参加本次大赛，并且杀入十强，不知道该说你们运气好呢，还是说你们实力强，不过，你们也就到此为止了。其实，爸妈都很想念你，只是不能违背祖宗的规矩。比赛后，你还是和我一起回去吧。"戴维斯身边少女的声音和朱竹清并不一样，没有朱竹清那份冰冷，却有着一种发自内心的魅惑气息，柔媚的声音很容易令人不自觉地陷入其中。

"朱竹云，你不用在这里惺惺作态。如果我没有离家，或许已经死在你手里了吧，想念我？在我们家族中，会有这种亲情存在吗？"朱竹清的声音变得更冷了。

对于他和戴沐白来说，面前的这对情侣就是年龄增大的他们。他们有着不可磨灭的血缘亲情，可在家族的压力下，只能有一方存活。

不论是为了什么，他们都必须全力去争取，至少谁也不希望自己的生命就那么轻易地完结。

台上交谈的双方都没有刻意压制自己的声音，台下的魂师们听力又比普通人强得多。

当他们听到朱竹云说朱竹清还不到十五岁的时候，哪怕是自恃极高的魂师，也不禁一片哗然。

尤其是那些曾经看到过朱竹清出手的人，眼神中更是充满了不可思议的光芒。

火舞整个人都已经呆滞了，如果说她与神风学院联合后还想象着能够凌驾于史莱克学院之上，那么现在她就已经彻底绝望了。

比自己要小四岁多，实力却丝毫不逊色，这些人真的是怪物吗？

想到这里，她又想到了另一个问题。一直以来，她都不知道唐三的年龄，难道他也是那么年轻？

裁判来到两支战队中央，喊道："比赛准备。你们可以释放武魂了，比赛规则如前，负者将直接淘汰，胜者进入前六强。史莱克高级魂师学院战队对阵星罗皇家高级魂师学院，预备。"

戴沐白与戴维斯，朱竹清与朱竹云，四人的八道目光在空中剧烈地碰撞了一下。

戴维斯的目光骤然变得霸道起来，整个身体都仿佛舒展开来了一般，宽阔的肩膀，同样邪异的容颜，他在这一刻显得异常英俊，道："兄弟们，释放武魂，让我们给他们个惊喜。"

星罗学院七名队员的魂力瞬间释放，戴维斯和朱竹云站在最前面，他们身上的魂力波动也最为巨大。

转瞬之间，两黄两紫四个魂环就出现在他们身上。

戴维斯和朱竹云的武魂与他们的弟妹一样——白虎与幽冥灵猫，从魂力波动上来看，这两个人中，戴维斯的魂力至少已经超过了四十七级，而朱竹云也在四十六级以上。

他们是史莱克七怪在这届比赛目前为止遇到的最强对手。

更令人惊讶的是，戴维斯和朱竹云背后的五个人将武魂释放出来了，竟然有四个都是四十级以上。加上前两个人，整个星罗学院战队的魂宗数量多达六人。除了已经在前日出场技惊全场的武魂殿学院和神风与炽火联合后的战队以外，他们是目前出场队伍中拥有四十级以上魂师最多的一支，更何况戴维斯和朱竹云的实力是那么出众。

论整体实力，他们绝不会比神风与炽火学院结合后的战队差。

星罗皇家高级魂师学院和天斗皇家学院可不一样，那里绝对不是凭借地位和金钱就能够进入的。

但是令戴维斯和朱竹云大吃一惊的是，史莱克七怪带给了所有人极其恐怖的震撼效果。

戴沐白、朱竹清身上燃起的同样是两黄两紫四个魂环，更加令他们震骇的是站在一旁不动声色、相貌也并不如何出众的唐三。

唐三身上那两黄一紫一黑四个魂环浮现的瞬间，星罗帝国一方晋级的各所学院不禁同时惊呼。

震撼还没有结束，在这前三人身边，另外四人身上的魂环色彩一模一样，都是两黄两紫的最佳配置。

在总决赛前两轮并未出过场的史莱克学院战队，竟然拥有七名最佳魂环配比的魂宗。只是一瞬间，魂环带来的压力就令星罗帝国气势大减，戴维斯和朱竹云的脸色终于变了。

朱竹云有些失态地看着朱竹清，道："不，这不可能，当初你离家的时候才二十几级，这才两年的时间，你怎么可能已经突破了四十级？"

在史莱克学院来到总决赛的时候，戴维斯和朱竹云就已经注意到了他们，但在潜意识中，他们都没将自己的弟妹放在眼里。

毕竟年龄的差距摆在那里，在天赋相差不多的情况下，弟弟和弟妹又怎么可能追上他们二人？哪怕他们得知史莱克学院是天斗帝国那边晋级赛的冠军，也没有改变想法。

作为三支种子战队之一，在他们眼中的对手就只有武魂殿学院战队。

可眼前，当戴沐白与朱竹清真正展现出四十级以上的实力后，戴维斯和朱竹云在内心震撼之余，对他们充满了杀机。他们跟戴沐白两人的年龄相差那么大，实力却已经被对方快速追近，如果再给对方一些时间，今后的胜负就不好说了。

就算违反大赛规则，他们这次也一定要在比赛中尽可能地解决这个威胁。

戴沐白冷冷地看着戴维斯。从自己这位兄长眼中，他自然读得懂那份杀机，论天赋，戴沐白本就比戴维斯要强一些。天生的邪眸双瞳更是令他从小就受到很多关注，否则他也不会成为戴维斯的竞争对手。

此时此刻，虽然比赛还没有开始，但他心中已是无比畅快。

从小到大，戴维斯每次见到他，眼底深处都蕴含着浓浓的不屑与轻蔑，从未将他当成一个对手看待。可此时他从戴维斯眼中找到了一丝凝重和恐惧。这一切都是他依靠自己的实力争取来的。

"比赛开始。"随着裁判一声令下，这场引人关注的大赛终于开始了。

"荣荣，给我魂力。"在释放武魂的时候，双方就已经摆开阵形。唐三快速地退到戴沐白身后，小舞上前一步，站到戴沐白左侧，马红俊依旧是老样子，在后面保护两位辅助魂师。

高喊出声的是唐三。宁荣荣释放武魂时一直都在他们背后，至少正面的对手并没有看到她那九宝琉璃塔上的彩光。

听到唐三的指挥，紫色魂环闪亮，一道夺目彩光注入唐三体内，随之而来的还有一道从奥斯卡手中扔出的粉红色光影。

戴维斯身上，白虎护身障已经出现，同样的武魂，他的魂技虽然并不和戴沐白完全一样，但前三个魂技都是相同的，毕竟这三个魂技是经过家族千锤百炼后得出的最佳结论。

唐三毫不犹豫地将奥斯卡扔来的粉红色光芒投入自己口中。刹那间，一层淡淡的粉红色光芒汇合着宁荣荣注入他体内的彩光瞬间升腾。

戴维斯和朱竹云开始发动魂力。

戴维斯一马当先，强横的气势扑面释放。他的白虎金刚变在这个时候用了出来，竟然以一己之力压向戴沐白、朱竹清和小舞三人。

毋庸置疑，他的魂力是全场最强的，在这一刻的选择也最为正确，他的霸道比戴沐白更强。他作为上位者养成的气势并不是戴沐白这郁郁不得志的兄弟能比的。

在戴维斯背后，朱竹云也发动了魂力。一道辅助光芒从她背后射入体内，她的身体几乎是瞬间消失，一个闪烁，整个人只在空中留下了一条淡淡的残影，身体画出一条极大的弧线，从侧面绕出，直奔唐三而来。

显然，唐三身上的黑色魂环已经被他们当成了最大的威胁。

唐三仿佛没看到朱竹云的到来一般，他的脸色显得很凝重，身上的第四魂环光芒涌动，浓郁的黑色伴随着亢奋粉红肠与宁荣荣的第四魂技魂力在增幅作用中全力升腾，刹那间，整个人已经被一层黑色所包覆。同时，在他右手中，澎湃的蓝光完全凝聚在掌心中，毫不外放，他的手掌正在进行着一个缓慢合拢的过程。

"叮——"朱竹云那虚幻般的身影在空中停滞，因为有一道同样迅疾的身影悄然挡在了她面前。

两人的背后都跟随着一道光芒，那是速度增幅的表现。

在一次剧烈的碰撞中，朱竹清与朱竹云在空中留下了一连串的火星。

论实力，朱竹清比朱竹云还是逊色不少的，毕竟两人魂力间的差距有五级左右，但是不要忘记，在朱竹清背后，还有一个史无前例的九宝琉璃塔魂师宁荣荣。一个速度增幅技能利用三窍御之心落在她的身上，直接就将她的速度增加了百分之四十。对于敏攻系魂师来说，速度与攻击力是成正比的。尽管朱竹云背后也有同伴的速度增幅，但在增幅效果上又怎么能和天下第一辅助武魂相比呢？

朱竹云在震惊中并没有停顿，她当然看得出，唐三正在准备释放那恐怖的万年魂环之技。从唐三蓄力的情况她就明白，这个魂技绝对非同小可，无论如何也不能让他施展出来。

两姐妹的身体如同流星一般不断在空中碰撞着，无数因为利爪接触而迸发的火星在空中闪耀。

另一边的战斗也已经开始了。迎上一身霸气的戴维斯的人并不是戴沐白，而是小舞。

小舞身形一闪，就已经出现在戴维斯面前，她的第二魂技魅惑伴随着双眼的粉红色释放而出。

戴维斯冷哼一声，眼中突然精光暴涨，竟然完全无视小舞的魅惑技能，在白虎金刚变的增幅下，一道白虎烈光波就朝着她喷吐而出。同时他开始加速，虎掌张开，目标依旧是戴沐白。

但是他终究还是小看了小舞，只是一瞬间，小舞就令所有人震惊。

小舞发动瞬移，闪躲开白虎烈光波的攻击。下一刻，她身上骤然被一层浓郁的金光所包覆，直接缠向了戴维斯的身体。

戴维斯作为家族首席继承人，拥有强大的白虎武魂——天赋异宴。

他的实战经验自然是极为丰富的。

面对小舞的突然变化，他并没有慌张，白虎金刚变与白虎护身障第一时间提升到了极限。

一层浓郁的白光从他体内喷薄而出，他就是要凭借自己的魂力优势直接将小舞弹开。

但是戴维斯失算了。当他身上的白光与小舞身上释放的金光接触的一瞬间，那白光竟然没有起到丝毫阻挡作用，下一刻，小舞的蝎子辫已经甩出，牢牢地缠绕在他的脖子上。

柔骨魅兔小舞发动了第四魂技——无敌金身。

对于小舞来说，没有什么比这个更适合她的魂技了。

小舞发动无敌金身之后，任何级别的攻击力对她全部无效。此时，她的内力增强一倍，维持时间三秒，魂力每增加十级，无敌和力量增幅时间就会增加一秒。

三秒，看上去很短暂，但在很多时候足以成为制胜的关键。面对任何攻击，都有无敌三秒的效果，这就给了小舞充分的近身时间。

小舞的长发缠绕上了对手的脖子，身体已经闪到了戴维斯背后。戴维斯双掌反拍，正好对上小舞的无敌金身，强烈的反震力令他的双掌一阵发麻。

唐三很早就对小舞说过，不喜欢看着她用自己的身体缠绕上对手身体的样子，她毕竟是个女孩子。所以，小舞的柔技现在已经改变了很多。她的发辫缠绕着戴维斯的脖子骤然收紧，然后闪身到戴维斯背后，一只脚撑地，另一只脚顶在了戴维斯的腰眼上。

第一魂技，发动腰弓。

小舞的整个身体在那金光环绕中瞬间绷紧，下一刻，整个人全力爆发。

无敌金身的效果将她的力量提升了一倍，再加上腰弓增幅的一倍，此时她纤细的身体内爆发的力量足以令人感到恐怖。哪怕是一位六十级左右的魂师，在被她如此控制的情况下，也绝对不可能反抗得了。

戴维斯的身体像炮弹一般被甩了出去，直接撞向他的同伴。

而就在这时，虎吼声中，戴沐白终于发动魂力了。三口白虎烈光波喷吐而出，在白虎金刚变的增幅下，硬生生地挡住了星罗学院另外几名魂师释放的魂技。

令人奇怪的是，从比赛开始到现在，史莱克七怪都没有任何前冲攻击的意思。

九宝琉璃塔射出的光芒突然又多了一道，攻击力增幅，一共两道光芒凝聚在朱竹清一人身上。

"当"的一声巨响，朱竹云在攻击力瞬间增强的朱竹清的猫爪下，被震得倒飞而回。她的脸色此时已经变得极其难看，她并不是输给朱竹清，而是输给了朱竹清与宁荣荣的配合。

史莱克七怪从来都是一体的。此时，这姐妹二人身上都是多处伤痕。

"七怪暴动！"沉稳的声音从唐三口中喝出，一直在蓄力的他终于有了动作。他左脚踏前一步，那蓄满了暗蓝色光芒的右拳朝着地面轰然砸下。

与此同时，在唐三背后的奥斯卡手中一共四根亢奋粉红肠抛出，分别落在了戴沐白、朱竹清、小舞和马红俊手中。唐三在蓄力，奥斯卡自然没有停止香肠的制造，淡淡的光芒闪烁，唐三脸上露出一丝强横的神光，暗蓝色的光芒瞬间从他拳头中爆发而出。

戴维斯被小舞这一甩，完全控制不住自己的身体，三名伙伴联手才将他的身体接了下来，而就在这个时候，时间仿佛停住了一般。

"轰——咻——"

伴随着奇异的声响，一圈暗蓝色的光晕以星罗学院战队为中心悄然扩散。就在那蓝色光晕扩散到极致的时候，突然无数根蓝银草从那光晕范围内破地而出，将星罗学院战队的所有人全部顶上了空中。

危机来临之前，星罗学院战队的队员们只来得及释放出自己的魂技护体。此时，他们七个人中只有朱竹云距离远一些，其他六个人几乎都在一起。

防是防住了，但是将他们截入空中的蓝银草似乎带着一股特殊的震荡力量。七名星罗学院战队的队员都陷入了短暂的眩晕中。

千手修罗唐三开始发动第四魂技中的蓝银囚笼变异能力——蓝银突刺阵。

这是唐三潜心研究的结果，蓝银囚笼在实战的时候，就是蓝银草突然从地面下涌出，将对手困在囚笼内。既然如此，如果将自身的所有魂力全部释放出，蓝银草从地面涌出时会有什么效果呢？

这些化为蓝银囚笼的蓝银草都极为坚硬，如果是实力弱小些的对手，会直接被穿透，实力强的对手也不可能逃出这种范围的攻击。

在唐三不断的实验中，他发现当自己的魂力凝聚到一定程度时，蓝银突刺阵能够产生出短暂的眩晕效果。这个效果延续的时间根据对手的实力而定。

但就算是再强的对手，也至少会眩晕上一秒钟。

这一发现，令唐三将大量心力用在了这个魂技的研究上，毕竟是万年魂环之技，又岂会那么简单？蓝银囚笼本身就带着眩晕效果，但必须要在对手破开囚笼时才有效果，只不过效果非常微弱而已。当大量的蓝银囚笼集中爆发时，眩晕效果叠加，立刻变得更加明显。

目前唐三对这个魂技的研究还不算成熟，但用来克敌制胜还是有一定把握的。

为了加强魂技的效果，他从一开始就得到了宁荣荣的魂力支持和奥斯卡的亢奋粉红肠提升全属性。这样一来，他的蓝银突刺阵第一次在战场上使用的效果就提升到了最大的程度。

哪怕戴维斯是比他魂力强不少的对手，此时也至少会眩晕三秒。他们虽然挡住了蓝银突刺阵的攻击，但身上多处受伤。

七怪暴动就在唐三挥拳的一刹那开始了。

浴火凤凰、凤翼天翔两大魂技同时从马红俊身上闪现，该是他表演的时候了。

他肥胖的身体在澎湃的火焰包覆下滑翔而去，只给空中留下了一片扭曲的光晕。

　　蓝银突刺阵在马红俊即将坠落的一瞬间消失，而马红俊所选择的位置也是恰到好处，正好落在戴维斯等六人聚集在一起的中心位置。

　　邪火凤凰第四魂技——凤凰啸天击发动。

　　扭曲的轰鸣中，后手限制技能爆发出了恐怖的效果。

　　后手限制技能虽然很难产生限制作用，因为覆盖范围小，又必须是近身。一般来说，对手完全来得及躲闪。

　　可一旦真的被它命中，那么后手限制技能的限制时间就要比先手限制技能长许多。

　　凤凰啸天击的第一部分瞬间爆发，令刚刚从眩晕中快要清醒过来的戴维斯和其他几人瞬间沉浸在更强的晕眩中。

　　紧接着，地面与空中的力量几乎同时爆发。

　　白虎流星雨从天而降，凤凰啸天击第二阶段从地面冲起，两大第四魂技同时笼罩了攻击范围内的六个人。

　　黄绿色的光芒从唐三掌心中挥出，由于有着宁荣荣的魂力增幅支持，他在使用了蓝银突刺阵消耗大量魂力之后，还犹有余力，马红俊的后手限制只遗漏了一个人，而这个人自然就交给唐三了。

　　蛛网束缚在朱竹云清醒前的一瞬间将她的身体牢牢地缠绕在一起，让她根本没有去救援同伴的机会。

　　轰然巨响中，惨叫声在白虎流星雨与凤凰啸天击同时轰鸣的位置响起。

　　论爆发力，还有什么比凤凰和白虎的合击力更强的呢？

　　但是这一切还没有结束。

　　闪烁着金光的白虎蹿出，与那淡淡黑光爆发的灵猫在空中融合，巨大的幽冥白虎又一次呈现在所有人眼前，而此时能够施展同样武魂融合技能的另外两人分别在不同的限制中。

　　剧烈的痛苦令戴维斯从眩晕中清醒过来，但他骇然发现自己的白虎金刚变已经令魂力消耗到了极其恐怖的程度，而他身边的伙伴已经有两人丧失了意识。

　　接连爆发几大魂技，戴沐白的魂力已经完全透支了，但他和朱竹清的幽冥白虎依旧用得那么坚决。到了这一刻，他与朱竹清的潜力都完全爆发出来了，多年被压制的情绪彻底释放。巨大的幽冥白虎迈动着雄霸天下的脚步，化为澎湃而巨大的流光腾空而去。

戴沐白和朱竹清的故事，大师也听到了，上场之前，大师给了史莱克七怪几句简单的指导。

玉小刚作为一代大师，不仅在武魂研究方面是大师，在魂师战术方面依旧是大师。他一眼就看出了对手最大的破绽。

那就是轻敌。

至少在星罗帝国出线的队伍看来，史莱克学院战队能够挺进第三轮，更多的是凭借抽签的运气。而从戴沐白和朱竹清的描述中，他立刻就判断出戴维斯和朱竹云更容易产生轻敌的心态。

正是因为如此，大师告诉唐三要全力以赴，毫不留情，对史莱克七怪的指点却是瞬间爆发，毁灭对手。

大师这样指导自然是有目的的，如果让对手的实力完全爆发出来，那么这场比赛就算史莱克七怪能够获得最后的胜利，也必然是惨胜。

至少戴维斯与朱竹云这两个高魂力魂师释放的武魂融合技完全有可能重创史莱克七怪中的数人。

对手轻敌，必然不会在一开始亮出全部的底牌，而史莱克七怪在一开始就这么做了。

从唐三的第四魂技增幅下释放蓝银突刺阵到马红俊、戴沐白爆发双杀，再到这最后的幽冥白虎冲击，史莱克七怪无疑将自身实力展现到了极致。

奥斯卡和宁荣荣的增幅同时作用在队友们身上，这一刻的爆发力令全场为之色变。

"轰——"毫无悬念的，在幽冥白虎强有力的撞击下，对手中已经受到不轻创伤的六个人同时飞出了比赛台，幽冥白虎那巨大的身体在空中表演了一个漂亮的马踏回旋。

最后一爪，重重地拍飞了戴维斯。戴维斯肩骨破碎的声音是那么清晰地传遍全场。甚至连惨叫声都没有发出，他就已经在空中昏迷过去。

这还是戴沐白手下留情，否则，这一爪要是拍在他的胸口上，完全可以夺取他的性命。不论怎么说，对方都是他的大哥，对方可以不认这份亲情，但戴沐白心中不得不承认这同样的血脉。

庞大的幽冥白虎重新化为两人，戴沐白因为透支魂力，直接软倒在朱竹清的怀抱中。

千万不要小看这短暂的攻防时刻，在这短短的时间中，双方输出的魂力对于彼此来说都极其恐怖。尤其是史莱克七怪毫无保留地释放魂力，才令他们有了这样的机会。

"哧啦"一声，朱竹云终于凭借锐利的猫爪从唐三的蛛网束缚中挣脱出来，但她整个人已经呆住了。

不论史莱克七怪现在的状态如何，站在比赛场地上的仍旧是七人。而整个星罗皇家学院战队，只剩下她孤零零的一个。

朱竹清用冰冷的目光注视着自己的姐姐。小舞、马红俊、唐三缓缓上步，他们每个人都刚吃下一根奥斯卡扔过来的恢复香肠，在他们背后，还有宁荣荣全力注入的魂力增幅光晕。

三对一，绝无悬念，尤其是在唐三那强大的控场能力面前，胜利是无疑的事情了。

但是朱竹云不甘心，即使到了现在，她心中依旧在大喊着不可能。她无论如何也想不到自己居然会输给还不到十五岁的妹妹，而且输得这么惨。她怎么可能甘心？怎么可能愿意认输？

她尖啸一声，带着凄厉的气氛，猛地朝着面前的三人冲了过去。此时此刻，她身上依旧带起了一连串幻影。但是她前冲不到五米就停顿下来。

蓝银草悄无声息地从她身上浮现而出。早在蓝银突刺阵的时候，蓝银草的种子就已经留在了她的身上。

千手修罗唐三的第二魂技——寄生，发动！

巨大的冲力令朱竹云的身体直接变成了滚地葫芦。如果不是她的情绪受到了巨大的刺激，或许还不至于如此狼狈，可是现在她的心已经乱了。

闪烁着的身影悄然出现在她身边，蓝银草上的麻痹与腐蚀毒素已经开始入侵她的身体。

小舞直接扑了上去，只不过是瞬间的工夫，腰弓技能已经发挥出了作用，朱竹云那修长的身体就那样被甩入空中。

唐三的目光投向朱竹清，露出一丝询问，他是在问朱竹清如何处理她这位姐姐。在这个时候，朱竹云已经任由他们宰割。就算朱竹清要杀她，唐三也绝对不会犹豫，没有什么比他们史莱克七怪友谊更加重要的了。

朱竹清暗叹一声，还是摇了摇头，垂首搂紧怀中的戴沐白，两行晶莹的泪水从眼角处流淌而出。

期盼多年的胜利来得这么快，连她自己也不知道究竟是该幸福还是该悲伤。不论怎么说，那毕竟都是她的亲姐姐啊！

唐三无奈地摇摇头，向小舞比画了个手势。

小舞这才腾空而起，双脚缠住朱竹云的双脚，再次发动腰弓，将她的身体直接用甩出了比赛台范围。

比赛在鸦雀无声中结束。史莱克七怪全都站在比赛台上，缓缓聚拢到一起，哪怕是昏迷中的戴沐白，也在朱竹清的搀扶下挺直着腰杆。是的，他们赢了，他们获得了真正的胜利，他们用一场完胜宣告着王者的降临。史莱克战队在没有一人受到重创的情况下，将三大种子战队之一的星罗帝国皇家高级学院踢出了这届比赛。

当裁判宣布胜利的时候，史莱克学院休息区内已是一片欢呼，哪怕是大师，脸上也露出了欣慰的笑容。再好的战术也需要有人去执行，如果没有这些惊才绝艳的孩子，他的战术又如何能够发挥得这样完美呢？

众人走下比赛台后，戴沐白立刻被弗兰德接了过去，绛珠的恢复光环开启，帮助众人恢复着体力，治疗着伤势。奥斯卡满脸笑容地制造着他的恢复大香肠。全魂宗的实力，此时已经令他们牵引着所有观战者的目光，就连武魂殿的那些主教们也不例外。

一行人从史莱克学院战队身边走过时突然停下脚步，唐三感受到自己被目光注视，抬头看去，

这一行人正是代表天斗帝国的种子战队——天斗皇家学院战队，那看着他的人正是拥有蓝电霸王龙武魂的战队队长玉天恒。

"没想到你们已经变得这么强大了，我真的很惊讶。"玉天恒目光灼灼地注视着唐三。

唐三淡然一笑，道："你们也不错，看得出你们都有了长足的进步。"

玉天恒叹息一声，道："本打算和你们在这届大赛中好好打一场，现在看来，已经没有机会了。不过，记得替我们报仇。在我看来，如果真的有一支队伍能够威胁到武魂殿学院战队的话，那么绝对不是我们或者星罗皇家学院战队，而是你们。看清楚我们下面的比赛吧，就算是输，我们也会尽量让他们展现出最大的实力。"

唐三愣住了，在他的印象中，玉天恒是一个从来都不愿意承认失败的人。他也看得出，天斗皇家学院战队的实力比之前的星罗学院战队还要差，他们中真正过了四十级的其实只有五个人。

实力的完全压制令玉天恒信心已失，接下来的两大种子战队对抗，其实已经没有了悬念。

武魂殿真的就那么强大吗？两团精光从唐三眼中暴射而出，道："玉天恒，不要让我小看了你。没有试过，怎么知道不可能？如果作为队长的你都丧失了信心，那么这辈子你就不配成为我的对手。"

"你说什么？"一旁的碧磷蛇女魂师独孤雁怒火冲霄，但她被玉天恒拦住了。

一丝淡淡的火焰开始在玉天恒眼中蔓延，他整个人就像是被唐三的话语点燃了。他凝视着唐三，抬起右手用力地挥动了一下，道："等着看吧。我会让他们知道厉害。"

最引人关注的一场比赛终于开始了，作为三大种子队伍之一，当天斗皇家学院战队和武魂殿学院战队登上比赛台的时候，全场就已经安静下来。

之前的一场比赛给他们带来了太多震撼，而接下来这一场理应更加精彩。

第二轮比赛的时候，武魂殿学院战队出场的七个人中并没有传说中获得紫绿勋章的三人出现，他们就已经轻松获胜。

而眼前的天斗·皇家学院战队明显不同。

在武魂殿学院战队中，也换上了三张生面孔。

　　这三个人缓步走在武魂殿学院战队的最前面，虽然他们看上去相貌都很普通，情绪也很平静，但他们给人的感觉就像是三匹蓄势待发的狼。

　　三个人身上奔涌而出的气势和信心，唐三生平仅见。只有经历过无数胜利、击溃过无数对手的人，才会有这样的心理优势。

　　武魂殿学院战队的队服是白色的，通体洁白，上面绣着六个象征着武魂殿的图案。走在最前面的三个人每个人左胸上都佩戴着一枚紫色形如图书状的徽章，那是他们荣誉的象征。

　　走在最前面的一个是一名男子，身高大约在一米九零，一头整齐的黑色短发如同钢针一般竖立，他的脸色很平静，那股无形的信念似乎完全是由他体内迸发出来的。

　　他修长有力的双手垂在身体两侧，用淡淡的眼神凝视着对面的蓝电霸王龙魂师玉天恒。

　　和他相比，玉天恒的情绪明显有些激动，在唐三的言语刺激下，此时玉天恒的斗志已经被彻底激发起来了。

　　在那黑色短发男子两旁的分别是一男一女，那名男子有着一头火红色长发，披散在背后，就连眼珠都是暗红色的。他的相貌同样普通，但和之前的短发青年一样，身上散发着一股无形的气质。

　　三人中唯一的女子有着一头黑色长发，相貌和最前面的男子有几分相像，三人的表情都像是一个模子刻出来似的。这个女孩子乍看时并不觉得如何漂亮，但如果仔细观察，就能够从她身上感受到一种异样的魅力。

　　一个熟悉的声音在唐三耳边响起："仔细注意这三个人。"

　　唐三扭头看时，不知道什么时候，独孤博已经来到了他身边。独孤博的目光也注视在那三个人身上，此时，走在他们三人身后的另外四名队友完全成了陪衬，而那四个人也明显都拥有着四十级以上的实力。

　　"这三个人就是被武魂殿誉为黄金一代的三个奇才。最前面的黑发青年名叫邪月，五十二级强攻系战魂王，武魂是月刃，是一名器魂师。在他后面的红发男子名叫燚，五十二级火属性强攻系战魂王，武魂是火焰领主。在邪月另一侧的女孩子是他的妹妹，叫作胡列娜，五十一级控制系战魂王，武魂是狐狸。邪月和胡列娜分别跟从父母的姓氏以及分别继承父母的武魂。三人中，你除了要注意两名强攻系战魂王以外，也要格外注意那个胡列娜，胡列娜拥有着极其强悍的魅惑能力，她的魂技都是以魅惑为主的。"

听着独孤博的话，唐三默默地点着头，心中将独孤博的话一字不漏地记入心中。

大师也在一旁静静地听着，但他的目光已经飘向比赛台后方，那巍峨耸立的教皇殿。比比东，这是你给我出的题目吗？

裁判宣布，比赛开始。

尽管玉天恒的斗志已经被唐三彻底激发出来了，但是当他看到对方的武魂全面释放时，还是不禁一愣。

站在最前面的邪月三人每个人身上都闪烁着两黄、两紫、一黑五个魂环，而且是最佳魂环配属。三人凝聚在一起的强大的压力令玉天恒的霸气顿时减弱了几分。

武魂殿学院战队第一个动的并不是最前面的队长邪月，而是他的妹妹胡列娜。

胡列娜轻移莲步，身形一转，就已经来到了最前方。一丝淡淡的笑容从她脸上浮现出来，随着武魂的释放，她似乎变得漂亮了，而且从背后还长出一条毛茸茸的大尾巴。

淡红色的光芒从她身上浮现而出，眸光轻闪，看向玉天恒。正准备施展魂技的玉天恒顿时停滞了一下，但他的战斗经验毕竟丰富，赶忙大喊一声："不要看她的眼睛。"

"不看眼睛就没事了吗？别人都叫我天狐。"胡列娜的声音听上去有些沙哑，但就在那沙哑的声音中附带着一种特殊的魅力。从她走出时递出的那一个眼神再到说出的这一句话，整个天斗皇家学院战队竟然没有一个人敢出手。

诡异的一幕出现了，胡列娜身上的五个魂环极有规律地闪烁了一下，先是那黑色的第五魂环，然后是第四、第三、第二，直到最后那个黄色的第一魂环。每一个魂环波动的时候，她身上的红光就会变得强烈起来，而在她身后的邪月也发动了魂力。

邪月的月刃并不是一柄，而是两柄，两柄通体血红、宛如弦月的弯刃，他的双手分别握在月刃中央。此时随着身体的动作，他的双手舒展开来，整个人竟然从背后朝着自己的妹妹撞去。

红色光幕骤然显现、扩散，就在邪月与胡列娜身体撞击在一起的刹那，那层红光竟然将他们两人的身体包裹在了一起。与此同时，那层红光也瞬间爆发开来，宛如一个光球的扩散一般，囊括了接近半个比赛台，也自然将对面的七名对手都笼罩在内。

"武魂融合技？"唐三脱口而出。

武魂殿学院战队的其他五个人，包括焱在内，似乎都没有任何出手的打算。焱甚至连续后退几步，和其他队友站在一起。

红光闪烁，原本的两个人变成了一个人，一个长发飘飘、看上去分辨不出男女的人。

头发已经变成了红色，这由邪月和胡列娜组成的身影悄然舞动起来，两柄放大了足有一倍的月刃带着流虹般的光彩悄然切出。

没错，这正是他们的武魂融合技——妖魅。

妖魅这个技能和戴沐白、朱竹清他们的幽冥白虎不同。

幽冥白虎主攻击，而妖魅主控制。在妖魅技能控制范围内，所有人的感官都将被降低百分之五十，魂力被压制百分之五十，一切行动迟滞百分之五十。

在那浓郁的红光中，玉天恒他们想要看清对手都已经变得极为困难。

红光骤然变得浓郁起来，庞大的能量波动瞬间绽放，从外面根本无法看到里面的情况。

闷哼声不断从那红色光幕的隔绝后传来，一条又一条身影从里面甩了出来。

鲜红色的血液随着抛出的人影而迸发，唐三身边的独孤博的脸色变得极其难看。

"他们这是不想让其他对手看清自己的实力。虽然用出了武魂融合技，但也只有武魂融合技表现在你们面前。"

很快，天斗皇家学院战队的七个人已经有五个被抛了出来，只有玉天恒和独孤雁的厉啸声不断地从那红色光幕中传出。

伴随着声声厉啸，分不出男女的邪异之声在红幕中响起："毒，在我们的领域内，同样要大打折扣。独孤雁，你的毒还不足以作用在我身上，去吧！"

独孤雁的身体在一阵雷霆霹雳的轰鸣中飞了出来，她身上并没有任何伤痕，却已是鲜血狂喷，直接被轰出了擂台。

伴随着最后一声轰鸣声响起，红色光幕终于消失，先前合体后那如同人妖一般的存在重新变成了两个人。

玉天恒就站在他们对面，他那双变成龙形的手臂正在不断地颤抖着。

"看在你家族的分上，饶你一命。"邪月淡淡的声音飘出，手中月刃轻摆，就像有一道丝线牵引着玉天恒的身体一般，他那强悍的身体轰然倒地，手臂上的龙鳞四散纷飞，鲜血飞溅。

邪月缓缓举起手中的月刃，他的目光直接飘向史莱克学院战队这边，似乎在向他们挑衅。

唐三毫不畏惧地迎上了对手，瞳孔收缩，紫金色光芒喷吐而出。

邪月眼中流露出片刻的失神，身体略微晃动了一下。

唐三眼中的紫金色光芒只是一闪而没。邪月很快反应过来，凌厉的目光从眼中闪过，抬起右手，在脖子上一横，做出一个残杀的手势。

如果说史莱克学院力克星罗学院，给人以震撼，那么武魂殿学院战队全体主力的出场，给人的感觉就是压倒性的优势。面对另外一支种子战队，他们竟然只是出场了两个人，就凭借着一个武魂融合技击溃了对手。这是何等的实力差距啊！

没有人会再怀疑他们的实力，更不会有人去思考这些。脸上的神色变得凝固的大有人在，到了这个时候，除了史莱克学院以外，甚至已经没有其他战队会憧憬得冠军。

两场重头戏，分别给人以不同的感觉。史莱克学院的表现固然抢眼，但武魂殿学院战队那三名魂王一出，就再也没有人会看好他们。

但是史莱克七怪并不在意这些，他们在意的是今天的胜利。这场胜利是属于戴沐白和朱竹清的，也是属于他们全体的。

回到住处的时候，戴沐白已经醒了。他和朱竹清激动不已，直到夜幕降临都没能完全平静下来。

第三轮比赛结束，整个大赛剩余的队伍只有六支。三支种子队伍竟然在今天的比赛中有两支双双淘汰，剩余的只有一支武魂殿学院战队。

毋庸置疑，在剩余的六支队伍中，武魂殿学院战队的实力首屈一指。紧随其后的，就是史莱克学院战队和神风学院战队。另外三支队伍虽然也闯入了六强，但更多的只是陪衬而已。

明天的抽签将决定很多事，谁也不愿意先碰到武魂殿学院战队。

第一百二十三章
幽冥白虎的身世

SOULLAND

全大陆高级魂师学院精英大赛进行到现在，也算是进入了尾声，同时也到了白热化的程度，能够留下的无疑都是年轻魂师中的最强者。

尤其是武魂殿的黄金一代，更是让人看到了魂师潜力真正能达到的程度。

当然，这是在没有人知道史莱克七怪全体真实年龄的前提下。

晚饭过后，史莱克学院的学员各自回到房间中休息。

武魂殿在住处方面安排得很好，每个人都有一间单独的房间。明天比赛的对手要到赛前抽签才能决定，但不论面对谁，保持最佳状态总是没错的。

唐三正准备开始打坐，房门却被敲响了。

"谁？"他有些惊讶地问道，大家都刚回房间，会是谁来呢？小舞吗？

"我。"低沉的声音告诉了唐三答案。

唐三打开门，看着门外脸色依旧有些苍白的戴沐白，问道："沐白，你不赶快休息，恢复魂力，怎么过来了？"

戴沐白轻叹一声，道："我想和你谈谈。"

"进来吧。"唐三将戴沐白让进自己的房间。

戴沐白走进房间，在一旁的沙发处坐了下来，他脸上的神情现在已经平静了许多。

当唐三关好房门时，戴沐白叹息一声，道："小三，谢谢你。"

唐三微微一笑，道："你就算谢，也应该谢大家，是大家共同的努力才获得了这场比赛的胜利。更何况我们兄弟间还需要说这个'谢'字吗？"

戴沐白释然地靠在沙发背上，微笑道："小三，你是不是已经猜到了什么？"

唐三依旧面带笑容，道："你说呢？王子殿下，除了皇家以外，我真的想不出有什么家族的族内竞争会激烈到如此程度，甚至要兄弟相残。你说的家族继承应该是继承皇位吧？"

戴沐白叹息一声，道："你是在试探我吗？我们兄弟之间没什么好隐瞒的，没错，我就是星罗帝国第三皇子。今天我们击败的戴维斯是我的大哥，他的实力、天赋和年龄让他成了第一顺位继承人。其实竹清今天所说的有点夸张了，如果竞争失败，或许我不一定会死，但魂力必然会被废掉，然后被发配到一个边缘地方终身囚禁。"

唐三眉头微皱，道："那和死有什么区别？皇家真的就这么残酷吗？"

戴沐白嘴角露出一丝冷笑，道："你不是皇家人，不了解这其中的复杂。大陆上两大帝国，你可知道实力对比如何？"

唐三茫然地摇头，对政治上的东西，他从来就没有关心过。

戴沐白冷笑道："如果没有武魂殿从中作梗，或许这个天下早就是我们的了。论国力、军力，我们星罗帝国都远在天斗帝国之上。虽然我们国内也有几个王国存在，却并不像天斗帝国那样皇权分散。而这些归因于我们皇族的特殊竞争方式。

"虽然这种方式很残酷，但通过这种方式成长起来的每一代帝王无不出色，并非天斗帝国所能相比的。天斗帝国唯一的优势，就是境内的上三宗宗门所在。上三宗中，虽然蓝电霸王龙家族和你们昊天宗从不参与到政治斗争中，可七宝琉璃宗始终支持天斗帝国，两大帝国之间更有武魂殿横亘在那里。不然，战争可能早就发生了。直到近些年，天斗帝国的发展才快速了一些。而我们星罗帝国内部出现了一些问题，两大帝国之间的实力对比又开始向着平衡发展。"

唐三道："这是武魂殿最想看到的吧？"

戴沐白嘴角一撇，道："当然。对于武魂殿来说，两大帝国保持均衡对他们是最有利的。武魂殿掌握的魂师数量实在太可怕了，两大帝国加起来也不如它多。但如果两大帝国合二为一，变成一个统一而强大的帝国，武魂殿终究还是无法存在下去的。毕竟，没有哪个集中的皇权会允许这样的组织存在。"

唐三有些诧异地道："就算两大帝国合一，难道就能对付武魂殿了？他们不是有大量的魂师存在吗？在战场上，拥有压倒性数目的魂师应该可以直接左右一场战争的胜利吧。"

戴沐白微微一笑，道："在天赋上我不如你，但在政治斗争方面，你就不如我了。武魂殿是不可能成为大陆主宰的。他们虽然掌握了魂师，但也只是掌握了魂师而已。大陆人民千千万，所有的魂师都是出自两大帝国。武魂殿虽然能够指挥他们，却绝对不能令他们叛国。因此，不论从什么角度来看，武魂殿都只能不断扩大自己的影响力，却始终不可能成为统治者。"

唐三恍然大悟，他以前从未想过这其中竟然还有如此复杂的关系。

戴沐白站起身，来到唐三面前，抬手抓住他的肩膀，邪眸牢牢地盯着唐三，道："小三，现在你已经引起武魂殿的重视了，他们是不会放过你的。有武魂殿的关注，你未来在大陆上将寸步难行。宁宗主虽然能保住你一时，却不可能保住你一世，除非你加入七宝琉璃宗。"

唐三默默地点了点头，戴沐白说的这些他当然明白。

戴沐白继续道："等到这届大赛结束之后，我们就正式毕业了。我和竹清会返回星罗帝国，和我们一道吧，带上小舞。现在我已经拥有了和大哥正式争夺皇位的资格。星罗帝国的皇室要比天斗帝国的皇室强势，所以武魂殿也不敢过于逼迫。我真的不希望哪天看到你死亡的消息。"

戴沐白双眸中充满了真挚的光芒。如果是其他人，或许会以为戴沐白是在为自己招揽唐三，可唐三感觉得出，戴沐白这么说完全是为了保护他，并没有其他想法。

"大哥，谢谢你。不论将来如何，你都是我的大哥。但这件事，我还要考虑一下，不能贸然决定，我要听听老师的建议。你也知道，我们魂师的修炼如同逆水行舟，不进则退。去了星罗帝国，我怕……"

戴沐白断然道："没什么好怕的，到了我的地盘，你需要怎样的修炼环境，大哥难道还不能提供给你吗？我们兄弟联手，将来我要是坐上帝位，你就是我的三军统帅、帝国军师。那个雪清河一直都想招揽你，我看得出。但是，听大哥一句，天斗帝国皇室的权力太分散了。就算他成了帝王，想有大作为也不容易。而在星罗帝国，只要我坐上帝位，那么皇室的事就是我一个人说了算。"

唐三道："老大，这件事我现在还不能答应你。我明白你的意思，将来如果我真的要选择依附于一方的话，你那里绝对是我的第一选择。以后如果你有困难，需要我，只要你一句话，不论千山万水，唐三必到。"

戴沐白没有再多说任何劝说的话，两人右掌拍击在一起，虽然没有真的发誓，但这已经相当于他们彼此的誓言，甚至比任何誓言都更加有效。

全大陆高级魂师学院精英大赛第四轮比赛在休息一天后开始了。

出乎意料的是，上一轮比赛如此惨烈，这一轮却变得正常起来。

最后六支队伍通过抽签决定了彼此的对手。

其中，实力明显强一些的武魂殿学院战队、史莱克学院战队和神风学院战队都没有抽到其他两支队伍。三大强队分别抽到了一个实力不算很强的对手。

这也令第四轮比赛没有任何悬念地结束了，最后的三强赫然是实力最强的三者。

到了这时候，比赛已经进入了最后拼搏的时刻。

三大战队的战力基本完好。

总决赛就在眼前，他们距离最后的冠军都只有一步之遥。

明媚的阳光撒落在大地上，在阳光的照射下，教皇殿显得更加金碧辉煌，宛如神仙居处。教皇殿前，两排护殿骑士一直从教皇殿门前排列到山下，他们披着亮银色的铠甲，配着厚重的骑士剑，令整个教皇山变得更加威严。

淘汰的队伍都已经离去了，他们甚至没有被允许观看最后一天的战斗，只有真正的年轻强者才有踏上教皇殿前这片广场的资格。

一大早，进入决赛的三支队伍就已经在教皇殿前静静地等待着。

三大学院的老师都没有被允许站在广场上，只能在外围等候。

二十一名参加决赛的队员静静地站在广场上，他们都在等待这最后时刻的来临。

以邪月为首的武魂殿学院战队的表情是最为轻松的，但他们眼中闪烁的是信仰的光芒，对武魂殿的信仰，也是对教皇的信仰。

史莱克学院保持的却是最低调的姿态，七人一字排开，从左到右分别是戴沐白、唐三、奥斯卡、马红俊、小舞、宁荣荣和朱竹清。

教皇殿前的这片广场一点也不比之前比赛时使用的比赛台小。正方形的广场地面铺着特殊的石块，仔细辨别就能够发现那些石块上带着一层淡淡的莹润之光。虽然它们并不是真的玉石，但绝对不是普通岩石能比的。由此可见，武魂殿的财力有多么可怕。

一队人从教皇殿侧门走了出来，十二名地位仅次于白金主教的红衣主教缓缓走了过来。

他们一直走到教皇殿门前，分左右而立，每边六人。

为首一人高声道："教皇陛下驾到。"

"万岁、万岁、万岁！"三声高呼如同山崩海啸一般在整个武魂城响起。

那不只是教皇山上排列整齐的护殿骑士们的呼喊声，也是整个武魂城内那些不许靠近教皇山的所有魂师们的呼喊声。对于他们来说，教皇就是最高的信仰啊！

巨大的殿门徐徐开启，两扇大门上留的徽记渐渐偏离轨道。

所有人的目光都不由自主地向那大门开启的方向凝聚而去。哪怕是武魂殿学院战队的七名队员，此时心跳也在不断加快。

哪怕作为武魂殿的黄金一代，他们也只是在当初被授予紫录勋章的时候见过教皇一次而已。

从头到脚穿着灿金色的长裙礼服、头戴紫金冠、手握权杖、一脸肃穆之色的比比东率先走出了教皇殿。她整个人有一种虚幻的感觉，看上去似乎无限高大。

没有人去注意她那绝美的容颜，此时此刻，她代表的只有武魂殿一代教皇的威仪。

灿金长裙极为合体，绚丽的礼服宝光闪烁，上面有超过百颗红、蓝、金三色宝石，头顶的紫金冠更是光彩万道。

所有武魂殿所属在这一刻全部单膝跪倒在地，齐声道："参见教皇冕下！"

这刹那间的气氛无法形容。哪怕是唐三、戴沐白这样心志坚毅之人在那四面八方传来的呼喊声中，也不禁有种想要顶礼膜拜的感觉。

比比东身后跟着四个人，其中三人都是大红色的礼服，但和红衣主教那种通体红色的礼服不同。他们身上穿着的红色礼服上镶满了金银纹路，尤其是胸前那颗闪耀着金光、足有婴儿拳头大小的宝石更是令他们充满了华贵的气质。

对于普通人来说，或许这礼服只是象征着贵气，可对于魂师来说，那是最大的荣耀。因为这红色礼服只有封号斗罗才有穿的资格。显然，这三个人正是这样的身份。

这三个人中，只有一个是唐三他们见过的，那就是来自七宝琉璃宗、拥有剑之封号的九十六级封号斗罗尘心，号称攻击最强的剑斗罗。

另外两人中，左侧的一人全身都浮现着一层虚幻的光芒，虽然穿着同样的衣服，但他的相貌谁也看不清楚。至于另一个，看上去皮肤如同婴儿一般细嫩，妖艳的相貌给人一种特殊的感觉，如果不是脖子上的喉结，谁也不会认为他竟然是个男人。

虽然这两个人唐三都不认识，但看到他们，他立刻产生出一种熟悉的感觉，心中暗想：这两个人应该就是那天出现的、准备袭杀自己的菊斗罗和鬼斗罗吧。

能够从教皇殿正门走出的只有三种人：第一种，自然是教皇；第二种，就是用实力证明自己的封号斗罗；而第三种，则是武魂殿长老。除了这三者之外，就算是白金主教和两大帝国的帝王，也没有出入这扇大门的资格。

与三名封号斗罗走在一起的第四人显然并没有封号斗罗的实力，但他依旧从这扇大门中走出，就意味着他有着另一个身份——武魂殿长老。准确地说，他是名誉长老，正是七宝琉璃宗宗主宁风致。

本来独孤博也有这样的资格，但他并没有加入其中，只是静静地留在了黄金铁三角身边。

该来的终于来了吗？唐三注视着从教皇殿走出的五人，此时，在这片平台上，就只有史莱克学院的七个人没有下跪。哪怕是神风学院的七人，此时都已经单膝跪倒在地。

事先史莱克七怪从没商量过眼前的情况，但他们做出了同样的决定。

戴沐白身为王子，自然不会向武魂殿下跪。朱竹清也有类似的缘由。

奥斯卡从来都没把武魂殿放在心上，只有领取武魂殿发的金魂币时，才会觉得它好。

至于唐三，他更不会向教皇下拜，不是因为昊天宗的出身或者其他什么，而是因为他自身的骄傲。

在他心中，能让自己下跪的只有父亲和老师，至于其他人，哪怕是帝皇又如何呢？

马红俊的想法和唐三差不多。

小舞低着头，谁也不知道她在想着什么，可实际上，她眼中此时正流露着一种特殊的光彩，蕴含的竟然是仇恨！

至于宁荣荣，她身为七宝琉璃宗宗主的掌上明珠，又很可能是下一代的宗主，自然也不会跪。

虽然没有明文规定魂师要向武魂殿教皇下拜，但此时此刻史莱克七怪无疑显得特立独行。

比比东的目光直接就落在了这七名青年身上，所有武魂殿所属无不对史莱克七怪怒目相向。

站在比比东背后的菊斗罗月关向比比东翕动了一下嘴唇，比比东的目光立刻投向史莱克七怪，她找到了唐三。

当她的目光凝聚在唐三身上的那一刻时，唐三清晰地感觉到自己的灵魂似乎要被剥离了一般，身体轻微地颤抖了一下，不得不立刻催动自己的紫极魔瞳。

紫金色光芒从唐三的双眼中喷吐而出，直达尺余，这才将教皇比比东的目光挡住。但他的动作无疑着了形迹，与比比东的圆融自然的态度相比就差了很多。

"大胆，竟然敢对教皇大人不敬。"之前唱喏的红衣主教怒斥出声。

比比东的目光已经变得平和下来，她抬起手，那红衣主教立刻闭上嘴，一脸的敬畏之色。

比比东能够继承教皇之位，是因为上一代教皇的指认和数名长老的支持，但是她能够坐稳这个位置完全是凭借着自己的雷霆手腕和实力。

比比东的脸上带出一丝淡淡的微笑，她凝视着唐三，问道："你就是大师的弟子唐三吗？"

唐三心中一惊，他没想到眼前这位看上去异常漂亮的教皇竟然认识他的老师。

"是的，教皇冕下。"唐三不卑不亢地回答。

比比东向唐三点了点头，道："你很好，果然有你老师当年的几分风骨。"

跪倒在地的武魂殿学院战队和神风学院战队队员们都不禁吃惊起来，教皇出现后，第一个竟然向唐三说话，而且似乎还认识唐三的老师。这对于他们来说，实在很难理解。

唐三中规中矩地道："不敢和老师相比。"

比比东没有在唐三身上停留过多的时间，手中权杖微微挥动，道："平身吧。"

所有跪倒在地的人这才站起身，因为教皇向唐三的垂询和那类似肯定的话，他们注视着史莱克七怪身上的目光就不是那么愤怒了。

比比东脸上浮现出一丝微笑，目光从左到右扫过参加三强决赛的二十一名青年魂师。

"从你们身上，我看到了希望。教皇殿前，我更希望看到你们全部的天赋和实力。最终的胜利者，将得到武魂殿的最大奖励。"说着，她手中的权杖轻挥。

没有人看清楚她是怎么做到的，三点光芒瞬间在比比东面前放大，然后漂浮在半空中。

那分别是三件不同的东西，体积都不大，形如骨骼，分别是一块右臂骨、一块头骨和一块左腿骨，上面分别闪烁着火红、淡蓝和墨绿三色光芒。

魂骨，那正是三块魂骨。

哪怕是在教皇山下，也能清晰地看到三块魂骨的光芒。一时间，整个武魂城内完全沸腾了。

除了事先已经知道这最后奖励的人以外，谁能想到奖励竟然会是三块魂骨呢？

从光芒就能看出，这三块魂骨皆是品质非凡。哪怕是武魂殿中人，一个个也是目露贪婪的光芒。

如果这里不是教皇殿，如果这里没有数位封号斗罗的威慑，恐怕早就有人按捺不住心中的贪婪冲上来抢夺了。

当初唐三用阎王帖击杀敌人获得的那块魂骨也是一块头骨，所以当他第一眼看到面前这三块魂骨时，以他坚定的心志都不禁一阵心旌摇曳。

这可是魂骨啊！对于魂师来说，是最为珍贵的东西，可遇而不可求。

魂骨也有高低贵贱之分。越是高等级魂兽产生的魂骨，效用就越大。当然，外附魂骨除外。

因为外附魂骨的数量最为稀少，可成长性也是所有魂骨中最为珍贵的，在整个体系中，仅次于十万年的魂环。

而普通魂骨一共有六块，头、躯干和四肢。六种魂骨中，最珍贵的是躯干，其次是头部，再次分别是右手、左手、左腿、右腿这样一个顺序。同品质的魂骨位置不同，价值也不相同。

此次教皇比比东拿出的三块魂骨中虽然没有最珍贵的躯干魂骨，但也有一块头骨。

右臂骨的珍贵程度仅次于头骨和躯干骨，哪怕是最差的那块左腿骨也并不是六大魂骨中价值最低的。

而这三块魂骨明显都是万年以上级别的魂兽所出。

对于魂师来说，这些都是极品的存在。

站在教皇背后的鬼斗罗鬼魅以他那低沉的声音道："三块魂骨分别是精神凝聚之智慧头骨，爆裂焚烧之火焰右臂，以及急速前行之追风左腿。这三块魂骨都出自于万年魂兽。其中，精神凝聚之智慧头骨更是出自于一只五万年以上级别的魂兽，乃上一任教皇陛下亲自斩杀获得，乃魂骨中的极品，仅次于外附魂骨和十万年魂兽产生的顶级魂骨。"

教皇淡淡地道："胜利者永远都只有一个，冠军也是如此。因此，这三块魂骨都将属于最后的冠军队伍。希望进入三强的这三支队伍能够全力以赴，获此殊荣。"

不论是什么级别的魂师，看到魂骨没有不眼冒红光的，更何况是三块魂骨。强烈的战意几乎一下子就从参赛的二十一名魂师中身上奔涌而出。

教皇继续道："今天上午，将是你们三队各出七人的个人淘汰赛。最后剩余的战队将占据先机，明日直接进入冠军争夺赛，负者两队将在下午争夺另一个决赛名额。现在，你们可以派出第一名上场队员了。"

和晋级赛一样的个人淘汰赛，却是三队一同参加。虽然这并不是最后冠军的争夺，但同样很重要。

能够获胜，不但意味着进入了前两名，同时还代表着能够以逸待劳，参加明天的决战。

到了三强这个层次，大家实力相差都不是那么大，一天之中连续比赛，无疑会大幅度消耗体力，甚至会受伤。明天就进行最后的决赛，几乎是不可能恢复到最佳状态的。因此，在下面个人赛中获胜的队伍，很有可能就是最后的冠军。

武魂殿拿出三块魂骨，无疑会令比赛更加激烈。虽然表面看去武魂殿似乎是大公无私的，但明眼人都能够看出这三块魂骨根本就是为武魂殿学院战队准备的。

武魂殿学院战队的实力几乎有着压倒性的优势，尽管史莱克战队的唐三也拥有一个万年魂环，可实际上武魂殿战队的三名魂王级别高手的第五魂环都是万年级别的。多一个人拥有魂环，对魂师之间的实力对比，差距无疑是巨大的，更何况有三人拥有魂环。

三强战队的所有队员都是四十级以上的实力，这就令武魂殿拥有的三名五十级以上的强者变得更加突出。如果只是一个，或许还有侥幸获胜的机会。但三个人摆在那里，从他们战胜天斗皇家学院战队时表现出的实力就能看出他们有多么恐怖了。

那一场，他们也只是出战了两个人，以一个绚丽的武魂融合技解决了战斗。虽然使用了武魂融合技，却因为这个技能的特殊性令人无法从外面看到里面的真实情况，也就更摸不透里面的内涵，它所起到的作用反而只有威慑。

哪怕是身在其中的天斗皇家学院战队的队员对那个魂技也只有模糊的感觉，玉天恒在昨天找过唐三，但他也没能给出建设性的建议。

提起武魂殿学院战队，他就一脸的无奈，虽然他们和对手有差距，可在那场比赛中，他们根本就没能发挥出本身的实力。

这也是武魂殿学院战队最可怕的地方。他们凭借着自身强横的能力，压制得对手无法发挥出实力，从而获得胜利。缜密的心思，默契的配合，哪怕是对于同级别对手来说，这支武魂殿学院战队都是极其强大的，更别说他们即将面对的决赛对手连一个五十级的魂王都没有。

不论是他们自己看来，还是所有观战者看来，这届大赛的冠军都非他们莫属了。

当然，那为首的三名五十级以上魂王还附带着另外一个使命，在比赛中给予史莱克战队唐三重创，甚至杀死他。

虽然比赛规定不得杀人，但在级别相差巨大的情况下，他们完全有多种方式制造出对手被误杀的局面，就像当初史莱克七怪在面对苍晖学院时使用的那种魂技反噬的情况。

教皇比比东在大师走后考虑了许久，才下达了这个命令。尽管她和大师之间的关系极为复杂，大师亲自上门让她心中出现了巨大的波澜，但她毕竟贵为武魂殿教皇，久为上位者，统治武魂殿励精图治，以完成前人未完成的目标为志向，又怎么可能因为私人感情而影响全局呢？

表面看上去，一名天才魂师似乎并不算什么，武魂殿从来不缺乏这样的天才，可越是实力强大的魂师，就越明白真正的天才所能带来的影响和破坏力有多么恐怖。

如果说唐三的天分引起了武魂殿的注意，那么他那昊天宗的出身和唐昊之子的身份无疑就令武魂殿起了杀意。

虽然这样的杀意不能在明面上表露出来，但在最近一次的武魂殿长老会议中，所有长老已经一致通过了这个决定。他们决不允许再有第二个唐昊，甚至比唐昊更加强大的敌人出现。

双生武魂，已经让他们将唐三的天分摆在了唐昊之上，更何况唐三还只是凭借一个废武魂蓝银草就有了现在的成就。

他的未来，谁能看清？

为了武魂殿的大局，他们决不允许这个变数出现。

一排鎏金大椅摆在了教皇殿门前，在教皇比比东的示意下，她居中坐下，左侧坐了来自七宝琉璃宗的宁风致和剑斗罗尘心，右侧坐了鬼斗罗鬼魅和菊斗罗月关。

三所学院分别派上第一名队员上场，其中神风学院派遣出场的正是当初炽火学院的队长火无双，武魂殿学院派出的是一名四十多级的魂师。

史莱克学院这边，大师第一个派出的却并非史莱克七怪之一。

史莱克七怪中，两人是辅助魂师，自然不能参加这种个人赛，而大师第一个指派上场的也并不是替补队员中最强的泰隆，而是魂力还不到四十级的敏攻系战魂师京灵。

抽签是由三人进行的，从而决定哪两所学院进行第一场比赛，胜者再继续战斗，以此类推。

史莱克学院的运气非常好，京灵上来就抽了个轮空。能够在第一轮轮空就意味着史莱克学院的队员能够后出场，不但可以在第一轮以逸待劳，还能够更好地看清对手的实力。

这无疑是个上上签。

但是令所有人意外的事情发生了，当抽签结束之后，火无双和那名武魂殿学院战队的队员走到场地中央的时候，武魂殿学院战队那名队员却突然转过身，向着教皇的方向躬身行礼，道："这场，我弃权。"

弃权？

虽然能够在这里观战的人并不多，却无一不是魂师界的强者。武魂殿学院战队竟然在第一场就弃权，这是大多数人都想不到的。

负责裁判工作的红衣主教在短暂的发愣后，立刻宣布火无双获得了第一场比赛的胜利，第二场由代表神风学院的火无双对战代表史莱克学院的京灵。

此时，大师和唐三几乎同时皱起了眉头。师徒二人对视一眼，都不禁露出一丝愤怒的神色。

而当他们的目光投向神风学院阵中的队员时，包括风笑天和火舞在内，那些队员都不敢正视他们的目光，明显有些心虚。

本册完

《天火大道4》4月荣耀上市！
《绝世唐门》漫画单行本①-⑥册全国火爆热售中！